ハヤカワ文庫NF

〈NF568〉

タイガーと呼ばれた子〔新版〕

愛に飢えたある少女の物語

トリイ・ヘイデン

入江真佐子訳

早川書房

8620

THE TIGER'S CHILD
by
Torey Hayden

Translated by
Masako Irie
Published 2021 in Japan by
HAYAKAWA PUBLISHING, INC.
This book is published in Japan by
arrangement with
CURTIS BROWN LTD.
through JAPAN UNI AGENCY, INC., TOKYO.

タイガーと呼ばれた子〔新版〕

――愛に飢えたある少女の物語

プロローグ

　それは既視感《デジャヴュ》にみまわれたひとときだった。

　故郷モンタナの母のもとに帰っていたわたしは、ある日曜の朝、母とわたしの幼い娘が水泳に出かけたあいだに一人で町に出た。十一時を過ぎたばかりで、わたしはショッピング・モールをぶらぶらと歩いていた。ほとんどの店はまだ開いておらず、そのため広いコンコースは薄暗くて、ただ防犯用の照明がついているだけだった。

　そのとき突然、彼女の姿が目にとびこんできた。わたしが歩いている先の、大きなプランターの陰に彼女は立っていた。長くて、櫛《くし》も入れていない髪が肩のところにかかっている。前髪が目におおいかぶさっていて、厚く官能的な唇が、ふてくされたようにおおげさに突き出されている。胸のところで固く腕を組み、肩をいからせ、顔には激しい反抗の表情を浮かべて、彼女は立っていた。そのくせその激しさにはどこか痛々しげなところがあった。彼女には自分が勝てないことがすでにわかっていたのかもしれない。最初にその姿を見たとき、わたしはモールのかなり離れたところにいたのだが、すぐに彼女だとわかり、とたんに身体じゅうにアドレナリンが駆け巡った――シーラ。

しばらくして理性がもどってきた。もちろんシーラであるはずがない。あの暑い六月の午後に、シーラがわたしの教室から巣立っていったのを見てから、もう二十年以上もたっているのだから。わたしはもはや当時のような怒れる若い教師ではない。教職からは、少なくともここしばらくのあいだは遠のいていたし、若かったわたしも不本意ながら中年にさしかかっていた。だが、あのショッピング・モールでの短いひととき、そんな年月は消えてしまっていた。わたしは二十代で仕事にのめりこんでいた一九七〇年代に引きもどされ、一瞬ではあったが、あの当時の自分、あの当時の世界をもう一度実感したのだった。

やがて現実がでしゃばってきて、本のページの上に半透明の覆いをかけるように、あの出来事の上におおいかぶさってきた。わたしは好奇心にかられて少女に近づき、彼女のすぐそばまで近寄って、立ち止まった。そして、ひそかに彼女を観察できるように、すぐそばの店のショーウィンドウに興味があるふうを装った。少女は当時のシーラよりも年長だった。七歳か八歳というところだろうか。髪の色もシーラより濃く、ブロンドというよりは黄褐色に近かった。

わたしがそばに近寄っても、彼女の怒りはいっこうに衰えなかった。見知らぬ他人のわたしを無視して、彼女はわたしの背後にある大きなデパートの開け放たれたドアに意識を集中していた。だれがこんなに彼女を怒らせたのか、わたしにはわからなかった。そのだれかは店の中に入ってしまったが、彼女はその場に立ち、小さな拳を握りしめ、くしゃくしゃの髪を前に垂らして、絶望的な持っていき場のない怒りを全身から発散していた。目立たないようにして黙ったまま、わたしは二メートルほど離れたその場にずっと立っていた。そしてこんなちょっとした出会いが何年もの年月を一掃してしまうことに、シーラのことが今でもこんなにもわたしの心をどきどきさせることに、驚いていた。

シーラとわたしは、生徒と教師として、五カ月をともに過ごしたにすぎない。だが、その短い期間でのわたしたちの関係が、シーラの行動に劇的な変化をもたらし、その後の彼女の人生を大きく変えることになった。そして、その当時ははっきりわからなかったが、わたしたちの関係はわたしをも劇的に変え、わたしの人生もまた大きく変わってしまった。この小さな女の子がわたしに大きな影響をあたえたのだ。彼女の勇気、立ち直りの早さ、それからわたしたちすべてが感じるあの愛されたいという、心の底からの渇望を表現する能力、つまり一言でいうと、彼女の人間らしさに触れたおかげで、わたしも自分自身の心をのぞきこんでみることになったのだった。

シーラがわたしの教室にいた五カ月のことを、わたしは『シーラという子』という本にまとめた。この本はごく私的なもので、書いた当初は出版することなど思いもよらず、ただ、深く心に残るわたしたちの関係をよりよく理解しようと自分のために書いただけだった。当時わたしは大学院の障害児教育のクラスで教えていたが、そのクラスにいたある学生のおかげでこの本を書くようになったのだった。最後の授業の日にこの女子学生はロン・ジョーンズ著の『ジ・エイコーン・ピープル』をわたしにプレゼントしてくれて、扉のところにこう書いてくれたのだ。トリイへ、いつの日かあなたがシーラやレスリーや他の子どもたちのことを書いてくれることを願いつつ、と。

『シーラという子』は今では二十二カ国語に翻訳されて世界を駆け巡り、おかげでスウェーデンから南アフリカ、ニューヨークからシンガポールと各国の人々から手紙をいただいた。南極大陸の基地にいる読者から手紙をもらったこともあるし、鉄のカーテンが切って落とされる前にその向こう側にいた読者からもたくさん手紙をいただいた。つい最近では中国からはじめて『シーラという子』のことで手紙を受け取った。世界じゅうから、シーラが成長し変化していく様子に感動したというさまざまな声が寄せられるなかで、唯一共通していたのが、「その後どうなったの？」という質問だった。

『シーラという子』は実在の人々の実際の経験に基づいて書かれた実話である。六歳のシーラがひじょうに魅力的で、わたしたちがともに過ごした時期があまりにすばらしかったので、わたしは続篇を書くことをためらっていた。実のところ、『シーラという子』を担当した編集者も、同書のエピローグにわたしたちが別れてからシーラに何が起こったかは書かないほうがいいと助言していた。実際の人生は、フィクションやうまく編集されたノンフィクションのように読者を満足させることはめったにないし、わたしがクラスを受け持っていた時期と『シーラという子』を書いた時期とのあいだにあったことまでふくめると、この上昇型の物語の結末としてはあまりにも厳しいものになりすぎるような気がした。そんなわけで、この本は何の説明もつけずにシーラの美しい詩で終わることにしたのだった。

だが、わたしはその志を変えることにした。それは読者から数えきれないほどの問い合わせを受けたからというだけではなく、あのような逆境にもかかわらず、魅力的ではっきり自分の言葉で自分を語ることのできる若い女性に成長したシーラにこたえるためでもある。わたしたちがともに過ごしたあの五カ月は、彼女に大きな影響をあたえた。だが、『シーラという子』は、わたしにはそんなつもりはなかったのだが、結局はわたしのことを語った物語だった。あの経験はシーラにとってはまったく別のものだったはずだ。ポール・ハーヴィー（アメリカのジャーナリスト）流にいうなら、本書はもうひとつの『シーラという子』といえるだろう。

第一部

1

犯罪のわりには、その新聞記事は小さかった。六歳の女の子が近所の幼児を庭からおびき出して植林地に連れこみ、幼児を木にしばりつけて火をつけた。大火傷《やけど》を負った男の子は病院に収容された。六面の漫画の下のところに埋め草のようにこれだけのことが書かれていた。わたしはその記事を読み、嫌悪を感じ、ページを繰《く》って先に進んだ。

それから六週間後、特別支援教育担当部長のエドから電話がかかってきた。一月の初めのクリスマス休暇明けの日のことだった。「きみのクラスに新しい女の子が入ることになったよ。十一月に小さい子を火傷させた女の子のことを覚えてるかな……?」

わたしはうちの学区で愛情をこめて〝くず学級〟と呼ばれているところで教えていた。

国会で〝メインストリーミング法〟、つまり特別支援教育を必要とする子どもたちはすべて、規制を最小限にした環境で教育されなくてはならないということを定めた法律が導入される前年のことだった。だからわたしたちの学区ではまだそれぞれの障害に応じて小分けした障害児教育のクラスが無数に存在していた。身体障害児用のクラス、精神障害児用のクラス、行動障害児用のクラス、視覚障害児用のクラス……と、名前をつければそれに応じたクラスができていた。わたしが担任していた八人の子どもたちは、そのどのクラスにもおさまりきらない子どもたちだった。どうにも分類のしようのない子どもたちだったのだ。全員が情緒障害をおこしていたが、そのほとんどが精神か身体の障害も併せ持っていた。女の子三人、男の子五人のグループのうち、三人はしゃべれず、一人はしゃべれるけれどもしゃべることを拒否しており、もう一人は他の人がいったことをくりかえすことしかしない。三人はまだおむつをしていて、他の二人はときどきおもらしをしていた。わたしは重度障害児のクラスとして州の法律が定めた最大限の人数を受け持っていたので、学年の初めに助手があたえられた。だがわたしのところに来ることになったのは、わたしが期待していたような、すでに学校に雇われている聡明で勤勉な助手ではなかった。わたしの助手となったのはアントンというメキシコ系アメリカ人の季節労働者で、地元の福祉対象者リストに載っていたために自動的に送りこまれてきたのだった。アントンは高校も卒業していなかったし、今まで北部で冬を越したこともなければ、ましてや七歳児のおむつを変えたことなど一度もなかった。あともう一人助手になってくれたのは、ウィットニーという十四歳の中学生で、自習時間をつぶしてボランティアで来てくれることになった。

どう考えても将来有望なチームとは思えなかったし、最初のうちは混乱続きだった。だが何カ月かが過ぎてゆくうちに、わたしたちはみごとに変身した。アントンは実際にはとてもよく気のつく勤勉な助手で、彼が子どものために一生懸命つくすことが最初の何週間かではっきりわかった。それに呼応するように、子どもたちも教室に男の人がいることによく反応し、お互い能力を高めていった。ウィットニーは若さゆえに、スタッフの一人というよりは、子どもが一人増えたと感じるようなこともときどきあったが、彼女の熱心さがわたしたちにも伝染してきて、以前なら災難と見るような出来事もみんなが冒険というふうに考えることができるようになってきた。子どもたちは成長し、変化し、クリスマスを迎えるころにはわたしたちは結束の強い小さなグループになっていた。そこにエドがダイナマイトのような六歳児を送りこむといってきたのだ。

彼女の名前はシーラといった。次の月曜日に彼女はエドにひきずられてわたしの教室にやってきた。校長が心配そうにしんがりを務め、まるで彼女を教室に追い立てようとするように後ろから手でぱたぱたとあおいでいた。彼女はひどく小柄で、獰猛《どうもう》な目をし、長い艶のないブロンドの髪を垂らして、ひどい悪臭を放っていた。わたしはその子があまりに小さいのでショックを受けた。彼女の悪評からして、ヘラクレスを思わせるような大柄な少女を想像していたのだ。だが実際の彼女は、彼女が誘拐《ゆうかい》したという三歳の子と変わらないくらいの大きさしかなかった。

誘拐した？　わたしはしげしげと彼女を見た。

学区のお役所仕事のせいで、本人の到着以前に着くべき彼女の学校記録は届いていなかった。それでその初日に彼女が昼食を食べにいったあいだに、アントンとわたしはオフィスまでもどってざっと記録に目を通したのだった。そのファイルは、わたしのクラスの水準からいっても読むと気が重くなるようなものだった。

わたしたちの町メアリーズヴィルは、大きな精神科病院と州の重罪犯刑務所が近くにあり、これに大量の季節労働者が加わって、人口からすると不釣合なほどの下層階級を生み出しており、彼らの多くはびっくりするほどの貧しさのなかで暮らしていた。季節労働者用キャンプ内の建物は夏のあいだだけの仮住まいのつもりで建てられており、その多くは文字どおり木とタール紙だけでできていて、最も基本的な設備さえ整っていなかった。だが、他にいくところもない人々が住み着いたために、冬のあいだの人口も増えてきていた。シーラが父親と住んでいたのもここだった。

薬物依存症で、飲酒の問題も併せ持っていた父親は、シーラが生まれてからの最初の数年間は刑務所を出たり入ったりしていた。仕事はなく、当時は仮釈放の身で、アルコール問題プログラムに参加していたが、ほかにはほとんど何もしていなかった。

シーラの母親は家出していたときにシーラの父親と知り合い、妊娠したときわずか十四歳だった。母親の十五歳の誕生日の二日前にシーラが生まれた。その十九ヵ月後に、第二子の男の子が生まれている。ファイルの中にはその他に母親に関することはほとんど書いてなかったが、その行間から薬物やアルコールや家庭内暴力の存在を読み取るのはむずかしいことではなかった。いずれにしても母親はもうこんな生活にはうんざりしたのだろう。シーラが四歳のときに、家族を捨てて出ていった。短い覚書きからすれば、母親は最初は子どもを二人とも連れていこうとしたようだ。だが、シーラはのちに町の南五十キロほどのところにあるハイウェイに捨てられているところを発見されている。シーラの母親と弟のジミーはそれ以後消息をたったままだ。

ファイルの大半はシーラの行動をくわしく記したものだった。家庭で父親は彼女をまったく放任しているようで、深夜に季節労働者用キャンプをうろうろしているところをくりかえし確認されている。彼女には放火の前歴があり、犯罪にあたる被害をもたらしたとして地元の警察に三度呼び出されている。六歳の子どもとしてはたいへんな前歴だ。学校ではシーラはほとんどしゃべることを拒否し、その結果、彼女がどれくらい何を学習したのかがわかる記録はファイルにはほとんど載っていなかった。幼稚園に行ったあと、例の小さな男の子に火傷を負わせた事件が起こるまでのあいだ季節労働者用キャンプ近くの小学校の一年生だったが、学業にたいする評価は何も書いていなかった。ふつうテスト結果と学習のあらましを記す場所には、シーラの破壊的な、多くは凶暴性をともなう行動の詳細を伝える恐るべき記録が残されていた。

ファイルの最後には例の幼児を火傷させた事件の簡単な要約があった。判事はシーラは親の手に負える子どもではないとし、彼女にふさわしい場所に収容しておくのが最善の策だとの結論を下していた。判事は州立の精神科病院の小児病棟のことをいっていたのだが、あいにくこの事件が審理された当時小児病棟は満員で、シーラは空きができるまで待たなければならなくなった。添付されていた最近の日付のメモには、彼女の年齢と法律から考えれば何らかの教育を施さなければならないのだが、このことを本気で考えてみようなどという殊勝な者はいないというようなことが記されていた。彼女を収容するのは、保護監督のためだった。ということは、法律上彼女をしばらくのあいだ学校で預からなければならないが、わたしは彼女を教える義務を感じなくてもいいということだった。つまりシーラが来た時点で、わたしの教室は檻《おり》になってしまったのだった。

教師としての経歴のなかでも、あのころのわたしには若さが最大の武器だった。まだ理想に燃えていたわたしは、問題児などいない、問題があるのは社会のほうなのだと強く感じていた。当初シーラの受け入れを渋ってはいたが、それはわたしの教室がすでに満員でわたしの力量もすでに限界まできていたからであって、子ども自身のことで渋っていたのではなかった。だから、いったん引き受けてからは、わたしは彼女を自分の生徒として見、わたしのクラスを檻などにはしなかった。わたしには、人間とは高潔なものであり、それぞれがだれにも奪われることのない権利をもっており、わたしの生徒たちもみんなその権利をもっているというはっきりとした信念があった。

まあ、あるつもりだったといっておこう。というのは、シーラはわたしのその信念に揺さぶりをかけてきたからだ。それも初日から。アントンとわたしがその日の昼休みに職員室にすわってシーラのファイルに目を通しているころ、シーラは教室で水槽から金魚を一尾ずつつかみとっては、目をくりぬいていたのだ。

シーラはつんつるてんのオーバーオールと色褪《あ》せたTシャツを身にまとった、混沌を絵にかいたような子だった。何かいうときには必ず金切り声を出す。彼女が触れるものはすべて壊されるか、押しつぶされるか、叩《たた》きつぶされた。そして、わたしをもふくむすべての人間は敵だった。彼女はアントンが〝動物モード〟と命名したやり方で行動した。初期のころの彼女には〝子どもモード〟は存在しなかった。どんなちょっとしたことでも、予期せぬ動きは攻撃だと受けとるのだった。すると彼女の目の色がかげり、顔が紅潮し、身体を硬くして身がまえる。それから、相手と戦うか、それともパニックに陥って逃げ出すかが決まるのだった。彼女がこの動物モードで動いているあいだは、わたしたちとしても教えるというよりは飼いならすというやり方しかとれなかった。

だが……

シーラは他の子とはちがっていた。彼女には、彼女の目や、鋭敏な動きには、もっとも凶暴なときでさえ、何か電流が走るような刺激的な魅力があった。それが何であるのかうまく言葉ではいえなかったが、たしかにそれを感じとることができた。

わたしは担任する子どもたちを心から愛していた。だが、ほんとうのことをいえば、彼らはあまり賢いとはいえなかった。情緒障害の子どもたちのほとんどは気持ちのほうにものすごい量のエネルギーを使ってしまうので、勉強に注ぐエネルギーがほとんど残っていないのだ。それに加えて、どちらが原因でどちらが結果かはともかく、心理的な問題と一緒に他の症状が起こることも多い。たとえば、わたしの生徒の二人は胎児性アルコール症候群で、もう一人は中枢神経系が徐々に悪化していく病気にかかっていた。つまり、正常な知性を持ち合わせている子が数人いることはたしかだったが、子どもたちのだれ一人として同年齢の子どもの平均レベル並みのことができる子はいなかった。だから、シーラがわたしたちのクラスに来て日も浅いうちに、彼女が足し算も引き算もよくできることがわかったとき、わたしはびっくりした。彼女はそれまで一年生をたった三ヵ月やっただけだったのだから。

後日、彼女がふつう使わないような言葉の意味をいえることを知って、わたしはさらに驚いた。たとえば〝奴隷《チャトル》〟などという言葉だ。

「こんな言葉をどこで覚えたの？」わたしはついに好奇心に負けてこうきいた。

小さくて汚くてひどい臭いを放っていたシーラは、わたしとテーブルをはさんで向かい合う椅子の上で身体を丸めていた。彼女は艶のない髪の向こうからわたしをうかがっていた。「『愛の奴隷《どれい》』」シーラはそうこたえ、彼女独特の変わったしゃべり方でこうつけ加えた。「あたしがみつけた本の名前」

「本？　どこで？　何の本なの？」

「盗んだんじゃない」彼女はいいわけするようにいった。「ごみ箱に捨ててある。あたしがみつけた」

「どこで？」

「ほんとにみつけたんだよ」シーラはくりかえした。わたしが調べようとしているのはこの点だと、どうしても思いこんでいるようだった。

「ええ、わかったわ。でも、どこで？」

「バス・ターミナルの女子トイレ。でも盗んだんじゃない」

わたしは笑みを浮かべた。「もちろん盗んだなんて思ってないわ。わたしはただその本のことをききたいだけなのよ」

シーラはいぶかしげにわたしを見ていた。

「それから、その本をどうしたの？」わたしはきいた。

わたしがどうしてそんなことを知りたがるのか、シーラにはわからないようだった。

「ええ？　読んだよ」彼女はそういったが、その声には、まるでわたしがものすごくばかな質問をしたみたいに、信じられないという思いがこめられていた。と同時に心配そうな響きもあった。まだわたしが非難していると感じているのだ。

「あなたが読んだの？　ずいぶん大人が読む本みたいだけど」

「ええと、全部は読んでない。でも表紙に『愛の奴隷』って書いてあったから、どんな本だろうって知りたくなった。絵のせいで。表紙に描いてある男の人が女の人にやってることのせいで」

「なるほどね」わたしはこころもとなげにこたえた。

シーラは肩をすくめた。「でも、ちっともおもしろくなかった。だからまた捨てた」

その後の検査でわかった一八〇ものIQを持つシーラは、たしかに刺激的な子どもだった。それどころか核爆弾のような子どもだった。

シーラが知的な才能に飛び抜けてめぐまれた子どもだということがわかったからといって、彼女がひどい貧困のなかにいることや、虐待を受けて育ってきたという背景、それから引きつづき頻繁にみられる凶暴さが変わるわけではなかった。改善しなければならないことがあまりに多く、どこから手をつけていいかわからないままに、わたしは自分に変えられる力があることがわかっているごく小さなことから始めることにした。

シーラの衛生状態はびっくりするほどひどいものだった。彼女は文字通り一組しか服をもっていなかった。色褪せた茶色の縞《しま》のTシャツと、小さすぎるくたびれたデニムのオーバーオールだ。この服装に爪先に穴のあいた赤と白のキャンバス地のスニーカーをはいていた。下着はつけていたが、ソックスははいていなかった。それらは洗ったことがあったのだろうか、見たところとてもそうとは思えなかった。

シーラが身体を洗っていないのはあきらかだった。手やひじや足首のまわりに汚れがこびりついていて、その部分の肌は黒い筋になっていた。さらにひどいことに、彼女にはおねしょの癖があった。教室のどこでもシーラがいるところには、むっとするおしっこの臭いがたちこめた。シーラに身体を洗う設備があるのかときいて、家には水道もないことがわかった。

ここから始めるのがいちばんだと思われた。彼女のそばにいるだけでひじょうに不愉快になるので、みんな彼女に近寄らないようにしていた。そこでわたしはタオル、石鹸《せっけん》、シャンプーをかかえてやってきて、シーラを教室の後ろにある大きな流しでお風呂に入れることにした。

わたしが最初に傷跡に気づいたのは、こうしてシーラの身体を洗っていたときのことだった。小さい、丸い傷跡がたくさんあった。特に二の腕と、ひじから下の部分の内側に目立った。傷跡は古く、癒えてからかなり年月の経ったものだったが、それが何であるかはすぐにわかった。火のついた煙草《たばこ》を肌に押し当てた跡だ。

「これ、お父さんがやったの？」わたしはできるだけ何気なくおしゃべりをしているような声でたずねた。

「おとうちゃんはそんなことしないよ！　おとうちゃんはあたしをひどく痛い目にあわせたりしない」シーラは怒ったような声でいった。「おとうちゃんはあたしのことが大好きだもん」これをきいて、わたしが何をきこうとしたかを彼女が理解していることがわかった。

わたしはうなずき、シーラをお湯から出して身体を拭いた。しばらくのあいだ、彼女は何もいわなかったが、やがて身体をひねってわたしの目を見た。「でも、おかあちゃんが何をしたか知ってる？」

「いいえ、何なの？」

シーラは片脚をあげて、わたしに見せた。外側のちょうど足首の上のあたりに、五センチほどの長さの幅の広い白い傷跡があった。「おかあちゃんはあたしを車から突きとばしたんだ。あたしは転んで、石で脚のここを切ったんだよ。ほら？」

わたしは前かがみになってそこをよく見た。

「おとうちゃんは、あたしのこと大好きだよ。あたしを道に置き去りになんかしない。小さい子にそんなことしちゃいけないんだよ」

「そうよ、そんなことしたらいけないわ」

わたしが彼女を拭きあげ、洗ったばかりの髪を櫛でとかしているあいだ、しばらく沈黙が流れた。シーラは考えこんでいるようだった。「おかあちゃんは、あたしのこと、そんなに好きじゃないんだ」そういった彼女の声は、考え深げだったが、冷静で淡々としていた。クラスのだれか他の子どものことか、学校の勉強のことか、天気の話でもしているような口ぶりだった。「おかあちゃんは、ジミーを連れてカリフォルニアへ行っちゃった。ジミーって、弟で四歳。けど、おかあちゃんが行くときは、まだ二歳だった」しばらくして、シーラはふたたび傷跡を調べだした。「最初は、おかあちゃん、ジミーとあたしを連れていったんだよ。けど、あたしのこといやになっちゃったんだ。それで、車のドアを開けてあたしを突き落とした。それで石で脚のここんとこ切っちゃったんだよ」

シーラとの最初の何週間かは、ジェットコースターに乗っているようだった。高みにのぼるような日々もあった。この新しい世界に喜びおののきながら、シーラは明るい性格になった。彼女はなんとかクラスに受け入れてもらおうと一生懸命になり、彼女なりのおかしなやり方で必死にアントンやわたしを喜ばそうとした。だが、落ち込む日々もあった。それもときにはひどく。ごく初期のうちからめざましい進歩を見せたものの、シーラはぞっとするような恐ろしい行動に出ることもやめなかった。

シーラの頭のなかでは、世間とは悪意に満ちた場所だった。彼女はやられる前にやれという信条のもとに生きていた。とりわけ彼女の復讐《ふくしゅう》は痛烈だった。もしだれかがシーラに悪いことをしたり、あるいは大人がちょっと一人よがりに扱ったりしただけで、シーラは的確で、痛手の大きい報復をした。あるときなど、別の教師が彼女を食堂で叱ったことの仕返しに、その教師の教室に何百ドルもの損害をあたえたこともあった。

わたしたちの救いとなったのは、複雑なバス・スケジュールだった。わたしのクラスに来る前の何カ月かのあいだに、シーラは粗暴な行動のために以前乗っていた二種類のスクールバスに乗ることを禁じられていた。それで今彼女が使えるバスは高校のスクールバスしかなかった。季節労働者用キャンプに停まるこのバスは、あいにくわたしたちの授業が終わってから二時間たたないと出なかった。したがってシーラはその時間が来るまで、アントンやわたしと一緒に放課後学校に残っていなければならなくなった。

最初にそれがわかったときはぞっとした。それまで放課後の二時間をわたしは翌日の準備に当てていたのに、それと同時にシーラのように何をしでかすかわからない子どものお守りをしなければならないなんて、両立できるわけがないと思ったからだ。しかし、そうする他に選択の余地などなかった。

最初、わたしはシーラを教室にあるおもちゃで遊ばせておいて、そのあいだにテーブルに向かって自分の仕事をしようとした。だが、十五分ほども一人でいると、シーラは必ずその場を離れ、わたしが仕事をしているあいだそばに立っているようになった。彼女はいつも質問を連発した。あれは何？　これは何のためなの？　なんでそんなことやってるの？　なんでこれはこうなの？　あれで何をするの？　と、ずっとこんな調子で、ふと気がつくとわたしたちはこの時間をほとんどおしゃべりして過ごしていた。そして、いつの間にかわたしはこのひとときをとても楽しんでいた。

シーラは本を読むのが好きで、実際わたしがあたえる本を何でも読めたと思う。彼女の読書をさえぎるのは、そこに書いてあるひとつひとつの文字を言葉に結びつけることができないからではなくて、その言葉を意味のあるものとして理解できないときだった。シーラのそれまでの人生があまりに恵まれないものだったので、読んでも何のことだか意味がわからないのだった。それで、わたしは彼女と一緒に本を読むことになった。

シーラと一緒に本を読むことにはどこか抗しがたいところがあった。読み聞かせの準備ができると、わたしたちは読書コーナーに寄り添ってすわった。シーラはこの本を読んでもらうという経験に夢中になり、興奮のあまり全身を硬くしていた。『くまのプーさん』、『宝島』のシルバー、『ピーター・パン』などのほうが『愛の奴隷』よりよほどおもしろかったようだ。だが、それらの本のなかでも、シーラの心をいちばん引きつけたのは、サン＝テグジュペリの『星の王子さま』だった。彼女はこの考え深い、かわいい主人公が大好きだった。王子さまの特異性を彼女は完全に理解していた。ずいぶんませているかと思えば、次の瞬間には未熟さを示し、深遠なところがあるかと思えば狭量さもある、そしていつもいつもアウトサイダーであるこの星の王子さまは、深くシーラに語りかけてきたのだった。あまりに何度もくりかえして読んだので、シーラは長い節を暗記していえるほどだった。

本を読んでいないときは、ただおしゃべりをした。シーラはテーブルにもたれかかってわたしが仕事をするのを見ていた。あるいは、本を読んでいる最中にある箇所で止まって、わたしが意味を説明しているうちに、そのまま話がはずみ、元の本へはもどらないでそのまま話を続けることもあった。

徐々にわたしは季節労働者用キャンプでのシーラの暮らしや、彼女の父親のこと、夜遅くに父親がよく連れてくる女友達のことなどを知るようになった。父親が飲みすぎないようにとシーラがビールの瓶をソファの後ろに隠すこと、父親が眠ってからシーラが起き出して父親の煙草の火を消すことなどを話してくれた。彼女の母親のことや、弟のこと、彼女が捨てられたことなどもよく聞くようになった。それからシーラが以前通っていた学校のことや今までに習った先生たちのこと、わたしたちと一緒にいないときには毎日毎晩何をしているのかなどを彼女は話してくれた。お返しに、わたしもわたしをとりまく世界のことや希望を彼女に話してきかせた。彼女もそれを手にできるのだと思いながら。

この放課後の二時間は神様からの贈物だった。今までの短い人生のあいだシーラはずっと無視され、疎《うと》んじられてきて、あからさまに拒否されたことも多かった。成熟した、愛情ある大人と一緒にいた経験も、おちついた環境にいたこともほとんどなかった。それが今やっとそういうものが存在することを発見し、飢えたようにそれを求めてきた。日中の教室のあわただしい雰囲気は、それはそれで彼女のためになったが、今まで欠けていたものを埋め合わせるためにシーラが必要としていたこと、つまり彼女だけに注意をそそぐということを不可能にした。シーラが自分の今までのやり方を思い切って手放し、わたしのやり方を試してみようという気になるのは、わたしたちが二人っきりになるあの午後のやさしい静けさのなかでだった。

2

シーラがいちばん気にしている問題は、二年前、暗いハイウェイの路上で母親と彼女のあいだに起こったことだった。ずばぬけた知能をもっているだけに、彼女はこの問題をあいまいにしておくことができなかったのだ。彼女ははっきりと苦悩を口にした。捨てられたこととシーラの理解しにくい行動との関係は、学校での学習にもっとも顕著に表われた。あれだけ優秀であるにもかかわらず、シーラは用紙に書くという作業をとにかく拒否した。最初わたしにはその関連がわからなかった。その猛烈な反抗をわたしはわがままだと思っていたが、あとになって、それは机にすわって、手に鉛筆をもたなくてもいいようにする作戦だということがわかった。彼女を無理やり机に向かわせることは文字通り戦いだった。ようやく席につかせても、彼女はまだがんばり、今度は問題に取り組むのを拒否した。やっと書く問題を受け入れるようになっても、うまく書けなかったプリントを二枚、三枚とくしゃくしゃにしてからやっと一枚仕上げるのだった。

シーラが授業中ではなく放課後わたしと二人っきりでいた、あるときのこと。わたしが職員室にプリントを刷りに行くのにシーラもついて来て、ごみ箱で五年生の算数のプリントをみつけた。シーラは算数が大好きだった。算数はいちばん得意な科目で、彼女は大喜びでこの問題にとりかかろうとした。分数の掛け算と割り算の問題で、わたしはまだ一度もシーラに教えたことはなかったが、彼女は問題をざっと見てできると思ったようだ。教室にもどると、シーラはテーブルのわたしと向かい合う位置にすわり、用紙に答えを書きはじめた。シーラとしてはひじょうに珍しいことだ。書きおわると、彼女は誇らしげにそれをわたしに見せ、ちゃんとできているかどうかときいた。掛け算のほうは正しくできていたが、残念ながら割り算のほうは逆数を掛けるということをしていなかったので、全部まちがっていた。プリントを裏返して、わたしは円を描きそれを分割してなぜ分数を逆にしなければならないかを説明しようとした。だが、わたしが口を開く前に、シーラは自分の答えが正しくないことを察知してしまった。彼女はわたしの鉛筆の下からプリントをひっつかみ、くしゃくしゃに丸めてテーブルに投げ出してから、頭を両腕でかかえてつっぷしてしまった。

「やり方を知らなかったんだもの。だれからもまだ習ってなかったでしょ」

「助けてもらわなくたってできるってとこ見せたかった」

「シーラ、がっかりするようなことじゃないのよ。あなたはよくやったわよ。やってみようとしたんだから。そこが大事なところよ。次はうまくやれるわ」

何をいってもシーラを慰めることはできず、彼女はしばらくのあいだずっと手で顔をおおってすわっていた。それからゆっくりと両手を下ろすと、くしゃくしゃにしたプリントをもう一度伸ばしてテーブルの上に広げた。「もしあたしがこの算数の問題がちゃんとできたら、おかあちゃんはあんなふうにあたしをハイウェイに置き去りにしなかったはずだよ。もしあたしに五年生の算数の問題ができたら、おかあちゃんはきっとあたしのことを自慢に思うはずだもの」

「算数の問題とそれとは何の関係もないと思うわよ、シーラ」

おかあちゃんがあたしのことをもう好きじゃなくなったから、いっちゃったんだよ。自分がかわいがっている子どもをハイウェイに置き去りになんかしないはずだよ。おかあちゃんがあたしにやったみたいに。それに、あたし脚まで怪我したんだよ、見て」そういって、もう百回も見せられたあの小さな白い傷跡を見せた。「もしあたしがもっといい子だったら、おかあちゃんはあんなことしなかったよ」

「シーラ、何があったのかはよくわからないわ。でも、あなたのお母さんは整理しなければならない問題をかかえていたんだと思うわ」

「でもジミーは連れていったんだよ。なんでジミーは連れていって、あたしは置いてったの？」

「わからないわ、シーラ」

シーラは、何かにとりつかれたような、傷ついた目をしてテーブルごしにわたしを見た。「なんでこんなことになったの、トリイ？　なんでおかあちゃんはジミーを連れていって、あたしを置いていったの？　あたしのどこがそんなに悪い子なの？」彼女は目にいっぱい涙をためていたが、あいかわらずそれがこぼれ落ちることはなかった。

「ああ、シーラ、あなたのせいじゃないのよ。わたしのいうことを信じて。あなたが悪いんじゃないの。あなたが悪い子だから置いていったんじゃないのよ。お母さんにはお母さんの問題が多すぎたのよ。あなたのせいじゃないのよ」

「おとうちゃんはそうだっていってるよ。もしあたしがもっといい子だったら、おかあちゃんはあんなことしなかっただろうって」

わたしの心は重く沈んだ。戦うべきものはあまりにたくさんあるのに、一緒に戦ってくれる者はほとんどいなかった。

この問題は、彼女の学習、行動、他の子どもたちや大人への態度などすべてのことについてまわった。何週間かが過ぎ、特に、わたしたちが長い時間放課後親しく一緒に過ごすにつれて、何が起こりつつあるのかよくわかっていた。シーラにとっては、自分と長い時間一緒に過ごしてくれる、心の安定した、自分をかわいがってくれる大人の女性に出会ったのはわたしが初めてだったのだ。その関係にシーラは貪欲《どんよく》なまでにむしゃぶりついてきた。

しかし、それが彼女にとっていいことだったのか？　この疑問はわたしの頭から片時も離れたことはなかった。教育学も心理学も、わたしの受けた教育は、子どもに個人的に深入りしすぎてはいけないと厳しく警告していたので、わたしは正しいバランスを保とうという努力はしていた。そのいっぽうで、決して深入りはするなという考えには、ずっと反発を感じていた。わたしの個人的な哲学の基礎は人との関わりだった。個人と個人が――わたしとわたしの取り組んでいる子どもとがはっきりした関わりを持ってこそ、前向きの変化を引き起こすことができるのだと感じていた。相手に深入りしないでどうしてほんとうの関わりが持てるといえるだろうか？　そこにははっきりと矛盾があった。

本能的に、シーラはこういう関係を持たなければならず、それなしには一歩も前に進めないとわたしは感じていた。あなたのことを気にかけている人がいる、あなたのことを大切だと思ってあなたと関わりを持っている人がいるということがわかってはじめて得られる自尊心が彼女には必要だった。母親はこういう関わり方ができなかったかもしれないが、だからといってシーラがそれに値しない人間だということではないのだということを知る必要があった。だが、頭では、自分が危ない道を歩きはじめているということもわかっていた。

実際、シーラがわたしたちのところに来て七週間ほどたった二月になって、この関係がどんなに危険なものかを思い知らされることが起こった。わたしは州外で行なわれる大会に出席しなければならず、学校を二日間休むことになった。前もってこのことはじゅうぶん説明をし、クラスの子どもたちがわたしの留守中うまくやっていけるように、またその間面倒を見てくれる代用教員ともうまくやれるように十分な準備をした。だがシーラはこれを知って激怒した。

「もうぜったい、トリイのことなんか好きにならない！　トリイがやれっていうことを、もうぜったいにやらない。あたしを置いていくなんてずるいよ！　そんなことはしちゃいけないんだよ。おかあちゃんがしたことと同じじゃない。そんなことを小さい子どもにしちゃいけないんだよ。小さい子を置いていっちゃったら牢屋に入れられるんだよ。おとうちゃんはそういってるよ」

たった二日間留守にするだけだと、どれだけ言葉をつくして説明しても、シーラの怒りはおさまらなかった。わたしの留守中、彼女は今までで最悪といえる狼藉《ろうぜき》のかぎりをつくした。他の子とけんかをして鼻血を出させ、向こう脛《ずね》を蹴とばす。レコード・プレーヤーを壊す。ドアにはめこまれているガラスを割る。アントンが止めようとしたにもかかわらず、シーラは教室をめちゃくちゃにし、代用教員まで泣き出す始末だった。シーラがちゃんとしてくれていると思いこんでいたわたしは、彼女の非協力ぶりをきいて、彼女以上に怒りを爆発させた。シーラは頭のいい子だった。二日間がどれほどのものかわかっているはずだった。それに、わたしは自分がどこへ行くのか、何をするのか、そしてはっきりいつ帰ってくるかを一生懸命説明していた。彼女にはわかっていたはずだ。だから、彼女がこの二日間のあいだ協力してくれないなんて思ってもみなかったのだ。

もっとはっきりいえば、裏切られたという気がした。彼女をわたしに依存させる危険な道をたどっているということを自覚していながら、わたしは自分は正しいことをやっている、彼女が依存するのは自然で健全なことでそれほど深刻に考えるようなことではない、という確かな証拠がほしかったのだ。結局のところ、あと長くても三ヵ月半して学年が終われば、いや州立精神科病院の小児病棟に空きができればもっと早くに、わたしはシーラの人生から出ていかなくてはならなかった。だから、自分自身の心の平安のために、わたしは彼女を傷つけているのではなくて助けているという確証が必要だったのだ。正直にいえば、その確証を彼女に期待していた。心の底でひそかに、あれだけたくさんのものを彼女にあたえたのだから、彼女が少しくらいはお返しをしてくれると信じこんでいた。それなのに彼女がそうしてくれなかったので、わたしは自分でも手がつけられないほどの怒りを覚えてしまったのだ。

控え目にいっても、ひどい一日だった。放課後二人だけになっても、緊張をはらんだ沈黙が続いた。わたしは今まで二人が楽しんできたいろいろなことを提案してみた。本を読み聞かせることとか、わたしがプリントを採点するのを手伝ってもらうとか、一緒に教師用ラウンジに行って何か飲むとか。だが、シーラは首を横に振るばかりで、一人部屋のすみっこでおもちゃの車で遊んでいた。こうして放課後の一時間ほどが過ぎた。シーラは立ち上がって窓から外を見にいった。次にわたしが目を上げると、彼女はまだその場にいたが向きを変えてわたしのほうを見ていた。

「なんでもどってきたの?」彼女は小声できいた。

「わたしはただスピーチをしに行っただけなのよ。いったきり帰ってこないつもりなんてまったくなかったのよ。ここであなたたちと一緒にいるのがわたしの仕事なんだから」

「でも、なんでもどってきたの？」

「帰ってくるっていったでしょ。わたしはここが好きなのよ。ここがわたしの場所な「の」

ゆっくりとシーラはわたしが仕事をしているテーブルに近づいてきた。さっきまで身がまえていたものがなくなっていた。彼女が傷ついていることが目にはっきりと表われていた。

「わたしがもどってくるって信じていなかったのね？」

シーラはうなずいた。「うん」

3

わたしの出張をめぐってのわたしたちの不和は長くは続かなかった。むしろ反対だった。シーラはこの事件のことを何度も話したがるようになった。わたしが彼女を置いて行ってしまい、またもどってきた。彼女は怒り、めちゃくちゃな行動にでた。わたしも怒り、わたしなりのやり方でめちゃくちゃになった。このようなそれぞれの断片をシーラは何度も何度も話したがった。この事件がゆっくりと彼女の心のおさまるべき場所におさまるまで。もちろんわたしがもどってきたという事実が、彼女にとってひじょうに重要なものだったのだが、わたしがあそこまで怒ったということも同じように重要だった。おそらく、最悪の状態のわたしを見たからこそ、以前にも増してわたしのことを信頼できるようになったのだろう。だが、ほんとうのところはよくわからない。おもしろいことに、この事件以後、シーラの破壊的な行動は見られなくなった。怒ることは依然として頻繁にあったが、逆上して暴れ回るということは二度としなくなった。

厳しい冬の寒さにもかかわらず、シーラはスイセンのように花開いていった。おかれている状況の範囲内で、彼女はかなり清潔になり、自分でも清潔とはどういうことかがわかるようになってきて、だんだんきれい好きになってきた。また急速に、クラスの他の子どもたちとも友達らしい、ふさわしいやり方で関係がもてるようになってきた。ときどきはクラスの女の子の一人と一緒に帰って遊んだり、女の子独特の親友ごっこに夢中になったりした。学習面でもわたしが示して見せることほとんどすべてに興奮し、シーラはどんどん進歩を見せた。用紙に書く勉強を怖がるという問題は依然あったが、それも三月になると徐々によくなっていった。自分が書いたものをわたしに見せてもいいと自信がもてるまで書き直すのも、二、三枚以上ということはなくなってきた。訂正されることをまだ極端に気にしていて、どんなにやさしくまちがいを指摘しても、ひどくふくれてしまったり、機嫌の悪い日にはひどく落ち込んで、ほとんどの時間を頭をかかえて過ごすようなこともあった。が、まあなんとかやっていた。

放課後にシーラとわたしがまた『星の王子さま』を読んでいたときのことだ。一緒に読書コーナーのクッションのところにすわって、わたしたちは本を読みはじめたばかりだった。王子さまが著者にヒツジの絵を描いてとせがむ場面になった。

「ヒツジは、小さい木をたべるんだったら、花もたべるんだろうね？」

「いきあたりばったり、なんでもたべるよ」

「トゲのある花も？」

「そう、トゲのある花も」

「じゃ、トゲは、いったい、なんの役にたつの？」

王子さまは、いちど、なにかききだすと、あいてが返事するまであきらめません。ぼくは、ボールトのことで、気がいらいらしていたので、なんでもかまわず、でたらめに答えました。

「なんの役にもたちゃあしないよ、花はいじわるしたいから、トゲなんかつけてるんだ」

「へえ！」

だけれど、ちょっとだまっていてから、王子さまは、うらめしそうに、こういいかえしました。

「うそだよ、そんなこと！　花はよわいんだ。むじゃきなんだ――」

シーラはそのページに手を置いた。「ききたいんだけど。〝むじゃき〟ってどういう意味?」

「ものごとのやり方がとても単純な人のことよ。世間のことをまだあまり知らないの」とわたしはこたえた。

「あたし、むじゃき?」顔を上げてシーラがきいた。

「いいえ、そうじゃないと思うわ。あなたの年のわりにはね」

シーラは本に視線をもどした。「この花は自分がいろいろなことを経験してると思ってるんだ」

わたしはうなずいた。

「でも王子さまはそうじゃないってことを知ってるんだね」シーラはにっこりした。「あたし、ここのとこ大好き。この花が大好きだよ」

わたしたちは読み進んだ。

花は、咲いたかと思うとすぐ、じぶんの美しさをはなにかけて、王子さまを苦しめはじめました。それで、王子さまはたいへんこまりました。たとえばある日のこと、花は、そのもっている四つのトゲの話をしながら、王子さまにむかって、こういいました。「爪をひっかけにくるかもしれませんわね、トラたちが！」

「ぼくの星に、トラなんかいないよ。それに、トラは、草なんかたべないからね」と王子さまは、あいてをさえぎっていいました。

「あたくし、草じゃありませんのよ」と花は、あまったるい声で答えました。

「あ、ごめんね……」

「あたくし、トラなんか、ちっともこわくないんですけど――」

＊『星の王子さま』（サン＝テグジュペリ著）は、岩波書店から刊行された内藤濯氏の翻訳を引用させていただきました。

教室のドアが開き、秘書が顔をのぞかせた。「邪魔してごめんなさい、トリイ。オフィスに電話がかかってるんだけど」

シーラに本を渡して、わたしは立ち上がって電話を受けにいった。

わたしが恐れていた電話だった。特別支援教育担当部長からだった。州立精神科病院の小児病棟に空きができたのだ。

その知らせをきいたときのショックは、シーラがわたしのクラスで過ごすときは終わったのだ。わすことができない。彼女にどんな問題があるとしても、シーラは州立病院に入れられるような子ではなかった。知的で、創造力があり、繊細で、いろいろなことが認知できる彼女の居場所はわたしたちのいるここだった。そして最終的には普通の学校の普通学級こそが彼女のおさまる場所だった。

わたしはうめき声をあげ、懇願し、最後には怒りくるった。部長はわたしの話に耳を傾けてはくれた。彼とわたしはそれまでうまくやってきていた。わたしは彼のことをこの学区のなかでのわたしの味方だと思っていたし、わたしの指導者として信頼できる相手だと思っていた。だからこそよけいにこの電話は受け入れられなかった。

「このことはぼくたちが関わるずっと前から決まっていたことなんだよ、トリイ」と彼はいった。「きみだってそのことは知ってるはずだ。ぼくたちがどうこうできることじゃないんだよ」

あわれな小さな花。自分の鋭いトゲをあんなに誇りにしているのに、ほんとうにトラがやってきたときには、そのトゲは何の役にも立たないのだ、とわたしは思った。

戦いもしないでそんなことにさせるわけにはいかなかった。一月に来たときのシーラは、わたしが今まで出会ったこともないほど手に負えない状態だった。もしあのときに彼女を渡すよういわれたのだったら、わたしも受け入れたかもしれない。だが、今になってそんなことをいわれても……シーラほどの能力のある子どもが、六歳にして精神科病院に収容されて終わってしまうと考えただけで、心の芯まで凍りつくような思いがした。

その夜家に帰って、ボーイフレンドのチャドと一緒にうわのそらでテレビを見ていたときに、ある考えが頭に浮かんできた。わたしにはシーラの知性と行動面での改善を示す証拠がいっぱいある。これを使って事態を変えることはできないだろうか、と思ったのだ。それには、形式にのっとった、きっちりした方法をとらなければならないし、迅速に動かなければならなかった。わたしはチャドのほうをちらりと見た。彼はダウンタウンの法律事務所で働く新米の弁護士で、その時間のほとんどを私費で弁護士を雇う余裕のない人々の国選弁護人として過ごしていた。彼ならノウハウを知っているはずだ。

「シーラが受けることになっている措置と法的に争う方法ってある？」わたしは用心深くきいてみた。

「きみ、戦うつもりなの？」わたしの言葉の意味を推しはかるように、チャドは答えた。

「だれかがやらなければ。きっと学区も支援してくれるはずだわ。校内心理学者がずっとIQのテストをやってきているの。彼はシーラの才能を証明する証拠を持っているわ。それに、エドもそのことを知ってるわ」

言葉がとぎれた。それからわたしはもごもごと口のなかでつぶやいた。チャドにいわせると、わたしは〝衝動的に突っ走る〟傾向のある人間だということだ。だから彼にはこれからわたしがとりつかれたように、何かに突っ走るのがじゅうぶん想像できたと思う。

「わたしのために、あなたがやってくれない？」とわたしは頼んだ。

「ぼくが？」

そう、あなたが。

そういうことになった。すばらしい結束力で、学区はわたしをしっかりと支援してくれた。チャドの弁護料まで支払ってくれた。わたしはクラスでのシーラの様子を撮影したビデオテープ、彼女の勉強の成果、心理学者の出した判定、その他シーラが着実に進歩していることを示すと思えるものはなんでもかきあつめた。支援の輪のいちばん弱い部分は、シーラの父親だった。父親自身今までに何度も多くの施設に出たり入ったりをくりかえしていたので、自分の娘のためにそれ以外の人生を考えてやることがそれほど大切なことなのかどうかわかっていないようだった。それなのにわたしたちがシーラに他の人生を追求させようとしたので、彼はわたしたちに根深い猜疑心《さいぎ》をもっていた。彼の粗野な行動の下には、彼なりのシーラへの愛情があることをわたしは感じていたが、何度も夜一緒にビールを飲みながら説得を続け、やっとわたしたちのやることは正しいのだと納得させることができた。

審問は三月の最後の日に行なわれた。せっかく芽を出したスイセンがまた雪で倒れてしまうことを予見させるような、暗く風の強い日だった。シーラはいつものTシャツとすっかり小さくなってしまったオーバーオール姿で来なければならなかった。きれいに洗濯はしてあったし、教会からの寄付箱から選びだしたソックスとミトンを着けることを父親に認めさせはしたが、わたしにはそれが精一杯だった。シーラは、廷内に呼ばれる場合に備えて、裁判所の職員と一緒に法廷の外で待っていた。

法廷のなかで、わたしはシーラが誘拐し、火をつけた男の子の両親を見た。彼らに会うのは初めてだった。そのときまで、彼女がわたしのクラスに来る原因となったこの事件を、わたしはどこか遠いところで起きたことのように感じていた。いや、ほんとうのところは、そんな意図的な残虐行為をほんとうのことだとは思いたくなくて、考えないようにしていたのだと思う。シーラはたしかに過去にひどいことをやってきていたし、わたしの目の前でも何度もひどいことをやった。だからわたしには彼女の現実的な姿がわかっているとずっと思ってきた。だが、ここで初めてわたしは別の視点から見た真相と対決せざるを得なくなった。わたしは動揺した。それは、自分のしていることが百パーセント正しいと思いたくてたまらなかったという証拠だ。けれどもある点では、そのときでもわたしの考えが正しいという思いは変わらなかった。復讐したからといって、彼らの息子が受けた被害はもとにはもどらないのだし、その復讐はシーラの一生を台無しにしてしまうことになる。わたしたちの主張する方法こそが、この女の子のための唯一の正しい道なのだ。そうは思っていても、審問は彼女がやってしまったことの重大さをわたしに痛感させた。

判事はシーラに有利な判決を下してくれた。彼女は引き続きソーシャル・サービスの監督下に置かれるが、州立病院の小児病棟に収容するという命令は撤回された。法廷の廊下に喜びの渦《うず》が巻き起こり、チャドとわたしはシーラを連れて祝杯をあげにいった。

想像していた以上にすばらしい、夢のような一夜だった。成功に高揚した気分のまま、わたしたちはチャドとわたしがよく行っていた煙草の煙とジャズが流れ、イタリア語が飛び交うピザ・パーラーに行った。シーラはそれまでピザを食べたことがなく、初めての体験に目を輝かせた。チャドとシーラはすっかり意気投合し、チャドもすぐにわたしと同じようにシーラの虜《とりこ》になった。

チャドとシーラの二人はばかばかしい競争を始めた。何がいちばん好き？　イモ虫サンデーを食べるのと、クモでできた歯ブラシで歯をみがくのとどっちがいい？　などというたぐいのものだ。最後にチャドはまじめな顔をして、この世の中で——ほんとうに手に入るもので、いちばんほしいものは何かときいた。ドレス——きれいな服がほしい、とシーラはこたえた。自分がサンタクロースになれる機会に抗しきれなくて、チャドはすぐにわたしたちをショッピング・センターに連れていった。シーラはドレスを買ってもらうなんて父親が許すわけがないといったが、チャドはだいじょうぶだと請け合い、彼女がいちばん気に入ったドレスを探す手助けをした。

シーラは季節労働者用キャンプの家に帰る途中で眠ってしまった。

「さあ、シンデレラ」といいながら、チャドは車のわたしが乗っている側にまわってきて、ドアを開けた。そしてかがみこんでシーラを抱き上げた。「舞踏会は終わったよ」

シーラは眠そうな顔のままチャドに微笑んだ。

「さあ、おいで。ぼくがきみを家まで運んであげるよ。そしてお父さんに事情も話してあげるから」

シーラはわたしの髪に顔をうずめた。「帰りたくないよ」シーラは囁いた。

「すてきな夜だったわね」とわたしはいった。

シーラはうなずいて、ますますきつくわたしに抱きついた。「キスしてもいい？」

「ええ、いいわよ」わたしはそういって、彼女をぎゅっと抱きしめ、こっちからキスをした。

4

その学年の終わりに、わたしのクラスはなくなることになっていた。すべての障害児は今よりも規制の少ない場所に置かれるべきだという命令をふくんだ〝メインストリーミング法〟が制定されたことが主な理由だった。特別支援学級のほとんどは閉鎖になり、わたしのような教師は、一般の生徒のなかで障害児も担任するようになる普通学級の教師の補助をするための〝補助教員〟に移行することになっていた。

わたしはこの変更を大歓迎するというわけにはいかなかった。この法律の本来の力がじゅうぶんに発揮される理想的な状況にあれば、わたしもこの法律を喜んで受け入れただろう。本来ならこういう制度のほうが障害児教育の質も機会も向上するはずだったから。だが、元来シニカルなわたしはそう素直に受け取ることができなかった。それより何より、障害児教育にとってこのほうがずっと安あがりだということが見え見えだったからだ。

個人的なレベルでいえば、わたしの教え方は独立した教室をもつという閉鎖的な環境にいちばん適していた。こういう状況でこそわたしは最高の力を発揮できた。わたしはトレードマークとなっていた結束の強い、子どもたちを支える状況を作り出すことができたが、そのような環境があってはじめて、子どもたちの成長を最大限引き出すことができるのだった。だから、あちこち移動し、一週間に二十分だけそれぞれの子どもに会って、子どもたちを教育上の問題点を示すリストみたいにただ分類してまわる補助教員になるのはいやだった。だが、それよりも問題だったのは、理論的に縛られてしまうという点だった。わたしは幅広いさまざまなものから教育に使えるものを取捨選択する方法をとっていて、その材料になるものはまったく教育界の外にあることもある。人間行動に現われる多種多様な問題を扱うのだから、こういう方法をとることが唯一妥当な方法だとわたしは思っていた。だが、新しい法律のもとでは規制がきびしくなり、ある種の行動療法をとらざるをえないようになっていた。それでもじゅうぶんやっていく自信はあったが、これは方法としては過大評価されているものの、理論としてはかなり危険なものだと感じていた。このような理由から、わたしとしては新体制にあまり関わりたくなかったので、州外の大学院でさらに勉強を続けようと申し込みをしたところ、それが受け入れられた。

それが五月のことで、学校は六月の第一週に終わることになっていた。わたしたちと過ごすようになった四ヵ月半のあいだに、シーラは活発な明るい性格の女の子に変身していた。わたしが大会に出席するために留守にしたあの二月のとき以来、深刻な問題行動は起こしていなかった。シーラは今でも怒るとひどいかんしゃくをおこしたが、それもしつけられて常識の範囲内のものになっていた。今では破壊的な行動に出なくても怒りを表現することができ、その怒りの理由が説明でき、穏やかな批判を少しだけなら、荒れくるうことなく受け入れられるようにまでなっていた。つまり、シーラにはもうこれ以上、障害児学級での教育は必要ではないとわたしは感じていた。シーラにはまだもろいところがあり、どんな学級に配置するかはじゅうぶん考慮する必要はあったが、彼女には普通学級でやっていけるだけの能力があるとわたしは確信していた。

わたしには他の学校で三年生を教えているサンディ・マグワイアという仲のいい友達がいたが、彼女ならシーラの次の先生として理想的だと感じていた。サンディは若く、新しいことをどんどん取り入れ、その多くがマイノリティか極端な貧困家庭からきている生徒たちにたいしてとても思いやりがあると評判だった。それに、わたしたちは教え方はずいぶん違っていたが、似たような教育哲学をもっていた。もしサンディにシーラをみてもらえれば、彼女が普通学級に適応するまでの過渡期に必要な支えと激励を受けることができるとわたしは確信していた。

最初、特別支援教育担当部の部長をしているエドは、この考えにいい顔をしなかった。なぜならこの措置はシーラを普通教育のなかにもどすだけでなく、エドがきらっている飛び級をすることにもなるからだった。だが、話し合いを重ねていくうちに、二人ともこれが最善の策だという結論に達した。学習面ではシーラは同年齢の子どもたちより少なくとも二学年ぶん進んでいたし、今のところこれで関係が切れてしまうことを心配するような同年齢の特別仲のいい友達もいなかった。そんなことより、もしシーラが学習面である程度手応えのある授業を受けられなかったら、ただじっと教室にいることが苦痛になるだろうということのほうがわたしは心配だった。それでも、最も大切な要素はやはり教師だった。シーラには、新しい環境への移行にうまく対処してくれる、柔軟性に富み、彼女を支えてくれる教師が必要だった。それにはサンディこそ適任だというわたしの信念はまったく揺るがなかった。最後には、エドも障害児の措置を決めるチームのみんなも同意してくれた。

だがシーラはそうはいかなかった。

シーラはいいかげんなものはすぐに見抜いてしまうところがあったので、わたしはこのことにあたっては慎重に、だがためらうことなく進めていった。そう、ためらってなどいられなかったのだ。六月は迫っていたし、その先はないのだから。

最初この件を切りだしたとき、わたしは涙と怒りとだんまりに閉口させられた。その後は、週の半分以上は腫れ物にさわるような感じで過ごさなければならなかった。

「ここがあたしの教室（This here be my class）」とシーラは放課後につぶやいた。彼女がここに来てから何ヵ月かのうちにほとんどなくなっていたbeという原形を使う彼女独特のしゃべり方が、またぶりかえした。「他の教室へなんか行かないから。ここがあたしの教室」

「ええ、そうよ。でもあと何週間かすれば学年が終わるのよ。次の学年のことも考えないと」

「次の学年にもここに来る」

わたしの心は重く沈みこんだ。「それはできないのよ、シーラ」

「来る！」シーラは叫んだ。「世界でいちばん悪い子になってやる。そうしたらトリイはあたしを追い出せなくなるもの」

「まあ、シーラ。あなたったら。そういうことじゃないのよ。わたしはあなたを追い出そうなんて思ってないわ。あなたにはわたしと一緒にいてもらいたいのよ」

シーラはまだ怒っていた。顔を紅潮させ、傷ついた目をして。彼女は両手で耳をふさいだ。

「次の学年にはこのクラスはもうないのよ」わたしは静かにいった。手で耳をふさいでいても、わたしのいったことはきこえた。シーラの顔から血の気がひいていった。「どういうこと？　このクラスどうなるの？」

「これはね、大人が決めたことなの。学校のことを決める役所がこのクラスはもう必要ないって決めてしまったのよ。それでみんな他のクラスに行くことになったのよ」

シーラの目に涙があふれてきた。テーブルをはさんでわたしと向かい合う場所の椅子を引くと、シーラはそこにどすんとすわりこみ、テーブルの上につっぷした。とめどなく涙が流れた。彼女の痛みがひしひしと伝わってきた。もし手を伸ばせば、その痛みに触れることができるのは確かだった。手を伸ばさずにいると、その痛みが今度はわたしを襲ってきた。

我慢や受容や理解などということをどれくらい彼女に期待できるだろうか。このことしか、その瞬間わたしは考えられなかった。ここにいるこの子はまだたった六歳なのだ。ああ、七月にやっと七歳になるばかりだというのに。

わたしはこの子に何をしてしまったのだろう？　わたしは関わりを大切にし、のちに別れる辛さを味わうことになっても相手をせいいっぱい愛するほうが、まったく愛さないよりずっといいという考え方を信条としていた。だが、シーラもそういうふうに考えていただろうか？　そもそもわたしは彼女に選択の余地をあたえていただろうか？

そうはいっても、他にどんな選択があったというのだろうか？　わたしがやったことをやるか、そうでなければシーラを来たときのまま放っておいて、彼女が別の場所に移される日を指折り数えて待てばよかったのか？　選択肢はあまりなかった。泣いているシーラを見ていると、たとえ選択肢が少なかったにせよ、自分が正しい選択をしたのかどうかわからなくなってきた。

シーラはテーブルのところから立ち上がると、読書コーナーのクッションがたくさんあるなかに身を沈めた。わたしはテーブルの前にすわったまま、彼女が泣いているのをきいていた。ついに、わたしも立ち上がって彼女のそばにいった。

「なんでここに残って、あたしをいい子にしてくれないの？」シーラはうわずった声できいた。

「あなたをいい子にするのはわたしじゃないわ。それはあなたがすることなの。わたしがここにいるのは、あなたがいい子でも悪い子でも、あなたのことを思っている人間がいるってことを知らせるためだけなのよ。だからそういう意味では、わたしがあなたのそばを離れることは決してないの。だって、いつでもあなたのことを思っているわけだから」

「トリイもおかあちゃんとおんなじじゃない」

「ちがうわ。そうじゃないのよ、シーラ」

「だっておかあちゃんとおなじように、あたしを置いてっちゃうじゃない」

「いいえ、シーラ。ちがうのよ」

「おかあちゃんは一度もあたしのことなんか愛してなかったんだよ」シーラは静かな声で淡々といった。「あたしより弟のほうをずっとかわいがっていたんだ。おかあちゃんはあたしのことを犬みたいにハイウェイに捨てていったんだ。あたしなんかおかあちゃんのものじゃないみたいに」

「わたしはあなたのお母さんじゃないわ。だからわたしにはなんでお母さんがそんなことをしたのかはわからない。でもね、これはそうじゃないのよ、シーラ。わたしは先生なの。先生の終わりは六月にやってくるの。それでもわたしはあなたのことがずっと大好きよ。もうあなたの先生ではなくなるけど、ずっとあなたのお友達なのよ」

「友達でなんかいたくないよ。あたしはこのクラスにいたい」

わたしは彼女のほうに手をさしのべた。「わかるわ。わたしだってそうしたいもの。このままずっといられたらどんなにいいかと思うわ」

シーラは身をひいた。「トリイもおかあちゃんみたいに悪い人だったんだ」

「そうじゃないのよ」

「全然ちがわない」

最後の何週間かは感情の起伏のはげしいものになった。シーラはほとんどいつも泣いていた。だが、その涙は怒りの涙ではなかった。水曜の午後にみんなでクッキーを焼いているときや、クラスで飼っていたヘソ曲がりのウサギに水をやっているとき、読書コーナーで一人で本を読んでいるときなどの、なんでもないときにぽろぽろ涙が出てくるのだった。こういうことも別離のプロセスでの自然なことだと感じたので、わたしはこれを受け入れ、シーラが慰めを見出すものはあたえ、そうでない場合は彼女が自分のペースでこの事態を乗り越えていくがままにまかせることにした。それに、いつもいつも泣いてばかりいたわけではなかった。にぎやかで、楽しいときもいっぱいあった。

わたしはシーラをサンディのクラスに連れていき、そのあとで体験授業が受けられるように手はずを整えた。思ったとおり、シーラはサンディの温かく、明るい性格に魅《ひ》かれ、今よりずっと刺激のある三年生の教室の環境にも魅かれていった。ここの子どもたちはそれぞれ自分が興味あるプロジェクトや課題に取り組みながら活発に学習をしていて、多くの子どもが先生にいわれてするのではなく自分から進んで勉強していた。つまるところ、トイレに行けたことが何かを成し遂げたとみなされるようなわたしの教室とは、まったくちがった雰囲気だったというわけだ。シーラは体験授業から興奮して帰ってきて、ふた言目には「次の学年で、マグワイア先生のクラスに入ったら……」を連発した。そのときわたしはシーラがわたしを追い越していったことを知ったのだった。

やがて最後の日が来た。

わたしたちは一年間一緒に過ごした記念に、公園でピクニックをした。全員の親を招待し、お弁当とアイスクリーム、それから外で楽しい一日を過ごすための小道具をいろいろ持って出かけた。行き先はとても美しい市営公園で、ニセアカシアの並木が続く長いゆるやかにカーブした道路があり、音をたてて流れる小川が自然の岩の滝を滑り落ちて、柳の木に取り囲まれたカモのいる大きな池に流れ落ちるようになっていた。四方八方に広々とした芝生が広がり、古いシカモアやオークの木々が植えられていた。

シーラはこの公園が大好きだった。ここは季節労働者用キャンプからは遠いので、わたしたちの教室に来るまで彼女はここに来たことはなかった。だが、学校からはほんの数ブロックだったので、わたしはクラスの子どもたちを何度かここに連れてきたことがあった。その日シーラの父親は来なかったが、彼がシーラのために一生懸命してやったことはすぐにわかった。シーラはその日、明るいオレンジ色の木綿のサンスーツを着てきて、父親が前夜彼女を連れてディスカウント・ストアまで行き、今日のピクニックに着ていくようにと、これを買ってくれたことを興奮ぎみにしゃべった。その日のシーラは日の光のなかでスキップをしたり、踊ったり、爪先立ちでくるくるまわったり、と歓びにはじけんばかりだった。今でもニセアカシアの花の香りをかいだり、カモのいる池を見たりするたびに、太陽に輝くオレンジ色のはじけるような姿が頭に浮かんでくる。

そしてそれから、ついに最後のときがやってきた。教室のドアのところでアントンに最後のさよならをいい、バスに乗るために高校まで最後に二人で一緒に歩いた。わたしはぼろぼろになってしまった『星の王子さま』を、この五カ月の目に見える思い出として彼女にプレゼントしていたのだが、シーラは歩いているあいだじゅうその本をしっかりと抱きしめていた。

バスのステップを駆け上がると、シーラはまっすぐにバスの奥まで行き、後ろの座席に這《は》い上がって後ろの窓からわたしに手を振った。バスにエンジンがかかり、ディーゼル・エンジンの排気ガスがニセアカシアの花の香りをかきけした。「さよなら」シーラはいった。もっともガラスを隔てたうえに、エンジンの音がやかましかったのでその声はきこえなかったが。バスは動きだし、シーラは狂ったように手を振った。

「さよなら」とわたしも手を振った。バスが角を曲がり、見えなくなった。わたしは向きを変えて、教室まで歩いてもどった。

5

秋になり、わたしは学校からも季節労働者用キャンプからもニセアカシアの木からも千六百キロも離れたところにいた。大学院に入ってリサーチに没頭していた。それより何年か前からわたしは心理的な原因による言語障害、とりわけ選択性緘黙症《かんもく》——つまりしゃべろうと思えばしゃべれるのだが心理的な理由があってしゃべらない——に興味をもつようになっていた。だが、フルタイムで教師をしているとこの問題はあとまわしにせざるをえなかった。とにかく研究に費やす時間がなかったからだ。それが今では自分のやりたいことに専念することができた。研究の性質上、今でも毎日のように子どもたちと接触はもっていた。だがそれは自分がクラスを担任しているときのつきあいとは、質も性格もちがったものだった。それはそれでよかった。子どもたちとのつきあいがこのように変わることは前からわかっていたし、その心づもりがあったからこの新しい研究に意義を見出すことができたのだから。

チャドとわたしは夏を境に別々の道をゆくことになった。わたしたちは三年ほどつきあい、特に最後の一年はとても親しかった。シーラが彼女なりの方法でわたしたちをよりいっそう近づけたともいえる。以前はチャドは私生活の部分でしかなかった。わたしが学校での生活とはっきりと区別しようとしていた部分だった。それが三月に行なわれたシーラの審問のことがあって、チャドはわたしの仕事にもひきずりこまれることになってしまった。チャドがシーラとわたしにピザをごちそうしてくれたあの夜の魔法は強力で、三人ともがわたしたちは家族なんだという夢のようなひとときの虜になってしまった。あの時点ではチャドとシーラとわたしの三人が家族としてぴったりだという気がした。だが、現実にたち返ってさめた目で見ると、それがふさわしい姿ではないことがわたしにはわかった。チャドはわたしよりも年長で、若いころにさんざんやりたいことはやっていた。でもわたしはまだとても若かった。チャドと今より親しい関係になると生じてくる責任を受け入れるだけの準備が、自分にはまだできていないことがわかっていた。わたしにとってはその責任は非常に大切なものだったので、軽々しく引き受けたくなかったのだ。だから、あの時点で家庭生活を思い描くことに心を引かれはしたが、今それを試みれば失敗するだろうということもわかっていた。このこともわたしが進路を変えて、今までいた地域を離れた理由のひとつだった。わたしはチャドを愛していたし、二人の関係をご破算にしてしまいたくはなかったが、だからといって関係をさらに強いものにもしたくなかった。二人のあいだに距離をおくのが妥当な解決策だと思われた。

もちろんチャドはわたしが何をしようとしているかを見破り、いい顔はしなかった。彼にしてみれば、ちょうどおちついて結婚するにふさわしい時機だった。それどころか、あのシーラと過ごした最後の八週間が、彼にこれこそ自分が求めていたものだと確信させたのだった。彼はわたしのはっきりしない態度にいらだち、わたしの未熟さにたいして腹を立てるかと思えば、あるときは、いくら男一人が父親になる心の準備ができたところで女性がいなければしょせん父親にはなれないのだという事実の不公平さを嘆いて、ひどく傷つきやすくなったりもした。関係がうまくいかなくなったときにはだれでもそうだが、わたしは平静ではいられなかった。だがそれでもこうするのが正しいのだと今まで以上に確信して、わたしは自分の計画を推し進めた。

シーラはサンディ・マグワイアの三年生のクラスに編入し、非常にうまくいっていた。サンディは毎月手紙で様子を知らせてくれていた。シーラがおちつき、友達もでき、学習面でも立派な成績をおさめているときいてわたしはうれしかった。彼女が以前より清潔で、栄養状態もよくなって通学しているときくと、家庭状況がよくなったのかと希望がもててさらにうれしくなった。

これ以外の唯一の情報源はアントンだった。彼はまだ季節労働者用キャンプに住んでおり、そこでときどきシーラに会っていた。前年の秋にアントンが初めてわたしの教室に配置されてきたときわたしは不安に思ったものだったが、のちに彼は天性の教師であることがわかった。彼は子どもたちとゆるぎない関係を築きあげることができた。とくに勉強ができない子やスペイン語を話す子たちとすぐに仲よくなったが、こういう子どもたちは季節労働者の多いあの町には大勢いた。それで、アントンは学区で助手として働きながら、近所のコミュニティ・カレッジで教師としての資格を得るために勉強することを決意したのだった。アントンは元わたしの生徒だった子どもたちの消息によく通じていたので、彼から手紙をもらうのはほんとうに楽しみだった。

約束どおりわたしはシーラに手紙を書いたし、シーラからもときどき手紙がきた。だが、なんといってもまだ七歳だ。どれだけ才能豊かでもやはり他の七歳児と同じで、手紙は彼女にとってめんどくさいものだった。シーラからの手紙は来たり来なかったりで、そのあいだを埋めるようにサンディから手紙をもらっていなかったら、いったい何がどうなっているのかわけがわからないところだった。実際、シーラの手紙の中身は、手紙をくれる回数以上にもっとばらつきがあった。シーラはなぜか宿題をそのままわたしに送ってくることがあって、何カ月もそれしか受けとらないこともあった。

すべてが順調に進んでいた。シーラはサンディのもとで多少気まぐれなところがあるにせよ熱心な生徒として一年を終え、四年生に進級することになっていた。わたしはサンディから学校で撮った写真を送ってもらった。明るい黄色のワンピースを着て、歯の抜けた口を開けて笑っているシーラが写っていた。すごく清潔とはいえないまでも、なかなかきちんとして見えた。

秋が来たがシーラは姿を現わさなかった。わたしはサンディからシーラが学校に登録していないというびっくりするような知らせを受けとった。アントンが事情を調べて手紙をくれた。シーラと父親は三百キロほども離れた州の反対側の小さな街に引っ越したというのだ。どうやら父親が仕事をみつけたらしく、彼らは学校が夏休みになった直後の六月に引っ越していた。

わたしは彼らの前の住所しか知らないのでそこ宛てに手紙を書いたが、返事はこなかった。シーラと音信不通になってしまったと思うと悲しくなって、なんとか彼女の居所をつきとめようと何本か電話をかけた。そうしているうちに、どうやらシーラは夏の終わりにどこかに里子に出されたらしいということがわかった。だが、それも噂にすぎず確認することはできなかった。シーラと父親が移り住んだ新しい街にわたしの知り合いはだれもいなかったし、わたしはそこから二千キロも離れたところにいるのだから、彼女がどこにいてどうやって暮らしているのかをみつけだすことは不可能だった。

わたしは心配でたまらなくなった。シーラの居所をつきとめることに失敗したあとのある午後、年長の同僚に相談したところ、これでよかったのだ、いつまでも昔の生徒にしがみついていてはよくない、といわれた。この同僚はやさしい笑みを浮かべてわたしの肩を軽くたたいた。「後ろを振り返っちゃだめよ。生徒を愛して、そしてそこから離れていかなくてはいけないのよ」

メアリーズヴィルを再訪し、古い友達を訪ねたのはそれから三年後のことだった。アントンはもう街にはいなかった。コミュニティ・カレッジでの二年間のコースを終了し、州立大学で学位を取るための奨学金を獲得したのだった。だが、サンディやウィットニーを訪ねることはできた。ウィットニーは高校の最上級生になっていた。学校にも訪ねていって、今はカウンセリング・センターとして使われている昔の教室にも行ってみた。チャドとは友好的に別れたので、今でも連絡はとりあっていた。彼は同僚の弁護士リサと結婚し、あと一カ月ほどで初めての赤ちゃんが生まれることになっていた。

一緒に昼食をとることになり、わたしは彼の弁護士事務所に訪ねていった。チャドは会議中だったので、わたしは彼を待ちながら受付のデスクのところでぶらぶらしていた。そのとき、既決のバスケットに入っている書類にふと気がついた。最初ただちらりと見ただけだったのだが、そこにある名前を見て思わず見直した。シーラの父親の名前が書かれていたのだ。受付係りのほうをちらりと見て、これは部外者が見てはいけないものだと気がついた。だが、わたしはチャドが何というかききたくてたまらなくなった。

「彼がまた刑務所に入れられたこと、知らなかったのかい？」わたしの質問にたいしてチャドはこうこたえた。

「知らないわ。いったいいつのことなの？　そんなこと全然いってくれなかったじゃない」

「だって、ぼくの立場からはいえないじゃないか」とチャドは申し訳なさそうにいった。「つまり、守秘義務ってやつがあるからね。それに、ぼくはきみがすでに知ってると思ってたんだよ」彼は口に出してはいわなかったが、わたしたちは別れて以来クリスマス・カードの交換以上の手紙のやりとりはしていなかったのだ。それでも、わたしはなぜかだまされたような気がした。

チャドはやさしく微笑んだ。「最近ではあんまり法律扶助のケースは扱ってないんだ。

だからぼく自身そのファイルを見るまで知らなかったんだよ」

「いったい何があったの？」

「そのことについてはいえないんだよ、トリイ」

「わたしはそのへんの人じゃないのよ、チャド。わたしがそもそも彼をあなたにひき合わせたんじゃないの」わたしは傷つき落ち込んでしまった。チャドのせいではないということはわかっていたし、顧客の秘密は守らなければならないという彼の立場もじゅうぶん理解できたが、それでもショックで腹が立ってしようがなかった。

「そうだな、こうなることはじゅうぶん想像できたとだけいっておこう。またいつもと同じことが起こったってわけだよ」

「じゃあシーラはどこにいるの？」

「わからない。父親はこの二年ほどブロードヴューで暮らしていて、そっちで逮捕されて警察に記録を残されている。記録の照会のためにこっちへ書類を送ってきただけだよ。彼にはまったく会っていない」

「でも、シーラはどこにいるの？」わたしは頭を垂れてつぶやいた。

この発見に心を痛めて、わたしは必死でシーラがどうなったかをさぐろうとした。だが手がかりはほとんどなかった。ブロードヴューは三百キロ以上も離れたところだし、ここよりずっと大きな街だ。そこで小さな女の子ひとりを探し出すのは容易なことではなかった。わたしが確認できたのは、父親が逮捕、拘留された結果シーラはどこかに里子に出され、どうやら今もそこにいるらしいということだけだった。どこで、だれのもとに、どれくらいの期間預かってもらっているのかはわからなかった。噂によると、父子が引っ越して以来、シーラは何度も里子に出されては引きもどされるというのをくりかえしているという。

里親か。実際シーラがわたしのクラスにいたあいだずっと、わたしたちみんなが里親制度をシーラの問題を解決する万能薬のように考えていた。シーラが貧困から抜け出しさえすれば、彼女を愛してくれる親のいるおちついた家庭にいられるようになりさえすれば、そうできれば……。当時私たちが彼女を里子として出せなかったのは、単にメアリーズヴィルではソーシャル・サービスが手いっぱいで、なおかつ彼女には実の父親がいたからだった。それが今、彼女は里親のもとにいるというのだ。わたしは喜んでいいはずだった。だが、どうしてもそういう気持ちにはなれなかった。

家に帰ってから、わたしはシーラに長い長い手紙を書いた。昔の学校や昔の友達を訪ねたことを書いた。彼女の生活がわたしやサンディと過ごした一年半で中断してしまったこと、今は里親のもとにいることをわたしが知っていることにも触れた。そしてすべてがうまくいくように願っていること、もし何かわたしにできることがあるのなら、喜んでやってみるから、と書いた。わたしの電話番号を教えて、もし電話したかったらいつでもコレクトコールでかけていいから、とつけ加えた。それから、このあいだ訪ねたときにサンディと一緒に撮《うつ》したわたしの写真と、あの最後のピクニックの日にわたしが撮ったシーラの古い写真を同封することにした。すべてをきっちりと折りたたんで、大きな封筒に入れた。でもこれをどこに送ればいいのだろうか？　結局わたしはこの手紙を刑務所気付けで父親に宛てて送り、シーラに転送してくれるように頼んだ。

シーラがわたしの手紙を受け取ったのかどうか、そもそもわたしが彼女の居所を探そうとしていることを知っているのかどうかまったくわからなかった。返事が来ないままに何カ月かが過ぎ、わたしはもう返事は来ないだろうとあきらめようとした。

だが、なかなかあきらめきれなかった。シーラがわたしの人生から消えてしまったなんて、わたしには信じられなかったのだ。だが、同僚がいった言葉が何度もわたしの頭に蘇《よみがえ》った。生徒を愛して、そして離れなければならないのよ。

それから二年後、わたしの机の上に小さな封筒が置かれた。自宅ではなく当時私が教えていた大学の住所が書かれていた。すぐにシーラのぞんざいな書きなぐったような筆跡だと気づいたわたしは、急いで封筒を破って開けた。なかにはしわだらけの罫線入りのノートの切れ端が一枚入っているだけだった。ブルーのフェルトペンで書かれた文字には、まるで雨が降ってきたかのように何カ所も水で濡れた跡があった。それともあれは涙だったのだろうか。

トリイへ、いっぱいの〝愛〟をこめて

他のみんながやってきて
わたしを笑わせようとした
みんなはわたしとゲームをした
おもしろ半分のゲームや、本気でやるゲームを
それからみんなはいってしまった
ゲームの残骸の中にわたしを残して
何がおもしろ半分で、何が本気なのかもわからずに
ただわたしひとりを
わたしのものではない笑い声のこだまする中に残して

そのときあなたがやってきた
おかしな人で
とても普通の人間とは思えなかった
そしてあなたはわたしを泣かせた
わたしが泣いてもあなたは大して気にかけなかった
もうゲームは終わったのだといっただけ
そして待っていてくれた
わたしの涙がすべて歓びに変わるまで

他には何もなかった。手紙もメモも何も入っていなかった。宿題だけを送ってきたときのように、シーラは説明する必要などないと感じているようだった。今度はわたしが泣く番だった。わたしは泣いた。

第二部

6

魔法が始まったときのことははっきりと覚えている。わたしは八歳で、ウェッブ先生のクラスのあまりぱっとしない三年生だった。学校のことはたいして気にしていなかった。そんなことどうでもよかったのだ。そのころのわたしの世界は、我が家の下を流れている幅が広く湿地のようになっている小川と、かわいがっていたペットのことだけだった。学校はこれらお気に入りのものと楽しむのをじゃまするものでしかなかった。

ある朝のこと、わたしたちの読み方のグループは、ウェッブ先生が次のグループの生徒が本を読むのをきいているあいだ、自分たちの席にもどって自習しなさいといわれた。自分の机の上のワークブックの下に、わたしは紙を一枚隠していて、しなければならない課題をする代わりに、先生の目を盗んでは何か書いていた。わたしは家でダックスフントを飼っていた。七歳の誕生日に母がプレゼントしてくれた犬だ。この犬を主人公にして、うちにいる年取った雌の猫や、目をつっつきにくるカラスの盗賊などが出てくるおそろしい物語を書いていたのだ。夢中になりすぎて、わたしはウェッブ先生が動き出したことに気づかなかった。そして、自習をしていない八歳児に当然起こるべきことが起こった。ウェッブ先生はわたしからその物語をとりあげ、わたしは休み時間も席にとどまってワークブックをしなければならなかった。

この出来事自体はたいしたことではなく、残念ながらわたしにはよくあるようなことだったので、このときのことはすっかり忘れてしまっていた。それから二週間ほどあと、わたしは病気になって何日か学校を休んだ。ふたたび登校した日、わたしは遅れている勉強をとりもどすために放課後残らなければならなかった。ウェッブ先生はこの機会を利用して自分の机のひきだしの整理をしていたようだ。とにかく、わたしが勉強を終えると、「はい、あなたのでしょ」といって先生はわたしに紙を手渡した。例のわたしの愛犬とカラスたちの物語だった。

家に帰ろうとコートや荷物をまとめてから、わたしは廊下を歩きながらその物語を読みはじめた。他の子どもたちはわたしよりずっと前に帰ってしまっていたので、廊下は暗く静かだった。廊下の突きあたりまでくると、わたしは学校の重い両開きのドアを押し開け、物語を読みおえようと玄関先のコンクリートの階段に腰をおろした。

そのときのことをわたしは鮮明に覚えている。スカートごしに伝わってくるコンクリートの冷たさ、学校の入口の暗さと対照的な晩秋の日の光、からっぽの運動場の気味が悪いほどの静けさ、帰りが遅くなりすぎるとおばあちゃんが心配するからもう帰らなくてはと思いながらすわっている、あのかすかに不安な気持ちまでがまざまざと蘇ってくる。でもその物語を書いた紙はわたしをとらえて離さなかった。

わたしの愛犬、彼の冒険、わたしが心のなかでいつも作り上げていたメロドラマのような経験をするという興奮。すべてがそこにはあった。わたしは物語を読みながら、自分がそれを書いているときと同じ興奮を味わっていた。そのことに気づいたとき、わたしはびっくりして読んでいた紙を下ろした。そう、紙を下ろして、その紙の上縁越しに、だれかが運動場のアスファルトにチョークで描いた石蹴り用の線を見ながら、この発見に圧倒されていたのをよく覚えている。うわぁ！　わたしはそれまでずっと書くことを疑似体験のように感じて書いていた。書いているあいだは自分をだれか他の人間に変身させてその人物になりきり、その人物の気持ちになり、その人物がする冒険を経験することができた。だが、いったん物語を創造するという行為が終わってしまえば、自分が書いたものを読み返すことは一度もしなかった。今こうして二週間たってから自分が書いたものを読んでみたわけだが、わたしは自分が書いているときに経験したのとまったく同じ気持ちを味わっていた。まったく同じ気持ちをふたたび味わえたのだ。まるでこの二週間が存在しなかったように。わたしは時間を止めたのだ。あの日、学校の入口の階段のところで、わたしは自分が第一級の魔法に出会ったことを知ったのだった。ほんとうの魔法に！

その後の子ども時代と、思春期から大人になるまでずっと、わたしはとりつかれたように書きつづけた。書くことは、内から自然に出てくる、血のめぐりや消化と同じようなほとんど自動的な活動で、わたしにとってはごく自然なことだった。日記、逸話、小説、とわたしはあらゆる形で書いた。他の人々を理解するために書き、しばし自分を他の人人のなかに置き、他の視点から見れば世の中はどう見えるのだろうと感じるために書いた。自分がまだ出会ったことのない感情や経験を理解するために書いた。そして自分自身がわかりたくて書いた。

書くということは、多少ふつうとは違っていたかもしれないが、強力な教育だということがわかった。特に、書くことでわたしは客観的になったり、相手に感情移入したりする能力を育てることができた。そのおかげでわたしは大幅に他人との違いを受け入れることができるようになり、もちろんその結果観察眼を養うこともできた。

博士課程の最後の年のことだった。自分でもこんな段階まで進むとは思ってもいなかった。それまでには、かつて、シーラを受け持っていた年にわたしにひどい打撃をあたえたメインストリーム法もなんとか切り抜けていた。依然としてメインストリーム法実施のあらゆる局面に満足していたわけではなかったが、シーラとの別れの二年後には、わたしは学校の現場にもどり〝センター付き〟補助教員としてふたたび教職についた。これはわたしはずっと同じ教室にいるが、生徒のほうで出たり入ったりするというものだ。自分の担任のクラスを持つような充足感はないが、それでも少なくとも定期的に同じ子どもたちを見ることはできた。

だがその後ワシントンの行政方針が変わり、それにともなって国の一般方針も変わってきた。十年前にわたしがあれだけ戦って勝ち取ってきたものが、たった一つのサインで一掃されてしまった。減税と公共経費の削減が時代の常套句となった。障害児を公立学校で教えるためには多大な労働力がいる。つまり高くつくので、わたしたちのいる職場が第一の標的とされた。そこで、普通学級に特別支援教育を必要とする子どもたちを配置するということが、安価な代替案として今まで以上に強調された。多くの普通学級の教師たちは障害児の扱い方をほとんど知らないので、わたしたち障害児教育の専門家は、必ずしも子どもたちに――いや、教師にとってもそうだが、いちばん有利とはいえないやり方で子どもたちとつきあうことを余儀なくされたのだった。だが、政府がわたしたちに提供している予算で子どもたちを教えていくにはそういうやり方しかないのだった。市場経済が今や教育にまで適用されるようになったのである。

この変化に腹が立ったし、もしこのまま教室にとどまりつづけたら、わたし自身もすぐに失業するだろうということがわかっていたので、わたしは障害児教育の博士号を取るための勉強をしようと心に決めた。だが、これは愚かな決断だった。障害児教育のヒエラルキーのなかでわたしが大好きな唯一の場所、つまり現場で教えるためには、博士号などかえってじゃまだったのだ。さらに悪いことに、博士号取得の勉強のために、わたしは今まで自分が逃れようとしてきた理論を作り上げる場所に自ら飛びこんでいかなければならなくなった。当然のことながら、どうしても心からその場になじむことはできなかった。

わたしは他に気持ちのはけ口をさがすことでなんとかしのいでいた。この場合、そのはけ口となったのは、ずっと前からしている心理的要因による言語障害に関するリサーチを続けることだった。この研究に障害児教育にたずさわる同僚たちはほとんど興味を示さなかった。だが、わたしはすぐにこのリサーチにふさわしい場所をみつけだした。

キャンパスを越えたところにある大学病院だ。そこの、特に小児及び思春期精神科の精神科医やその他の専門職をしている人々のなかにリサーチに協力してくれるという人がみつかったのだ。わたしはその道の専門家ではなく雑多な資格を併せ持っていただけなのに、わたしの希望は受け入れられ、激励を受け、リサーチはたいへんうまくいった。いつものように、暇があるとわたしは書いていた。実際のところ、それまでのどの時期よりもたくさん書いていた。ひとつには、わたしが自分の研究に全力投球していなかったからかもしれない。

シーラとのことを書いてみたいという欲求はだいぶ前からあった。わたしはあのクラスのときの資料をたくさん残していた。それはべつにあとで書くときの裏づけにしようと思ったからではなく、わたしがなかなかものを捨てられない性分であり、あのクラスに愛着があったからだった。あのクラスを担任していたころは毎日の日記はつけてはいなかったが、あんなことがあった、こんなことがあったというふうに出来事の記録はいっぱいつけていた。さらに、自由にビデオカメラを使うことを許可されていたので、シーラを映したテープがいっぱいあった。ときどきこれらの記録を繰ってみていると、その間ずっとシーラの声がきこえてきた。彼女独特の抑揚や、あのひどい文法の歌うようなシーラのしゃべり方が。わたしはその言葉を書きとめなければならなかった。どんどん時間が流れ去っていく前にあの五ヵ月を書き留めておかなくてはならなかった。

そんなある一月の暗い夕方、仕事からの帰りに家に向かってハイウェイを車で走っていたときのこと、書き出しの言葉がふと頭に浮かんだ。〝わたしは気づくべきだった〟。わたしは家に帰り、そのまま書きはじめた。八日間かかって二二五ページを書きおえた。

書きおえてはじめて気がついた。二二五ページものそれは、わたしが単に自分の楽しみのために書いた覚書きではなく、一冊の本だということに。わたしはそのとき、これはシーラを探しだして彼女にこの本を読んでもらわなくては、これから先に進めないと思ったのだ。

7

わたしの目を引いた求人広告は、メアリーズヴィルから西に車で四時間ほどいったところにある大きな街のある小さな私立の精神科クリニックが出したものだった。東部にいるあいだずっと、わたしは中西部がなつかしかった。正直いうと、シーラのことも頭をかすめた。彼女が最後に住んでいたことがわかっているブロードヴューは、その街の衛星都市だった。わたしが本を書いてから六カ月がたっていたが、シーラの居所は依然わからなかった。シーラの近くに住み、ひょっとして連絡がついてまたつきあいを再開できるかもしれないと思うと気がそそられた。

選択性緘黙症に関するわたし自身の研究を続けるいっぽうで、スタッフに交じってさまざまな研究プロジェクトを共同で行なう研究心理学者として、わたしはサンドリー・クリニックに採用された。スタッフは七人。所長のドクター・ローゼンタールをふくむ五人は、ベテランの児童精神科医だった。彼らは数年前にこのクリニックを共同で設立し、優雅な古い建物を立派なオフィスやセラピー室に改装していた。

わたしはこのサンドリー・クリニックがたいへん気に入った。同僚たちはみな才気にあふれ、はっきり意見を言う人たちで、チームとして一緒に仕事をしやすい人たちだった。そんななかでもいろんな意味で頂点に立っているのは所長だった。ドクター・ローゼンタールは、身体も二メートル近い大男だったが、知性のほうもそれに見合うような特大サイズだった。所長には強力な指導者によくあるカリスマ性があり、そのせいで実際の身体的特徴とは関係なくハンサムに見えた。わたしはこのクリニックでの最初のほぼ一年間、所長のことを畏怖していた。生まれも育ちもアメリカなのだが、所長にはヨーロッパ風の格式ばったところがあった。たとえば、所長は決してわたしたちのことをファースト・ネームでは呼ばなかった。だれかに呼びかけるときには「ドクター」というのが所長のやり方だったが、わたしにはその資格がなかったのでずっと「ミス・ヘイデン」と呼ばれていた。このようなところからくる近寄りがたい雰囲気に、所長が並はずれた知性の持ち主だという評判とがあいまって、わたしは所長にはなかなかうちとけられなかった。それでも、所長がやさしい人で、スタッフにたいしても自分が扱っている子どもたちにたいするのと同じように、断固としてはいても親切であること、そしていつもいつも人を公平に扱うということがわかってきた。

クリニックでの生活は、わたしが州の学校制度のなかで教えているうちに慣らされてきたものにくらべるとぜいたくなものだった。ここには広々とした日当たりのいいセラピー室をはじめとしたすばらしい設備があった。このセラピー室には、親戚までふくめた人形の家族が揃っている、高さ一五〇センチほどもある人形の家や、子馬くらいの大きさがある木馬、室内用の砂場や水盤など、障害児教育をやっていたころのわたしが喉から手が出るほどほしかったものが揃っていた。

わたしの仕事時間も余裕のあるものだった。わたしは言語能力の程度によってグループ分けされた子どもたちのセラピーをすることになっていたが、その他にかなりの時間を自分の研究プロジェクトや同僚との相談に費やすことを許されていた。五十分間の〝セラピー・アワー〟では満足できなかったため、そうしたほうがいいと思う場合には、自分が受け持っている患者に、従来の週に一度のセッションでなくて二度か三度会うことや、セラピーを行なう場所もクリニックではなくて患者の居場所に設けてもいいという自由があたえられた。

わたしの立場から唯一玉にきずと思えるところは、同僚のほとんどがフロイト派に傾倒していて、そのため教育界での同僚が行動主義心理学にしばりつけられていたように、彼らの考え方がフロイト流の解釈にしばりつけられていたことだ。そんな場に居合わせたわたしは、修道院へ入ることを許された無神論者のようなものだった。わたしには、人間行動のすべての解釈をひとつの枠組みのなかにおさめることなどできなかった。わたしたちは、効果的な変化をもたらす機会をつくるために、混沌としたものを秩序づけるひとつの方法として学説を作りあげる。だが、この秩序を作りあげるのは現場にいるわたしたちなのだ。なぜならそれを必要としているのはわたしたちなのだから。私流の考え方でいうと、どんな学説も解釈へのひとつの道を示すにすぎず、ことわざにもあるように山に登るには道はいくつもあるのだ。

このように考え方はちがっても、ほとんどの場合わたしはうまく対処できた。クリニック全体の雰囲気が、わたしに同僚と同じような方法をとることを強要しないものだったし、わたしには精神科医の資格がなかったので、みんなもわたしにそのようなことを期待していなかったからだ。実際、ドクター・ローゼンタールが興味をもってくれたのは、わたしの多様的なものの見方だったのではないかと思う。それでも、ついつい口をだしたくなるのをぐっと我慢することも往々にしてあった。

一人前の精神科医ではなかったので、わたしには建物の正面に立派なオフィスをもつ資格がなかった。その代わりに、わたしは建物の奥にある大きすぎる物置をジェフ・トムリンソンと共有していた。

すでに博士号をもっていたジェフは、児童心理学者としての研修の最後の年にさしかかっていた。彼はあまりに知性にめぐまれているためにそれが当たり前だと思っているタイプの人間だった。謙遜など彼の辞書にはなかった。彼は才気煥発で、自分でもそのことがわかっていたし、みんながそのことを知っていることもわかっていた。わたしが彼のすごさに感嘆するたびに、ジェフはいつも「あったりまえだよ」というのだった。ただ、そのいい方が絶妙なので、だれも嫌味には感じなかった。とにかく並の才能ではなかった。

残念なことに、ジェフはフロイトの孫といってもいいくらいのフロイト派だった。いや、あの巨匠がいったことをすぐに引用できる能力からすると、フロイト本人といってもいいかもしれなかった。写真と同じくらいの正確な記憶力で、ジェフはあの巨匠が研究した症例について一言一句違《たが》えずに無限に引用してみせて、わたしを黙りこませるのだった。しばらくすると、どっちが相手をいいまかせるかというのがわたしたちのあいだでのゲームになった。

ほんとうのことをいうと、わたしはジェフが大好きだった。わたしたちはスタッフのなかでも最年少で、他のスタッフたちとは何十歳とはいわないまでもかなり年齢が離れていた。だから、わたしたちの関係は大人に囲まれたなかでの兄と妹のようだった。他の精神科医たちは建物の正面に面した場所に、コーニスや暖炉があり、絨毯《じゅうたん》を敷きつめ革張りの寝椅子を備えた立派なオフィスを構えていた。ジェフとわたしは建物の裏側にある窓のない物置をオフィスとして共有していたが、そこは以前他の心理学者が研究用の動物を飼っていたところで、今でもまだその臭いが残っていた。その部屋の壁をわたしたちはポスターやマンガやピンク・パンサーのネームプレートなどで飾り立てていた。そしてここでわたしたちは仕事をし、けんかをし、問題を分かち合っていた。

ジェフがどうしようもないがちがちのフロイトばかにならずにすんでいたのは、彼のたぐいまれなユーモアのセンスのおかげだった。彼にはおかしな声を出したり物まねをする才能があって、平然と何くわぬ顔でそれをやってのけた。その結果、ファイル用キャビネット、机、ラジエーターなどのオフィスにある動かぬものたちが、すべてあのロビン・ウィリアムズふうの変な声でしゃべりだし、思いがけずわたしたちの会話に加わってくるのだった。もちろん子どもたちはこれが大好きだったが、この声色はわたしにも効果を発揮した。家具を味方にひきいれている男相手に怒れるものではない。

全体的にいって、わたしは障害児教育からのこの転職を喜んでいた。もっとも、仕事をするときにウールのスカートをはいてじゃらじゃらとアクセサリーをつけ、だれもひっぱるものがいないから長い髪を縛らずにそのまま垂らしておけるというのは、わかっていても、やはりまだへんな感じがした。いや、実際わたしは自分がジーンズとスニーカーをひどくなつかしく思っていることがわかり、最初の何ヵ月かが過ぎたあとにはこの服装にもどった。だが、じゅうぶん整った施設や刺激的な同僚たちには心から満足しており、少なくともしばらくのあいだは、この転職は正しかったと感じていた。

8

わたしがやっとシーラの居所をつかんだのは、彼女があと三カ月で十四歳の誕生日をむかえるというころだった。わたしは七年間も彼女に会っていず——七年といえば彼女のそれまでの人生の半分だ——二年前に郵便で受けとった例の詩をべつにすれば、五年間も音信不通だった。わたしは彼女が父親と一緒にブロードヴューの街からかなりはずれたところに住んでいることを探しあてた。父親と電話で話したあとに、訪ねていいかとわたしはきいた。

彼らは、空き地に廃車や錆ついた家電製品などが打ち捨てられた荒廃した地区にある、ペンキのはげ落ちた茶色っぽい二軒長屋に住んでいたが、季節労働者用キャンプにあったシーラの家にくらべればぜいたくといえる住まいだった。

わたしはドアをノックした。ドアの向こうに何の音もきこえないまま長い時間が過ぎた。自分でも驚いたことに膝ががくがく震えていた。玄関の階段のところで待っているあいだに、過去の亡霊が一気に押し寄せてきて、その物音がわたしの耳にはっきりときこえてきた。一人の子どもの笑い声がこだまし、叫び声、金切り声、教室のざわめきがきこえる。と、やがてわたしが季節労働者用キャンプにあるシーラのタール紙で作った小屋の玄関のところに立っていたときに経験したあの暗く、すべてのものを一掃するような静けさが訪れた。そこでわたしは現実に引きもどされた。ドアの向こうから足音がきこえ、ドアが開いた。

ドアを開けてくれるのがその人だろうと予想していなかったら、シーラの父親だとはわからなかっただろう。彼は七年間で驚くほど変貌をとげていた。わたしが覚えている薄汚い太りすぎの大酒飲みの姿はそこにはなかった。ドアを開けてくれたのは、ほっそりとした運動選手を思わせる体型をした男性で、何よりもびっくりしたのはその男性の若さだった。最後に彼に会ったとき、わたしは二十代前半だったが、わたしはいつも彼のことをわたしの親の世代だと思っていた。だが、今になってわたしはショックとともに彼はわたしとくらべてもそれほど年をとっていないということに気づいたのだった。

「レンズタッドさんですか？」ためらいがちにわたしはきいた。

彼はうなずいた。

「トリイ・ヘイデンです」

彼は心から歓迎するというように微笑み、ドアを開けたまま手でおさえてくれた。「さあ、入って。シーラは今ちょっといないんだが。いや、そこの店までミルクを買いにいっただけだから、すぐもどってくるよ」彼はわたしを居間に通した。テレビと使いふるした茶色のソファと二脚の古臭いアームチェアがあるだけのせまい部屋だった。たしかに、部屋全体が茶色っぽく澱《よど》んだような雰囲気だったが、居心地はよかった。

わたしたちは二人ともとつぜん恥ずかしさに襲われた。何年間もこの瞬間を頭に思い描いてきたが、それが現実のものとなった今、わたしは何といっていいのかわからなかった。見るからに父親のほうも同じような気まずさを感じているようだった。

しばらくしてから、彼はテレビの上に置いてあった写真を手にした。「ほれ、見てみるかい。おれの子どもたちだ」

野球チームの写真だった。少年たちは十歳か十一歳くらいだろうか。彼らは二列に並んで、前列は膝をつき、後列は立っていた。レンズタッド氏は後列の左側にいた。

「ここ一年ほどコーチをしてるんだ」わたしの側に移動して写真を見ながら、彼はいった。「この子を見てくれ。ジュマ・ワシントンっていうんだが、この名前は覚えておいたほうがいい。いつか有名になるぞ。この子はハンク・アーロンみたいになる。その子に打つことを教えたのがこのおれなんだ。最初入ってきたころは何にもできなかった。

乱暴でうるさいだけのやつだった。だが、こいつはメジャーリーグに入るぞ。まあ、見ててくれ。こいつはきっと大物になる」

「それはすごいですね」

彼はわたしの顔を見た。「おれはもうきれいさっぱりの身なんだ。シーラからきいてないかい？　もう酒もクスリもやってない。もうこの一年半きれいなもんだよ。今じゃおれのほうが人を助けてるんだから」

「そうきいてうれしいですわ」とわたしはいった。

「ほんとだよ。もうめんどうなことなんか起こさないよ。なにしろおれには今この子たちがいるんだから。今シーズンもう四ゲームも勝ってるんだ。おれがチームを引き受けるまでは一度も勝ったことがなかったんだぜ。乱暴なガキばっかりで、サルみたいなもんだった。だがそれが今では立派なもんさ。ジュマがいるし。他にも二人ほどいい選手がいる。どれ、見せてやろうか」といって、彼は写真をふたたび手にした。「こいつだ。サリームっていうんだ。それからこいつ。ルイスだ。やつらがプレイするところを見てほしいな。いつか土曜日に来られないかね？」

そのときドアが音をたてて開き、そこにシーラが立っていた。

これがシーラ？

そこに立っていたのは、なんとオレンジ色の髪をした、ひょろっとした思春期の女の子だった。赤みがかったブロンドでも赤毛でもなく、道路に置く円錐標識《カラーコーン》のようなオレンジ色だ。その髪を長く伸ばし、ちりちりにパーマをかけた上からカブスの野球帽をかぶっている。

もし道で出会ったとしたら、これがシーラだとわかっただろうか？　彼女はわたしが思っていたよりもずっと背が高くなっていた。わたしが受け持っていたときのシーラはすごく小さくて栄養状態もよくなかったので、わたしは彼女のことをずっと小さいまま思い描いていた。それが目の前にいる彼女は一六〇センチ以上もあった。それもまだ十三歳だというのに。だが、彼女はまだ完全に思春期らしい身体つきにはなっていなかった。ひょろひょろして、まだ子どもっぽいところが残っていた。

彼女のほうでわたしがわかったかどうかは、疑問の余地はなかった。わたしを見たとたんに、シーラはもっとも予期しないものを見たとでもいうように、急に立ち止まった。彼女の頬が赤くなった。「ハーイ」そういって恥ずかしそうに微笑んだ。あの笑顔だった。彼女の顔がとたんになじみ深いものになった。

「ハーイ」

三人ともどうしようもないほど気づまりだった。この再会をあんなに長いあいだ夢に見ていただけに、自分が何をいっていいかわからなくなるなんて思ってもいなかった。でも実際はそうだった。シーラも同じように、半ガロン入りのミルクのカートンを胸に抱き、わたしをじっと見たまま雷に打たれたようにその場に立ちつくしていた。話ができるのはレンズタッド氏だけのようだった。彼はまた野球チームの話をしはじめたが、わたしにすわるようにはいってくれなかったので、わたしたちは三人とも居間の真ん中で立ちつづけていた。

シーラの父親はひたすらしゃべりつづけた。彼はもう酒もクスリもすっぱりやめたと何度もくりかえした。これをきいてわたしはきまりわるくなった。わたしが訪ねてきたのは自分のことを調べにきたのだと父親が思っているような気がしてきたのだ。父親はどうやらわたしとシーラが実際よりもずっと頻繁にここ何年か連絡を取り合っていると思っているらしくて、わたしがまったく知らない出来事のことなどをほのめかしたりもした。ここでこれ以上詳しいことをきくのは無神経だと思ったので、わたしからは何もきかなかったのだが、わたしにわかった限りでは、シーラは八歳から十歳までと、それから十一歳のときにもしばらく里子に出されていたようだった。そして今から一年半前に父親が仮釈放されて以来、二人は一緒に暮らしていたのだった。

シーラは一言もしゃべらなかった。父親やわたしみたいに彼女も居間の真ん中に立っていたが、会話に加わろうとはしなかった。わたしはちらちらと彼女のほうを盗み見た。とくに、その髪を。それほど異様な色だったからだ。それから彼女の服装も。わたしのクラスにいたころ、シーラは茶色の縞模様の男の子用のTシャツとデニムのオーバーオールという一組しか服を持ってなくて、あの三月の審問のあとにチャドがシーラのために買ってあげたドレスを父親が受け入れるまでは、同じ服を毎日毎日着ていた。今のシーラの服装を見ても、あのころとくらべてましになっているようには思えなかった。異常に大きすぎる白のTシャツの上から袖を切り取ったボロボロのジーンズのジャケットを重ね着していた。カットオフ・ジーンズのほぐれた裾のようなものがのぞいていたので、Tシャツの下に下着以外に何かはいているようだったが、よくわからなかった。考えるに、この服装は貧しさの表われというよりはどうやらファッションのようだった。

ついに父親がしゃべるのをやめたとき、わたしはシーラのほうを向いた。「来る途中にデイリークィーンがあったわ。一緒にサンデーを食べにいかない？」

車のなかでわたしと二人っきりになっても、シーラは黙ったままだった。決して敵意のある沈黙ではなかったが、それでもじゅうぶん気づまりだった。いつのまにかわたしはシーラと初めて会った日のことを考えていた。あのときも彼女は黙っていた。貝のように押し黙り、沈黙を破ったのは、わたしに彼女をしゃべらせることなんかできないとものすごい激しさで宣言したときだけだった。わたしは自分が知っているあのカリスマ性のある小さな女の子を思い出し、この神経質そうな若い女の子のなかに彼女を見出そうとした。だが、見れば見るほど、このへんな格好をした、子鹿のようにおどおどしている子はわたしの知らない子だった。

デイリークィーンの駐車場に車を止めて、わたしはあたりを見回した。

「昔みんなをよくデイリークィーンに連れていって、デイリー・バーの箱を買ったこと覚えてる？ そしたらピーターがいつも他のものをほしがって。何でもよかったのよ。とにかくあの子は他人《ひと》といっしょのものはいやだったの」

「ピーターってだれ？」

「覚えてるでしょう。同じクラスにいた。いつもひどい冗談ばっかりいってたじゃない。文句ばっかりいう子だったわ。思い出した？」

しばらく間があった。「うん……まあね。メキシコ人の子だったよね？」

「え、いいえ、黒人だったけど」

わたしたちはサンデーを注文し、正面のピクニック・テーブルについた。シーラは上からおおいかぶさるようにアイスクリームを食べはじめた。それを見ているうちにわたしのクラスに来たばかりのころのシーラが蘇ってきた。あのころ、彼女は自分が食べおわる前にだれかに自分の食べ物をとられないようにと、動物のように油断なく昼食のトレイの上におおいかぶさるように顔を近づけて食べていた。彼女は自分のサンデーをかきまわしはじめた。アイスクリームとチョコレートソースとホイップクリームがぐじゃぐじゃに混ざりあった。

「で、学校のほうはどうなの？」とわたしはきいた。

「まあまあ、かな」

「どんな科目をとってるの？」

「ごくふつうのものだよ」

「何かおもしろいもの、ある？」

「べつに」

「むずかしいものは？」

「べつに」シーラはそういって、さらにはげしくサンデーをかきまわした。「ほとんどは退屈」

何か話のきっかけになるものを探しながら、わたしは昔教室で子どもたちに話をさせるようしむけるときに使った手を使うことにした。

「じゃあ、何がいちばんいやなの？」

「自分がいちばん年下なこと」シーラはためらいもなくそういった。「それがいちばんいや」

わたしを非難しているのだろうか？　飛び級をさせたのはわたしの責任だということを彼女は知っているはずだった。暗にそういうことをいっているのだろうか？「そのことの何がそんなにいやなの？」

シーラは肩をすくめた。「ただいちばん年下だっていうこと。それだけだよ。いちばんチビだってこと。あたしはいつでもみんなのなかでいちばん背が低かった。つい去年までね。いつもクラスで赤ちゃん扱いされてきた。みんなにいじめられて」

「そうね、いろいろたいへんだったでしょうね。でも、何があなたにとっていちばんいいかを知るのは、なかなかむずかしいことだったのよ」

シーラはもういちど肩をすくめた。「べつに文句をいってるわけじゃないよ。ただきかれたからいってるだけ」

そのあと沈黙が流れた。彼女をもっとうちとけさせてもっとこの問題を話させ、もっと重要なことをきき出そうか――今のこの時点ではこれはあまり適切とは思えなかったが――それとも別の話題を探そうか、どっちがいいだろう、とわたしは考えていた。ものすごく居心地が悪かった。ここにいるのはわたしが思っていたシーラとはまったくちがっていた。

さらに沈黙が続いた。自分のサンデーを口に運びながら、わたしはそれを味わうことに集中した。

突然シーラが音をたてて息を吐き出し、頭を振った。

「すっごくへんなかんじ。あたし、ずっとあんたのことをとてもよく知ってる人だって思ってたのに」彼女はここまでいってわたしのほうを見た。「だけど、あたしたちって、まったく知らない人同士ってかんじじゃない」

思い切ってこういってくれたことが、張りつめていた緊張をときほぐした。ほんとうのところ、わたしたちは見知らぬ者同士だった。どっちもがそんなことを予想もしていなかったけれど。いったんこのことを認めてしまうと、この空白の七年間が存在しなかったかのようにふるまおうとしていた先ほどよりは、ずっと話しやすくなった。

自分のほうからシーラは学校のことを話しはじめた。彼女は学校がきらいだった。ちょうど九年生が終わったばかりで、学習面ではうまくやっているようだったが、話をきいていると、どの勉強も彼女の心に触れるようなものはないようだった。学校側は彼女の髪の色や服装や態度のことで彼女を叱っていて、話しぶりから察すると、彼女のほうでは学校をさぼることでそれに対抗しているようだった。

あまのじゃくの彼女らしい話だったが、彼女がおもしろいと思っている唯一の科目はラテン語だった。ラテン語がまだ学校で教えられているなんてわたしは知らなかった。年配の男性のラテン語教師は、いまどき珍しいほど厳しく、女子の学習能力に偏見を持っていたが、それがかえってシーラを刺激して、できるところを〝みせてやろう〟という気にさせたようだ。それで、口ではラテン語はだいきらいだといってはいたが、シーラはラテン語のクラスのことやその授業の内容のことを生き生きと話してきかせてくれた。

代わりに、わたしのほうはわたしたちが別れてからわたしが受け持ったクラスの話や、大学院での日々のこと、この近くの街のクリニックへの転職など今までのわたしの様子を話した。それから本を書いたことも。

「その原稿が車にあるの。あなたに読んでもらいたいのよ」わたしはいった。

「本？」シーラは信じられないというようにいった。「本を書いたの？　あんたがものを書く人だったなんて知らなかったよ」

わたしは肩をすくめた。

「あたしのことが書いてあるの？　あたしたちのクラスのことが？　えーっ、へんなの」こういってシーラはちょっと笑みを浮かべた。「だって、そんなの、超へんだよ」

「ほんとうに起こったこととはちょっとちがってるように思えるかもしれないから、そのつもりでいてね。みんなそれぞれ今は別の生活があるわけだから、他の人のプライバシーを侵すわけにはいかないから。だから、人の名前を変えたり、出来事の順序をちょっと入れ替えたりしたの。でも、読めばきっとなんのことか全部わかると思うわ」

「すごくへんだよ。本？　あたしのことを書いた本？」

「とにかく、あなたの考えをきかせてほしいのよ。あなたの話なんだから、というかあなたとわたしの話だから。でもあなたが重要な部分を占めているわ。だからあなたがふさわしくないと思うことは入れたくないのよ」

シーラは笑みを浮かべた。「べつにどうでもいいよ。だってあのころのことはほとんど覚えてないし」

「まさか、覚えているでしょ」わたしはそういってにこっと笑い返した。

彼女は肩をすくめたが、表情は変わらなかった。「トリイ、なんたって、あたしはあのころまだすごく小さかったんだから。今の人生の半分よりもっと昔に起こったことなんだもん。だから、喜んで読ませてはもらうけど、ほんとのことといったら、トリイの好きなようにどう書いてもらってもいいんだよ。正直いって、あたし、何も覚えてないんだから」

9

「えーっ、ほんとにこんなふうだったの？」シーラはびっくりした声できいた。次の土曜日のことだった。わたしたちはシーラの部屋にいて、シーラは自分のまわりに原稿のページを散らばらせて体を丸くしていた。

微笑みながら、わたしはうなずいた。

「うわぁ、あたしがほんとにこんなだったんなら、そのあたしを引き受けたなんて、トリイ、勇気あるよ」

「あのころ大勢の人がそう思ったみたいよ。自分でも少しはそう思ったくらいだから」

「トリイが選んだわけじゃなかったんでしょ。上から引き受けろっていわれただけなんでしょ……あたしを」そういって、シーラは原稿の束を振り返った。「アントンのことを思い出したような気がする。このあいだデイリークィーンできかれたときには覚えてなかったけど、これを読んでいたら思い出してきたよ」

「彼、今何してると思う？　障害児教育で修士号をとろうとがんばって勉強しているところなのよ。彼ね、精神的な障害をもつ子どもたちを教えていて、自分の担任のクラスをもつようになってもう三年になるわ」

シーラは顔をあげた。「すごいじゃん。彼のこと、自慢でしょう。声でわかるよ」

「アントンが成し遂げたことは、すばらしいわ。すごくたいへんなことなのよ。そのあいだずっと、彼は家族を養っていかなければならなかったし、それまではずっと季節労働者だったんですもの」

タイプ原稿のほうを見やりながら、シーラはしばらく黙っていた。「あたしが覚えているのは、彼がすっごい背の高いメキシコ人だったってことだけ。二メートル以上にも思えたよ。でも、彼が何をやったかは全然覚えてない」

「ウィットニーは覚えてる？」とわたしはきいた。

「ううん。でもあのウサギのうんち事件のことはよく覚えてる。あの小さい玉に色を塗ったことはよく覚えてるよ。げーっ、今思うと気持ち悪いよね。考えてみてよ。あたし、素手で糞《ふん》をつまんだんだよ」シーラは声を出して笑った。「なんて気持ち悪い子だったんだろう」

わたしも笑った。

「へんなんだけど、実際に自分がそうしているときって、全然そんなふうに思わないんだよね」そういってシーラはつけ加えた。「あの糞に色を塗ってるとき、すっごい真剣にやってたって覚えてる」

「チャドのことは？」とわたしはきいた。「わたしのボーイフレンドで、例の審問のときにあなたを弁護してくれた人よ。覚えてる？」そしてシーラがこたえる前に、にやっとしていった。「どうなったと思う？　彼、今結婚していて三人子どもがいるのよ。いちばん上の女の子の名前、なんだと思う？」

シーラはきょとんとした顔をした。「知らない」

「シーラよ」

「あたしと同じ？」シーラはびっくりしていった。

「そうよ、あなたに因《ちな》んで。つまり、彼はあなたと一緒に過ごしたときのことを思ったのよ。あの審問のあと、わたしたちすばらしいときを過ごしたでしょ」

しばらく間があった。シーラはふたたび手にしている原稿に目をやり、しばらくその最初の部分を読んでいるようだった。「ったく、もう、すっごいへんな感じ。信じらんないよ」

「どんなふうにへんなの？」

「わかんないけど。あたしの名前がここに載ってるなんてさ。ここに出てくるのはほんとはだれか他の人みたいだけど、でもやっぱりあたしでもあるみたいな」

「わたしの書き方が正しくないって意味？」わたしはきいた。

「うーん、ってわけじゃなくて……たぶん自分のことが本の登場人物になって出てくるからだと思うんだけど……っていうか、超へんだよ」またしばらく間があった。「トリイはほんとうのトリイだよ。トリィに思えるんだけど。ここにでてくるトリイはあたしが覚えているとおりのトリイだよ。これを読んでると、ずっとすわってトリイとおしゃべりしてたみたいな気になるんだ。でも……あのクラスってほんとにこんな感じだった？」

「あなたはどういうふうに覚えているの？」

「ほとんど覚えてない。先週もいったけど……」

ふたたび沈黙が流れた。

その沈黙に耳を傾けているあいだに、シーラがわたしのクラスにいたときに、彼女におぞましい事態が起こったということがわたしの頭に浮かんできた。彼女の了承を得るためにこの本を持ってきたものの、彼女が自分の過去を無理やり記憶から消し去ろうとしてきたかもしれないことなどあまり真剣に考えていなかった。そういう反応はわたしにはシーラらしくないように思えたので、まさか彼女がこんな反応をするとは思ってもいなかったのだ。今になって突然、わたしは自分が彼女に行なったことが恐ろしくなってきた。この本は上昇型の物語だった。だが、それはあくまでわたしの視点から見てのことだった。

頭をめぐらして、シーラは自分のベッドの横にある窓の外を見た。隣の家の側面、その灰色がかったグリーンのペンキの剝げかかっているところ、隣家の窓、その窓にゆがんでぶらさがっているブラインド――など特にどうということのない眺めだった。だが、シーラはその風景をしげしげと見ていた。

いっぽうわたしのほうは、長く、ほつれたオレンジ色の髪をし、破れたジーンズにわたしの祖父が着ていた下着のような身体にぴったりしたおかしなグレーのシャツを身につけた、痩せてまだ成長しきっていない身体のシーラをみつめていた。このひょろひょろしたパンク少女は、わたしがみつけだそうとしていた子ではない。わたしは心のなかで失望と戦わなければならなかった。

「あたしが覚えているのはいろんな色のこと」と、シーラは自分の心に話しかけるように静かな声でいった。「それまでのあたしの生活は白と黒だけの世界だったのが、あの教室にいってみたら……きれいな色がいっぱいあった」彼女は考えこむようにうーんといった。「いつもその色のことをフィッシャー・プライスの色として思い出していた。

知ってる？　おもちゃメーカーの。フィッシャー・プライスの赤や青や白。全部があのはっきりした原色なんだ。上にまたがって足で押すと進む木馬を覚えてる？　あたしはよく覚えてる。色までぜんぶ覚えてるよ。勉強しなければならないときに、テーブルの前にすわって木馬の色をずっと見ていたことを覚えてる。木馬のどこにフィッシャー・プライスと書いてあったかも。ああ、あたしあの木馬がすっごくほしかったんだ。よくあの木馬のことを夢見てた。あれがあたしの木馬で、トリイがあたしにあの木馬を家に持って帰って、あたしのものにしてもいいっていってくれる夢を」

もしシーラがその木馬のことをそこまでほしいと思っていることをいってくれていれば、おそらく彼女にあげていただろう。でも、彼女はそんなことはまったくいわなかった。

「それからあの駐車場セット」とシーラはいった。「覚えてる？　スロープを降りるようになってるあの小さな車や、とても人間には見えないようなあの小さな人間たち。ただプラスチックの棒に顔がついているだけなんだけど。あたしがその人間たちをよく盗んでいたこと、覚えてる？　ほしくてほしくてたまらなかったんだ。自分が寝ている床のところによくこの人間たちをずらっと並べたんだ。黒い山高帽のおじさんに、カウボーイハットの男の人、インディアンの酋長。あたしがそういうのをとってたこと覚えてる？」

何年ものあいだに、さまざまな教室にさまざまなおもちゃがあった。駐車場セットや木馬のことは覚えているが、それらはわたしが覚えている他のたくさんのおもちゃと同じで特別の思い入れはなかった。

「あたしがもっていっても、トリイは決して怒らなかった」そういって、シーラはわたしのほうを見て笑みを浮かべた。「ずっと盗みつづけたのに、決して怒らなかった」じつをいえば、いつもバタバタしていたあの教室にいて、わたしはたぶん彼女がそんなことをしていたことに気づいてもいなかったのだろう。

「この本であたしがいちばんへんだと思うところなんだけどね、トリイ。この本読んでると、あたしたちいつもけんかしてたみたいじゃない。まるでページごとにトリイってあたしのこと怒ってるみたい。あたしはトリイが怒ったのなんて一度も覚えてないんだけど」

わたしはびっくりして彼女の顔を見た。

やがてシーラは鼻にしわをよせ、わかったというふうににやっと笑った。「ちょっと味付けしたの？　出版社の気を引くために？」

わたしはあきれてあんぐり口を開いてしまった。

「あの、あたしはべつにいいんだよ。すっごくおもしろい話だし。それに、あたしが本に出てくるなんてすごいもん」

「シーラ、でもわたしたちほんとうにけんかしたのよ。わたしたち、ずっと戦っていたわ。あなたがわたしのクラスに来たとき、あなたは――」

ふたたび彼女は窓の外に目をうつした。沈黙が訪れ、かなりのあいだ続いた。

「ほんとうのところ、どんなことを覚えているの？」とうとうわたしはきいた。

「だからいったように……」そういったまま、シーラは口をつぐんだ。彼女はまだ窓の外を見ていて、言葉はどこかに消えてしまったようだった。さらに時間が流れた。

「わたしたちはほんとうにけんかをしたのよ」わたしはやさしい声でいった。「だれでもけんかはするわ。どんなにいい関係でもね。けんかもしないようじゃ、関係とはいえないもの。だって二人のまったくちがう人間が一緒にやろうとするんだから、摩擦がおきて当然なのよ」

何の返事もなかった。

「それに」といってわたしはにやっと笑った。「わたしは先生だったわ。先生とは意見があわなくて当然じゃない？」

「うん、そりゃそうだけど、でもほんとに覚えてないんだ」シーラはいった。

シーラがこんなに多くのことを忘れてしまっている事実をわたしはどうしても受け入れられなかった。その夜帰りにハイウェイを車で走りながら、わたしはそのことを何度も何度も考えてみた。どうやってアントンやウィットニーのことを忘れたりできるのか？ どうしてあれほどの体験が、色鮮やかなプラスチックのおもちゃの思い出程度のことになってしまえるのか？ このことにわたしは傷ついた。わたしにとってはとても重要な経験だったから、彼女にとっても少なくとも同じくらいの重要性はあったと思っていたのだ。いや、じつをいえば、彼女にとってはもっと重要な経験だったと思っていた。わたしが、あのクラスが、あの五カ月がなければ、シーラは今もどこかの州立病院の精神科病棟に放りこまれていたかもしれないのだから。わたしがシーラの人生を変えたのだ。少なくともわたしはそういうふうに自分にいいきかせてきた。そんなふうに考えていた自分の傲慢《ごうまん》さに気づいて、車のなかには自分一人しかいないのに、頬がかっと熱くなった。今にして思えば、あの五カ月間はシーラにとってというよりもわたしにとって、より意味のあるものだったのでは、と考えが及ぶにいたって、わたしはさらに鼻をへし折られたような気持ちになった。

シーラはほんの幼い子どもだったのだ。そんな彼女に多くを覚えていることを期待するなんて、無理な注文だったのだろうか？ 当時彼女は自分の思っていることをじつにはっきりと言葉に表わすことのできる子どもだったので、一見とても大人っぽく思えた。だから実際はそうではないとわかっていながら、ついつい彼女の言語能力を記憶力のよさと結びつけてしまっていたのだ。

闇のなかをとばしながら、わたしは自分が六歳のときのことを思い出そうとした。自分が一年生のときのクラスにいた何人かの子どもの名前を思い出すことはできたが、わたしが思い出せるのはほとんどが出来事だった。休み時間に外に出るために列をつくったこと、クラスメイトがごみ箱に吐いたこと、ブランコの取り合いでけんかをしたこと、木の絵がじょうずに描けて得意だったことなど、断片的なことの寄せ集めだった。それらは完結した思い出ではなかったが、努力すれば、そのそれぞれに関わる場所や子どもたちの名前や容貌などを思い出すことができた。それでも、それらの思い出は大人になってからの思い出にくらべればぼんやりしたものだった。やはりシーラにもっと覚えていてくれることを期待するのは無理な注文だったようだ。

それでも、わたしはまだいじいじと思っていた。シーラはそのへんにいるふつうの子ではないのだ。あの年校内心理学者が行なったほとんどすべてのIQテストで最高点を取ったほどの才能豊かな子どもだったではないか。他にもすばらしい特徴はいっぱいあったが、なかでも記憶力の良さは群を抜いていた。彼女があれほど辛辣《しんらつ》に、あれほど雄弁に、愛や憎しみや拒絶についてわたしたちに語ったとき、彼女は水晶の球をのぞきこむようにその抜群の記憶力を使ったではないか。

愛と憎しみと拒絶。もっと覚えているはずだと期待することが、わたしの傲慢さのせいだけであるわけがない。記憶をなくしてしまうなんて、シーラらしくないように思えた。それでも、なぜそうなってしまったかは想像にかたくなかった。シーラがわたしの教室を去っていってから具体的に何があったかは知らなかったが、そのあいだが並大抵のことでなかったことはわかっていた。何軒もの里親のもとを出たり入ったりし、学校を転校し、不安定な父親と折り合っていかなくてはならなかったのだから。もしその年月が、わたしの教室に入ってきたときに彼女が生きていた悪夢のような生活をたとえ半分でもほうふつさせるようなものだったとしたら、彼女がわたしとの日々を忘れてしまう理由はじゅうぶんあっただろう。シーラはあんなにも勇敢な闘士だったので、彼女がストレスに屈してしまったとは考えたくはなかった。そうは思いながらも、頭の片隅で、わたしはこのことを受け入れはじめていた。それにしても……どうしてあそこまであのわたしたちのクラスのことを忘れてしまったのだろうか？　唯一の明るい場所、彼女が愛されあんなによくしてもらった天国のようなあのクラスを？　どうしてわたしたちを忘れてしまったの？

10

家に帰ってから、わたしはシーラの本を書くために使ったあのクラスの思い出の品々をひっかきまわして、次にシーラに会いにいくときに持っていくものが何かないかと探した。大部分は学校のプリントやエピソードを綴った記録で、どちらもこの目的にはあまり役に立ちそうもなかった。わたしがほんとうに見せたかったものはビデオテープだったが、これは古いオープンリール式のビデオテープで、このテープを映すことができる機械はクリニックにしかなかった。だから、テープを見るのはいつかシーラがわたしを訪ねてきてくれるときまで待たなければならなかった。最後にわたしは写真のアルバムに望みをたくした。

その年の写真は驚くほど少なかった。クラス全員での記念写真があった。これは学校の講堂の舞台の上の、青いカーテンの前にずらりと並んで撮ったもので、まるで凶悪犯人のグループ写真のようだった。カメラはシーラを正面からとらえ、髪も目も淡い色の彼女はいやに白っぽく写っていた。当時は写真では微笑むものだったがシーラはどうしてもにっこりしようとせず、ただきょとんとカメラをみつめているだけだった。残念なことに他の何人かの子どもたちも撮影に協力的ではなく、そっぽをむいたりしたためにだれだかわからない子もいた。

全部合わせても、シーラが写っている写真は四枚しかなかった。それもグループ写真と同じときに撮った学校の個人別写真をふくめてだ。彼女の父親がこれを買わないといったので、わたしが持っていたのだ。これが唯一のシーラが微笑んでいる写真だった。ふつうは、彼女は写真を撮るために微笑むことを拒否していた。だが、このときは、カメラマンが彼のペンをうばってみろとうまく彼女を乗せて、まんまと彼女を笑わせたのだった。シーラがわたしのクラスに来て間もないころに撮った写真なので、まだ薄汚いままの彼女が写っていたが、そこがたまらなくかわいかった。

他の二枚の写真はわたしが撮ったものだ。一枚はわたしが初めてシーラをきれいに磨きあげたときに記念として撮ったもので、彼女はきまじめな顔をして学校の玄関ステップに両手を膝にのせてすわっている。髪はきれいにとかしておさげにしてあり、服も洗濯してあったし、顔もきれいに洗ってあった。でも、ほんとうのことをいえば、そんなシーラはちっともシーラらしくなかった。学校写真での薄汚い彼女のほうがよっぽど魅力的だった。もう一枚は、学年の最後の日にみんなで公園にピクニックに行ったときに撮ったものだ。わたしはあの日何枚か写真を撮ったが、残念ながらシーラが写っているのは一枚しかなかった。彼女はカモのいる池のそばに同じクラスの女の子二人と一緒に立っている。女の子たちは二人とも小ぎれいで、清潔で、輝くような笑顔を見せているが、真ん中にいるシーラは、用心深い、いぶかるような表情でカメラを睨んでいる。父親がその日のために買ってくれたという新しいオレンジ色のサンスーツを着てきたというのに、彼女はその日とてもむさくるしい様子で登校してきた。長い髪はくしゃくしゃのままで、顔も洗っていなかった。そんな彼女は同級生二人とはっきりしたコントラストをみせていた。だが、その写真には見る人の心をつき動かすような何かがあった。それは用心深そうな彼女の表情のせいで、そのためにシーラは荒々しいと同時に驚くほど傷つきやすく見えた。

結局私はこの写真を、ピクニックに行く途中で撮った他の子どもたちやアントン、ウィットニーが写っている写真と一緒に持っていくことにした。

次の土曜日、シーラとわたしは彼女の父親の野球チームの試合を見にいった。そのチームは不幸から逃れられないような子どもの群れだった。ちぐはぐのユニフォームを着た十歳から十一歳くらいの少年たちは、みんなそれぞれ異なる背景を持ったマイノリティの家庭の子で、貧困という唯一の共通点のもとに結束しているかのようにわたしには思えた。だが、彼らはいかにも子どもらしく騒がしく、陽気で、シーラの父親がグラウンドに駆けていくと、まるでチャンピオンが帰ってきたみたいに彼を迎えた。

わたしが見聞きした限りにおいては、レンズタッド氏はうまくやっているようだった。彼は自分たちが住んでいる小さな二軒長屋をものすごく誇りにしていた。大きな家ではなかったし、街のなかでも特別いい環境にあるわけでもなかった。もちろん持ち家でもない。だが、この家はソーシャル・サービスから押しつけられたものではなく、彼が自分で選んだ家なのだ。それだけでなく、彼は今公園課の労働者として働いて稼いでいる堅実な給料のなかから自分で家賃を払っているのだった。彼はわたしに家の中を全部案内し、ベッド、ソファ、テレビ、キッチンテーブルと自分ががんばって買ったものをいちいち全部見せてくれた。彼はこの前わたしたちが会ったときの状況をはっきりと覚えていたのだ。それで自分がここまで環境を改善したことをわたしに見せたくてたまらなかったのだった。これだけのものを今彼は持っているわけで、それが並大抵のことではないことがわたしにはよくわかった。

だが、彼がほんとうに愛しているものは、野球チーム――〝彼の子どもたち〟だった。彼は何度も何度も、この子どもたちのおかげで自分は立ち直れたのだといった。この子たちはおれを頼りにしてるんだ、と。このチームは彼が引き継ぐまで、コーチのなり手がなくて解散寸前の状態だった。ここでもしおれがまたドラッグに手を出したら、この子たちを失うことになってしまう、と彼は認識していた。彼はまだ仮釈放の身で保護観察下にあったのだ。

わたしはその野球の試合を楽しんだ。彼らは勝たなかったが、よくがんばった。それにどうやら彼らには勝つということはそれほど重要ではないようだった。彼らは言葉の本当の意味、つまり仲間としての〝チーム〟だった。わたしにはそのことがすぐにわかった。過去はどうあれ、とにかくレンズタッド氏の現在は好調だった。

試合が終わってから、わたしはシーラを外に連れ出す予定だった。今までの二回とも彼女の家に行ったので、今度は一緒にどこかへ出かけたら楽しいのではないかと思ったのだ。だが、シーラはどこに行きたいのか決められなかった。

ピザを食べに行こう、とわたしはもちかけた。街に連れていってもいいと思っていた。ひとつにはシーラにちがう風景を見せてやれると思ったし、もうひとつには街にはおいしい店があったからだ。それで試合のあと、わたしたちは車に乗りこみ北へ向かった。

最初の七、八キロのどこかで、曲がる場所をまちがえたようだ。まだこの慣れない地域で道をきちんと覚えていなかったので、珍しいことではなかった。だが、家々がだんだんまばらになってきてこれはどうも街へ向かっているのではなさそうだと思いはじめるまで、わたしはそのことに気づかなかった。ふつうわたしは方向感覚には自信があり、たとえ曲がる場所をまちがえても、だいたいにおいて自分が正しい方向に走っているかどうかはわかった。ところがどうやら今回は完全に方向をとりちがえてしまったらしい。自分がまだ街に向かって走っているつもりのときに、車窓から見える風景はその逆を物語っていたのだから。わたしはそのことをシーラに話した。

「ううん、これでいいんだよ。あたしにはここがどこかはっきりわかるもの。このまままっすぐ走ればいいの」彼女が自信満々にいったので、わたしはその言葉に従った。

さらに十五分走ると開けた土地に出てしまった。自分がすっかり道に迷ってしまったことがわかり、ここで車を止めて道路地図を見るというような思い切った対策を講じないと正しい道にはもどれないと思った。わたしは畑へと続く門のところで車を止めた。

「何する気？」シーラがびっくりしてきいた。

バックシートに腕を伸ばして、道路地図を手探りでさがした。

「地図を探してるのよ。迷っちゃったわ」

「ううん、迷ってなんかいないよ」

「迷ったのよ」

「ちがう、迷ってない。あたしこのあたりにはしょっちゅう来たことあるもの」

わたしはほんとう？　というふうに片方の眉を上げた。

「ほんとうだよ。前にこのあたりの養護施設にいたことがあるんだよ。その道をちょっといったところ。だからここがどこなのかあたしにはちゃんとわかってるって」

「じゃあ、ここはどこなの？」とわたしはきいた。

「それは、ここはここよ。もちろん」

「でも、そのここってどこなのよ」

シーラは窓の外を見た。

「いってごらんなさい。ここはどこなの？」

「そんなにいじわるないい方しないでよ」

「あなたもわからないんでしょ？　わたしたち迷ったのよ」

思いがけずシーラは笑みを浮かべた。いたずらっぽい微笑みだった。「あたしいつも迷っているから、迷うことには慣れっこになっちゃったよ」とシーラは明るくいった。

わたしは地図をフロントシートにひっぱりこみ、ページを開いた。地図上での位置を確認してから、自分がどこで曲がりまちがえたのかをみつけた。ブロードヴューまでもどるにはどうすればいいかもわかった。「オーケー、わかったわ」といって、わたしは地図を閉じ、エンジンをかけた。

「トリイってほんとうに仕切りたがり屋なんだね。前にはそんなだって気がつかなかったけど」シーラがいった。

「べつにそういうわけでもないわ。ただ自分がどこにいるのかわからないと気分が悪いのよ」

「わかった。ただの仕切りたがり屋じゃなくって、自己防衛のための仕切りたがり屋なんだ」

シーラがこっちの方向に行きたいのなら、いいじゃないか、こっちへ行こう。わたしはそう思った。そこでわたしたちはわたしが一度も行ったことのない方向へとマイナーなハイウェイを走っていった。風景を楽しんでいるうちに、小一時間ほどが過ぎ去った。楽しいドライブだった。シーラがしゃべっているうちに、なんと話題はジュリアス・シーザーのことになっていった。彼女はラテン語のクラスで、シーザーが書いた『ガリア戦記』を読み、すっかり夢中になってしまったという。特に、ガリアにいる先住民のケルト人についての描写が素晴らしい、と。わたしも高校でラテン語を取ったときにシーザーを読まされたが、当時わたしは実際にその本に何が書いてあるかということよりも、課題を読まないでいい成績をとれないものかということのほうに熱心だった。当然の結果として、わたしは点数だけはよかったが内容に関してはさっぱりで、そのぶん大人になってからその部分を取りもどすのに苦労した。ラテン語でも英語でもシーザーを読むところまではいっていなかったので、わたしはもっぱら聞き役にまわっていたが、それも悪くはなかった。

小さな町を通り過ぎようとしたとき、シーラがボウリング場に気がついた。

「ねえ、見て、あそこ！ ちょっと止まってゲームしない？ あたし、ボウリング大好きなんだ」

そこでわたしたちはなかに入り、三ゲームやった。終わってからわたしはバーでコーラを注文した。「ピザはどうする？」とシーラはきいた。「ピザを食べにいくっていってたじゃない」

「ブロードヴューのほうまでもどったほうがいいかもしれないなと考えていたところなの。ずいぶん遠くまできちゃったから、もどるまでにたっぷり一時間半はかかるわ。真っ暗にならないうちのほうが道をみつけやすいから」

「もう、トリイったら。そんなに迷うのが怖いの？ ほんとにそのことにばっかりこだわってるんだから」

「わたしは運転しなければならないのよ。だからよ」

「まあ、リラックスしてよ。だいじょうぶだから。このへんで食べようよ。もう遅いし、あたし、おなかぺこぺこ」

「このへんでピザを食べられるところ、見なかったけど」とわたしはこたえた。

「そうねえ、もうちょっと走ればあるんじゃない」

わたしも空腹で、上機嫌とはいえなかった。この日はわたしが思っていたようにはことが運んでいなかった。あれこれうろうろ動きまわってきたが、とりたてすてきなことは何もなかった。わたしは自分がシーラを感心させたがっているのだということに気がつきはじめた。さすが、と思わせたかったのだ。

「あった、あった!」そう叫ぶシーラの声で、わたしの考えは中断された。「ピザ・ハウスがあったよ」

たしかにピザ・ハウスだった。それも今日の他のことと同じく、特別すてきというわけではなかった。わたしは昔、シーラが州立病院に収容されなくてすむようにと起こした審問のあと、ボーイフレンドのチャドとわたしで彼女に初めてピザをご馳走したときのことを思った。わたしたちが今入ったピザ・ハウスには、ジャズ・ピアノが流れていたあのピザ・パーラーの雰囲気はまったくなく、どこにでもある無個性なピザ・チェーンの支店のひとつだった。

そんなことを気にするにはお腹が空《す》きすぎていたので、わたしたちは車をそこで止めてなかに入った。カウンターのところで注文をしてから、わたしたちは隅にある静かなテーブルについた。シーラが野球帽を脱ぐと、長くくるくるカールしたオレンジ色の髪が肩までこぼれ落ちた。彼女はすわった。

「わたしたちのクラスの写真を見たいかなと思って、探してもってきたのよ」そういって、わたしはハンドバッグを開けた。

「へえ、すてき。見せて」

「最後の日にやったピクニックのときの写真よ。公園に行ったのよ。あの公園、覚えてる？　カモのいる池と小さな小川のある」

わたしから写真を受け取って、シーラはその上にかがみこんで写っている顔をじっと見つめた。「この子、だれ？」

「エミリオよ」

「この子、どこが悪いの？　この子も障害児なの？」

「目が見えないのよ」

「ああ、あの目の見えない子ね。本のなかでは何て名前だっけ？」

「ギレアモーよ」

「ああ、そうだった。やっとだれのことをいってるのかわかったわ」

唇のあいだからわずかに舌をつきだして、シーラは熱心に写真を見ていた。「この公園のこと覚えてると思う」と彼女はゆっくりといった。「花の咲く木がなかった？　すごくいい匂いのする。そのことを覚えているような気がする」

「ええ。ニセアカシアの木よ」

「この女の子たち、だれ？」写真の一枚を手渡しながらシーラがきいた。

「わからないの？　この真ん中の子も？　あなたじゃないの。こっちがセーラでこっちがタイラー。でもこの真ん中の子はあなたよ」

「ほんとに？　えーっ、これがあたし？　うっそー」シーラは薄暗い明かりのなかでもっとはっきり見ようと首をつきだした。「うっそー、あたし、ほんとにこんなだったの？」彼女は驚いたように目を上げた。「お父さんはあたしの小さいころの写真をぜんぜん持ってないから……」

わたしの心は沈んだ。彼女は自分のことも覚えていないのだ。写真の上にかがみこむシーラを見ているうちに、たまらなくさびしくなってきた。わたしはここでこのパンク・ファッションの若い子と何をしているのだろう？　この子はシーラじゃない。どこかよその子だった。

そのときちょうどピザが運ばれてきた。わたしたちはありとあらゆる具がのった巨大なピザを注文していた。二人ともそれにかぶりついた。しばらくのあいだ、わたしたちは食べることにだけ集中していた。

「今日はすごく楽しかった」大きな一切れを丸々口に押しこんでから、シーラがいった。「今トリイがこんなに近くに住んでいるなんて、すてき」

「そうきいてうれしいわ」

「まるで昔みたいだね」

「ええ」わたしはそういったが、おそらくあまり確信をもっていっていなかったのだろう。

シーラの表情が気弱な感じになっていった。「トリイのクラスにいたころのことをあんまり覚えていなくてごめん」

「だって、あなたは小さかったんだもの」

「うん、でも、あたしにがっかりしてるでしょ」

「そんなことはないわよ!」ちょっとおおげさすぎるいい方でいってしまった。「前に一緒だったとき、あなたはとても小さかったんだもの。そのころのことをそんなに覚えている人なんていないわ」

「でも、覚えていてほしかったんでしょ？」

「ええ、正直にいうとそうだと思う。でもそれはあの年がわたしにはとても意味のある年だったからで、あなたのおかげで、あの年が意味のあるものになったからなのよ」

この言葉が彼女の心の垣根をとりはらったのか、シーラは微笑んだ。「ほんとに？」

「ええ、ほんとよ」

「トリイは小さな子どもたち相手に働くのが好きだったんだね？」と彼女はきいた。

わたしはうなずいた。「今でも好きよ」

「本を読んでわかったよ」

それから二人とも黙りこみ、食べることにもどった。やがてシーラが顔を上げた。

「きいていい、トリイ？　本に書いてあったことなんだけど」

「いいわよ」

「なんでチャドと結婚しなかったの？」シーラはきいた。

「わたしは若すぎたのよ。まだその気になれなかったの。もしあのとき結婚してたら、きっとうまくいかなかったわ」

ピザの上にかがみこんで物思いに耽《ふけ》りながら、シーラは上にのっているオリーブを探してはは指でつまみ上げて食べた。「残念だね。そうなっていたらあの本のすばらしい結末になっていたのに」シーラはいった。

「そうだったかもね。でも現実はそうはいかないものよ」

「現実の生活は決して台本どおりにはいかない。そこが問題だよね」とシーラはいった。

「トリイとチャドが結婚して、小さな女の子を養子にする。あの本の読者ならだれでもそうなってほしいと思うよ」

「ええ、そうでしょうね。でも実際にはそうはならなかったのよ」

「うん、わかってるよ」シーラはかすかに笑みを浮かべた。「でも、彼のいちばん上の女の子、シーラっていうんでしょ？　それでいいんだよ。その子はシーラという名前じゃなきゃいけないんだ。でも、ほんとうは、その場所にいるのはあたしのはずだったんだ」

11

クリニックでサマー・プログラムをやろうといったのはわたしのアイデアだった。ほんの一、二時間のセッションにくらべて、子どもと毎日数時間一緒に過ごせれば、効果的な変化が現われるチャンスがずっと多くなるのではないかとわたしはずっと感じていた。わたしが職業として心理学ではなく教職を選んだ主な理由もここにあった。初めて五十分間の〝セラピー・アワー〟という厳しい制約を受けて働くことになったこのクリニックにきて、このことにますます確信をもつようになった。他の方法もあるにちがいないと感じたのだ。

オフィスを共有しているジェフは、セラピー室以外の場所で子どもたちと接するという考えに興味を示した。そこでわたしたちは一緒に、六月と七月の二カ月間午前中だけのサマー・スクール・プログラムを開こうというアイデアを煮詰めていった。わたしたちは夏のあいだ空いている近所の学校を使わせてもらう計画をし、クリニックに来る患者のリストのなかからもっとも効果が見られそうな子どもたちを選びはじめた。このプログラムはあくまで実験的なものだったので、参加人数は少なめに抑えることにした。監督するのはジェフとわたしだけだったので、自分たちでコントロールできることがわかっている規模で始めるのがいちばんいいと思ったのだ。そんなわけで、子どもたちの人数は八人というところにおちついた。

グループの三人は重度の障害を持っていた。五歳のジョシュアと六歳のジェシーはともに自閉症でしゃべれなかった。八歳のヴァイオレットは統合失調症と診断されていた。残る五人には、女の子が二人いた。複数の人がいるところでは頑固にしゃべることを拒否している五歳のケイリーと、黒い瞳と髪にエキゾチックな顔立ちをしたはっとするほど美しい八歳のタマラだ。タマラは鬱病で発作的に自分を傷つけるところがあった。男の子は三人で、頭がよくて魅力的だがじつは放火癖がある六歳のデイヴィッド、四歳のときにアメリカ人の両親に養子にもらわれてきた今七歳のコロンビア人のアレホ、それから六歳の暴れん坊マイキーだった。

経験上、大人一人が面倒を見る子どもの人数が少なければ少ないほど、一般にプログラムは効果的に進行するということがわたしにはわかっていた。集団から得る利点がなくなってしまうので、一対一という状況にはしたくなかったが、この集団がひどい混乱状態に陥る可能性を最小限にするためには、もっと大人の人手が必要だと感じていた。

わたしたち二人だけでは八人の子どもを扱うことはできないというと、ジェフは不機嫌になった。自分はじゅうぶんな資格を持った医師であり、もうすぐ児童精神科医の最終試験を受けることになっていて、精神分析医としての資格をほとんど得たようなものだと強調した。いっぽうわたしのほうは、この状況にはそういうものとは別の技術が必要だという点を指摘した。子どもたちがわたしたちと一緒に過ごす三時間のあいだ、彼らにはセラピーだけではなく、怪我をしたときの手当てやおやつの用意、トイレに連れていくことはいうにおよばず、お遊びも、体操も、けんかの仲裁も、母親のようにあやしたりすることも必要になってくる。もし子守り以上の何かをやるつもりなのだったら、これはとても大人二人だけでやっていけるものではない、と。

それで、わたしたちは一緒に所長のドクター・ローゼンタールに、この計画にもっとスタッフがほしいと頼みにいった。所長はできるだけのことはしようと約束してくれた。その結果、元教師のミリアムがきてくれることになった。ミリアムはきびきび、てきぱきした年配の女性で、銀髪で、今も美しいプロポーションを維持していた。わたしは一目見て彼女が好きになった。彼女は分別があり物事にたいして現実的な対応をする人だったが、それに加えて、憧れていながらわたしにはないある種の優雅さを兼ね備えていた。ミリアムがスタッフに加わってくれることになっても、わたしはまだ人手がほしかった。このような年少の障害をもつ子どもたちの相手をするのに、お金のかかる高度な訓練を受けたプロは大勢はいらない。ただ人手が、ただたんに文字どおりの人の手が必要だったのだ。

ジェフと二人でサマー・スクール・プログラムの準備をしていたころ、わたしはちょうど『シーラという子』の原稿に手を入れていた。原稿を読み返していて、当時シーラがいたクラスでわたしがかかえていた状況と、わたしが現在働いているところの贅沢な状況との落差にわたしは改めて感じ入った。当時も子どもたちは八人で、そのみんなが重度の障害をかかえていたが、世話する側にいたのは若く、経験の浅い教師一人と、高校も卒業していない元季節労働者、それに中学生一人だった。中学生。中学生！

そうだ、シーラだ！

理想的な解決策だと思えた。責任感を持てるほどには大人であるが、まだ柔軟性と協調性を示せるだけの若さもある。シーラはこのような状況にはぴったりの年齢だった。いっぽうわたしのほうとしては、彼女に理解を示す大人たちがいる、きちんとした、刺激のある環境のなかで夏を過ごすチャンスを彼女にあたえることができる。とりわけ、こうすればわたしたち二人が自然なやり方で一緒にときを過ごせるようになる。わたしはもう一度シーラのことをよく知りたいと思っていた。あのひょろひょろした思春期の女の子のなかのどこかに、わたしがあれほどまでに愛した子どもがいるはずだった。その子を探し出すチャンスがほしかった。

シーラはこの提案をきいて喜んだ。彼女は夏じゅうずっとアルバイトをする予定もなかったし、バス代と昼食代を出したらほとんど残らないほどのお金しか払えないとわたしが説明したあとでも、彼女はまだ興奮していた。

ジェフはサマー・プログラムの初日が来るまでシーラに会う機会がなかった。もう一人人手がいることを話し合っていた矢先、わたしがこんなにも簡単にボランティアを提供できたことを喜んでくれていた。彼にはシーラの背景と以前のわたしと彼女との関係について簡単には話しておいたが、あまり詳しくいうのも不適当に思われたので細部は話さなかった。この何週間かではっきりしたことがあったとすれば、それはシーラは昔のシーラとは変わってしまったということだった。わたしだったら雇い主にわたしが六歳のときに何をしたかまで考えてもらいたくないので、シーラの背景についても詳しいことをいう必要はないと感じたのだった。

個人的には、わたしはシーラをジェフに紹介するのを楽しみにしていた。サマー・スクール・プログラムのなかで、シーラは自分が知的で優秀な大人たちに囲まれていることとに気づくだろうが、わたしたちのなかでシーラに匹敵するほどの知能をもっているのはおそらくジェフだけだろう。彼女が以前に自分と同じくらいの能力を持った人物に会ったことはないと思うので、わたしはこの二人を引き合わせるのが楽しみだったのだ。二人とも気まぐれで、何をするかわからないところがあり、才能に恵まれている人間に共通する孤独なオーラを発散していた。二人を引き合わすと思うとうれしくてたまらなかった。

初日、シーラは四十五分早くやってきた。彼女が着てきたものは——まったく何といったらいいのか——白い薄手のおじいさんの下着のようなものだった。その上に淡い色の小花模様のゆったりしたワンピースを重ね着し、仕上げは、きこりが履けば似合うような重くて黒い編み上げのワークブーツという出で立ちだった。そしてもちろん頭にはいつものカブスの野球帽をかぶっていた。

わたしは思わず息をのんだ。経験上ひどく奇異な行動でもなんとも思わない訓練を積んでいるわたしがこんなふうになるとは情けないが、わたしはあんぐり口を開けてしまった。

「どう、気に入った？」シーラは無邪気にきいた。

ああ、わたしも年をとったのだろうか？　今のティーンエイジャーはこういう格好をするものなのに、わたしが気づいていなかったということなのだろうか？　わたしはリーバイスのジーンズとワークシャツという格好だったが、この格好でも自分はクリニックでは前衛的だと思っていたのだ。

「そうねえ、ユニークだわね」わたしはあわてて口を動かした。

「お父さんはあたしに好きな格好をさせてくれないんだ」

「どこでこういうのを買うの？」

「いろんなところ。このワンピースはがらくた市で買ったし、下に着てるのはグッドウィル（民間慈善団体）で手に入れたんだ」と彼女はおじいさんの下着のようなものを手で示しながらいった。「そんなに高くなかったよ。ブーツがいちばん高かった」

ここまで度肝を抜かれたことに我ながら驚いた。あのみすぼらしい茶色のTシャツとつんつるてんのオーバーオールを着た六歳児の亡霊がまだわたしにとりついていた。だからこの今風のファッションに身をつつんだティーンエイジャーを受け入れる心の準備ができていなかったのだ。

「こういう格好、いやじゃないでしょ？」彼女がこうきいたということは、わたしが驚いていることに気づかれてしまったにちがいなかった。

わたしは首を振った。「ええ、いやじゃないわよ」ほんとうにいやだとは思っていなかった。実際、このおじいさんの下着風のものと小花模様のワンピースはじつにシーラによく似合っていた。個人的な好みを別にして、ただ彼女を見れば、たしかに変わってはいるが、それでも魅力的だった。それに自信に満ちていた。わたしはその点に強く心を動かされた。とにかく、今のところ、シーラが自分のかっこうをとても気に入っているのはよくわかった。

その後まもなくしてジェフがやってきた。彼は紙おむつの大きな箱を運んできた。

「ほら、受けとってくれ、ヘイデン！」そう叫ぶとジェフはその箱をわたしに投げてよこした。わたしがそれを受けとろうと飛び出すと、シーラはびっくりして後ろに飛びのいた。わたしはその箱を床におろした。

「何のためにこんなものがいるの？」シーラがきいた。

「助けて！　助けて！　あたしを出して！」箱の方向から小さな声がきこえてきた。

シーラがびっくりした顔をしたので、わたしはジェフの腕をぶった。「これがドクター・トムリンソン流のユーモアなのよ」

「ジェフっていうんだ。よろしく」そういってジェフはシーラの顎の下を軽くつっついた。「きみの服といい勝負だろ」

シーラは彼の手から逃れるようにさがった。

わたしは紙おむつの箱をつかんで、部屋の壁沿いにある書庫に運びこんだ。シーラがあとからついてきた。

「あれがトリイがいつも話しているパートナーなの？　あれが、ジェフ？」

わたしはうなずき、箱を棚の上に押しあげた。

「げーっ」

「あら、彼はいい人よ。ちょっと変わったユーモアのセンスの持ち主だけど、おもしろい人よ。あなたも好きになるわ」

「まあ、当てにしないことだね」シーラは壁にもたれた。「なんでおむつなんか買ったの？」

「まだ一人トイレット・トレーニングができてない男の子がいるのよ」わたしはこたえた。

「まさか。ってことは、パンツのなかでおしっこしちゃうってこと？」シーラはきいた。

わたしは微笑んだ。

「ひどい。そんなこといってくれなかったじゃない。あたしがその子のおむつを替えなくてもいいんでしょ？」

「まあ様子を見ましょ」

「様子なんか見ない。目をつぶればいいんだよ」

わたしは笑ってしまった。

最初にやってきたのはヴァイオレットだった。彼女は太ってはいなかったが、年齢のわりには大柄で、青白い肌に色の薄いくしゃくしゃの髪の毛をした子だった。彼女に下された臨床上の診断は統合失調症で、幽霊や吸血鬼に強迫的なこだわりを示していた。彼女は自分のまわりにいる人はみんな吸血鬼か吸血鬼の犠牲者、つまり幽霊だと信じていて、目に見えない幽霊が自分に話しかけたり、からかったり、怖いことをいうとおそれていた。

「しーっ」母親に連れられて入ってきたとき、ヴァイオレットはいった。「廊下で見たわ。虹色の髪をした男の人よ。幽霊の猫を連れてるの」

「シーラ、ヴァイオレットを席まで案内してあげて」とわたしは頼んだ。

「この人と行くのはいやだ！」ヴァイオレットは金切り声をあげた。「だって牙が生えてるもの！」

目を丸くしてシーラはわたしを見た。

「さあ、ぼくが連れて行こう」

ジェフがいった。ヴァイオレットは彼の患者だった。自分の知っている顔を見て、ヴァイオレットが安心したのが傍目《はため》にもわかった。
ちょうどそのときマイキーが飛びこんできた。マイキーは六歳で、小柄でがっちりした体格だったが、光のように素早く動くことができた。そのため男の子というより球、それもピンボールで使う球のような印象をあたえた。シュッ！　バン！　ピューーッ!!　彼の母親は午前中この子から離れられてほっとしている様子がありありとうかがえた。

わたしたち全員が度肝をぬかれているあいだに、彼は教室のなかを走りまわった。
次にやってきたのは、わたしの担当の患者で選択性緘黙症のケイリーだった。ヴァイオレットとは反対に、ケイリーは年齢のわりに小柄で、彼女の華奢《きゃしゃ》な体が長く厚い前髪やぼってりとした髪におしつぶされそうな感じだった。シーラが六歳でわたしの教室にやってきたとき、彼女も選択性緘黙症だったので、ケイリーとシーラはうまくやっていけるのではないかとわたしは頭の隅で考えていた。その上、ケイリーは素直でかわいい性格だったので、一緒に過ごすのが簡単で楽しい相手だった。わたしはシーラにわたしたちと一緒に仕事をするというこの試みを楽しんでもらいたかったし、わたしがこういう子どもたちとなぜ関わりをもっているかをぜひ理解してもらいたかった。そのためにもケイリーは理想的な相手だと思われた。

「シーラ、ケイリーをテーブルのところに連れていって、おもちゃを見せてあげてくれる？」

シーラはただケイリーをじっと見つめているだけだった。

「ケイリーはパズルを合わせるのが大好きなのよ。他の子どもたちが来るのを待っているあいだ、ケイリーと一緒にパズルをやってあげたら？」

心もとなげに、シーラは手を差しのべた。ケイリーはうれしそうににっこり笑ってそれにこたえた。

ジョシュアとデイヴィッドがジョシュアの父親の車で一緒にやってきた。子どもたちの中で、ジョシュアがいちばん重度の障害を負っていた。おむつを用意したのも彼のためだった。生後十八カ月のときに自閉症だと診断されたジョシュアは、話しもしなければ他のどんな方法でも人と関わりを持たなかった。

デイヴィッドはジョシュアとはまさに対照的だった。にこにこしていて人当たりがよく、どんな冷たい人の心のなかにもすんなりと入っていけた。それに大きなブルーの目とブロンドの巻き毛の彼はレディーキラーでもあった。実際、デイヴィッドはわたしが今まで出会った子どもたちのなかでももっともかわいい顔をした子どもの一人だろう。だが、同時に彼はもっとも重い情緒障害を持った子の一人でもあった。

次にアレホがやってきた。彼はクリニックでは新顔で、四月の初めから通いだしたばかりだったし、担当もドクター・フリーマンだったので、わたしは彼のことを個人的には知らなかった。アレホの両親は、結婚してから十六年間子宝に恵まれなかった裕福な専門職のカップルで、ついに自分たちの子どもは持てないということがはっきりした時点で、発展途上国の孤児を養子にすることにしたのだった。コロンビアへ旅をしたときに、二人は修道女たちが経営する児童養護施設で当時四歳だったアレホと出会った。養子にされアメリカに連れてこられてから、アレホは現在の家族とほぼ三年も一緒に暮らしているが、この都市近郊生活者独特の環境にちっともなじめないでいた。おちつきがなく攻撃的で、英語は学んだけれどもめったに使うことがなく、しゃべるよりも拳を振り上げることのほうを好んだ。学校での成績は一様にお粗末で、今では乳幼児期にじゅうぶんな世話を受けなかったことが、永続的な脳の障害の原因になっているのではないかという疑いがもたれていた。アレホ本人は小柄で、分厚い黒縁の眼鏡をかけたあまりかわいいとはいえない男の子だった。南米インディオ独特の平板な顔つきで、ふさふさした黒い髪が顔におおいかぶさっていた。知らない人があまりに大勢いるので恥ずかしかったのか、アレホはジェフが近づいて彼のそばに膝をつくまで父親の手にしっかりとしがみついていた。

アレホの後ろからジェシーがきた。小さな黒人の女の子で、髪の毛を丹念に少しずつ三つ編みにしている。彼女もジョシュアのように自閉症だった。だが症状はジョシュアほどひどくはなく、なんとか話すことができた。ここが学校だとわかると、彼女はわたしたちの前を走ってテーブルまでいき、椅子のひとつにすわると大きな音をたてて両手でテーブルをたたきながらABCの歌を大声で歌いはじめた。

最後にやってきたのはタマラだった。地中海系の血筋なのか、長い黒髪と大きな感情豊かな黒い目をした彼女は、神秘的なオペラ歌手マリア・カラスを思い起こさせた。そのため続く八週間のあいだずっとわたしは彼女の名前がすぐに出てこなくて苦労した。八歳になるタマラは、両親が彼女の腕に小さな切り傷がいっぱいあるのに初めて気づいて以来、もう二年以上もクリニックに通ってきていた。集中的なセラピーを受けてはいたが、タマラは強迫的な自傷行為にとらわれつづけていた。その結果、彼女はこの暑い夏の朝にも、腕や脚にある多数の傷やかさぶたを隠し、その上にさらに傷をつくる気にさせないために、長袖のTシャツと長いジョギング・パンツを身につけていた。

そんな具合でわたしたちはスタートした。いつも初日はそうであるが、多少は混乱した。だが、それを見越して前もって、魅力はあるけれど控え目な内容をその朝のために計画していたので、困ったことは起きなかった。

シーラはケイリーと仲よくなった。というかおそらくケイリーのほうからシーラと仲よくしてきたのだろう。いずれにせよ、シーラは午前中のほとんどをこの少女と過ごし、彼女が活動をするのを手助けし、トイレに連れていったり、おやつの時間にはケイリーのためにおいしそうなクッキーをとりわけてやったりした。進行中のケイリーのセラピーの一環として、わたしはケイリーにまず自分からシーラに話しなさいといったが、彼女はちょっと促されただけでそのとおりにした。

二人が一緒にテーブルのところでかがみこんで何かやっているのを見守りながら、これでよかったんだわ、とわたしは思った。シーラはケイリーに話しかけていて、ときどき話すのをやめては相手のほうをちらりと見ていた。七年前はシーラがあの小さい子どもだった。巡り巡って彼女をまたこうして見られることにわたしは心の底から報われた思いがした。

そこに立ってグループを眺めているうちに、ほんとうにこの特別のひとときをどれほど自分が幸せだと思っているかに気づいた。午前中はうまく運んでいた。プログラムは幸先のいいスタートを切っていた。子どもたちはたいへんだと思わせる半面、魅力的でもあった。ジェフは一緒に仕事をするには世界一すばらしい同僚だった。わたしたち二人がやる気に燃えると一心同体となり、いともたやすくお互いの考え方に基づきそれをふくらませ、挑戦していくことができたので、どんなことでも可能なような気になってきた。ミリアムのことは今まで知らなかったが、彼女はエネルギッシュにその場をしきり、わたしやジェフよりもよっぽど組織力があった。おかげで、休憩時間に紙コップをみつけてくるとかいった小さなことがすべて順調に運んだ。なかでも最高だったのは、教室の後ろにわたしと一緒にシーラがいたということだった。今日は初日で、わたしたちの前には洋々たる未来が開かれていた。わたしは彼女を見た。そこにいたのはまぎれもないあのシーラだった。再会してから初めて、わたしはそのことを確信した。

12

午前中が終わり、子どもたちがすべて帰ってから、わたしたち四人は昼食に出かけた。地元に住んでいるミリアムが湖のそばにある自然食レストランに行こうといったので、わたしたちはそのレストランの涼しい室内にある分厚い木のテーブルを囲むことになった。

わたしたちは午前の出来事について話し合い、それぞれの活動がどのようにいったかを評価し、必要な調整ができるように計画を立てた。シーラは、グループ内のケイリーについての様子に話題が移ったときでさえ、あまりしゃべらなかった。彼女はテーブルの横の窓際に吊してあるムラサキツユクサの一種に心を奪われているようで、その長く垂れ下がった茎の先を指でもてあそんでいた。

昼食後、わたしはシーラに八キロほど先のフェントン・ブールヴァードまで車で送ってあげると申し出た。そうすればそこからブロードヴュー行きのバスに直接乗れるからだ。

「で、どうだった？」車のなかで二人っきりになると、わたしはきいた。

シーラはしばらく黙っていた。「あたし、トリイのパートナーの人、あんまり好きじゃないな。神経症による退行とかなんとかってへんなことばっかりいって、あれ、いったい何なの？」

「ジェフはフロイト派なのよ。だからその点、大目に見てあげなくっちゃ」

「ばっかみたい。なんでふつうの英語でしゃべらないのよ」シーラはきいた。

「フロイトの考え方はすごく広い範囲で応用されてきたの。今ではそのすべてに賛成するという人はあまりいないんだけど、それでもフロイトの理論はどのように人の心が動くかを理解するのにすごく役立ってきたのよ。ジェフのような人は、その理論をほんとうに勉強してきたわけだから、それを使って大きな成果をあげてきているのよ」

シーラは不快そうに唇をひくつかせた。

沈黙のうちにしばらく時間が流れ、わたしはふたたび彼女のほうを見た。

「それで、ジェフのこと以外ではどう思った？　気に入った？　ケイリーと一緒にいて楽しかった？」

「うん、なかなか楽しかったよ。なんであの子しゃべらないの？」シーラは顔をわたしからそらして、窓の外を見ながらきいた。「ジェフみたいな説明はやめてよ。あの子の肛門性格からくる執着のためだなんていわないでよ」

「なぜだかはわからないわ」

「あたしがあの子くらいのときに、あたしもやっぱりしゃべらなかったってあの子にいったんだ」とシーラはいった。

「ケイリーはそれに何か反応を見せた？」

「わかんない。ただぬり絵を続けてた」しばらく間があった。「他の子のことで、ちょっときききたいんだけど。あのスペイン語の名前の子のことで」

「アレホのこと？」

「そう。あの子、どこが悪いの？」

「学校でうまくやっていけないのよ。いつもいつも他の子どもとけんかをしてしまうの。とても粗暴で、勉強のほうもさっぱりなのよ。クリニックでこれが心理的な問題のせいなのか、精神障害なのかをみきわめようとしているところなの」

「ジェフはあの子は養子だっていってたけど」

「そうよ。コロンビアから来たの」

「あの子のほんとうの両親はどこにいるの？」

「わからないわ。だれも知らないんじゃないかしら。捨てられてたのよ。わたしが読んだ報告書によると、あの子はごみ箱に捨てられているところをだれかにみつけられて、修道女たちが運営してる児童養護施設に連れていかれたっていうことだったけど」

額にしわを寄せて、シーラはこちらを向いた。「ほんと?」

「南米の国々にはストリート・チルドレンが大勢いるらしいから。場所によってはほんとうに深刻な問題になっているわ」

「あの子の親がごみ箱に捨てたの?」

「自分からごみ箱のなかで雨露をしのいでいたのかもしれないわ。どうなのかしらね。報告書にもあまり詳しいことは書いてないし、それもおそらくまた聞きのまた聞きみたいなかたちだと思うから」

シーラは長いあいだ考えこんでいたが、やがて振り返った。「クリニックの人たち、あの子の今の親はあの子をもらってきたところに送り返すつもりだっていってなかった?」

「わからないわ。そういう話もあることはあるけど。あの人たちは年配の夫婦で、二人とも専門職でしょ。子どもの世話をすることにあまり慣れていないのよ。それにあの子はほんとうに手に余るところがあるから」

「でもそんなことほんとうにできるの？　まるで不良品か何かのように、あの子をコロンビアに送り返すなんて？」

「まあね」

それから沈黙が流れた。赤信号や道路工事に妨げられて、フェントン・ブールヴァードへなかなか着かなかった。シーラは頭を窓ガラスにもたせかけて外を見ていた。疲れているようだった。午前中が厳しかったせいだろうか？　それともその前から疲れていたのだろうか？　そのとき、突然わたしは自分がシーラの家庭生活が安定していると当然のように考えていたことに思いいたった。盗み見るようにわたしは彼女の様子を見た。ああ、それにしてもこのオレンジ色の髪はなんとかならないのだろうか。

「思ったんだけど……あの、トリイがどうしてこういう仕事に夢中になっているのかがわかるような気がする」シーラはそういったが、その声は静かでどこかよそよそしかった。「人間にはああいうことが起こるってことをきいて、それがあまりに不公平だから、何かしなきゃって気持ちになるんでしょ。とにかく、わたしだったらそう思うな」ここでシーラはひと息ついて、続けた。「まあ、それがひとつの反応だね」

「もうひとつの反応は？」とわたしはきいた。

「両手を目に当てて、指を耳につっこんで、そういう情報が入ってこないようにしたくなる。つまり、この世の中がひどいところだってことはもうじゅうぶん知ってるわけだから。それがほんとうはもっと悪いところだって知ることに自分が耐えられるかどうか自信ないよ」

初めての〝事件〟が翌朝起きた。学校から道路ひとつ隔てたところに小さな公園があった。たいした公園ではなかったが、ブランコや大きな木製のジャングルジムがあり、走りまわれる場所がいっぱいあった。暑い夏の朝にとりわけうれしいのは、木が多いことだった。太い幹に長く大きくおおいかぶさるような枝を持つ木が十数本もあった。公園課のなかでも特に先見の明のある人が、遊具に近い三本の木のまわりに木製のすてきなベンチをこしらえてくれていた。

それで、休み時間にジュースとクッキーを持って外に出て、子どもたちをブランコやジャングルジムで遊ばせようということになった。デイヴィッドとマイキーは大喜びで急に飛び出したので、ジェフが大急ぎで追いかけなんとか道路に出るまでにつかまえた。

休み時間に子どもたちを公園に連れて行こうとジェフがいいだしたときに、わたしは喜んで賛成したが、デイヴィッドとマイキーが飛び出したとたんにこれがまちがいだったことに気づいた。わたしたちはまだお互いのことをほとんど知らなかったのだ。だが、そのときにはすでにもう公園に向かう途中だった。

ごく最初から、子どもたちは大喜びするが大人にはぞっとするような小さい混乱があった。ブランコに乗ったジョシュアは一人で異常に興奮していた。ジェシーは芝生の上に両手を広げて立ち、ぐるぐると目がまわるほど回っていた。デイヴィッドとマイキーとアレホはとたんにおそろしく騒がしい戦争ごっこのようなものを始め、興奮してあたりを走りまわり、大声でマシンガンか何かの口まねをしだした。これを見てヴァイオレットは興奮してしまったらしい。彼女が自分も仲間に入れてほしいのに、男の子たちにどういう態度をとればいいのかがわからなかったからなのか、それともこの騒ぎをただただ純粋に性的な刺激と感じたのかどうかわたしにはわからなかった。どちらにしても、彼女はそばを走りまわる男の子たちに声援を送ったり銃の音をまねたりしながら、おおっぴらにマスターベーションをやりはじめたのだ。

いうまでもないが、わたしたちの休み時間は騒々しい、耳をおおいたくなるような騒ぎに変わってしまった。ケイリーとタマラだけがこの仲間に入らなかった。ミリアムの手にしっかりとつかまりながら、ケイリーは他の子どもたちのことを心配そうにみつめていた。いっぽうタマラはこの騒ぎを特別恐れる様子も見せず、わたしたち全員から一人離れていった。紙コップに入った自分のジュースとクッキーを取ると、タマラはジャングルジムの下にあるタイヤでできた隠れ家のような穴に入りこんだ。

十五分後、ジェフとわたしは子どもたちを集めてまわり、ミリアムはベンチにすわってわたしたちがつかまえてきた子どもたちをその場にとどめておく努力をしていた。シーラはほとんど何の役にも立たなかった。騒がしい声のせいなのか、とつぜん自分のまわりで目の回るような騒ぎがはじまったせいなのか、わたしにはわからないが、とにかくシーラは騒ぎのど真ん中で凍りついたようになってしまい、子どもをつかまえてとわたしが叫べば叫ぶほど、彼女はますます根が生えたようにその場に釘付けになってしまった。

一人、また一人とつかまえていき、残るはデイヴィッドとマイキーとタマラだけになった。わたしがディヴィッドを追いかけているとき、ジェフの叫び声がきこえた。「ああ、何てことを！」

わたしたちは全員動きを止めてそっちを見た。ジェフはタマラをタイヤのなかからひきずりだしていたが、立ち上がった彼女は血だらけだった。残りのみんなが他の場所でそれぞれのことに夢中になっているあいだ、タマラは自分が一人になれた機会を利用して、ジャングルジムから転落したときのクッション用に置いてあった敷き藁《わら》のなかから拾った小さなとがった棒で、自分の顎をひっかいて何本もの長い傷をつけていたのだった。特別深い切り傷ではなかったが、ぎょっとするほど血が出ていた。

そのとき突然、ミリアムと一緒にいた子どもたちのグループから狂ったような叫び声がきこえてきた。本能的にヴァイオレットだと思ったわたしは彼女のほうを振り返ったが、ヴァイオレットではなかった。アレホだった。タマラの血を見て、彼は両頬に手を当てたまま悲鳴をあげつづけている。わたしは彼のほうに駆け出したが、これが事態をさらに悪くしてしまった。わけのわからない叫び声をあげて、アレホは芝生をつっきって走り、一本の木のところまでいくと、小猿のようにするすると木の上の枝のほうまで登っていった。

わたしたちはみんなあっけにとられてその場に立ちつくした。タマラまでがジェフのハンカチを顔に押し当てたまま、びっくりして見上げていた。アレホはどんどん登っていき、地上十五メートルはあろうかというところまでいってしまった。

「なんてこった」ジェフはつぶやいた。「どうしよう」

わたしは自分たちのまわりをちらりと見、それから木に視線をもどした。「アレホ？だいじょうぶ？」

アレホはもう叫んではいなかった。ただ一本の枝の上に立ってわたしたちを見下ろしているだけだった。

「だいじょうぶよ。なんでもないから。タマラはだいじょうぶだから。ちょっとひっかいちゃっただけなのよ。でもたいした傷じゃないわ。もう下りてきたら？」わたしは呼びかけた。

「アレホ？　もう下りておいで」ジェフがいった。

アレホは動かなかった。

「わたしに登れると思う？」とわたしはジェフにきいた。

「ばかなまねはよせ、ヘイデン」

横にミリアムがいた。両腕でケイリーを抱いている。「消防署に連絡したらどうかしら？　彼らならこういうこともやってくれるんじゃないの？」

わたしが他の子どもたちを見回すと、ちょうどジョシュアが道路のほうに歩いていこうとしているところだった。「まあ、ちょっと、まって。ジョシュ？　こっちへいらっしゃい、ジョシュ」わたしは彼のあとを追いかけた。Tシャツをつかんでつかまえると、わたしは彼をグループにもどした。ちょうどそのとき、わたしはシーラが地面に腰をおろしているのに気づいた。ワークブーツの紐をほどいている。

「あの子をつかまえてくるわ」そういうと、だれにも反論する暇をあたえず、シーラは枝に飛びついて上に登った。

「なんてことを」ジェフは叫んだ。「二人も上に登ってしまった。なんで彼女にあんなことさせたんだよ、ヘイデン」

「まあ、少なくともここには医者がいるわけだし」

それから黙ってわたしたちは全員で見守った。

「ぼくたち訴えられてすっからかんになってしまうぞ……」ジェフがそうつぶやくのがきこえてきた。

シーラは枝のあいだをくぐりながらアレホと同じように軽々と木を登っていき、ちょうどアレホのすぐ下の枝まで到達した。シーラがアレホに何かいってる声がきこえたが、何をいっているのかまではわからなかった。

何分かが経った。その間ずっとわたしは知恵をふり絞って最善の解決策を考えていた。ジェフも同じことをしていたのはいうまでもなかった。消防車を呼ぶべきだろうか？それとも警察か。いや、ドクター・ローゼンタール？　アレホの両親？　それともただ彼が下りてくるのを待つほうがいいのか。他の子どもたちはどうしよう？　まだ十時四十五分で、終わるまでに一時間四十五分もある。ミリアムとわたしで彼らを連れ帰って、すべてがうまくいっているふりをしたほうがいいのだろうか？

だれかに電話をして助けを呼んだほうがいいとわたしがいおうとしたとき、シーラが下りはじめたのが見えた。そしてそのあとすぐに、アレホも彼女の後ろから下りてきた。

ジェフとミリアムとわたしは三人ともほっとして、安堵の溜め息をついた。

「きみは英雄だな」全員でようやく学校へともどりはじめたとき、ジェフがシーラにいった。ジェフは片腕を伸ばしてシーラの肩に載せた。「じつによくやってくれたよ。自分でも誇りに思うだろう」

うなずきながら、シーラは彼の腕からすりぬけた。

「ほんとうに自分のことを誇りに思っていいのよ」昼食後シーラをフェントン・ブールヴァードまで送りながら、わたしはいった。「あなた、ほんとうに勇気のいることをやったんだから」

シーラは肩をすくめた。「うん、まあね」彼女は両手を首の後ろに当てて髪を肩からもちあげた。「そんなこと思いもしなかったけど」

「上で何をいったの？　下りてくるようにどうやってあの子を説得したの？」わたしはきいた。

「スペイン語で話したんだよ。べつに特別なことはいわなかったよ。ただ、あんたが怖がってるのはわかるとか、下りるのを手伝ってあげるとか。でも、それをスペイン語でいったんだよ」

わたしは片方の眉を上げた。「あなたがスペイン語を話すなんて知らなかったわ」

「あたしのすべてを知ってるわけじゃないでしょ」

「それはそうだけど」

「トリイは何年もいなかったんだから」

「そうね、あなたのいうとおりだわ」

しばらく沈黙が流れた。シーラはわたしから顔をそらせ、窓の外を見ていた。それからこうつけ足した。「季節労働者用のキャンプにあれだけ長いこと暮らしていて、スペイン語を覚えないわけないじゃない。ったく。スペイン語ができないと、話し相手がだれもいないんだよ」

わたしは黙っていた。シーラのしゃべり方にはずいぶんトゲがあり、わたしはだんだん居心地が悪くなってきた。シーラはわたしと一緒にいたいと思っている反面、わたしといるとすぐにいらいらするようにも思えた。おそらく思春期独特のむら気のせいというだけなのだろう。わたしは思春期の子とつきあうのがあまり得意でなかったので、よけいにうまくいかなかった。いずれにせよ、少し困ってしまった。

シーラはわたしの気持ちに気づいたのか、なだめるような口調にもどった。「スペイン語で話したほうがあの子の気持ちがやわらぐと思ったんだよ。もっと安心できるっていうか。ただちょっとそう思っただけなんだ」

「それはいい考えだったわ。で、彼に通じた？」

「あたし、ペラペラなんだよ」むっとしたようにシーラはいった。

「いえ、そういう意味じゃなくて。アレホは何年もスペイン語をきいてないでしょ。それに当時だって方言だったかもしれないし」

「ううん、ちゃんと通じたよ。ちゃんと下りてきたでしょ」

また沈黙が流れた。車はハイウェイと州間高速との大きな合流点にさしかかろうとしていた。あちこちで道路工事が行なわれており、道路はかなり混雑していたので、しばらくのあいだわたしは運転に集中していた。車の流れがスムーズになるとほっと肩の力をぬいて、沈黙のなかで耳を澄ませた。

「ねえ、シーラ、あなた、わたしになんで怒っているの？」わたしはいった。

「あたしが？」彼女は信じられないというふうにいった。

「わたしの好きなものとか人を見ると、あなたはわざわざそれがきらいだってことをわからせようとするし、わたしが何かいうと、わたしがまちがっていると指摘するじゃないの。そもそも声の調子がそういうふうだわ」

「ふん、トリイのほうこそあたしのいうことを、それこそつまらないことまでしっかりきいていて、それであなたこうだいうじゃないの」シーラはいい返した。

「べつにそうしようと思っているわけじゃないわ」

「あのね、トリイだってそんなにえらそうなことといえないんじゃないの。あの本のなかでは、トリイは物事にたいしてすごく我慢強いみたいだけど、実際にはそうじゃないじゃない」

わたしは彼女のほうを見た。「どういう意味？」

「どんなことにもすぐ腹を立てるじゃない。運転しながらも他のドライバーのことをずっと罵《ののし》ってるし」

「べつに罵ってなんかいないわよ」

「おんなじことだよ。〝ほらほら、おばさん〟とか、〝さっさとここから出てってよ、おじさん！〟とかふたこと目にはいってるじゃない。それにあたしが車に乗りこもうとしたときに、あたしが外からドアの取っ手を持ってたから、トリイがなかからロックを解除できなかったときも、怒ったじゃない」

「あなたに怒ったりなんかしてないわよ」

「怒った！〝離しなさい〟ってすっごく意地悪な声でいったよ。本のなかでの口調とは全然ちがってた。本ではトリイはすっごく我慢強くて、やさしいくせに。本のなかでは、トリイはどこまでも待っていて、罵りの言葉なんてぜったいいわない。でも今ほんとうのあんたがどういう人なのかよくわかった。あんたは絶えずぷりぷりしている人なんだよ」

「べつに絶えずというわけじゃないわ」

「あたしにはそう見える」シーラはいい返した。

「わたしだって人間なのよ、シーラ。ときにはいらいらさせられることもあるし、機嫌が悪いことだってあるわよ」

「『シーラという子』のなかのトリイとは別人だね」

「ええ、ちがうかもしれないわね。だってあれは本のなかのキャラクターだもの。人間ってすごく複雑だからとても紙の上にはすべてを描ききれないわ。それに、ある部分では人間てすごくうんざりするようなものだもの」

シーラはふんと鼻を鳴らした。「じゃあ、あの人物は自分とはちがうというわけなんだ」

「あの人物は本質的にはわたしだけど、でもわたしそのものではないわ。ええ、ちがうわ。わたしはわたし。ここに、今いるのがわたしなのよ」

シーラはまた鼻を鳴らした。「あ、そう」

13

フェントン・ブールヴァードのバス停でシーラを降ろしてから、わたしはクリニックにもどった。車内での会話にわたしは動揺していた。直観的にそうだと思っていたが、やはりそのとおりだった。シーラはわたしのことを怒っているのだ。でもなぜ? 彼女が本のなかの人物を期待しているのに、実際のわたしがいやになるほど人間くさいから? そんなことでわたしが彼女から感じているほどの強い反感をかうとは想像できなかった。

オフィスのわたしの机の前の壁に、シーラが十二歳のときに書いた詩が貼ってあった。自分の席に腰をおろすと、わたしはその詩を見上げた。

……そのときあなたがやってきた
おかしな人で

とても普通の人間とは思えなかった彼女がわたしに何を求めたにせよ、それが彼女が今得ているものとはちがうことはたしかだった。

ジェフがドアを開けて、わたしたちが共有している小さなオフィスに入ってきた。彼はセラピー・セッションを終えたばかりで、一目で患者とかなり厳しい時間をすごしてきたことがわかった。髪はくしゃくしゃで、頬にはブルーのテンペラ絵の具がついていたからだ。

「あなたもわたしと同じ気持ちみたいね」わたしはいった。

ジェフは自分の机の上にノートを置いた。「ぜったいに乳幼児精神科の専門にはなりたくない。それだけはいえるよ」彼は不機嫌そうにぶつぶつといった。「あの分野はローゼンタール氏が一人でやればいいいんだよ。ぼくはこれからはフィンガー・ペイントをしなくていい患者に限らせてもらうからね」

「思春期の子の相手もしたくないわ」とわたしはいった。

ジェフがいぶかしそうに片方の眉を上げた。「だれに手を焼いてるんだ？　あのかわいいオランウータンか？」

わたしはうなずき、彼に車内でのことを話した。

ジェフにはシーラが昔のわたしの生徒だというような一般的な過去の話はしていたが、詳しいことは話していなかったし、彼女がわたしの本の主人公だということもいってなかった。本の出版は時間がかかるものなので、『シーラという子』が世に出るのはまだ何カ月も先のことだった。それに思い切って一般向きのノンフィクションを書くということが、仕事の世界でどのように受けとられるか多少心配でもあったので、本のことはほとんど同僚たちには話していなかったのだ。だが、ふと気がつくと、わたしはジェフにシーラの暗い過去のことだけではなく、わたしたちの特別な関係のことまで説明していた。

「ふーっ」わたしが一息つくとジェフがいった。「これはなかなか困った状況だよ、ヘイデン」

「で、あなたはどう思う？　わたし、あの子にどんな悪いことをしてしまったのかしら？　期せずして彼女をひっかきまわしてしまったみたい」

ジェフはやさしく微笑んだ。「ここで何がほんとうに問題なのか、ぼくがどう思っているると思う？　きみもシーラも、二人とも同じ病気にかかってしまっているんだよ。シーラが覚えているのは、自分に決して怒らなかったすばらしい教師なのに、実際のきみがじつにふつうの人間だということがわかって彼女は動揺している。だが、ヘイデン、きみのほうでもまったく同じことをしているんだよ。きみの今の彼女への態度に影響をあたえているのは、きみが覚えているのも現実の子どもとしてのシーラではなく、本のなかに出てくるあの六歳児だっていうことなんだよ」

「そんなことないわ」

「ぼくたち、みんなそうなんだよ。すべて記憶というものは、ぼくたちが経験したことの自分なりの解釈なんだよ。ここでちがうことといえば、ふつうは本を書いたりはしないということだけだ」とジェフはいった。

「お母さんのことをどれくらい覚えてる？」翌日の午後、シーラをバス停まで車で送りながら、わたしはきいた。

「どういうこと？」

「言葉どおりよ。お母さんのこと、どれくらい覚えてる？」

シーラはこたえなかった。顔をそらせて、窓の外を見ていた。

彼女がどんな気持ちでいるのかを推し量ろうとしながら、わたしは沈黙に耳を澄ませた。その日の午前はかなりいい調子でことが進んだ。前日の騒ぎのあとだけに、ものごとが静かに進行したことにみんなが満足しているようだった。ジェフ、ミリアム、わたしの三人はお互いの仕事の仕方がわかりかけてきて、あまりつまずくこともなくなってきた。シーラはまだわたしたちの輪の外にいた。彼女は子どもたちとも、またわたしたち三人の大人ともあまり主体的に関わろうとしていなかった。活動にもあまり参加せず、周辺をうろうろするほうがいいみたいだった。わたしは心のなかで、これでもいい、こういう分野は彼女があまり馴染みのない分野だし、まだ始まって日も浅いのだから、と思っていた。全体として見れば、その日はだれにとっても非常にうまくいき、シーラもふくめてみんな意気揚々として昼食に出かけたのだった。

「あれからお母さんに会った？　つまり、わたしのクラスを出ていってからということだけど」とわたしはきいた。

シーラは首を横に振った。

「お母さんがどこにいるかはわかってるの？」

「ううん」シーラは静かな声でこたえた。

沈黙が流れた。

「お母さんのこと、覚えてる？」

この質問にもシーラはこたえなかった。何秒がやがて何分になった。

わたしはちらりと彼女のほうを見た。「覚えてない」

「ううん」シーラは静かにいった。「覚えてない」

「ジミーは覚えてる？」

「ジミー……？　弟のこと？」考えこむような沈黙が流れた。「覚えていると思う。たぶんね。このイメージは頭で作りあげたものかもしれないけど……茶色い髪をした子のイメージが浮かんでくる。ずっと昔の記憶なんだけど、どんな子だったか思い出そうとすると……それがジミーなんじゃないかって思うんだ」シーラは顔を上げた。「でも、なんで？　なんでそんなことをきくの？」

「ちょっとそう思っただけよ。お母さんに会いたいなって思う？」

シーラは驚いたように目を大きくした。「会いたいと思う何があるっていうの？　あたしはお母さんのこと知らないんだよ。覚えてもいないんだよ。そんな人のことどうやって会いたいと思えるの？」

「ちょっとそう思っただけよ」とわたしはこたえた。

「いろんなこと思うんだね」

また道路工事のところに行き当たり、車の流れが渋滞してきた。他のドライバーにたいするわたしの態度について前日シーラにいわれたことが気になっていたので、わたしは黙ったまますわっていた。

「あたしがお母さんに会いたいと思う理由なんてないじゃない」とシーラは静かな口調でいった。「お母さんはひどい親だったんだよ。あたしのために何もかもやってくれたのはお父さんだよ」

「そうね、ただちょっと思ったものだから。前にわたしたちが一緒にいたときには、あなたにとってこのことは大きな問題だったから」

「そのころあたしはまだ小さい子どもだった。きっと六歳のあたしには、そのことがもっとだいじな問題だったんだと思う」

翌朝、わたしたちは子どもたちを三つの小さなグループに分けた。最初の予定だと、もっとも個別的に注意を払う必要のあるジェシーとジョシュアを一人が担当して、残りの六人を年齢で分け、年少組のケイリー、デイヴィッド、マイキーを一人がみて、もう一人がアレホとタマラ、ヴァイオレットの年長の三人をみるはずだった。だが、アレホがタマラの行動に極端な反応を見せたことから、この二人を同じグループにするのはよくないと思われた。それでデイヴィッドをタマラと入れ替えることにした。

わたしはこのデイヴィッド、アレホ、ヴァイオレットのグループを受け持ち、〝誘導絵画〟とわたしが呼んでいるものをやることにした。これは、短時間実際にはないものを心で見る訓練をしてから絵を描くというものだ。この方法は子どもの感情を引き出すのに有効で、小さいグループでやったほうがうまくいった。そこでわたしたちはみんなで一つのテーブルを囲んですわった。わたしは大きな白い紙を配り、テーブルの真ん中に細書きフェルトペン、太書きフェルトペン、クレヨン、色鉛筆、ふつうの鉛筆、パステルなどいろいろ選べるように画材を置いた。

シーラがやってきてわたしたちと一緒にすわった。わたしとしては彼女にジョシュアとジェシーの面倒をみているミリアムの手伝いをしてほしかった。この子たちは事実上一対一の注意を払う必要があるからだ。だが、シーラはこの子たちといるのがいやなようだった。彼女自身のペースでだんだん慣れてくれればいいと感じたので、わたしは何もいわず、彼女がテーブルの端の椅子にすわるがままにさせておいた。

「さあ」とわたしは自分の前にすわっている三人の子どもたちの顔をわくわくした思いで見ながらいった。「今日これから何をすると思う？　宇宙船に乗るのよ」

「うわぁ、かっこいい！」デイヴィッドがいった。

「ほら、ペンを置いて、デイヴィッド。まだペンはいらないのよ。そのかわりに、みんなに目を閉じてほしいの。閉じた？　アレホ？　目を閉じて。そう、そうよ」みんなに手本を示すようにわたしも自分の目を閉じた。「さあ、始めるわよ。ずっと目を閉じててね。打ち上げロケットが見えてきたでしょ。見える？　みんな頭のなかでロケットを思い描いてね。自分のロケットなのよ。このロケットがあなたを宇宙へと運んでくれるの。みんな、見えた？」みんながうなずくのが見えた。

「オーケー、じゃあ行くわよ。ロケットのなかの座席にすわってベルトをしめて。エンジンがかかったわ。ガタガタ揺れているのがわかる？　エンジンのせいで座席が少し震えているわ」

デイヴィッドはすっかり空想の世界に浸りきっていた。彼の小さな体は想像上の宇宙船の動きにともなって震えていた。テーブルの端の席についているシーラが、わたしから彼女の目が見えないように、テーブルに肘をつき、両手を盾のようにして顔を隠しているのにも気がついた。彼女も参加しているのだが、子どもみたいに仲間入りしているのをわたしに悟られたくないのだろう。

「発射したわよ。上へ、上へとどんどん上がっていくわ。青空がすごい勢いで通りすぎていく。だんだん空の色が変わってきたわ。見える？　窓から見てごらんなさい。地球がどんどん遠くなって、ぐんぐん外の宇宙に近づいていってるのよ。うわぁ、ついに出たわ。宇宙に来たのよ」

「さあ、シートベルトをはずして歩いてもいいのよ。でも、あっ！　どうしたのかしら？」

「無重力なのよ」シーラがすかさずいった。

「そのとおり。みんな重さがないのよ。だから体がふわふわ浮くの。どんな感じかしら？　気に入った？　どこに行くの？　まわりを見てごらんなさい。あなたが乗ってるのはどんなロケットかしら？　大きい？　それとも小さい？　何色かしら？　いろいろ動きまわれるだけの場所がある？　これからどこに行くの？　この宇宙船はどこを目指しているの？　窓の外を見てみましょう。何が見える？　星？　惑星？　地球が見える？　それとももう遠く離れすぎたかな？　外にはいろんなものがいっぱいある？　それとも何もない？　他の宇宙船も見えるかしら？　もう一度ロケットのなかをよく見てごらんなさい。あなたは一人だけ？　それとも一緒に旅行している人がいるのかな？　それはあなたの好きな人かしら？　今ロケットのなかで何をしているの？」

わたしはしゃべるのをやめて子どもたちを見回した。みんなどっぷりと空想の世界に入りこんでいる。「いいわ、さあ、準備ができたら目を開けてもいいわ。そうしたらその宇宙船の様子を絵に描いて見せてちょうだい」

この種の活動をするとたいていいつもそうなるのだが、子どもたちは空想の世界から興奮して目を覚まし、必死になって画材に手を伸ばした。

「ドラキュラを見たよ、トリイ」ヴァイオレットがうれしそうにいった。「歯から血が垂れてた」

「おまえ、へんなやつだな」デイヴィッドはそういって彼女の前に手を出してフェルトペンを取った。

まもなくわかることだったが、ヴァイオレットに何か作ってというといつでも彼女は十字架を作った。このシンボルが吸血鬼から守ってくれるからだ。今回、ヴァイオレットは大きな黒い十字架をひとつ描き、そのあといくつかの小さめの十字架を描いた。そして大きな十字架のまわりに小さな丸い顔をいくつか描いた。それらの顔はどれもみな楽しそうに牙をむきだして笑っている。

デイヴィッドは忙しそうに絵を描いていた。大きな赤と白の縞模様のロケットで、機首から明るい黄色の光が出ていて、それをとりまくように色とりどりの星が並んでいる。アレホは素早くフェルトペンをつかんだが、それを手に取ってから何も描いてない紙を前に長いあいだ考えていた。だがやがてゆっくりと絵を描きはじめた。彼の宇宙船は巨大な黒い宇宙のなかの小さな点のような存在だった。

この宇宙の黒さにアレホは困ってしまった。紙の大部分を塗りつぶさなければならないので、彼が今使っている細書きの黒いフェルトペンではだめだということがすぐにはっきりしてきた。細書きのペンを下に置き、アレホは何かいい材料はないかと眺めていたが、やがてテーブルの向こうの端にある大きな黒いマーカーをみつけた。彼は立ち上がってデイヴィッドの前を横切るように手を伸ばしてそれを取った。そのとき、まちがえてデイヴィッドの手にぶつかってしまった。

「何するんだよ！」デイヴィッドは叫び、怒って腕を振り上げた。

次の瞬間、アレホはデイヴィッドのシャツをつかんでいた。あっという間のことだった。こんなことになるなんて思ってもいなかった。わたしが椅子から立ち上がるより早く、アレホがデイヴィッドを椅子から床にひきずりおろしたので、ぎょっとした。デイヴィッドの髪の毛をつかむと、アレホは彼の頭をリノリウムの床に叩きつけた。

わたしはテーブルをまわりこむようにして駆けつけたが、わたしがつかまえるより早くアレホは逃げていった。パニックでわけがわからなくなってやみくもに走っていったのだ。わたしたちが選んだ教室は、ふつうの二倍の広さのある教室で、この広さが気に入ってここを選んだのだった。だが、子どもの数が少ないので、通常の学校のクラスで使われるだけの数のテーブルも椅子もわたしたちには必要ではなかった。そこでわたしたちは大きなスチールの教師用デスクを部屋の隅まで移動させ、他のテーブルもすべてそのまわりにくっつけて積み重ね、さらにその上に椅子を載せていた。アレホはそこに逃げこんだのだった。テーブルの脚のあいだをくぐりぬけ、教師用のデスクの下に潜りこんだのだ。これらのテーブルや椅子をすべてどかす以外に彼をつかまえることは事実上不可能だった。

とにかくデイヴィッドのことが心配だった。床に強く打ちつけられて、大声で泣きわめいていたので、わたしは膝をついて彼をなぐさめた。ジェフもミリアムもわたしに手を貸しにやってきた。わたしたちはみんなで立ったまま、隠れているアレホのほうを見ていた。アレホのほうでも、黒い目を大きく見開いてわたしたちのほうを見ていた。

「どうしたらいいかしら?」とわたしはジェフにきいた。アレホをひきずり出して〝一《タイ》時中止《ムアウト》〟の椅子にすわらせるのがこの場合ふさわしいのか、それともそんなことをするにはあまりに彼がおびえているのか、わたしには判断しかねた。

「あの子に話してみようか?」シーラがいった。「このあいだみたいに話してみてもいいけど。あの子出てくるかもしれないよ」

「ああ、それはいい考えだ」とジェフがいった。「きみがアレホの係りをやってくれ、シーラ。あの子に話しかけて、もしうまく出てきたら、ずっとあの子のそばについてやっていてくれよ」

この言葉にシーラはびっくりしたようだった。「あたし、あの子をどうすればいいの？」

ジェフはだいじょうぶだよというふうに微笑んだ。「いいと思うことをやればいいんだよ。そのときになればわかるさ」

だがそのときは来なかった。アレホはその日の午前中ずっとテーブルの下にもぐりこんだままだった。

フェントン・ブールヴァードのバス停まで車を走らせているあいだじゅうずっと、シーラは黙って何か考えこんでいた。「あのロケットに乗ってるつもりになる練習の目的って何なの？」ずっと考えた末にシーラがきいた。

「子どもたちが自分で経験することの手助けかしら。創造力ってそういうところから生まれるでしょ、基本的にはね」

「ということは、あれはただの創造力の練習なの？」

「表現のね。このグループの子どもたちはほとんどが自分の内面の気持ちを表現するのがなかなかできないのよ。わたしの今までの経験で、この種の活動が気持ちを表現するいいスタートになるとわかっているの」

ふたたびシーラは黙りこんだ。わたしたちは五、六分黙っていた。

「トリイ？」

「なあに？」

「トリイがこういうのをやったの覚えてる」

「何をやったのを？」

「あたしたちのクラスでだよ。トリイがあたしたちをああいう想像上の旅に連れていってくれたの、覚えてる。海の底へ行ったよ」シーラの顔が突然ぱっと明るくなった。

「あたしたち、みんなで床に輪になってすわってた。膝をついて。あたしは膝をついてすわってた。トリイはあたしたちに雑誌に載ってる熱帯魚の写真を見せてくれて、それから目を閉じて、海底にもぐっていきましょう、っていったの。魚を見るために海の底にね。黄色い縞模様のや、鮮やかなブルーのや、色とりどりの魚が泳ぎ回っていたのを覚えてるよ」シーラは笑みを浮かべていた。

わたしも微笑み返してうなずいた。

「急にこのことを思い出したんだ。とてもはっきりとね。まるでさっき起きたばっかりのことみたいに。あたしたちが床の上で輪になってすわってるのが目に見えるよ。トリイの後ろにある黒板が見えるんだよ」

「ええ、この種の練習はよくやったわね。たいていの子はこれが大好きだったわ」

シーラは顔じゅうに笑みを浮かべた。「今はっきり思い出した。ほんとに思い出したよ」

14

どうやらアレホはわたしたちのことをつきあうには危険すぎる相手だと思ってしまったようだ。翌朝やってきたとき、彼はどうしてもタクシーから出てこようとしなかった。ジェフが出ていって、学校に来るようにと説得しようとしたが、アレホは頑として拒否した。彼は後部座席の小さな床のスペースに体を丸めて縮こまっていた。自分の患者にこんなに激しく拒否されることに慣れていないジェフは、アレホをこのまま家に帰そうかという気分に傾いていた。アレホにもっとじっくり時間をかけてこの問題を乗り越えてもらい、アレホなりのペースで動けて初めてセラピーの効果もあがるのでは、と感じていたのだ。だが、わたしはもし今アレホを帰してしまったら、もうもどってこないような気がして、この意見には反対だった。アレホが今後養父母のもとにとどまれるかどうかは、この夏に今よりもっと適切な行動の仕方を学べるかどうかにかかっているような気がしたので、今はセラピー上の効果などという贅沢をいっている場合ではないと思ったのだ。だから、ジェフが心配し、アレホが大声で抵抗するなかを、わたしはアレホをタクシーからひきずり出し、校内へ連れていった。

アレホにはほんとうに手を焼かされた。ほとんどの子どもは、わたしが力ずくで彼らを扱わなければならない場合、じゅうぶん予想できる〝正当な〟やり方で逆襲してきた。だから、わたしとしても子どもとわたしのどちらもが怪我をしないようにうまく彼らを抱え、動かすことができた。向こう脛を蹴られるくらいのことはあったが、その程度ですんだ。だが、アレホの場合はそうはいかなかった。アレホは闘うとなると、やけになって猛り狂い、嚙みつく、ひっかく、体をよじる、とものすごい暴れ方をするので、彼をつかまえていることはまず不可能だということがわかった。

ジェフもミリアムもわたしがアレホを抱えて玄関の階段をのぼり校内に連れていくのを手伝おうとしたが、彼らの手がアレホをつかもうとするたびにさらに激しく暴れた。結局わたしは、このままにしておいてと彼らにいい、ただ、アレホを教室まで連れていく前に彼を逃がしてしまったときに備えて、校門だけはしっかり閉めておいてほしいと頼んだ。

教室の入口にたどり着いて初めて、わたしはアレホを放した。そのとたんに彼は前日隠れていたのと同じ教室の向こうの隅へと駆け出した。そして身をかがめると、積み重ねられた椅子やテーブルの後ろに滑りこみ、教師用のデスクの下にもぐりこんでしまった。

「やれやれ、なんてこった」そうつぶやいてジェフはわたしのほうを見た。「きみはこういうことの専門家なんだろ。さあ、どうする？」

わたしが初めて重度の情緒障害児と出会ったときのことが蘇った。当時私は十八歳で、未就学児用の訓練コースのボランティアをしていた。そこに毎日毎日ピアノの後ろに隠れて一日じゅう過ごす小さな女の子がいた。そのコースの責任者で、その後何年かわたしの恩師となった進取の気風に富んだすばらしい先生が、わたしに同じ課題をあたえたのだった。この女の子と一緒に過ごして、彼女を外に出させなさい、と。どのようにやれとも何をしろともこの先生はいわなかった。ただこれがわたしの仕事で、わたしのことを信じているから、といっただけだった。わたしがどの方法を選んだとしても、それによってこの子の生活は今よりはよくなるはずだ、と。それに続く何カ月かがわたしの人生を永遠に変えてしまったことにこの先生が気づいていたかどうか、わたしには知るよしもない。だが、障害児教育におけるわたしの全キャリアの原点がこのときの女の子であることはまちがいない。

この出会いでわたしの心に焼きついたのは、臆病で自意識過剰ぎみなティーンエイジャーだったわたしにも自分で考える力があり、何が必要かを見極め、それを実際やる能力があるとその先生が信頼してくれたことだった。シーラのほうを見ながら、彼女にこの同じ贈物をしたいと痛切に思った。

「アレホのところに行って」わたしはシーラにいった。

シーラは不安そうな顔をした。「行って何するの?」

「あの子はすごく怖がっているにちがいないわ。あの子に話しかけてやって。あの子が出てきたがったら、それはすばらしいわ。でもそうじゃない場合は、あなたがいいと思うようにして」

長いあいだ、シーラは混乱と不安が入り交じったような表情を浮かべてわたしの顔を見ていたが、やがてバリケードの向こうにいるアレホのほうをちらりと眺めた。

「あなたが初めてわたしのクラスに来たときの気持ちを覚えてる?」と、わたしはきいた。「アレホをあのころのあなた自身だと思って話しかけてあげて」

「覚えてないよ。だからそんなことできない」

「あなたならできるはずよ」

入り組んだ椅子やテーブルの脚の下を覗けるように、シーラは腹這いになって午前中ずっとアレホにスペイン語でやさしく話しかけた。わたしはスペイン語が堪能ではないので、彼女が何をいっているのかはほとんどわからなかったが、やさしく、励ますような声だった。

アレホは出てこなかった。安全な金属製の脚のバリケードの向こう側で、彼は体を丸め、シーラの勧誘に抵抗を続けた。実際この初日にはアレホはシーラに話もしなかったと思う。だが、シーラがじつにねばり強いということがよくわかった。シーラは二度ほど立ち上がってわたしのほうにやってきて、わたしがその朝子どもたちと一緒にやっていた作業の仲間入りをしたりしたが、それでも必ずまたもとの場所にもどっていってアレホが隠れているそばの床にすわった。わたしは彼女の集中力に強い感銘を受けた。このとき初めて、彼女は完全にこのコースの仲間に入ったのだと思う。

続く二週間のあいだ、アレホはずっとテーブルの下に避難しつづけていた。毎朝学校に着くと、彼はタクシーから連れてこられ、教室についたとたんに部屋を横切ってテーブルの下にもぐりこむのだった。昼になって家に帰る時間がきてふたたびひきずりだされるまでずっとそのままだった。ジェフとわたしは、アレホを教室内に連れてきたときに、隠れ場所に行かせないでしっかりつかまえていたほうがいいかを話し合ったが、結局彼にこうして自分で安全だと思う方法を許すほうがいいのではないかという結論になった。そんなわけで、毎日同じことがくりかえされた。

シーラはアレホを誘いだす課題に挑戦しつづけた。何日間も、彼女は床の上に腹這いになってアレホに話しかけた。ときにはスペイン語で、ときには英語で。彼女はこの種の一方通行の会話が驚くほどじょうずだった。今までシーラのことを特別おしゃべりだと思ったこともなかったし、彼女がこんなふうな戦法で状況に向かっていくとは思いもしなかった。だが、彼女はアレホに好きな食べ物やスポーツや活動をきいたり、ここに来ていないときには何をしているのかとか、動物や学校の科目、その他いろいろなことで何が好きかなどと、次々と楽しそうに質問を続けていた。

ときどきはアレホも思わずこたえてしまうということもあったが、多くしゃべるということはなかった。アレホはシーラがスペイン語を話す努力をしているのを評価しているらしく、そのときに彼が何かもごもごとこたえているのがよくきこえてきた。こんなふうに二人は毎日三時間半、週に五日間を過ごしていた。

アレホと一緒に床に腹這いになるのを続けていくうちに、シーラは急速にアレホの環境に興味をもつようになってきた。彼のほんとうの家族のことは何もわかっておらず、名前もわからなければ、家族のうちのだれかがまだ生きているのかどうかさえもわからなかった。シーラはなんとかして探し出すことはできないのかと何度もきいた。わたしはそんなことは実際上不可能だということを説明しようとしたが、それでもシーラの興味はなくならなかった。

どのようにしてアレホがごみ箱のなかにいたところを発見されたのかという話が、よくシーラが口にする話題だった。アレホがどんなに寒く、ひもじい思いをしていただろうというようなことから、小さな子どもが実際そんな環境で生き残れたのかどうかという論理的な話まで、シーラはあらゆることを考えてみた。無意識のうちに、シーラはこのことを自分が捨てられたことと関連させているのではないか、とわたしは考えていた。六歳のころのシーラが、母親が自分と弟のジミーを連れて家を出たこと、そして母親が車を止めてシーラをハイウェイの路肩に押し出し、夜の闇のなかに走り去り、二度とふたたび姿を見せなかったことを、何度も何度もくりかえし語ったことをわたしは思い出した。今、シーラがアレホが捨てられたときの話をくりかえしするので、あの昔の会話がわたしの頭に蘇ってきた。

心理学的に何が起こっていたのかはともかく、シーラはますますアレホに関わっていった。なんとかアレホに手を差しのべよう、自分を信用してもいいのだと彼を説得しようと必死になっていた。アレホと一緒にいるという自分の仕事にここまで熱心になっているのも、こういう気持ちがあったからだった。

このように仕事熱心になったシーラだったが、それでもまだまだあやういところがいっぱいあった。なかでももっとも危険な領域は彼女の外見だった。

子ども時代の彼女をもっとも知っているわたしとしては、今のシーラの外見がわたしが予想していたものとはまったくちがうということを認めざるをえなかった。彼女は、わたしのクラスに来たばかりの垢にまみれていたときでさえ、とてもかわいい子どもだった。濃いはちみつ色のブロンドの長い髪は、あくまでもまっすぐで、指ですくいあげるとさらさらと滑り落ちるような感じだった。目鼻立ちがはっきりしていて、顎には生意気そうなくぼみがあり、口元が特に魅力的だった。

顎も口元もはっきりした目鼻立ちももちろんそのままだったが、パーマをかけ、派手に染めた髪のためにその魅力が半減してしまっていた。そのうえ、服装のせいですべてが実際よりも悪く見えた。いったいどこであういうファッション・センスを身につけたのだろうか。もっともあまりに奇抜なので、逆に流行の最先端をいっているようにも見えたが。

わたしたちは例の白いおじいさんの下着のようなものにワンピースやTシャツを重ね着したのをふくめていろいろな組み合わせを楽しませてもらった。なかでも、彼女のお気に入りのひとつは、おじいさんの下着の上にひどくだぶだぶの農民風のシャツだけを着るというもので、まるで更衣室で着替えているところを邪魔された《屋根の上のバイオリン弾き》に出ているエキストラ、といった感じだった。シーラはレースでできた白いヴィクトリア風の寝間着も持っていて、これをワンピースとして着ていたが、通常はこれをけばけばしい蛍光色の縞模様の長袖Tシャツに重ね着していた。そしてそれらの服装の仕上げはあのごつい黒の編み上げのワークブーツだった。

耳にはピアスの穴をあけていた。左耳が五カ所、右耳が二カ所だったが、ありがたいことに体の他の場所にはあけていないようだった。シーラは耳にただの細い金のリングをつけていただけだが、数の多さでじゅうぶん目立っていた。

慣れるのに多少時間がかかったことは認めるが、ほんとうのことをいうとわたしは彼女の服装をそれほどいやだとは思っていなかった。実際、慣れるにしたがって、多少奇妙ではあるがなかなか素敵だと思うような組み合わせもあった。シーラにはたしかに服装のセンスはあった。その上彼女はこういう服装を着こなすのに必要な細身の体つきだった。もしシーラがジェフやわたしよりもファッショナブルな人々のあいだにいたら、彼女のセンスは賞賛されていたかもしれない。

だがシーラの父親は彼女の服装のセンスをいいと思っていないらしく、そのことでしょっちゅういい合いをしているようだった。さらに、学校もあまりものわかりがよくないらしく、服を着替えてくるようにと家に帰されたことも一度ならずあったようだ。このことからもシーラの服装に関する過敏さがわかるような気がした。彼女があいった格好をしたがり、それを誇示したがりながら、自分が奇異な格好だということを他人がほのめかしたりすることを断固として許さないという態度を初日からとっていたことからも、そのことは明らかだった。

それなのに、ジェフはいつも彼女の神経を逆なでするようなことをした。彼は、シーラがオレンジ色の髪をしていることと、彼女が二日目に木に登って手柄をたてたことから彼女にオランウータンというあだなをつけた。シーラはジェフがこのあだなを口にしただけで、必ず怒って怒鳴った。さらに、ジェフは調子に乗ってこんなこともいった。「エアコンの温度を上げようか。そうしたらなにも服の上から寝間着を着てこなくてもいいだろ?」とか「おじいちゃん、下着がなくなってさびしいっていってないかい?」と。

シーラはこういう言葉にたいして、ジェフのからかい半分のほかの冗談にたいしてと同様に、気のたっている子猫のように怒りをあらわにした。わたしから見てもあの怒りは本気だったと思う。この個性あふれる二人を引き合わせようと思っていたわたしの願いなど、とうの昔に消えてなくなっていた。シーラはジェフにたいして憎しみ以外の何も感じていないようだったし、ジェフのほうも関係を改善する気はないようだった。わたしはジェフに少しは口をつつしむようにといってみたが、たいした効果はなかった。彼はシーラを怒らせることを楽しんでいたのだ。

いったん慣れてしまえば、シーラの服装についてあれこれいわないでおくのはそれほど難しいことではなかった。わたしはあまりショックを受けないたちで、自分がほしくない知覚情報はうまくふるい分けることができたので、シーラとジェフのあいだをとりもつとき以外はこの問題に触れずにすごしていた。これはこれでよかった。というのは、ごくたまにわたしが偶然引きこまれてしまったりすると、シーラはこのときとばかりに怒り狂ったからだ。実際、シーラの服装には人を挑発するようなところがあり、それでもわたしがそれにたいして反応しないと、わたしが何かいうまでシーラのほうがわたしのあとをついてくるようなことももときどきあった。

こんなこともあった。わたしたちはセッションが終わってからも教室の後ろにいた。子どもたちの何人かが絵を描いたので、わたしが絵の具が入っていた容器を洗うのをシーラは手伝ってくれていた。流しは泡だらけの石鹸水でいっぱいで、シーラは肘まで水につけていた。

「あたしの髪を上にあげてくれない？」さらに絵の具の容器を持ってそばまで来たわたしに、シーラがいった。「あたしのポケットにポニーテールにまとめるバレッタが入ってるの。それを出して、髪をとめてくれない？」

わたしは彼女のポケットをさぐり、バレッタを取り出して、それでとめるために彼女の髪を手でとかしはじめた。そのときすぐに頭に浮かんできたのは、シーラが小さいときによく彼女の髪をまとめてあげた思い出だった。そのころのシーラの髪は、絹糸のようにまっすぐで手触りのいい、すばらしい髪だった。朝、始業前に彼女の髪をブラシでといてあげるのをわたしはいつも楽しんでいた。ところが今わたしの手に触れているものはそれとはまったくちがっていた。パーマをかけて染めた髪は、ちりちりにもつれていた。

「今度の週末に髪を黄色に染めようかなって考えてるんだけど」シーラがいった。「ドラッグストアで毛染めをみつけたんだけど、たった二ドル九十九セントなんだよ」

「もとのままの髪にもどそうと思ったことはないの？」

そういったとたん、シーラはくるりとこちらを向いてわたしの手を振り払った。石鹸水がそこらじゅうに飛び散った。「やめてよ！　やめてったら！」彼女はかんかんになって叫んだ。

　わたしはびっくりして飛び退《の》いた。

「それがトリイのやりたいことなんだ。あたしをコントロールしたいんでしょ！　あたしをトリイの昔のかわいい子にもどそうとして。いっとくけどね、あたしはあの子じゃないの。あたしはあたしなの！　これ以上あたしにどうしろこうしろなんていわないで」

　彼女があっという間にかんかんに怒ってしまったので、わたしはびっくりして黙りこんだ。ジェフもミリアムも部屋にいたが、二人とも話をやめてこっちを見ていた。

「あたしはもうトリイの持ち物じゃないんだから。トリイがあたしを創りだしたんじゃないんだからね！」

15

次の月曜の朝のこと、わたしはデイヴィッド、タマラ、ヴァイオレットと一緒に〝空っぽの椅子〟というゲームをしていた。これは有名な精神科医のフリッツ・パールズが開発した治療法のヴァリエーションのひとつで、グループの真ん中に空の椅子を置いて、そこにだれかがすわっているかのように、椅子に向かって話しかけるというものだ。わたしたちは怒りの気持ちと悲しみの気持ちについて、そしてときにはこの二つが混ざり合うことがあることなどを話し合っていた。わたしは子どもたちに順番に、だれかにそんな気持ちにさせられたときのことを考えるようにといい、それからその相手がこの椅子にすわっていると想像して、その人に向かって自分の気持ちを話してみるようにいった。調子が出てくるまでには多少時間がかかった。わたしが例を示した。椅子にわたしが飼っている猫をきらっている隣人をすわらせ、空っぽの椅子に向かって、その人がわたしの猫をいじめているのを見てわたしがどんなに腹立たしい思いをしているかを話した。次に子どもたちの番になった。二まわり目になってようやくみんなその気分になってきた。

タマラの二回目の順番がまわってきた。「あたし、お母さんをあの椅子にすわらせるわ」と彼女はいった。

「いいわよ。で、お母さんになんていいたいの？」わたしはいった。

「もう赤ん坊にはうんざりしたって」

「わかったわ」

タマラはわたしのほうを見た。「あたし、もう赤ちゃんの世話はしたくないっていいたいの。なんでお母さんは自分で面倒をみきれないほどたくさん子どもを産んだのかなあ」

「そうお母さんにいってくれる？」とわたしはいった。「お母さんがあそこにすわっていると想像して、自分の気持ちをいってごらんなさい」

「あたし、赤ちゃんの世話はもうしたくないの。もう赤ん坊にはうんざり。あたしの赤ちゃんじゃないんだよ。あたしがいちばん年上だからって、そんなの不公平だよ。なんであたしが赤ちゃんの面倒をみなくちゃならないの？」

タマラの目に涙がにじんできて、彼女の言葉がとぎれた。わたしのほうを見ながら、彼女はいった。「あたし、赤ちゃんの面倒をみるにはまだ小さすぎるもの」

わたしは椅子を指差した。「あなたがそういう気持ちでいることをお母さんにいってみたら？　そんな大きなことをまかせられるにはまだ小さすぎると感じているって」

タマラは涙ぐみながらうなずいた。「あたしはまだ小さいんだよ、ママ。あたしだってママに面倒をみてもらいたいよ」

タマラはすわった。長いあいだ、みんな考えこむように黙っていた。

「いいわ。ヴァイオレット？　あなた、やってみる？」わたしはやさしくいった。

ヴァイオレットはのろのろと立ち上がった。そして椅子に近づき、ずっと椅子を見ながらそのまわりをぐるぐる回った。最初の回のとき、ヴァイオレットは学校で一緒の女の子を椅子にすわらせた。その子になんでいつもあんな意地悪をするのかききたいのだと彼女はわたしにいっていた。だが、いざその子が椅子にすわっているところを想像し、そこで気持ちを口にするだんになると、ヴァイオレットはひるんでしまって、幽霊がどうしたなどというばかばかしいおしゃべりに変えてしまったのだった。だから今度の新しい試みにもわたしはあまり期待をしていなかった。ヴァイオレットの抱える問題はあまりに広範囲に及んでいるために、このような直接的な方法ではむずかしいようだった。

「あたし、アレホを椅子にすわらせたい」ヴァイオレットがこういったので、わたしはびっくりした。

アレホはそう遠くないところにいた。わたしたちはシーラが床に寝そべってアレホとしゃべっていたところからすぐのところに輪になっていた。だが、この〝空っぽの椅子〟をやりだしてからは、シーラはわたしたちのいってることに耳をそばだてていて、今では円陣の端っこにあぐらを組んですわっていた。アレホの名前が出たので、シーラは心持ち頭を下げて、机の下にもぐりこんでいるアレホのほうを見た。

「いいわよ。アレホに何がいいたいの？」

「こっちに来ればいいのに、アレホ」そういいながら、ヴァイオレットは椅子に近づいていった。彼女は頭を傾け、まるでほんとうにそこにアレホがいるかのように椅子を間近に見た。「なんでずっと隠れているの？　ここはちっとも怖くなんかないよ。アレホがいなくてさびしいよ。出てくればいいのに」

ヴァイオレットは椅子のまわりを回り、それから椅子の左側に立った。「アレホが隠れていると、あたし腹が立つ。アレホがあたしのことをきらってると思うから。それから悲しい。だってあたしアレホと友達になりたいんだもの。ねえ、出ておいでよ。みんなと一緒にいてほしいよ」

「わかったよ」

びっくりしてわたしたちが全員振り向くと、アレホが積み重ねたテーブルの横に立っていた。「アレホが出てきた！」デイヴィッドがすごい声を上げたので、アレホがまた下に駆けこんでしまうとわたしは思った。だが、そうはならなかった。

「わたしたちの仲間に入る？」とわたしはきいた。そしてすぐそばにあったテーブルから椅子を一脚つかんでわたしたちの輪のなかに押しこんだ。

アレホはさっきのままの場所に立っていた。

「あなたもこのゲームやりたいの？　空っぽの椅子にすわっているだれかに話しかけたいの？」とわたしはきいた。

アレホは首を横に振った。

まだ床にあぐらを組んですわっていたシーラが、手を伸ばしていった。「ここにおいでよ、アレホ。あたしの横にすわったら」

ためらいもなく、アレホはシーラのそばに行くとそこにすわった。

「じゃあ立場を変えましょう。あなたたちは空っぽの椅子に向かってしゃべるっていうのはもうやったでしょ。だから今度は空っぽの椅子のほうがあなたたちにいい返すというのをやりましょう」とわたしはいった。「タマラ、あなたはさっき空っぽの椅子にすわっているお母さんに話したわよね。今度はあなたが空っぽの椅子にすわってちょうだい」

ためらいがちにタマラは立ち上がり、輪の中央にある空っぽの椅子に腰をおろした。

「さあ、あなたはあなたのお母さんなのよ。タマラがあなたにいったことはきいたわね。じゃあ今度はタマラに返事をして」

タマラは長いあいだ黙ってすわっていた。「あんたにそんなたいへんな思いをさせるつもりはなかったのよ」彼女は静かに話しはじめた。「ただあまりにも子どもが多いもんだから」ここでいったん言葉を切った。「結婚なんかしたらだめよ、タマラ。子どもなんか作ったらだめ」それからタマラは立ち上がり自分の席にもどった。

「今度はあたしがやる。あたし、アレホになるね」ヴァイオレットがそういって、アレホににっこり笑いかけた。それから空っぽの椅子のところにいって腰をおろした。「きみが出ておいでといってくれて、うれしかったよ、ヴァイオレット。ぼく、あの下にいるのにもう飽きちゃってたんだ。きみ、いいことしてくれたね。きみと友達になるよ」

わたしはヴァイオレットに微笑みかけ、それからアレホのほうを見た。「ヴァイオレットがどれほどあなたにまた仲間になってほしいと思ってるかいったとき、どんな気持ちがしたか教えてくれる？」

「うれしー」アレホはいった。

シーラとわたしは、その日はジェフとミリアムと一緒に昼食を食べなかった。わたしは午後一番に学校のすぐそばで患者と会うことになっていたので、道路を隔てたところにある公園で食べようとお弁当を持ってきていた。わたしがいつものようにフェントン・ブールヴァードまで車で送っていくことができないので、シーラはここから二ブロック先にある大通りからかなりめんどうな乗換えをして帰らなければならなかった。彼女は午前中のコースが終わるとすぐに出ていったので、わたしは彼女がバス停に向かったのだとばかり思っていた。だが、シーラはマクドナルドの袋を手にしてもどってきて、公園のピクニック用ベンチにいたわたしのところにやってきた。

「べつに急いで帰らなきゃならないことはないんだ。どっちにしても、家にはだれもいないんだし」とシーラはいった。

「一緒にいてくれるのはいつでも大歓迎だわ」わたしはそういいながらサンドウィッチの包みを開けた。

しばらくわたしたちはそれぞれの食べ物を口に運んでいた。

「家に帰ったら午後はふつう何をしているの？」とわたしはきいた。

シーラは肩をすくめた。「そのときによるよ」

「友達と一緒にすごしたりするの？」

食べながら一瞬ためらった様子を見せたが、それからまた肩をすくめた。「ふつうはそんなことしない」

「あんまり友達の話をきいたことがないわね」

「だからってあたしに友達がいないってことじゃないよ。トリイがそれをきいてるのならいうけど」シーラは少しむっとしたようにいった。「ただ友達とはあんまり遊ばないというだけのこと」彼女はがぶりとハンバーガーにかぶりついた。「うちの学校ってださいんだ。ほんとのことというと、あんまり友達になりたいって子がいないんだよ」

「じゃあ、何をしてるの？」

「だから、いったように、そのときによるよ。いつもは家事をやってる。お父さんがやらないのはきまってるからね。お父さんにまかせておいたら、豚小屋に住むことになっちゃうよ。それから買い物もあるし。料理も。いったいだれが料理してると思ってるの？」

わたしはうなずいた。

「お父さんも娘がいてラッキーだったよ。ぜんぶ自分のためにやってくれる人間がいるんだから。もし息子だったら、たいへんなことになっていたよ」

「どういうふうにしてやってるの？　お父さんから買い物のお金をもらって、それであなたが食事は何にしようかって決めるの？」

「お父さんからうまく巻き上げなくちゃならないんだ」シーラはふた口でハンバーガーを食べおわった。「もうずいぶん前にそういうことを覚えたんだ。すばやくお父さんからお金を巻き上げないと、すぐになくなってしまうんだから」

わたしは彼女の顔を見た。

「たいていは、あたしがいえばお父さんはお金をくれるよ。今ではそういうことに慣れてきているけど、でもくれなかったら、それでもうまく手にいれちゃうんだ。コインランドリーに行って、お父さんが今はいてるズボンも洗ってくるから、すぐに着替えてっていうんだ。そうすると財布をズボンから出すでしょ。それとか、お父さんが寝てしまうまで待つこともあるよ」

「お父さんはもうお酒やドラッグとは縁が切れたと思っていたわ。そういうことはすべて過去のことになったと思っていたのに」

シーラはばかにするように鼻を鳴らした。「まさか」

「じゃあまだ飲んでるの？」わたしはめまいを覚えながらきいた。「あの野球チームが……」

「人はそんなに変わらないよ。そんなことも知らなかったの？　環境は変わっても、人は決して変わらない」

アレホが自分の意思で隠れ場所から出てきたので、ジェフとわたしは彼がふたたびあの場所にもどれないように最終的な手段を講じることにした。それでわたしたちは翌朝早くやってきて、余っている椅子やテーブルをすべて廊下の先の使ってない部屋まで運んだのだ。おかげで部屋もうんと広くなった。

タクシーでやってきたとき、アレホはまた出たくないという素振りを見せたが、シーラがなかに乗りこみ彼と一緒にしばらくいて、ついに彼女と一緒に出てくるようにうまく説得した。この三週間で初めて、アレホは教室までひっぱって連れてこられるのではなく、シーラに手をひかれて、自分で歩いてやってきた。

「あたし、この子と一緒にいて自分なりの方法でやってもいい？」シーラがきいた。

「あなたがそうしたいのならいいわよ。何か考えがあるの？」とわたしはこたえた。

彼女は肩をすくめた。「この子と一緒に床に腹這いになっていたあいだじゅう、ずっといろいろなことを考えていたんだ。で、この子は大きなグループのなかにいるより、少人数のほうがいいんじゃないかなと思ったんだよ」

二人は教室の向こうの端の小さな低い本棚のそばにいって、床の上にすわった。シーラがレゴ・ブロックの箱の中身を二人の真ん中にあけるのが見えた。二人は前屈《まえかが》みになって何やら作りだした。

その日はわたしがジョシュアとジェシーの二人の自閉症の子の面倒をみる番だった。この二人の担当をするというのはなかなか大変なことだったので、わたしにはシーラとアレホが何をしているのかのぞいてみる余裕がほとんどなかった。二人はおやつを食べる休み時間になるまで、レゴに夢中になっていた。

彼らが外に出ているあいだに、わたしは二人が何をつくっていたのかを見にいった。それほどの大作には見えなかった。建てかけの家か何かのような四角いものがいくつかと、つなぎ合わせた一連の長いブロックが二、三あるだけだった。

「あの子たちにこのまま続けさせていいものかな?」

予期せぬ声にびっくりして振り返るとジェフだった。彼はわたしが立っている前までやってきた。そして、屈みこんで、四角い建造物をひとつつまみあげた。「休み時間のあとも二人はこの作業を続けると思うんだけど。このままほうっておいていいと思う?」

「あなたはどう思うの?」とわたしはきいた。

「思わず立ち聞きしてしまったんだけどね。なかなかおもしろい会話だったよ。あの子たちはレゴで牢屋を作っていて、レゴの小さい人間をそのなかに入れてるみたいなんだよ。あの口ぶりからすると、アレホは母親を牢屋に入れていたんだな。こういってたんだよ。〝お母さんは、だめ、だめ、だめ！　もういちどこんなことをしたら、部屋に閉じこめてしまいますからねって、いうんだ。二日間あなたとは口をきかないから。そんなことをするなんて、あなたは悪い子だからテレビを見ちゃいけませんって〟で、シーラがいったんだ。〝お母さんを牢屋に入れちゃおうよ。ここは悪いお母さんの入る牢屋。お母さんをここに入れて、罰をあたえてやろうよ。何をしてやろうか？〟するとアレホがいったんだ。〝喉を掻き切ってやろうよ。血を流してやるんだ。爆弾を投げて殺すっていうのもいいね〟レゴを落としながら、二人はこういうことをやっていたわけだ」ジェフはあたりを見回した。「これじゃあどっちがどっちを指導しているのかわからないよ」

「ほんとね」

「二人がやりたいんなら、このままやらせたほうがいいと思うんだけど」とジェフがいった。「あれほどアレホがしゃべったのをきいたのは初めてだし……だけど何をしゃべっているのかは気をつけてきいているようにしたいんだ」

わたしは会話の内容をきかされて穏やかではなかった。いくらわたしがシーラにここで積極的な経験をさせてやりたいと思っているといっても、彼女は訓練も積んでいないティーンエイジャーで、セラピストではないのだ。それどころか彼女自身まだ精神的な重荷をいっぱい背負っていた。シーラはジェフやわたしの治療活動をまねてアレホが遊べるように励ましてやっているのだろうか？　それとも自分自身の欲求を充足しようとしているのだろうか？　あるいはその両方なのだろうか？

その正解をみつけだすことはできなかった。休み時間が終わってミリアムとシーラが子どもたちと一緒にもどってきたとき、アレホは機嫌よく他の子どもたちと一緒に絵を描くテーブルのほうにやってきたし、シーラは教室の後ろでおやつのあとをきれいにしたりクッキーの食べ残しを片づけたりしていたからだ。

午前のコースが終わると、シーラはあと片づけをしているわたしのところにやってきた。「あの人たちと一緒にお昼に行くの、やめようよ」棚の上に片づける教材をわたしに手渡しながらシーラはいった。

「行きたくないの？」

「昨日みたいにあたしたちだけで公園で食べようよ。あれ、気に入っちゃった。外はこんなにお天気がよくて気持ちいいのに、あのむさくるしいレストランですわってるなんていやだよ」

「でもね、わたし今日はお弁当を持ってきてないのよ。だから食べるものがないの。それに、二時にクリニックで人と会う約束があるから、急いで食事をしないと、その約束までにあなたをフェントン・ブールヴァードまで送っていけなくなってしまうのよ」

「べつにいいよ。ここからバスに乗るから」シーラはかがみこんで、ワークブーツの紐を片方ほどいた。そしてそのブーツを持ち上げ、とんとん叩くとなかから五ドル札が出てきた。「そんなにいっぱい食べないのなら、マクドナルドで何か買ってくるよ」

「わかったわ。マクドナルドにしましょ。でも、わたしがごちそうするわ。だからここを片づけおわったら、あなた買いに行ってくれる？」

その日はテーブルでフィンガー・ペイントをやり、黒板では柔らかい色チョークを使い、砂箱では水も使ったので、教室はひどく汚れていた。それに加えていつもどおり散らかってもいた。ジェフは後ろの流しのところで絵の具の容器を洗っており、ミリアムは本を整理しながら本棚の所定の場所にもどしていた。

「彼らにもういった？」わたしがテーブルを拭いているとシーラがやってきていった。

「いったって何を？」とわたしはきいた。

「あたしたちが一緒に食事に行かないっていうことだよ」シーラは少し怒ったようにい

った。

「いいえ、まだよ。でも、いうから。とにかく先に掃除をやってしまいましょう。今日はほんとうにすごく汚れちゃったわね」

「あたしたちで掃除できるよ。だからジェフとミリアムにもう行っていいっていってきたら。そしたらトリイとあたしで掃除をすればいいじゃない」シーラがいった。わたしがすぐには返事をしないでいると、彼女は続けていった。「これがここの仕事の唯一の問題なんだよ。トリイと二人だけで過ごせる時間が全然ないんだから。もっとそういう時間があると思ってたのに、いつもあの人たちがまわりにいるんだもん。たまにはトリイと二人だけになりたいよ」

わたしはにっこり微笑んだ。「じゃあ、彼らに部屋の掃除はわたしたちがやるからっていってきなさい」

わたしと二人きりになりたいというのが、シーラが何か話したがっているということならいいのだが、とわたしは思っていた。先ほどジェフからきいた彼女とアレホのあいだの会話のことで、わたし自身まだ多少動揺していたので、シーラがそのことを話し合いたいと思っているのかもしれない、そうでなくても少なくともアレホのことで話があるのかもしれない、とわたしは期待していた。だがどうやらそうではなかったようだ。二人だけになってからも、わたしたちはただ部屋の掃除を続けた。戸棚からきれいな黒板消しを出してくると、シーラは黒板に描いてあった色つきの絵をすべて消していった。そのあいだ、わたしは子どもたちの描いたフィンガー・ペイントを画鋲《がびょう》で掲示板に貼っていった。次にわたしが見ると、シーラは手に色チョークの入った箱を持ち、黒板に絵を描いていた。わたしは何もいわなかったが、シーラはすぐにわたしが見ているのに気づいた。

「ここのあともうひとつの問題は、あたしも遊ぶことができないっていうこと」シーラはそういって、気弱そうににやっと笑った。「ずっと思ってたんだ。あたしもトリイたち教える側の一人じゃなくって、子どもたちの一人だったらいいのになって。だって、あの子たちがやってることって、すごくおもしろそうなんだもん。まるで夢の学校みたいだよ」

わたしもにやっと笑い返した。

「これで絵を描いてもいい？」ためらいがちにそうききながら、シーラは色チョークの箱をかかげてみせた。「何か、部屋の飾りになるかもしれないし。明日あの子たちが来たときのために。何にもないただの黒板より、いいと思わない？」

「そうね、いいわね。描いて」

シーラは教室の黒板いっぱいを使う巨大な絵の創作に没頭しだした。わたしはその集中力にびっくりしてしまった。まるで自分の気持ちをすべて吐き出してしまおうとでもするかのように一心不乱に描いていた。わたしが片づけを終え、昼食に行かなければならない時間が近づいてきていたが、シーラがあまりに絵を描くことに没頭しているので、やめさせるのは気が進まなかった。

「わたしがハンバーガーを買ってこようか？」とわたしはきいた。

「ほんとう？」シーラはびっくりしてこたえた。「すてき。それがいい」

それから二十分ほどしてわたしがもどってくると、シーラは黒板の絵の仕上げにとりかかっていた。心ひかれる絵だった。黒板の幅いっぱいにほとんど何もない黄金色の砂漠が広がっている。砂漠の上には、キタハシラサボテンがぽつんとひとつと、葉のない枯れ枝だけの灌木が二本あるだけだ。だが、砂漠の地下には小さな穴がいっぱいあり、そのなかにはヘビ、ネズミ、サソリ、ウサギ、カブトムシなどがいた。そしてはるか端のほうには、ハイキングブーツを履き、ショートパンツ姿で頭に赤いスカーフを巻いた女性のバックパッカーの姿が描かれていた。

「まあ、すごいじゃない。あなたがこんなに絵がうまいなんて知らなかったわ」とわたしはいった。

「あたしのことでトリイが知らないことはいっぱいあるよ」

「これ、ほんとにすごくいいわ。あの女の人の表情がすごくリアルね。でも、わたしは特にこの砂漠の地下にいる動物たちが気に入ったわ。このウサギの巣穴を見てごらんなさいよ。ウサギたちが一匹ずつ入れるような個室がちゃんとある、ほんとうの巣穴になっているわ。それにわたしだったら想像力だけでサソリを描くなんて絶対できないわ」

シーラはにやっと笑った。「あたし、トリイをびっくりさせるようなことするのが好きなんだ」

わたしは絵を眺めた。「でも、この人さびしそうね。このさびしそうなハイカーのまわりには何もないのね」

「ねえ、心理学者みたいにあれこれ分析するのはやめてよ。ただの絵なんだから」

「だったら、この絵のことをあなたが説明してよ」

「ただの絵だっていってるでしょ。彼女は砂漠を歩いているの。カリフォルニアの砂漠。こういう灌木が写ってる写真を見たことがあるんだ」

カリフォルニア——シーラの母親がいってしまったところだ。そう思ったが、口には出さなかった。「でも、ハイカーの目でみたらやっぱりさびしいわ」

「うん、そうだね。砂漠はさびしいところだから。まるで見渡す限り何もないみたいな感じだもの」とシーラはこたえた。

「それで生きているものはすべてあなたから見えないところにいるの?」わたしは思い切っていってみた。

「え、うん、というか……」彼女は向きを変えてわたしの顔を見た。〝わたしが何をいいたいかわかっている〟という笑みが唇にひろがった。「というかすべてのものは下に隠れていて、発見されるのを待っているとか。まいった? 感心した? あたし絵の解釈もできるんだ、って」

わたしは素直に肩をすくめてみせた。

「トリイはあたしを操りたくてたまらないんでしょ。ほんとうはこの人物はあたしで、この砂漠はあたしの人生だっていわせたくてたまらないんでしょ?」

「もしほんとうにそうならね」

「え? ほんとうだよ。トリイだって知ってるくせに」

16

七月の初めにシーラの十四歳の誕生日がやってきた。サマー・プログラムが七月四日をはさむ四連休で中断する直前のことだった。八週間に及ぶこのサマー・プログラムのなかで誕生日はこれだけなので、ちょっとしたパーティーをやったらどうだろうか、とわたしはジェフにもちかけた。教職についていたあいだはいつも、わたしはできるだけクラスでお祝いをするように努力してきた。決まりきった日常のなかでの楽しい気分転換になるというのも理由のひとつだったが、障害があったり、家庭生活がうまくいっていなかったり、経済的な事情などのために、こういう子どもたちは他の場所でパーティーを経験することがほとんどないからというのが主な理由だった。わたしのクラスの子どもたちは、今まで一度もバースデーパーティーに招かれたこともなければ、自分のためにパーティーを開いてもらったこともないという子が多かった。そこでわたしは大きなチョコレート・ケーキを焼いて、シーラの名前入りのデコレーションを施し、ミリアムがいろいろなパーティー用の食べ物を用意してくれた。ジェフは紙の帽子と笛を提供してくれた。

飾りリボン、風船、カラフルなピンク・パンサーの紙皿、紙の帽子、ケーキなどを目にして、シーラは気取って喜びを隠すなんてことはしなかった。うれしさをむきだしにして、彼女はすべてのものを手に取り、調べるようにしげしげと眺めた。

「うわぁ、これ、あたしのためにやってくれたの？　すごい」そういいながら、彼女は帽子をかぶってみた。「うわぁ、こんなのかぶったことなかったよ。どう？　鏡、ある？　見てみないと」シーラは着替えのコーナーまでいって、そこにある小さな手鏡をとった。「こういう帽子をかぶったらどんなふうになるだろうって前からずっと思ってたんだ」

子どもたちもみんな喜び、きれいな飾りつけやパーティー用の食べ物が並んでいるのを見つけると、興奮して金切り声を出した。今まで何十回とクラスでのパーティーをやった経験から、彼らがどんな騒ぎをもたらすかはよくわかっていた。みんな興奮しすぎて、騒がしさのレベルは堪えがたいほどになり、意味のあることは何もできなくなる。それでも、この種の混乱には魔法のようなところがあり、わたしはこの騒ぎをいつも楽しんでいた。

パーティー・ゲームから始めて、ごちそうやお菓子を楽しんでいるうちに最後のケーキの時間になった。子どもたちはみんなシーラのために用意されたろうそくの数に驚き、さらに彼女がそれを全部吹き消せたことでなおさら驚いた。ケーキを切り分け、みんなに一切れずつ配ってから、ジェフがいった。「さあ、じゃあプレゼントの時間だな」

わたしはシーラが自分の好きなものを選べるように、地元のデパートのギフトカードを用意していた。手先の器用なミリアムは、すてきな手織りのベルトを作ってきた。そしてジェフはきれいに包装した小さな包みを手渡した。形からそれが本であることは一目瞭然だった。ジェフからプレゼントを受けとってから、シーラはしばらくじっとそれを見ていた。金色に輝く包装紙はわたしが今まで見たこともないようなもので、ジェフが誕生日プレゼントの包装にこんなに凝ることにわたしはびっくりした。

注意深く、シーラは貼りつけてあるテープをはがした。中身はシェイクスピアの『アントニーとクレオパトラ』のペーパーバックだった。シーラは本を持ち上げ、表紙を眺めた。何といっていいかわからず、ただ表紙をじっとみつめている。

「トリイからきみがシーザーが好きだときいたものだから。これも同じ時代の話だよ」ジェフはそういってシーラの顔を見た。「もう読んじゃった？」

シーラは頭を振った。「これ、口を開け、信じられないという表情をむきだしにして、シェイクスピアじゃない」

「ああそうだよ。シェイクスピアだからって悪く思わないでくれよ。だれが書いたかなんて忘れて、家に持ち帰って読んでごらん。世界でももっともすぐれた物語のひとつだよ。心の友にめぐりあえるはずだ」

シーラはびっくりして顔を上げた。「あたしが？　だれと？」

「読んでみればわかるさ」


昼食を済ませてからフェントン・ブールヴァードまで送る道々、シーラはあふれ出るのを抑えきれないというようにしゃべりつづけた。

「ありがとう、トリイ。今日はあたしのためにあんなパーティーを開いてくれて、トリイもミリアムもジェフもなんてやさしいの」

「楽しいんじゃないかなと思ってやったのよ。あなたが気に入ってくれてうれしいわ」とわたしはこたえた。

シーラは微笑んだ。「誕生日が夏だってことずっといやだったんだ。他の子はみんな学校でなんかやってもらえるのに。たとえば《ハッピー・バースデー》の歌を歌ってもらうとかさ。だけどあたしは何もしてもらったことがないもの。ずっとこういうのしてもらいたいと思ってたんだ。一度でいいからって。一度でいいからみんなの前に立って、他の人からあたしは特別だって思ってもらいたかったんだ」彼女はここで間をおいた。「人って、小さいときにはこんなばかばかしいことがすごく大事なことに思えるんだから、おかしいよね」

わたしはうなずいた。

「ほんとのことをいうと、誕生日のお祝いをしてもらったのって今日が生まれてはじめてだったんだ」

わたしはふたたびうなずいた。そうじゃないかと思っていた。

「一度、里親のところにいたときに……八歳から九歳になるときだったと思うけど……そこの親があたしのためにパーティーを開いてくれるっていったんだ。それでそこのお母さんが紙のお皿やなんかを見に連れていってくれたんだけど……」シーラは顔をそむけて窓の外を見た。「パーティーは開いてもらえなかった。あたしが何かしでかしたんだ。今では何だったか覚えてないけど。それでそんなことをしたんだからもう誕生日には何にもありませんっていわれた。だけど、お母さんは結局最初からパーティーなんか開くつもりはなかったんだと思う。だって紙のお皿も何も買わなかったんだもん。ただあたしをその気にさせただけだったんだと思うよ」

「それは残念だったわね」とわたしはいった。

「うん。でも、そんなこと、それが初めてってわけじゃないしね」

沈黙が流れた。

シーラは膝の上にあったプレゼントの品々に目をおとした。わたしがあげたギフトカードをとりだし、調べるように見ていたが、また封筒にもどした。それからミリアムにもらった手織りのベルトを撫でた。最後に彼女はジェフがくれた戯曲のページをぱらぱらと繰《く》りはじめた。

「いったいぜんたいなんでこんなものをあたしにくれたんだと思う？　へんなプレゼント」とシーラはぶつぶついった。

わたしは黙っていた。

「トリイはこれ、読んだ？」

「ええ、ずっと昔にね。学校でこれに関するレポートをやらされたのよ」わたしはそこで言葉を切ってから、くすくす笑いだした。「ほんとうのことをいうとね、読まなかったの。ちょうどあなたくらいの年齢だったわ。その当時のわたしの一大目標はね、いかに勉強を省略して、なおかついい成績をとるかってことだったの。すごく要領がよかったのよ。わたしが本っていうものを全部ちゃんと読んだのは二十二歳になってからだったと思うわ」

「トリイったら！」シーラは心底びっくりしたようだった。

わたしはシーラのほうを見てにやっと笑った。

「まったく。あたしトリイは完璧な人だって思ってたのに」

しばらく間があった。

「ということは、トリイもこの本の内容を知らないってこと？」

「そうねえ、これがアントニーとクレオパトラのことについての本という以上のことはね。クレオパトラがだれかってことは、知ってるでしょ？」

「ぼんやりとはね。昔のエジプトの女王でしょ。でも、それくらいしか知らない」とシーラはこたえた。「なんでジェフはあたしがこれを読みたいと思うなんて考えたんだろう。まったく。シェイクスピアだなんて」

「読んでみることとね。そうすればわかると思うわ」

ふたたび道路工事の場所にさしかかったので、車のスピードを落とした。

「もうひとつの本のことは覚えてるよ」とシーラはいった。「トリイのクラスで読んだ本だよ。『星の王子さま』。あの本をあたしに読んでくれたの、覚えてる？　ずっと長いあいだ、あの本は世界じゅうでいちばん好きな本だった。いくら読んでも読み足りないくらいだった」

「ええ、よく覚えているわ」

「今でも好きな場面は全部暗唱できるよ」そういってシーラはわたしに微笑みかけた。

「あの本のなかであたしがいちばん好きなもの、何だかわかる？」

「王子さま？」わたしは思い切っていってみた。

シーラは首を横に振った。

「キツネ？」

「ううん、バラ。あたし、あのバラの花が大好きなんだ。あのバラはすごく気取っていて、自惚《うぬぼ》れ屋で、でも……バラにトゲが、四つのトゲがあって、自分のことすごく勇敢だと思っていたこと、覚えてる？　あそこのところ、覚えてる？　バラは王子さまにこういうの。〝爪をひっかけにくるかもしれませんわね、トラたちが！〟」シーラは低いこわそうな声をだした。「そうすると王子さまがいうの。〝ぼくの星に、トラなんかいないよ。それに、トラは、草なんかたべないからね〟〝あたくし、草じゃありませんのよ〟」ふたたび真に迫った声でいった。〝草〟という言葉を発するときのシーラの声はきしるような音をたてた。「バラの花はとってもうるさいの。それでこういいつづけるんだ。〝あたくし、トラなんか、ちっともこわくないんですけど……〟って」シーラはにっこりした。「あの勇敢な小さなバラがどんなだか目に見えるような気がする」

「あなたがどうしてあのバラが好きなのかわかるわ。あのころのあなた自身、ちょっとそのバラみたいだったもの」とわたしはいった。

シーラは鼻にしわを寄せた。「えー、そんなことないよ。お世辞はやめてよ、トリイ。花だなんて。ううん、あたしはむしろトラみたいだった。ガオーッ！」シーラはそういって、指をトラの爪のように丸めてふざけてわたしをひっかくまねをした。「あたしはトラみたいな子どもだったんだ」

17

七月四日の独立記念日をはさんだ週末に、わたしはシーラに一緒にメアリーズヴィルに行ってみないかと誘った。その街で、何年か前に彼女はわたしのクラスにいたのだ。三二〇キロほどの旅で、サマー・スクールが再開するまでの四連休にちょうどいいと思ったのだ。

シーラは大喜びでこの申し出を受け入れた。彼女はこの街に五年前に一度帰っただけだった。当時の里親が刑務所にいた父親に会いに連れていってくれたときのことだ。わたしも同じころ訪れて以来、行っていなかった。その後一度か二度、そばを通り過ぎたことはあったが、車を止めるということはしなかった。チャド以外、親しかった人はみんなあの街にはいなくなっていた。

木曜の早朝にわたしが迎えにいって、州を横断するメアリーズヴィルまでの道程をのんびりとドライブしていくという計画だった。金曜と土曜はあちこち見てまわる。土曜の夜にはチャドと家族が一緒に独立記念日を祝おうとわたしたちを招待してくれていた。そして日曜に帰ってくることになっていた。

わたしが車を止めると、シーラはもう外に出て、二軒長屋の玄関前の階段で待っていた。まだ六時を過ぎたばかりの早朝で、太陽の位置は低くあちこちに日陰があった。それでも、ドアの前にいる人物を見定めるのにわたしは目をせばめた。あれがシーラだろうか？

「トリイのためにこうやったんだよ」シーラは強調するようにいうと、ダッフルバッグを後部座席に放りこみ、助手席に乗りこんだ。そしてシートベルトをしめた。「なんとかいってくれてもいいと思うんだけど」

なんといえばいいのだろうか？　オレンジ色だった髪が鮮やかな黄色に変わり、まるでそれ自体生きているかのように頭じゅうからつんつん突き出ていた。まるでマリリン・モンローとフランケンシュタインの花嫁が合体したみたいだ。

「トリイがあたしにはブロンドのほうが似合うっていったんじゃない」びっくりして口もきけないでいるわたしにシーラがいった。「トリイのためにと思ってやったんだよ。トリイがあたしをすてきなところに連れていってくれるっていうから」

わたしは高揚した気分で出発した。わたしはドライブが大好きだったし、夏の早朝はドライブにはもってこいの時間だった。連日猛暑が続いていたが、まだ涼しく湿度も低くて、はるか彼方の地平線がくっきりと見えた。

「何が見られるのかなあ。学校には行けるの？」シーラがいった。

「閉まってるでしょうけど、でも運動場は見られるわ」

わたしが街から出るために高速の最後のインターチェンジを神経を集中して走っているあいだ、シーラはロックをかける局に合わせようとしていたが、わたしのカーラジオは調子が悪く彼女もついにはあきらめてしまった。

「わたしのクラスを出てから、いったいどこに行ったの？」とわたしはきいた。

シーラは肩をすくめた。「いろんなところ。里親も三回変わったし。四回だったかな？もう覚えてないよ。メアリーズヴィルにいたでしょ、それからブロードヴューに移って、それからお父さんが問題を起こしたんだ。引っ越してきてすぐにだよ。それであたしは里親に引き取られて、それからまた別の里親、また次と移されて、それからしばらくのあいだ養護施設にいたんだ」

「どうして？」とわたしはきいた。

シーラはまた肩をすくめた。「システムがそういうふうになっているんだよ」

「そもそもどうしてメアリーズヴィルから引っ越してしまったの？」とわたしはきいた。

「知らない。覚えてない」

「わたしのクラスのあと、サンディ・マグワイアのクラスに行ったのは覚えてる？　あなたが七歳のときのことよ」

「まあね」シーラは考えこむように間をおいた。「じつは、はっきりと覚えていることが一つあるんだ。あたしはテーブルに向かってすわっていて、どのロッカーを使うことになるかの発表をきいているところだった。ロッカーはだれかと共用することになっていて、あたしはちょうどテーブルをはさんで向かい側にすわっている女の子と共用することになった。その子のことはよく覚えてる。その子はクラスでいちばんできる子で、いつもいちばんの成績をとっている子だったんだ。それで、さあ、これでその子に話しかける理由ができたし、その子だってあたしと話さなきゃいけなくなると思うと、あたしはわくわくしてきたの。でもやがて、恐ろしくもなってきたんだ。だってあたし、その子があたしのことをあんまり好きじゃないってこと知ってたから」

「クラスでいちばんできる子はあなたじゃないの、シーラ」

「ううん、ちがうよ。その子がいちばん成績がよかったんだ。あたしもがんばったけど、その子がいちばんだった」

「だれがいちばんの成績をとったとしても、いちばん頭のいいのはあなたよ」

「トリイが本のなかであたしのIQについていってるのは読んだよ。あれを読んで思ったんだ。あーあ、トリイはこれ、でっちあげたんだ、ってね。あれはあたしじゃないよ」シーラはいった。

「あのとおりなのよ」

「ちがう」

「今までだれもあなたが才能あふれる子だってことをいわなかったの？」

シーラは首を横に振った。

ショックを受けて、わたしは彼女のほうを見た。「まさか」

「あたし、才能なんてないんだよ、トリイ。自分でわかるもん」

「なんでそんなことというの？」

「えー？　だってそうなんだもん。つまり、あたしはあたしっていうこと。自分でもわかってるんだ。自分が頭がよくないってことが。あたし、ばかだもん」

「そんなことないわよ！」

シーラは何もいわなかったが、わたしが彼女を説得できなかったことはわかった。

「じゃあ、なんで自分でばかだと思うか、例をひとついってみて」

「えー？　たとえば教室でさあ、先生が何かいったときに、他の子はみんな一回でわかるのに、あたしはぜったいそんなことないもの。あたしは、きいたときはわかったと思うんだけど、でもそのあとでいろいろ疑問がでてくるんだ。こういう場合はどうなるの？　とか。こういう場合には正しいかもしれないけど、でも別の場合でも正しいんだろうか、とかね。それが正しくないときがあると思うと、きまっていつも、でも中には正しい時もあるって思えてくる。それで気づいたんだけど、あたしがまったく理解できない領域がこんなにあるのに、あたしのまわりにすわっている子はみんな一生懸命書いてるんだよ。みんなはわかっているけど、あたしにはわからない。それにもしあたしが質問すると、すぐに先生はこういうんだ。〝先に進まなくちゃならないんだ。きみのせいで進めないよ〟って。これではっきりわかったんだ。あたしは頭が超悪いんだって。だってあたしはほんのちょっとのことしかわからないんだから」

シーラの頬がまだらになってきて、彼女のこの件への思い入れの激しさがよくわかった。ぼさぼさの髪のかたまりを顔からかきあげ、シーラは両手を紅潮した頬に当てた。

「それに生徒たちだって……あたしが何かきこうとするといつでも、みんなブーブーいうんだよ。〝ああ、またあいつか〟とか〝あいつを黙らせてくれよ、たのむよ〟とかね。数学の時間にあたしの前にすわっている子なんて、あたしのほうを振り向いてこういったんだよ。〝くそっ。おまえ、一度くらいは黙ってられないのかよ?〟って。もう恥ずかしくて死にたかったよ。だからあの授業ではもうぜったいに質問しないことにしたんだ」

わたしたちのあいだに気まずい沈黙が流れた。小さな短剣のように心に突きささる沈黙だった。シーラはわたしのほうを向いた。「あたしがクラスでいちばん年が下だからなんだよ。あたしはみんなほど長いあいだ学校に行ってないんだもの、不公平だよ」非難のこもった重苦しい声で彼女はいった。「だからあたしにみんなと同じだけわかっていろといわれたって無理なんだよ」

「シーラ、あなたがクラスでいちばん年が下だっていうのはね、あなたが他の子たちよりたくさん物をわかっているからなのよ。その反対じゃないわ。他の子たちが質問しないのは、その子たちの頭があなたほど多くの可能性を早く考えつかないからなのよ。その子たちは、そもそも疑問点があることにすら気づいてないのよ」

シーラはしばらくのあいだ唇を噛みしめていた。まっすぐに伸びている正面の道路を見つめながら、彼女は弱々しく溜め息をついた。「もしあたしがそんなに頭がいいんだとしたら、なんであんなに自分がばかみたいに感じるの? 知らないほうがわかっていて、知ってるほうがわかってないように世界を逆さまにする才能って、いったいどんな才能なんだろ」

わたしたちはのんびり州を横切って午後三時ごろにメアリーズヴィルに着いた。暑さが増し、空は熱気のために白っぽくなってきていたので、街なかの日陰になった通りに入るとほっとした。わたしはメインストリート沿いにあるモーテルにチェック・インしたが、そこにはプールがあったのでシーラは大喜びだった。残念ながらシーラは水着をもってなかったので、ショッピング・モールまで買いにいった。このショッピング・モールはわたしがこの前この街に来たときにはなかった。こういう場所にくると必ずそうだが、シーラはくまなく見てまわりたがった。それで一時間も二時間もぶらつくことになってしまい、そろそろ夕食の時間になってしまった。わたしたちはモール内のレストランで夕食をとってからモーテルへもどった。なつかしい通りを車で走っているうちに郷愁がこみあげてきて、わたしは昔なつかしい場所をあちこち訪ねてみたかったのだが、シーラはなんとしてでもプールに行きたがった。それで、夜は泳いで過ごした。

翌朝は雨が降りしきっていた。

「いやだ、信じられる？」シーラはがっかりしてこういい、モーテルの窓にかかるカーテンを開けた。「七月なのに？　七月には雨は降らないのに」

七月のその日に限って雨はしっかり降っていて、雲の様子を見るとすぐにやみそうにはなかった。「さあさあ。いいじゃないの。行きましょう」

　シーラは季節労働者用のキャンプを見に行きたがった。道を覚えていると思っていたがそうではなく、わたしたちはすぐに迷ってしまった。このことでわたしは多少いらいらし、幸先のいいスタートとはいえなくなった。

ようやくそこに着いたとき、キャンプは季節労働者たちであふれかえっていた。数種類の穀物が収穫期を迎えていて、そのためキャンプ内の人口が増えていたのだが、その日は雨のために収穫できない穀物もあり、多くの労働者が建物のまわりにたむろしていた。

キャンプそのものもわたしが覚えていたものとかなり変わっていた。二棟の巨大な集合住宅が建っていた。その建物は緑のペンキが塗られた大きなアルミニウムの建物で、わたしがモンタナで昔よく知っていた牛の出産小屋を思い起こさせるような建物だった。その建物がキャンプの大部分を占めていた。季節労働者用キャンプの思い出としてわたしの記憶のなかにはっきり残っているあのタール紙でできた古い建物の大部分はなくなっていて、キャンプ内をめぐる古い道路も新しい建物が建てられたことによって通れなくなっているところもあった。

その集合住宅のまわりのひどい道を車で走っているあいだにシーラが何を考えていたのか、わたしにはわからない。キャンプに近づくにつれて、彼女は急に押し黙ってしまった。顔をわたしからそらし、窓の外を見ていた。

昔よくアントンに会いにここを訪れたころとは、雰囲気がすっかり変わっていた。たとえ車に乗っているにしても、白人の若い女性二人だけでここをうろつき、そのことに多くの人間が気づいているという状況は、あまり安全だとはいえない気がした。だから、わたしは車から降りてみようとはいい出さなかった。キャンプの門を出て大きな道路にもどったときには、ほっとした。シーラはまだ何もしゃべらなかった。

街にもどってから、わたしは車を自分がいちばんよく知っている通りのほうへとゆっくり走らせた。わたしは自分の昔のアパートメントがあったところを指差した。審問のあとチャドと一緒にシーラを連れていったピザ・パーラーは、バーとラウンジになっていたが、わたしはそこをシーラに教えた。翌日私たちはチャドの家に招待されていて、戸外での夕食と花火を楽しむことになっていた。わたしはそのことをいい、お天気がよくなればいいんだけど、といった。

郊外へ向かう静かな並木道を走っていくと、昔の学校に出た。白い縁取りのある、低い平屋のレンガ造りのその建物は、近辺の農場風の造りの家々と美しく調和していた。

このあたりは決して裕福な郊外の町とはいえないが、堅実な中産階級の住む地域で、五〇年代、六〇年代のアメリカン・ドリームを体現しているようなところだった。その後、大都市の貧困地域にある無骨で百年以上たったような古い建物でばかり教えてきたので、わたしはここがどれほど小さく、魅力的な学校だったかをすっかり忘れてしまっていた。季節労働者用キャンプとの落差が印象的だった。

縁石に車を寄せて、エンジンを切った。「ここ、わかる？」

シーラはかすかにうなずいた。

「あの窓を見て。左から三つ目のところ。あそこがわたしたちの教室だったのよ」とわたしはいった。

その言葉をのみこむような沈黙が広がった。

「少しは覚えてる？」

「わからない」シーラは静かにつぶやくようにいった。

わたしはもちろん覚えていた。こまごまとしたことが一気に蘇ってきて、お互いからみあいながらわたしの意識にのぼってきた。わたしが子どもたちを並ばせたドアがあった。そこで校長がこよなく愛した軍隊式の整列を監督したものだった。子どもたちがいつも取り合っていたシーソーもある。アントンとわたしが子どもたちにドッジボールやキックボールを教えようと一生懸命になったアスファルトの広場……

「あの教室には今も障害児教育を受けている子どもたちがいるの？」とシーラがきいた。

「あの部屋はもう教室には使われてないのよ。今ではカウンセリング・センターになっているわ。よかったら外に出て、このへんを歩いてみない？」

「いい」

わたしはエンジンをかけたが、自分でも何だかよくわからないものを期待してしばらく待った。だが、ついに縁石から車を発進させた。

裏道を三十分ほどあちこち走り回ったあとで、わたしはもう一度ショッピング・モールに行ってみようかと思いはじめていた。雨は依然激しく降っていて、わたしの気分もなつかしさを超えて多少不愉快なものになってきていた。一日分としてはもうじゅうぶんなほどノスタルジーに浸った。

「何かしたいこと、ある？　あのショッピング・センターに映画館があったと思うんだけど。何をやってるか、見にいこうか？」とわたしはいった。

シーラは首を振った。「あの公園に行こうよ。トリイが学校最後の日の写真を撮ってくれたあの公園に」と彼女はいった。

「雨が止《や》んでからにしない？　明日はどうかしら。チャドのところに行く前に行けばいいわ」

「いや。今行こうよ」

公園はわたしの記憶どおり美しかった。入口付近のゆるやかにカーブする広い道路はニセアカシアの並木と花壇で縁取られていた。道路に車を止めて、わたしたちはゆっくりと咲きほこる花の中へと歩いていった。花々のあまりの美しさに、わたしはうっとりしてしまった。わたしは園芸が大好きで、そこに使われている植物に興味があったので、途中立ち止まってはくわしく見た。だがシーラは今、この場所にいることを完全に忘れてしまっていた。まるで魔法にかけられたようにふらふらと歩いていた。

道はカモのいる池のところで行き止まりになっていた。道が池をとりまく小径に出会う地点にくると、シーラはその場に凍りついたように止まってしまった。眉間にしわを寄せて、シーラはわたしたちの訪れを騒々しく告げているカモやガンをみつめている。一羽、また一羽と鳥たちは水から上がっては、よたよたと歩いてきてわたしたちを囲みはじめたが、そのあいだずっとシーラは身じろぎひとつしなかった。彼女は内にひきこもったような表情でただ池へと続く小径を見つめていた。おそらく彼女にはカモたちの姿はまったく見えてなかったにちがいない。

わたしの目の前にも亡霊が姿を見せはじめた。他のどこでも経験したことがないほどの強烈さで、過去が蘇ってきた。いつしか雨は消えてなくなり、あたりに子どもたちの声がはち切れんばかりにきこえてきた。「見て、見て、トリイ！　見て、こんなことができるんだよ！　ここの木って大きいね！　ウサギがいるの、知ってる？　こっちだよ、こっちに来て。見せてあげるから。カモに餌やってもいい？　池に入っていってもいい？　丘を転がり下りようよ。トリイ！　トリイ、見て、見て！」

そしてカモのいる池をとりまく小径にはシーラがいた。あの鮮やかなオレンジ色のサンスーツを着た小さなシーラが、走り、スキップをし、笑っている。両腕を大きく伸ばしてくるくる回っている。頭を後ろにのけぞらせ、長い髪が太陽に輝いて光の輪を作っている。小径に他の人たちがいることも、他の子どもたちやわたしたちがいることもすっかり忘れて、くるくる、くるくる、何度も回っている。太陽に向けた目を閉じ、唇を少し開けて半ば微笑んだような表情で、彼女は心のなかの夢のダンスに満足しきっていた。

彼女は覚えているのだろうか？　わたしは自分の横にいるひょろひょろしたティーンエイジャーをちらりと見た。何かは覚えているはずだ、と直観的に思った。わたしはそのとき彼女が何を思っていたのかが知りたくてたまらなかったが、あえて尋ねることはしなかった。

「あたし、ここで幸せだった」長い沈黙のあとにシーラが囁くようにいった。あまりに小さな声だったので、そこから感情を汲み取ることはできなかった。ついに彼女はカモのいる池から視線をそらせた。芝生をつっきってふたたび道に出ると、わたしたちは車に向かって歩きだした。

二人ともすっかり濡れてしまっていた。温かい夏の雨だったので、わたしはべつに不快ではなかったが、あちこちから滴《しずく》が垂れていた。シーラは道に落ちていた、茶色くて長いニセアカシアの莢《さや》を拾いあげた。

「メアリーズヴィルのことを思うと、いつもニセアカシアのことを思うのよ」とわたしはいった。「ニセアカシアの花が咲くとあたり一帯がすごくいい匂いになったことをよく覚えているわ。初めてメアリーズヴィルに車で来たとき、ハイウェイをずっとやってきて、丘を急に下って谷にさしかかったところにくると、車の窓を開けたのを思い出すわ。するとまだ実際には着かないうちにメアリーズヴィルの匂いがするの。それから満開の花が散るころになると、まるで雪のようだったわ。朝外に出てくると、車が真っ白になっていたものだわ」

シーラは立ち止まって後ろを向き、もう見えなくなっているカモのいる池へと続く道を見た。しばらくじっとしてから、彼女はニセアカシアの莢を爪で割って開け、種をとりだした。そしてその種を濡れた舗道に落とした。「これ、毒なんだよ。知ってた？」彼女はそういって、空《から》の莢を道路に放り投げた。「ほんとうに人を殺すほどの毒なんだよ」

シーラは急激にふさぎこんでいった。事態をなんとかしようとして、わたしはボウリングに行こうともちかけた。シーラが大好きなスポーツだったからだ。いや、行きたくない、と彼女はいった。バスキン・ロビンズでアイスクリームを食べようか？——いや。ほんと？　特別にナッツとホイップ・クリームがついたバナナ・スプリットをおごるよ——いや。じゃあ、本屋で立ち読みするっていうのは？——いや。シーラがしたいことは、ただ車に乗ってもっとぐるぐる走りまわることだけだった。

街は見つくしたので、わたしは田舎のほうに行こうと、入り組んだ狭い田舎道を北に向かった。すぐにトウモロコシ畑と麦畑だらけの広々とした田舎に出た。このあたりは起伏に富んでいて、メアリーズヴィルはすぐに見えなくなり、わたしたちの前方には見渡すかぎり起伏のある畑が広がるばかりだった。

わたしは何度か会話を試みたが、むだだった。シーラはずっと押し黙ったまますわっていた。腕を胸のところで組んで、助手席の窓の外を見ている。身じろぎひとつしないので、助手席にすわらせる例の空気でふくらませる人形を乗せて走っているのと同じだった。だれかが見てもその違いはわからなかっただろう。

雨足は弱くなっていき、ついにすっかり止んでしまった。そしてゆっくりと雲が切れはじめた。すでに夕方に近い時間になっていたので、初めて西の空に青空が顔を出したとき、太陽が丘陵地を貫くように横から差しこんだ。

「止めて！」シーラが叫んだ。その言葉は一時間半ぶりに彼女が初めて発した言葉だった。それだけでもびっくりさせられるというのに、その声があまりに切迫していたので、てっきりわたしは車で何か轢《ひ》いてしまったかと思ってしまった。急ブレーキをかけたので、二人とも前につんのめった。このためにシーラはわたしのほうを向いてかすかに笑ってから、東を指差した。「あれを見て」

短い、輝くような瞬間だったが、なんともいえない神々《こうごう》しい色だった。太陽に照らされて急に黄金色に輝きだした麦畑をバックに、道路の濡れたアスファルトが黒々と光っていた。波打つ麦畑の向こうにはまだ真っ黒な雨雲が残っていて、その隙間から虹が出ていた。虹のほんの一部しか見えず、はっきりとした虹の形にもなっていなかったが、その一部が風に揺れる麦畑の上で美しく輝いていた。

「ああ、どうして美しいものを見ると、こんなに悲しい気持ちになるんだろ？」その光景を眺めながらシーラは小声でつぶやいた。

18

モーテルにもどってから、夕食をとり、それからプールで楽しむことにした。雨はすっかり止んで、雲ひとつない夜空になっていた。街の明かりのせいで星はぼんやりとしか見えなかったが、それでも出ていることがかすかにわかった。

シーラはあいかわらずおとなしかった。彼女の静けさには、重苦しい、ほとんど落ち込んでいるといってもいいような感じがあった。わたしがいつも感じていた、シーラの内面にくすぶっている怒りを、彼女は初めて忘れたようだった。いつもなら怒りがあるその場所には何もなかった。ただ大きな空虚があるだけだった。

運動したおかげでわたしは気分がよくなった。プールの水が冷たかったので一生懸命泳いだ。水のなかをくぐりぬけていくあの感触以外のすべてを頭の外に押しやってひたすら泳ぎ、ついに水から浮上したときには疲れてはいたがリラックスしていた。シーラはあまり泳ぎがうまくなかった。泳ぎを教えてもらったことなど一度もなく、ただ何年ものあいだ見よう見まねでやってきたのだろう。それでも彼女もわたしと同じくらい長い時間泳いでいた。やがて二人とも温かいジェットバスに退散した。

モーテルの部屋にもどってから、シーラは髪をタオルで乾かしながら鏡の前に立っていた。手を動かしながら、鏡に映った自分の姿をしげしげと見ている。

「あたしのこと、好き？」彼女がきいた。

シャワーを浴びてナイトガウンに着替え、わたしはベッドに寝そべってテレビの番組表を調べていた。彼女の質問に不意をつかれて、わたしはいった。「え？　好きよ。決まってるじゃないの」

「あたし、ばかみたいに見えるってこと自分でもわかってるんだ」シーラは鏡に映る自分の像に向かっていった。「トリイもそう思っていることもわかってる」

「そんなことないわ」

「ううん、そう思ってるよ。みんなそうだもん。あたしだってそう思ってるんだから」

彼女は髪を指でといた。「ねえ、あたし、ほんとうの自分らしく見られるのはいやなんだ。だからこんなふうにしてるの。もし自分が他のだれかみたいになれるチャンスがあるのなら、ばかみたいに見えるくらいはがまんできるもの」

彼女がベッドに入ったので、わたしは明かりを消した。まだそれほど遅いというほどではなく、十一時を少し回ったくらいだったが、水泳と一日の心理的な疲れのせいでわたしはくたくただった。わたしは眠くてたまらず、ほとんどすぐにまどろみはじめた。シーラはベッドのなかでおちつきなく寝返りをうっていた。部屋は真っ暗だったので、物音がきこえるだけで姿は見えなかったが、彼女が動く物音が絶えずわたしが眠りに落ちる邪魔をしていた。

「トリイ？　寝た？」

「いいえ、まだ寝てないわ」

沈黙が流れた。

「何か話したいことがあるの？」とわたしは尋ねた。

一秒ほどの間があった。それからシーラはまた寝返りをうった。「いろんなことが変わったね」彼女は物静かな声でいった。

「どんなふうに？」

「季節労働者のキャンプも。あたしが覚えていたのと全然ちがっていた」

わたしは黙っていた。

「ほんとに覚えてるんだ。なにも全部を忘れたわけじゃないんだよ」また間があった。

「あたしの記憶はスイス・チーズみたい。なかに大きな穴があいてるの。でも他のものは……今日キャンプを見て、なんか……こう、あたし今までずっとそこにいたみたいな気持ちになった。すごくよく覚えているんだもの」

ふたたび沈黙が流れ、それがあまりに長かったので、わたしはまたうとうとしはじめた。

「あたしたちがキャンプに住んでたころ、あたしが夜何をしていたか知ってる？」シーラは暗闇のなかできいた。

「何なの？」

「うん、おとうちゃんはいつも飲みに出かけたから」とシーラは、わたしたちが再会して以来初めて父親を昔の呼び方でいった。「いつもあたしを一人置いてった。ほとんど毎晩ね。コーン・チップの袋とかをあたしにくれて、寝ろっていってから出かけていくんだ。で、おとうちゃんが出ていったら、あたしは起き上がってキャンプの敷地に出て、歩きまわったんだ。暗かったよ。もうほんとうに夜遅くだったからね。それであたしは明かりがついている場所を求めて歩きまわった。あのころうちには電気はなくて、ケロシン（灯油）ランプと懐中電灯しかなかった。それで、あたしは明かりのついている場所を探してまわって、それからそこの家の窓を覗いてたんだ。いつでもね。毎晩」

「どうして？　さびしかったから？　それとも明かりがあったから？」わたしはきいた。

「うん。明かりがほしかったんだ。そのことは覚えてる。でもほとんどはただその人たちがどんなふうに暮らしているかを見たかったからなんだ。ほとんどの人はあたしたちと大して変わらない生活をしてたんだけど、ただ見たかったんだ」

しばらく間があった。

「そのために困ったことにもなった。おとうちゃんがあたしをつかまえる。真っ赤になるまで鞭《むち》で打たれたこともあるよ」

〝つかまえる〟。この言葉は、シーラの昔の子ども時代のしゃべりのパターンを彷彿《ほうふつ》とさせる現在形だった。わたしたちは結局、どうして彼女があういうしゃべり方をしたのかわからなかった。再会してからは、シーラは思春期の子どもにしては驚くほど完璧な文法で話していた。暗闇のなかに横たわって、昔の言葉やしゃべり方が蘇ってくるのをきいているのはなんだか不思議な気分だった。

「一度警察につかまったこともあるよ。いや、もっとだったかな。みんなはあたしが何かを盗もうとしたと思ったんだ。でも、あたしは盗んだりなんかしなかった。ただ見てただけなんだ」

「わかるわ」わたしは小声でいった。「まだあんな小さかったときに、そんなにしょっちゅう一人ぼっちで置いておかれたら、さびしいに決まってるわよね」

「うん」闇のなかから静かで、幻のような声がきこえてきた。「さびしかった」

長い沈黙が続いた。そのころには目がすっかり覚めてしまって、わたしは天井をみつめていた。厚いカーテンがモーテルの非常灯の光を遮《さえぎ》っていたが、ときおり駐車場に入ってくる車が、カーテンの上の隙間から鋭い光を投げかけてきた。この光がでこぼこしたスタッコ仕上げの天井を急に浮き彫りのように照らした。

「ときどきあったことを話してもいい？」とシーラがいった。

「ここで？　あなたが小さいときのこと？」

「うん。季節労働者のキャンプに住んでいたときのことだよ。あたしがトリイのクラスにいたときのこと」

「ええ、もちろんいいわよ」

「あたしは床にマットレスを敷いて、そこで寝ていたの。おとうちゃんはカウチで寝てた。でもおとうちゃんは飲みに出かけて、もどってくるときに……いつも人を連れてくるんだよ。ふつうは女の人。それでカウチの上でファックするんだ」

「ええ、そのことは一度あなたからきいたことがあるわ」

「でも、ときどき……」彼女は言葉を切った。

わたしは暗闇のなかで耳を澄ませた。シーラははあはあと息をしていた。その浅い息の音が隣のベッドからきこえてきた。

「あの、おとうちゃんはクスリをやってたんだ。そのことも知ってるよね？」

「ええ」

「たいていはヘロインだった。で、おとうちゃんにクスリを渡す男の人がいたんだ。二人ね。ときどき、おとうちゃんはその人たちを連れて家に帰ってきた。一人ずつ別々に連れてくることもあれば、二人一緒に連れてくることもあった。だけどおとうちゃんはその人たちに払うお金をちゃんと持っていたためしがなかったんだ。あたしは横になりながら、おとうちゃんが男たちにすがりついて頼んでいるのをきいていたのを覚えてる。その男たちにクスリをくれってすがってるんだよ。もうすぐお金が入るからっていいながら。泣いていたときだってあったくらい。おとうちゃんがそう頼むのをきいていたのを覚えてる」

わたしはヘッドライトの黄色い光が天井に作り出す光と影の模様をみつめていた。

「それで、男たちの一人のほうは、おとうちゃんにクスリを安く分けてくれたんだ。その、もし……その男はあたしと寝るのが好きだったんだよ……べつにファックとかそんなことはしなかった。ただ小さい女の子が好きだったんだ。自分の上に乗せるのが好きだったんだ。それで、あたしがその男のものをしゃぶったら、おとうちゃんはクスリを安く手に入れることができたんだ」

わたしは血が凍りつく思いだった。「どうしてわたしにいってくれなかったの？」

「六歳で何がいえるっていうの？　それに、そういうのがあたしの生活だったんだから。あたしはそういうことに慣れていたんだよ」

シーラが寝入ってからもわたしは長いあいだまんじりともできなかった。わたしのクラスで過ごした日々の思い出が次から次へと蘇ってきた。シーラにとって事態がそこまでひどかったとは。彼女はあまりにも貧しく、ほったらかしにされていた子どもだった。だからこちらがやってあげたいと思うことをすべてやったり、すでに傷ついた部分をすべて元にもどすようなことはとてもできなかった。当時のわたしにもそのことはわかっていた。だから、自分にできることからまず変えていこうとして、小さなことから手をつけていったのだった。それでもいつのまにか、わたしは自分が彼女を最悪のところから救い出したと思いこんでいた。それなのにわたしの教室にいたときでさえ、シーラはあいかわらず苦しい思いをしていたのだと今になってわかり、わたしは胸が痛んだ。これ以上の痛みがあるかと思うくらい激しく痛んだ。もっとわたしにはやるべきことがあったのではないか、と何度も何度もわたしは考えこんでしまった。

次の朝、シーラは、どこかとっぴなところのあるいつものシーラにもどっていた。彼女はあきれるほど長い時間バスルームにこもって髪をいじっていたが、ベッドから起きたばかりのときとさほど変わらないような髪形で出てきた。服装のほうはいつも以上にボロボロのカットオフ・ジーンズに、ラスヴェガスのフロアーショーに出たほうがずっとぴったりくるようなちらちら光るグリーンのトップといういでたちだ。この服のすごさはとにかく見てもらわなければわからないだろう。

その日は七月四日の独立記念日で、その日の予定にはチャドと彼の家族と一緒にピクニックをするということも入っていた。わたしはこれをとても楽しみにしていた。チャドとわたしは、二人の関係が肉体的なものからプラトニックなものへと変わり、とくにこの数年で純粋な友情へと熟成してきたその間ずっとひじょうにいい関係を維持しつづけてきた。今ではお互いいい刺激になるような手紙のやりとりをしたり、電話で長話をしたりして頻繁に連絡をとり合っていたが、彼の奥さんや三人の娘たちに会ったことはまだ一度もなかった。そこにシーラを連れていくことで、この再会の場はいっそう楽しいものになりそうだった。

わたしたちは車で三時にチャドの家に着いた。彼は街はずれの、静かな舗装してない道を行った先に住んでいた。チャドの家は新築の美しい豪邸だった。三台分のガレージと脇にはテニスコートもあった。正直に告白すると、それを見たとき、これがわたしのものになったかもしれないのだと、一瞬胸が後悔で疼《うず》いた。いや、あれは嫉妬だったのかもしれない。だからといってわたしがこの種の家にとりたてて執着していたわけでもなく、こういうライフスタイルに憧れていたというのでもない。テニスさえしないのだから。だが彼がここまで出世したのだということを無視するわけにはいかなかったのだ。

「うわぁ」私道に車を止めたとき、シーラはすべてをこの一言でいい表わした。

わたしたちが車から出るよりも早く、チャドが戸口に姿を見せ、ドアを大きく開けてくれた。「よく来たね！」チャドがいい、子どもたちが走り出てきて彼のまわりにまとわりついた。

チャドの奥さんのリサが彼の横に姿を見せた。ラテン系の彼女は、黒くきらきら輝くすばらしい目の持ち主だった。彼女も弁護士で、〝法廷の殺し屋〟という異名をとる評判はわたしもきいていたので、その彼女がまさかこんな人だとは思ってもいなかった。リサはかわいらしくたいへん小柄で、まるでおとぎ話の主人公のようだった。

「そして、これが」とチャドはいいながら、小さな女の子を自分の前にひっぱってきた。「これがうちのシーラだ」

チャドのシーラとわたしのシーラはお互い見つめ合った。母親と同じようにチャドの娘は女の子らしいかわいらしさにあふれていた。黒い髪が自然にカールして、長い巻き毛になって肩まで垂れている。その豊かな髪の色が素敵に映えるグリーンのツートン・カラーのデザイナーズ・ブランドの服という申しぶんないいでたちだった。

「シーラは五歳なんだ」とチャドはいって、かわいくてたまらないというようにシーラを脇に抱き寄せた。娘のシーラは彼のほうを見上げて微笑んだ。「それからここにいるのは……さあ、きみたちここに来なさい。ちょっとじっとして。こちらはブリジット、四歳。そしてこっちがマギー。いくつだい、マギー？」

苦労しながらマギーは指を二本つき出した。

「そうだ、よくできたね！　マギーは先週の土曜日に誕生日を迎えたばかりなんだ」

一番上の姉と同じように、ブリジットもマギーも黒いカールした髪と、にこにこ笑っている目をしており、二人とも普段着向きではあるが高級なかわいい服装をしていた。三人とも人なつっこく、すぐに打ちとけるタイプの子どもたちで、わたしやシーラとおしゃべりしたり、わたしたちを裏庭に連れていってくれてピクニック・テーブルや花火が入っている箱を見せてくれたりした。

家の裏手にはアカスギ材でできた大きなテラスがあり、パティオへと通じるドアのそばには砂場があった。片方の端には大きな木製のブランコのセットとジャングルジムがあり、もう片方の端は広々とした庭園につながっていて、その庭園の塀の向こうには野原が広がっていた。

「うちの馬を見にいこうよ」チャドのシーラが明るい声で呼びかけ、わたしたちの先頭を切って芝生を走りだした。「馬に乗りたい？　シーラ。あたしの馬に乗りたい？　連れてってあげる」

「ありがとう」ためらいがちな声でシーラはこたえた。「ありがとう、でも今はいいわ。あとでね」

「ふうん。じゃあ見にいこうよ。ママ？　リンゴをちょうだい」小さいシーラは走ってテラスまでもどってきた。そしてシーラの手をとった。「行こうよ。リンゴをもって行こうよ。見せたいの」

チャドとわたしはテラスの椅子にすわって、二人の女の子が下のほうの塀に向かって芝生を歩いていくのを見ていた。

「こんな風景を見るとは思わなかったな」チャドは感慨深げな声でいった。

「ええ」

長い間があった。「あの子、変わったね」チャドがいった。

どうこたえていいのかわからなかった。わたしの第一印象も同じだったが、このごろ急に、シーラは実際にはそんなに変わっていないということに気づきだしていたからだ。「つまり、あの髪の毛だよ」わたしが何もいわないのでチャドは続けた。「それとあの服装！　あれじゃあ馬が怖がるかもしれないな」そういって彼は笑った。「思春期だからなんだろうけどね。ただ、正直いってあの子がこうなるとは思わなかったな。あの子はずっと実用的な服が好みだと思ってたけどな」

「あのころあの子には選択の余地がなかったんだもの」

「最近の彼女はどうなの？」チャドがきいた。

テラスの椅子にすわりながら、わたしはシーラが小さいシーラと一緒に二頭の馬にリンゴをやっているのを見ていた。「どうかしらね。わたしにもまだよくわからないのよ」

かなり早くから、わたしは困ったことになると感じていた。シーラはほとんど最初からみんなの輪の外側をぶらついていた。チャドの子どもたちは、馬に乗ることやバーベキューの網でホットドッグを焼くことなどいろいろな遊びになんとかシーラを引き入れようとしたが、ほとんどの場合シーラは難色を示した。最初のうちは、そうされてもべつに不機嫌にはならず、ただ距離をおいているというだけだった。だが夕方になるころには、シーラは急速に孤立していった。長いあいだ一人で庭を歩きまわったり、所在なげにブランコに乗ったりしていた。

わたしは責任を感じて、シーラの行動をとりつくろおうとした。特に、なんとかしてシーラを仲間に引きこもうとしているリサにたいしては気をつかった。リサがシーラを放っておいてくれて、シーラが自分のペースで仲間に入ってくるようにしてくれていたら、事態はここまでひどくはならなかったかもしれない。だがこのようなやり方は、リサ本来の子どもの扱い方に反するものだったようだ。リサがなんでも一生懸命にやって人を仲間に入れたがるタイプだということが、最初のうちからはっきりわかった。マギー、ブリジット、シーラの三人がじゅうぶんにいい刺激を受け、人とうまくやっていけるように、リサは子どもたちのためにおけいこや学外活動のスケジュールをたっぷりと用意していたので、子どもたちはそれぞれ自分専用のスケジュール表をもっているのではないかと思うほどだった。同じように、〝今回のピクニックもみんなが〝最高に楽しめるように〟細心の注意を払って計画されていた。シーラが仲間に入らないということは彼女が〝最高には楽しんで〟いないということを暗に意味し、そのことがリサを困らせてしまったのだ。

シーラはこれにさらに拍車をかけた。自分がこんなにもたやすくリサを困らせることができると察すると、シーラは夜が更けるにつれてそのことに専念しはじめた。彼女が退屈している様子はますます目にあまるようになってきた。シーラは子どもたちにいらだち、子どもたちが寄ってくると意地悪く顔をしかめて見せた。最悪だったのは、花火のときにくるりとそっぽを向いてしまったことだ。チャドが点火すると、花火が上にあがっていった。ヒューッ！　バン！　続いて全員が歓声を上げるなか、シーラはうんざりしたようにテラスの柵にもたれ、パティオのドアごしに見えるチャドの家のダイニング・テーブルを睨んでいた。

わたしも次第にこの憂鬱な気分に引きこまれていった。シーラの失礼な態度が恥ずかしくて、最初はなんとかいいわけをしようとした。それから彼女をトイレにひっぱっていって、一言文句をいおうとした。だが、彼女はその一言をきく耳をもたず、自分のほうも一言もしゃべらなかった。

「なんでそんなに怒っているのよ？」わたしは小声でいった。

「怒ってるのはそちらのほうじゃないの」シーラは分別くさい声でこたえた。

「あなたは再会してからずっとわたしにたいして怒っているじゃないの。まるですべてわたしのせいといわんばかりじゃないの」

「えー、ちがうの？」シーラはいった。

チャドの家で最後の時間をどのように過ごしたのか覚えていない。わたしは怒っていた。わたしに関するかぎり、その夜は完全に台無しになってしまった。チャドの奥さんや子どもたちと初めて会ったというのに、チャドとも何年ぶりかで顔を合わせたというのに、なんという再会の場になってしまったことか。シーラを最寄りのバスの発着所で降ろして、ブロードヴューに帰る片道切符を買って帰したい気分だった。

モーテルに帰るまでの十分ほどのドライブの沈黙が致命的になった。シーラは一人ほくそ笑んでいた。少なくともわたしの目にはそのように映った。わたしたち全員をひっかきまわしておきながら、彼女は一人優越感に浸っているとはいわないまでも、冷静でわれ関せずという態度だった。ばかばかしくてやってられないと思っているのだ。そうわたしははっきりと感じた。ときが過ぎるにつれて、わたしはますます腹が立ってきた。

「あーあ、今晩はさんざんだったわね」モーテルに着いて車から降りるときに、わたしは不機嫌な声でいった。鍵をがちゃがちゃさせながら、部屋のドアを開けた。

「トリイって異常に仕切りたがり屋だね。自分でわかってる？　まったく、すべてを仕切らないと気がすまないんだから」シーラがいった。

「そんなことないわ」

「トリイはね、あたしの人生は自分のものだと思っているんだ。自分があたしを創り出したと思ってるんだよ。あたしのことを自分の本の登場人物にすぎないと」

「そんなこと思ってないわよ！」わたしはいい返した。

「そうじゃないの。あたしは今夜あんなところに行きたいなんていわなかった。トリイが勝手に計画して、あたしの意見なんかききもしなかったじゃない。なんであたしがあんなところに行きたいと思わなきゃならないのよ。あたしはあの人たちをそもそも知りもしないんだよ」

「知ってるじゃないの。何をいってるの、チャドじゃないの」

シーラはえらそうに肩をすくめた。「あんな人知らないよ。あたしにいわせれば、だれだって同じだよ。それにあのばかみたいな子どもたち」

「何いっているの、あのチャドなのよ。州立病院に行かずにすんだのは彼のおかげなのよ。他のだれもなり手がなかったときに、あなたの弁護を引き受けてくれた人じゃないの。彼のおかげで――」

シーラは剣を振るように激しく腕を振り下ろしてわたしの言葉をさえぎった。「だからって、あたしがものすごく感謝しなければならないってわけ？」彼女は声を荒らげた。

「トリイはそうしてほしいんでしょ。あたしは、あたしのためにいろいろやってくれたみんなにどれだけ感謝してもしたりないってくらいに感謝すべきだって。そうなんでしょ？　それがトリイの望んでいることなんでしょ」

「ちがうわ」

「そうだよ。ごまかさないでよ、トリイ。あんたが望んでることはそういうことなんだよ。自分をいい人だと思いたいんじゃない。あんたがもどってきた理由はそれしかないよ」

「ちがうわよ！」わたしは叫んでいた。

シーラの顔を見ていて、わたしは怪獣《モンスター》を解放してしまったことに気づいた。彼女の顔色がピンクから赤、そして深紅色へと変わり、こめかみに青筋が立ってきた。目がぎらぎらと光り、歯がむきだされている。わたしの頭のはるか奥のほうで、わたし自身の身の危険を知らせる警報ベルが鳴っていた。

「あんたは自分があたしの人生をよくしたと思ってるんでしょ？」シーラは叫んだ。「一言しゃべるごとに声が大きくなっていった。「自分がものごとをうまく直したと思ってるんでしょ？　ちがうんだよ。あんたのおかげでよけい悪くなったんだよ。それまでより、うんとうんと、何百万倍も悪くなったんだよ！」

「ちょっと、ちょっと、やめなさいよ」

「うるさい！」シーラは大声で叫んだ。「あんたのほうこそやめてよ！　あたしへのおせっかいをやめられないのは、あんたのほうじゃないの。あたしの人生に手を出さないでよ！」

わたしはシーラをまじまじと見た。

「あんたはあたしをはめたんだよ、トリイ。あんたはあたしをあの教室に連れてきて、おもちゃで遊ばせて、たくさん本を読ませて、あたしに百万ドルの値打ちがあるような気分にさせた。で、それから何をした？　トリイはずっといてくれた？　一度あたしを手にいれたら、そのあとずっと面倒をみてくれた？」シーラが口を大きく開けたので、わたしは彼女が泣き出すのではないかと思った。それから彼女はすすりあげるように長い息を吸いこんだ。「あんたは自分が行ってしまうのを知っていながら、あたしをはめたんだ」

「わたしはそんなつもりじゃあ――」わたしはいいかけた。

「そうじゃないの！　あんたがあたしにやったことは、すべて最初からそのつもりだったんだよ、トリイ。あたしはあのときまで、自分の生活がどんなにひどいものだったかってことを知らなかったんだよ。そこにあんたがやってきて、突然まったくちがう世界があるってことを教えたんだよ。それもあんたはそのつもりでやったんだ。すべてを仕切ったんだよ。あんたは糞からあたしを作りあげて、それでいてあたしにお花のようにいい匂いがするって思いこませたんだ」

「シーラ、きいて――」

「あんたはあたしのことを愛してくれている。そうあたしは信じこまされてた」

「わたしはあなたのことを愛していたわよ、シーラ。今でもそうよ」

「けっ、やめてよ。よくそんなことがいえるね。あたしを置いていってしまったくせに」

「シーラ――」

「あんたはすごい力をもっていたよ、トリイ。あたしはものすごくあんたのことを愛していた。ものすごくね。それなのにあんたは何をしてくれた？　あたしをドアから押し出して、あたしを置いていってしまったんだよ」

「シーラ、お願いだから」

「もう二度とあんなことはごめんだからね！」シーラは叫んだ。そしてわたしが何が起こったかもわからないうちに、モーテルの部屋のドアを開けて出ていってしまった。

19

一瞬呆然と立ちつくしてから、わたしはシーラがどこへいったのかとドアに駆け寄った。その短い時間のうちに、彼女は夜のなかに姿を消していた。

「シーラ？　シーラ、どこにいるの？」わたしは叫んだ。

近くの部屋のドアが開いた。「静かにしてくれないか」だれかが怒鳴った。

ぞっとする恐怖に襲われて、わたしはモーテルのドアを閉め、室内にもどった。どうしよう？　わたしは部屋を見回した。シーラのわずかな所持品は彼女のベッドのまわりに散らかっていた。どうしたらいいだろうか？　自分から帰ってくるだろうか？　探しに行くべきだろうか？　それともしばらく放っておいたほうがいいのだろうか？　わたしはどうしようもなさに麻痺したようになっていた。

わたしはベッドに腰をかけて、考えを整理しようとした。シーラが行きそうなところはどこだろうか？　最初に季節労働者用キャンプが頭に浮かんだが、あそこに行くはずはなかった。あんなところに一人で、深夜行かないだけの分別はもっているはずだ。そもそも行く理由があるのか？　あそこに彼女が知っている人がだれかまだいるだろうか？　そうは思えなかった。メアリーズヴィルにいるだれかと連絡をとりあっているなどという話は、彼女からきいたことがなかった。

じゃあ他にどこがあるだろうか？　考えられる場所といえば、わたしたちが昔一緒に過ごした場所しかなかったが、今の状況から考えてみて、彼女がそんなところに行くとは思えなかった。多くのティーンエイジャーが悩んだときに駆けこむのがショッピング・センターだという単純な理由からだが、彼女が町の中心部へ向かったのではないかという可能性がいちばん強かった。それでもこんな深夜にまだ開いているショッピング・センターはほとんどない。メアリーズヴィル程度の規模の町ではなおさらそうだった。だが、今夜は独立記念日の夜だから……心配になって、わたしは車のキーを手にしてシーラを探しに出かけた。

ぐるぐるぐるぐる車で回っているうちに、それらの通りが急速にふたたび馴染み深いものになっていき、はるか昔のとうに忘れてしまっていたメアリーズヴィルを走り回っていたころの記憶が蘇ってきた。深夜の町はとても静かだった。メインストリートを流している車が何台かいたが、それ以外は、何ブロックも、ときには何キロものあいだ一台の車にも出会わなかった。

三回も四回もダウンタウンにいってみたが、シーラの姿はみつけられなかった。そこからわたしは大通りを走ってモールを中心に発展してきたショッピング地区へと向かった。また、町の外へ出る道路とつながっている幹線道路を使って町の周辺をぐるぐる回り、最後に季節労働者用キャンプへも行った。

キャンプでは、メアリーズヴィルの他の場所とはちがい、人々はまだ起きてうろうろしていた。活気づいているような場所もあり、昔も思ったように、ここの住人全部が激しい労働をして日々を過ごしているわけではないのだと思わせた。敷地の奥のある箇所ではドラッグや酒に酔っ払った男たちが大勢横になっていて、わたしは生きた心地がしなかった。車の窓を開けるのがいやだったので、車を止めてシーラらしい子を見なかったかときいてみることもしなかった。

メアリーズヴィルに関するいい思い出は、こうして車でぐるぐる町を回っているあいだに粉々に砕け散ってしまった。最後にはもうこの町が大きらいになり、早くハイウェイに乗って家に帰りたくてたまらなくなった。それでも心配のあまり真夜中の町を車で走りつづけた。

夜中の二時ごろだったと思うが、とうとうシーラをみつけた。彼女は町の思いがけない地域にいた。わたしたちの昔の学校からそう遠くないところにある住宅地を走る広い幹線道路ぞいを歩いていたのだ。わたしがそこを通りかかったのはまったくの偶然だった。ダウンタウンの今まで行っていない地区に探しにいくことを思いつき、そこに行くために近道をしようとして通りかかったのだった。わたしは縁石ぞいに車を寄せて止め、窓を開けた。

「ねえ、悪かったわ。モーテルに帰って話し合いましょう」

街灯のぼんやりした明かりしかない暗闇のなかで、シーラの目は大きく見開かれていた。そのため彼女は荒々しい、ほとんど動物的といってもいいような感じがした。シーラは非常に怖がっていて、そのため何をしでかすかわからない、とわたしは感じた。

「わたしが悪かったわ」わたしは心からの後悔をこめていった。「さあ、お願い。わたしと一緒にもどって」

シーラは首を振った。「いや。行ってよ。あんたなんかいらないんだから」

「お願いだから」

シーラはわたしを見た。

「そうね、モーテルにもどりたくないのなら、ハンバーガーか何か食べに行きましょうよ。いい？」

シーラがためらいを見せたので、わたしは勇気を得て続けた。「レニーズに行きましょう。あそこなら一晩じゅう開いてるから。さあ、お願い」

シーラが助手席側のドアを開けて車に乗りこんだので、わたしはほっとした。実際、彼女はほとんど倒れこむようにすわった。とても疲れていたのだ。わたしは彼女の黄色の髪と、くしゃくしゃのしわだらけになってしまったへんな服を横目で見た。ああ、十四歳でいるということはなんとたいへんなことだろうか。

いったんレストランに入ると、シーラは皿に盛った料理にかぶりついた。その間、わたしはコーヒーと固くなったドーナッツを少しずつ口に運んでいた。だが、彼女はしゃべらなかった。わたしも彼女に話すよう促さなかった。二人ともあまりに疲れていた。

そのあと、シーラは抵抗もせずにわたしについてモーテルまでもどってきた。部屋に入ると、彼女はベッドに腰をかけ、重いワークブーツを脱ぎはじめた。「あたし、ここにはいないから」シーラは静かな声でいった。「明日になったら、ここから出て行くから」

「ええ、わたしもそのつもりだったのよ」

「ちがうんだよ、トリイ。そういう意味でいったんじゃない」そういって、シーラは顔を上げた。「トリイと一緒には帰らない。四時間も車であんたの隣にすわっているつもりはないから。自分で勝手に帰る」

わたしは彼女をみつめた。

「止めても無駄だからね」わたしの気持ちを先取りするようにシーラはいった。

「いいえ、止めるつもりはないわ。あなたがそうしたいというのだったら、明日あなたをバスの発着所まで送っていって、切符を買ってあげる。一番の便に乗ればいいわ」

「切符は自分で買うよ」シーラがいった。

「いいえ、シーラ。切符はわたしが買うから、無駄遣いしないで」

「いや。いったでしょ。自分で買うって。トリイ、あたしはあんたの物じゃないんだから、そんなふうに振る舞わないで」

うんざりしてわたしはうなずいた。「わかったわ。じゃあそうしなさい」

明かりを消してベッドに入ってから、わたしは横たわったまま闇のなかをみつめていた。どこでこうなってしまったのだろうか？　わたしたちがあんなに身近に感じられた昨晩と、二人の世界がばらばらになってしまったように感じられる今夜とのあいだに、何が起こったのだろうか？　まるでわたしの心を読んだかのように、シーラが口を開いた。

「トリイはあたしを置き去りにした。それがどれほどあたしを傷つけたかわからないの？」彼女の声はとても小さく、夜の静けさのなかでもほとんどきき取れないほどだった。

「わたしだってああしたくてしたわけじゃないのよ、シーラ」

「じゃあなんであんなことしたの？」

「ただ成り行き上ああなってしまったのよ。わたしは教師だった。だから学校が終わる六月にわたしの最後は来るの。そのことはわたしにはどうすることもできなかったのよ……」

「トリイがやったことは、まちがっていた」シーラはとても小さな声でいった。長い間をおいてから彼女はふたたび口を開いた。「トリイはあたしを置き去りにしたんだ」

「悪かったわ。ほんとうにごめんなさい」

「それだけじゃないよ。トリイは行ってしまうときに全部を一緒にもっていってしまったんだよ――太陽も、月も、星も、全部を。もう一度すべてをもっていってしまうのなら、いったいどんな権利があってあたしにあんなものをくれたの？」

独立記念日の連休が終わってサマー・スクールが再開したが、シーラはその月曜日に学校にもどってこなかった。メアリーズヴィルで彼女をバスに乗せてから、彼女の姿を見てもいなければ、声もきいていなかった。彼女が無事に家に着いたと自分を安心させたいだけの理由にせよ、わたしは彼女に電話をしたくてたまらなかったが、本能的にこちらから連絡してはいけないことがわかっていた。

わたしの気分にいつも敏感なジェフが、昼食後オフィスで問い詰めた。「さあ、で、どうなってるんだい？　オランウータンはどこにいっちゃったんだ？」とジェフはきいた。

わたしはメアリーズヴィル訪問中にあったことのあらましを彼に話してきかせた。

「いたた」ジェフはまるで打ち身に触れたかのような声を出した。それから先週ずっと彼の机の上に広げっぱなしになっていた医学専門誌を黙って片づけてから、わたしのほうを見た。「だけどぼくには彼女がなんでそうなったかよくわかるよ。あの子はすでに母親に見捨てられていたんだ。そこにきみがやってきて、あの子が切望してやまなかった注目と愛情を注いだ。ところが今度はきみがいってしまった。六歳の子にきみがやったことと、母親がやったことはちがうんだといってもそれはむずかしいよ」

「ええ、それはわかっているわ。でもちがうのよ。わたしは教師だったんだから」

「ああ、教師だったというんならそれでいいよ。でもきみのカリキュラムには何があったんだい、ヘイデン？　算数か？　読み方か？　それとも愛？　信頼？　自尊心？」

「どうすればよかったというのよ？　あのまま彼女を放っておけばよかったの？　あのひどい状態の子を、もっとひどい環境のなかに放ったまま、何もしなければよかったの？」

椅子に背をもたせかけて、ジェフは口をすぼめた。

「わたしはあんなことすべきではなかった、とあなたはいいたいの？」わたしはきいた。

「きみはどうなんだい？」

ジェフから顔をそらして、わたしは溜め息をついた。「いまさらこんなことをいっても意味がないわ。時間をもどして事態を変えることはできないんだから。ほんとうの問題は、わたしは今何をすべきかということよ」

親指の爪の上にペーパークリップを乗せてバランスをとり、狙いを定めてからジェフはそれを机の上の鉛筆立てのなかにはじきとばした。「この仕事についてる我々みんながすることをするしかないだろうな。つまり、最後には自分が傷つけた以上に助けることができるようにただ祈るしかない」

シーラはその週いっぱい姿を見せず、次の月曜にも現われなかった。月曜の午後遅く、わたしがクリニックのオフィスにいると、閉まっているドアをそっとノックする音がした。

「はい？　どうぞ」

シーラがそっとドアを押し開けた。「ちょっと話してもいい？」

わたしはうなずいた。

「ジェフもいるの？　二人っきりで話したいんだけど。彼に入ってきてもらいたくないな」とシーラはいった。

「いいえ、入ってこないわ。ジェフは病院にいっていて今夜はもどってこないから」わたしはこたえた。

シーラはドアを閉め、ジェフの机の前まできた。そして椅子をひっぱりだすと、そこにすわった。彼女はあたりを見回した。「これがトリイのオフィスってわけか」

「そうよ」わたしはファイルにマークをつけている最中だったので、それを終えるために仕事にもどった。

シーラはジェフの掲示板をみつめていた。「あんたたち二人って似てるね。ほら、トリイもジェフも同じようなものを飾りつけてる。同じピンク・パンサーのグッズまでもってるじゃない。〝ここはジェフが楽しく暮らしているところ〟こっちには〝ここはトリイが楽しく暮らしているところ〃って書いてある。これ、どこで買ったの?」

「ジェフがみつけてきたのよ」とわたしはこたえた。

「ジェフのこと、愛してるの?」椅子の上でけだるそうに身体を前後にゆすりながら、シーラはきいた。

「彼のことは好きよ。すごくね。でもあなたが恋愛感情のことをいってるのなら、ちがうわ。そういう人は他にいるの」

「へえ? だれ? トリイがそんな人と一緒のところ見たことがないよ」

わたしはシーラのほうを見た。「あなた、わざわざブロードヴューからわたしの私生活のことを話しにきたわけじゃないでしょ」

「うん、まあね。ただちょっとトリイの気を引きたかっただけだよ。だって、あたしが入ってきても、ほとんど顔も上げてくれないじゃない。ずっとその書き物に顔をつっこんでばかりで」

ファイルを閉じると、わたしはそれをバスケットに入れ、椅子をシーラのほうに向けた。「さあ、なんでもきくわよ」

「えーっ、あたしの詩こんなとこに貼ってるの。あたしの詩を壁に貼ってるなんて、全然いってくれなかったじゃない」

「あのころあなたからはほとんど便りがなかったし、あなたの住所もわからなかったから」

「うん、あのころあたし、施設にいたんだ。あれを書いたころ」

シーラの口調は軽く呑気で、椅子でものうげに身体を揺すっている態度もリラックスしていた。だれが見てもわたしたちのあいだで何かあったなどとは決して思わないだろう。ブロードヴューからここに来るまで、バスに四十五分乗り、さらに最寄りのバス停からたっぷり十分は歩かなくてはならない。だからただ何気なく来たはずはないのだ。それでもシーラは何もいわなかった。

「何か話があったんじゃないの?」とわたしはきいた。

「まあね。もうそろそろ五時でしょ。一緒にイタリア料理でも食べに行くのはどうかなと思ったんだけど。べつにピザじゃなくてもいいんだ。スパゲティでもいいよ。それとも、トリイがいいなら、何か他のものでも」

わたしはにやっと笑った。

「それともトリイの家に連れて行ってくれてもいいよ。トリイの家にいったことは一度もないし。そうね、最初にスーパーに寄って、買い物をしてあたしが晩ごはんを作ってあげてもいいよ。ツナと缶詰のマッシュルーム・スープですごくおいしい料理を作れるんだから」

「そうできればいいんだけど、あいにく今晩は先約があるのよ」とわたしはいった。

シーラはうつむいた。「デートなの？」

わたしはうなずいた。

長い沈黙が続いた。

「ねえ、悪かったわ。ほんとにそうできたらいいんだけど、前もって知らなかったもんだから。またべつのときにぜひそうしましょうよ」

うつむいているために黄色い髪が前に垂れ、そのため彼女の表情はよく見えなかったが、シーラは重い溜め息をついた。「トリイにごめんなさいっていおうと思っていたのに」彼女はつぶやくようにいった。そしてしばらく間をあけてから「それに、トリイの家に行きたかったのにな」と続けた。

20

火曜日の朝、シーラはもどってきた。前日の午後わたしといたときそうしたように、シーラはまるで特別なことは何ひとつ起こらず、また自分が休んでいたこともなかったかのように振る舞っていた。わたしはジェフにこのことにあれこれ口出しをするなと脅しておいた。ミリアムはていねいにどうしていたのかときいたが、シーラは病気だったといとも簡単に、楽しそうに嘘をついた。

アレホはシーラを見て大喜びだった。シーラがドアから入ってくると、アレホの小さな顔がぱっと輝き、教室を走っていって両手を広げ、彼女に抱きついた。これにはわたしたち全員が驚いた。アレホは何週間もずっと、何にもさして興味を示さず、また何をしでかすかわからない感じの子どもだったからだ。だが、これにいちばんびっくりしたのはシーラだった。アレホがうれしくてたまらないというふうにシーラにしがみついたとき、シーラの顔に最初に浮かんだのは驚きの表情だったが、やがて彼女は微笑み、身

ハヤカワ文庫の最新刊

1
2021

●表示の価格は税別本体価格です。
＊価格は変更になる場合があります。
＊発売日は地域によって変わる場合があります。

JA1464

架空戦記＋ファーストコンタクトの新シリーズ開幕

大日本帝国の銀河1

林 譲治

eb1月

昭和15年、天文学者の秋津俊雄は、軍部の要請で火星太郎なる人物と面会する。一方、世界各地では未知の四発大型機が出現して――

本体860円［絶賛発売中］

JA1466

警察と報道のダブルヒロインが活躍！
各紙誌絶賛『ダークナンバー』続篇

イン・ザ・ダスト

長沢 樹

eb1月

轢死事件を追う警視庁分析捜査三係の渡瀬敦子と、過去の爆破テロ映像を調査する東都放送報道局の土方玲衣の運命が再び交差する！

本体1080円［21日発売］

2311

宇宙英雄ローダン・シリーズ632

〝ラグリー・ボンソア〟発進

エレンディラ銀河で行方不明のツナミ艦を探すテケナーたちは、〝永

ジョージ・R・R・マーティン／酒井昭伸・他訳

を二分冊・2カ月連続刊行。本書を原作にした米ドラマ「House of the Dragon」が製作中

四六判上製　本体2900円［21日発売］

中国にヒューゴー賞をもたらしたSF作家の短篇集

〈新☆ハヤカワ・SF・シリーズ〉

人之《ひとの》彼《ひ》岸《がん》

郝《ハオ》 景芳《ジンファン》／立原透耶・浅田雅美訳

eb1月

破壊された村にやってきた主人公とその管理下のロボット「雪怪《シュエグワイ》」が小型機械車と出会った顛末を描く「戦車の中」ほかAIをめぐる物語6篇と2篇のエッセイを収録。劉慈欣『三体』に続き中国にヒューゴー賞をもたらした「折りたたみ北京」著者による短篇集

ポケット判　本体1800円［21日発売］

全英図書賞、アンソニー賞などミステリ賞4冠獲得！

HPB1963

マイ・シスター、シリアルキラー

オインカン・ブレイスウェイト／粟飯原文子訳

eb1月

真面目な看護師コレデはうんざりしていた。美貌の妹アヨオラが、今日もまたその彼氏を殺してしまったのだ。これで三人目。コレデは死体を処理するが、次第に警察の捜査が姉妹に迫り……。ナイジェリアの新星が描くブラックユーモアと切なさに満ちたサスペンス

ポケット判　本体1700円［絶賛発売中］

アガサ・クリスティー賞
秀賞受賞作品

イユ宮の聖殺人

宮園ありあ

6世の御代。ヴェルサイユ宮殿のアパルトマ
の演出家を務めるブルジョワジーが何者かに
された血の伝言と、遺体の手に握られた聖書
き公妃＆カタブツ陸軍大尉のコンビが挑む！

本体1800円［21日発売］ eb1月

賞優秀賞＆アガサ・クリスティー賞
作家による"愛の小説"

のジャンクション

村木美涼

の男女が出逢ったのは——チョッキーという
のだった。かわるがわる中に入って過ごす取
みはときほぐされていく……ミステリ賞二賞
込めて贈る、すべてを包み込む着ぐるみ小説

本体1700円［21日発売］ eb1月

をかがめてアレホを抱きしめた。

サマー・プログラムのあいだじゅう、シーラもまたアレホと同じように簡単には心を許さなかった。今になってはっきりわかったのだが、こういうセッティングは彼女にとって自然なものではなかったようだ。彼女はよくティーンエイジャーの女の子がやるように、ごく自然に幼い子どもたちと接しているのではなかった。また何か難しい状況が生じると動揺した。これはおそらくこういう状況が彼女にはまだあまりに身近すぎるからなのだろう。ジェフとわたしはこのことを話し合い、サマー・プログラムもあと少しで終わるというところまできているので、とにかく彼女に最後までやらせようということになった。だが彼女に手助けになってもらうことを期待するのは無理だということでも合意した。

シーラはわたしたちのもとにもどってきてほんとうにうれしそうだった。にこにこ明るくとまではいかないが、積極的な態度だった。それまで、シーラがリラックスした自然な態度で接することができるのは子どもたちのなかでアレホだけで、ときにはデイヴィッドがそれに加えられるくらいだった。特に女の子は遠ざけていた。シーラはケイリーやタマラ、ヴァイオレットにとっていいお手本になりえただけに、これは残念なことだった。だが、この朝、シーラは子どもたちの何人かに心からの温かさと寛大さを見せた。ヴァイオレットにたいしてさえも。

夏のあいだずっと、ヴァイオレットはシーラにたいしてのぼせあがるとしか表現できないような気持ちを募らせていた。ヴァイオレットはなんとかしてシーラの注意を引こうと、彼女のそばにすわったり、彼女の手をとったりしていたがその努力もむだに終わっていた。大柄で不格好で、相手をいらいらさせるような執拗さで迫ってくるヴァイオレットは、理想的な状況下にあるときでさえ、なかなか受け入れがたい子どもだった。シーラはこの妄想ともとれるような情熱をうるさがり、ヴァイオレットがくりかえし彼女にさわろうとするのを恐れていた。ヴァイオレットくらいの年齢の女の子にはこういうのぼせあがりはよくあることで、別に深い意味はないのだということをわたしはシーラに説明しようとした。だが、自分が女性であること自体に居心地の悪さを感じているシーラは、あいかわらずこういう行為に不快さを感じていた。それがこの朝は、シーラは辛抱強くヴァイオレットのおしゃべりに耳を傾けてやり、ヴァイオレットが自分に触れることまでは許さなかったが、おやつの時間に隣にすわらせたのだった。

おやつのあと、わたしたちは子どもたちを道路の向こうの公園に連れていったが、シーラはブランコに乗ったケイリーを押してやったり、デイヴィッドやマイキーを励ましてジャングルジムのほとんどてっぺんまで登らせるなど、子どもたちと熱心に遊んだ。

わたしは何が起こっているのかに気づいた。水の上ではあれほど優雅に見えながら、水面下では必死で足を動かしている白鳥のように、シーラはわたしたちのあいだに起こったあの騒ぎが消えてなくなるように、いや少なくとももう表面には出てこないようにと願いながら、平静を装って熱心に働いているのだった。午前中ずっと彼女を見ていて、彼女は今まで何度この行動パターンをとってきたのだろうかとわたしは考えこんでしまった。

シーラにこの問題をそのまま忘れさせてしまわず、立ち向かわせなければいけないと感じたわたしは、フェントン・ブールヴァードまで送る車のなかで彼女をおいつめた。

「そろそろ話し合ったほうがいいわね」学校から車を出しながら、わたしはいった。

「え？　何について？」

「わたしたちのこと。独立記念日の週末のことよ。あのとき、すごく強い気持ちが爆発したわね。あのことをちゃんと解決しておいたほうがいいと思うの」

わたしが何のことを話しているのかさっぱりわからないとでもいうように、シーラは肩をすくめた。

「あなたは小さいときにわたしがあなたを見捨てたと思ってるとわたしは感じたんだけど」

「そんなこと全然いってないよ」

「わたしの耳にはあなたがものすごく怒っているようにきこえたわ。わたしがあなたをはめたと感じていること、わたしがあなたのことなんかまったく気にもとめずに行ってしまったと思っているというふうに」

「もうどうでもいいんだ。もう怒ってないから」とシーラはいった。

「こういうことにはきちんと立ち向かわなければいけないのよ、シーラ。あなたがそれほど強く感じているのなら、あなたがどんなにその気持ちが消えてなくなったふりをしてもなくならないわよ」

シーラはまた肩をすくめた。「どうかな。遅かれ早かれ、あたしの人生にあたえられたものは全部どっかにいってしまうんだから、この気持ちもいってしまうんじゃないの？」

「シーラ！」

「わかった、わかったよ。だからあのときは、あたしどうかしてたんだよ」シーラはうんざりしたようにいった。「だからってそれがどうしたっていうの？　だれでも気が動転することってあるでしょ。もうだいじょうぶだから。だからそのままにしておいてよ」

わたしは黙っていた。

シーラのほうを見ると、彼女はしたり顔で微笑んでいた。「あたしにごめんなさいといってほしいのね。そうでしょ？　あたしがばかでした。あんなことするつもりじゃなかったんだ」

「わたしに怒るのはいいのよ。そんなことはいいの。でもね、そのことに正直にならなくっちゃ」

「ううん、怒ってたんじゃないんだ。ただばかだっただけ。それだけだよ。あたし、よくああいうふうになるんだ。だから、もうあのことは忘れてよ。何もなかったことにしようよ」

「だけど、あったのよ」

「あたしがなかったといったら、なかったことになるの」そういってシーラはわたしのほうを見た。「ものごとっていうのは、あると信じるときにだけあるんだから。ほんとうだよ。本で読んだことがあるもの。それに実際ほんとうにそうだよ。だってあたし、そうだって知ってるもん」

「ということは、あなたがわたしたちのあいだでいい合いなんかなかったと思えば、わたしたちはいい合いをしなかったといいたいわけ？」

「ものごとなんか存在しても、あたしたちを困らせるだけなんだよ。そして、あたしたちが存在を許すときにだけ、ものごとっていうのは存在するんだよ」

それから沈黙が流れた。わたしは突然、何年も前にシーラが別の教師の教室でひどいいたずらをしたあとに彼女と一緒にひきこもった学校の暗い書庫に引きもどされた。その教師は罰を受けさせるために彼女を校長のもとに送り、校長は彼女を体罰用の板で叩いた。当時わたしのいた学校ではその体罰がまだ容認されていた。

わたし自身その状況をどうすることもできなかったこと、家庭で身体的な虐待を受けているとわかっている子どもに学校でまで体罰を受けさせねばならなかったことに苦しみ、わたしは彼女と一緒に唯一、二人っきりになれる場所に引きこもり、考えを整理しようとしたのだった。だがシーラはこの事件に彼女なりの方法で対処しているようだった。彼女は誇らし気に、校長が自分を叩いたときに自分がまったく泣かなかったことを指摘した。

「でも泣きたいと思わないの？」わたしはびっくりしてきいた。シーラは六歳でわたしは二十四歳だったが、わたしのほうは泣きたい気持ちだったからだ。

「だれもあたしを痛めつけることはできないんだよ」シーラは淡々とした声でこたえた。

「あたしが泣かなかったら、あたしが痛がってるとはわからないでしょ。だから、あたしを痛めつけたことにはならないんだよ」

七年たった今になっても、シーラがまだこの説を信奉していることにわたしは気づいた。

サマー・プログラムもあと残すところ二週間になった。ジェフもわたしもサマー・プログラムの進展に大喜びだった。たしかにちょっとした問題はあったし、来年度にはこう改めようと思うようなことはたくさんあったが、それでも全体としてみれば大成功だった。

わたしたちの患者にこの種のプログラムを提供してみてはっきり利点と思えた点は、自然な環境のもとで彼らと接する機会が持てたということだ。子どもたちの何人かは、とりわけケイリーやマイキーがそうだが、集団でいるということや、自分たちを支えてくれる状況にいることにうまく反応し、自分たちの抱える問題を乗り越えようとしていた。

このような状況は診断を下すうえでも有利に働いた。子どもたちのなかにはしばらくクリニックに通ってきてはいたものの、何の進展もみられない子が二、三人いた。さまざまな状況下で一日三時間、週五日彼らと一緒にいると、ジェフもわたしもクリニックの〝セラピー・アワー〟という限られた条件のなかでよりずっと正確に彼らの問題点を調べることができた。

たとえばタマラがいい例だった。彼女は六歳のときにかかりつけの医者の紹介で初めてクリニックにやってきた。この医者はタマラの二の腕の傷の治療をしていたのだが、どんなにしても傷はよくならなかった。タマラが自分で自分を傷つけ、傷口を治らないようにしているのではという医者の疑念が、間もなく裏づけられたのだった。最初タマラはクリニックの他の精神科医の担当だったのだが、一年半セラピーを続けてから男性のセラピストのほうが成果があがるかもしれないということでジェフのところに回されてきたのだった。ジェフはタマラに一週間に一度の割合で遊び療法を続けて十カ月というところだったが、タマラが自傷衝動をコントロールできるのに役立つところにまではまだまだいっていなかった。

サマー・プログラムを通して見ていると、そこに、相手が若くても年を取っていても関係なくだれともうまく関係を結べない、複雑で不幸な女の子の姿が浮かびあがってきた。彼女に関する膨大なファイルに書いてあるように、おそらくタマラには鬱病の要因があるのだろう。だが、自分はだれからも好かれていないと感じるとき、抑鬱はかなり自然な反応だ。ふつうの方法では自分が必要とする注目を得られないので、タマラは怪我をすれば多くの注目を浴びられることを発見したのだった。サマー・プログラムのあいだも、ものごとが自分の思うようにいかないときに、彼女が血を流すということが何度かあった。こうした理解に基づき、ジェフは今、タマラの人間関係の結び方がうまくいく手助けをしており、セラピーにおいてようやく進歩がみられたと感じていた。

アレホもまた的確な診断を下すためにこのグループに入れられた子どもの一人だった。残念ながら、アレホの場合はハッピーエンドとはいかなかった。ジェフもわたしも、アレホの問題の大部分は、情緒的なトラウマというよりは、知能の低さ、もっといえば、脳の障害によるものだと認めざるをえないところにきていた。たしかに幼児のときに受けたトラウマがアレホに影響をあたえていることは疑いのないことで、このことは、自分の周囲の動きにたいする彼の唐突な、ときには凶暴ともいえる反応に現われていた。だが、彼のもっと悪辣な行動の多くは、学校や家庭がふつうに要求することに適応不可能であることの結果にすぎなかった。サマー・プログラムの日々のさまざまな活動のなかで見ていると、このことが特にはっきりとしてきた。そこでジェフとわたしはこの件を彼の両親と話し合う準備を進めることになった。

わたしはこのことをアレホの両親にいう以上に、シーラにいうのがいやでたまらなかった。すべての子どもたちのなかで、アレホだけがシーラには特別の子どもだった。二人のあいだには最初のうちからごく自然にわきでた親近感があり、わたしたちのほうでもそれを奨励してきていた。今になってわたしはシーラをここまで深入りさせてしまったことを後悔していた。シーラがアレホに関する最終判断を受け入れられないことがわかっていたからだ。

あいにくわたしにはシーラにこのことを話すチャンスがなかった。その代わりに、彼女はある日セッションが終わったときに、部屋の掃除をしながらジェフがわたしにこのことをしゃべっているのを偶然聞きつけてしまった。

「あの子のＩＱが低いって、どういう意味なの？　知的障害ってことなの？」シーラは、わたしたちが立っているところまでもどってきてきいた。

「ジェフは先週正式な精密検査をしたのよ」とわたしはこたえた。

「先週？　あたしが休んでいるあいだに？　あたしがいなくなるのをずっと待っててやったんでしょ？」とシーラはいい返した。

ジェフはシーラといい合いになるのをいやがって、顔をそむけた。

「あの子は知能が低くなんかないよ。完璧に正常だよ」シーラがいった。

クレヨンとマーカーが入った箱を持ってもどってきたミリアムがいった。「それに、あの子はかわいい子だわ」

「あの子は知的障害なんかじゃないってば。あの子がしゃべらないのはそのせいじゃないんだよ。あんたたちは、そのせいであの子がしゃべらないと思ってるんでしょ？でもそうじゃないんだよ。あたしには話すもの」

「あの子はわたしたちにも話すわ、シーラ。でも、あまり多くはしゃべらない。それはあの子の脳のある部分がうまく働いていないからなのよ。失語症というのよ」

「そんな名前なんてどうでもいいよ」シーラは鋭くいい返した。「あの子はそんな病気じゃないってば。完璧に正常なんだから。あの子はただあんたたちとは話さないだけなんだよ。あたしにはちゃんとしゃべるんだから。あの子はスペイン語でしゃべるんだよ。あの子と同じ言葉で話しもしないくせに、あの子が話してくれるわけないじゃない」

ジェフがわたしの肩を軽く叩き、「これ以上いい合っても無駄だよ、ヘイデン」と静かにつぶやいた。

「そうね、あんたならそういうよね」とシーラが彼にむかっていった。「ばかだっていわれてるのはあんたじゃないもんね」そして、テーブルを拭いていた雑巾を放り投げて、足音も荒く出て行ってしまった。

「アレホにそんなことさせないよね」あとで車に乗ってからシーラがいった。彼女はもう怒ってはおらず、代わりにせっぱつまった心配そうな声だった。

「ええ、でもとてもむずかしい状況だわ」

「でも、トリイにはあの子の親がどうするつもりかわかってるんでしょ？　あの子をコロンビアに送り返すんでしょ？」

「そのことについてははっきりわからないのよ。ご両親は今までにもいろんな方法を話し合ってきていて、送り返すっていうのはそのなかのひとつにすぎないんだから」

「そんなことさせちゃだめ」

それからわたしたちのあいだに沈黙が流れた。わたしは車を高速に乗せることに気持ちを集中させた。

「トリイだってそんなことになってほしくないでしょ？」シーラがきいた。

「ええ、もちろんよ」

「それだったら、トリイ――」

「わたしが選べることじゃないのよ、シーラ。あの子はかわいい子よ。でも脳に問題があるために、知的障害も情緒障害もあるわ。なかなかたいへんなことなのよ。わたしとしては両親に彼を手放さないでということはできるから、そうするつもり。ジェフとわたしと二人でね。でも、強制はできないわ」

「でも、もし両親があの子をコロンビアに返したがったらどうなる？　もし、両親があの子をもう一度児童養護施設に入れるっていったら？」シーラは叫んだ。

「シーラ、わたしはこの件についてあれこれいえる立場にないのよ。実際、あの子はわたしの患者じゃないわけだし、ジェフの患者でもないの。だから、立場上でいえば、わたしたちには何の力もないのよ。もちろんわたしはご両親があの子を送り返さないでいてほしいと心底願っているわ。そんなことしたらあの子が傷つくし、そんなことをするのは道義上まちがっていると思うわ。でも、あの人たちがしたくないということをわたしがむりにやらせるわけにはいかないのよ。それからあの人たちがほんとうにしたいと思っていることを止めさせることもね。あの人たちは法律上のアレホの両親なんだから」

　シーラは怒りでいらいらしながらまくしたてた。「あの子に今まで起こったことを考えてみてよ！　あの子はごみ箱にいるところをみつけられて、ここに連れてこられ、素敵なおもちゃや食べ物やテレビや、何もかもあたえられた。それを今になってどうすると思う？　あの子をまたもとのごみ箱に押しもどそうとしているんだよ。それなのにトリイはただじっとしていて、そういうことをさせるつもりなの？」

「何もただ〝じっとしている〟わけじゃないわ。わたしたちだってそういうことが起こらないように努力はするわよ。アレッホの行動が変わる手助けをする努力もするわよ。あの子の両親が受け入れられるような代替案をみつける努力もするわよ」

「でも、もしそれがうまくいかなかったら？」

「すごく悲しく思うでしょうね」

「それだけ？　悲しくなるだけ？」

「わたしにはそれしかできないのよ」とわたしはいった。

胸のところで腕を組んで、シーラはわたしから顔をそらせた。「あんたは卑怯だよ。あんたもあんたの仲間も。みんなどうしようもないクソったれの卑怯者だよ」

21

その夏、わたしは私生活では流転の日々を過ごしていた。わたしはもともとは一人の決まった相手と何年にもわたる長い関係をもつ傾向にあった。だが、当時のわたしは、ある親しい女友達がいみじくもいったように〝端境期《はざかいき》〟という状態だった。実際、その〝端境期〟が何ヵ月も続いており、そろそろそういうことにもうんざりしてきていた。

仕事上の生活と私生活を同時に進行させるというのは、わたしにはいつもとてもむずかしいことだった。最初のころにくらべれば穏やかになってきてはいたが、教室での生活にあまりにうちこみすぎるために、他のことをする余裕がほとんどなくなってしまうようになっても、わたしは自分の仕事を深く愛していた。日曜日にもうすぐ月曜だと思うといまだにわくわくしたし、自分が接している子どもたちのことを頭から締め出すことなどとてもできなかった。いつもいつも子どもたちのことを考えているというわけではなかったが、子どものことは絶えず頭の片隅にあった。こんなわたしがつきあう相手として大変なことは自分でもわかっていたし、自然とつきあう相手は安定した寛大な男性ということになった。だが、当時そういう男性はなかなかいなかった。

その上面倒なことに、わたしは自分と同じ職業についていない男性を好んだ。他業種の相手とだと、同僚だとありがちな二十四時間仕事の話ばかりしてしまうということも避けられるからだった。さらにへんなライバル意識も持たずにすむ。わたしには異常に負けん気の強いところがあった。そのために可能性がほとんどないようなときでさえ勝ってみせると決意してしまう。子ども相手にはこの気質はうまく働いたが、人間関係ではこれは致命的だった。またわたしは別々の生活を維持するという多少分裂ぎみとも思える経験を楽しんでもいた。そうすれば、ふつうならたがいに相容れない興味や才能を別々に開発することもできたからである。

最も新しい相手はアランだった。街のダウンタウン地区は数年ほど前から再開発の対象になっていて、多くの古いビルが建て替えられ、高級ショッピング地区に変わっていた。アランはこの再開発地区の真ん中の、狭い脇道ぞいで小さな書店を経営していた。

あまり知られていないギリシアの戯曲の本を探しているときに、わたしはアランと初めて出会った。興味を引かれたアランは、わたしを店の奥の部屋に案内して、自分の古典のコレクションを見せてくれた。この方法はわたしが今まで経験した口説きのテクニックのなかでもなかなかのものだった。そのあと、わたしたちは何回か洒落たレストランで食事をした。わたしがふだん贔屓《ひいき》にしている安食堂とは大ちがいだった。

一言でいえばアランは文化人だった。オペラを楽しみ、ただ本を読んでいるだけではなく、実際楽しんでいる人特有の熱意をこめて何気なく文学について語り、赤ワインの通でもあった。彼のアパートメントは街の中心からそう遠くない、古い建物を改築したタウンハウスのなかにあり、インド製の絨毯とアンティークの家具で完璧に整えられていた。テーブルにはテーブルクロスさえかけてあった。いつもテーブルの上にものが散乱していて表面が見えていることがめったにないわたしのような人間から見れば、これはじつに優雅なことだった。

アランとは、チャドとわたしがそうだったような意味での親友にはなりえないということはごく最初のころからわかっていた。アランには気むずかしいところがあり、そこがわたしの神経にさわった。わたしには何をしでかすかわからないところがあった。というか、アランの言葉を借りれば〝気分にむらがある〟そうで、そこが彼の神経にさわっていた。それでも、他に相手がいなかったというだけではなく、二人のあいだには共有すべきものもまだたくさんあった。

わたしの仕事とは関係のない世界にいるという点では、たしかに彼は合格だった。人問行動の闇の部分について深く考えることは、彼の立場からすると他の銀河系への宇宙探検にも匹敵するほどのものだった。彼にわたしの子どもたちの話をするなんてとてもできなかった。でも、それはそれでよかった。仕事のことでじっくり話したいときにはジェフがいてくれたし、仕事を離れた場所では、ギリシアの詩のことやオーストラリア産の赤ワインのことを話していてとても幸せだったから。

その金曜の夜、アランとわたしはピクニックに出かける予定だった。アランと行くならピクニックもいいかげんなことではすまされない。彼の場合は、柳細工のピクニック・バスケット、地面に敷く赤いチェックのクロス、それにほんとうのお皿とガラス器をもっていくヨーロッパ・スタイルのピクニックだった。これだけの装備でいくのだから、ケンタッキー・フライドチキンとバーベキュー・ビーンズというわけにもいかず、わたしは木曜のうちからナスを焼き、パテを作りあげ、アランはフランスパンを選び、ワインを吟味していた。

金曜の夜仕事が終わってから、わたしは家に帰って食べ物に最後の仕上げをした。街の東側にある湖ぞいの、地元での名所にいく予定だった。そのためには蚊の対策を真剣に考えなくてはならず、アランは奥の部屋でわたしの誘蛾灯の調子を調べていた。

そのときドアをノックする音がした。新聞屋の男の子が集金にきたのかと思って、わたしは小切手を口にくわえ、油だらけの手を拭いてからドアを開けた。

シーラだった。

「ハーイ」シーラは明るい声でいった。

「ハーイ、いったいどうしたの？」とわたしはきいた。

「電話帳でトリイの住所を調べようとしたんだけど、電話帳にはまだ載ってなかったから番号案内できいたんだ。入ってもいい？」

「番号案内は住所を教えてはいけないことになっているはずよ」

「うん、知ってる。でも、例えば〝この番号はメイプル・アヴェニューのヘイデンさんですか？〟って、すでに住所を知っているふうにいえば、向こうはちがいますっていって、正しい住所を教えてくれるんだ。少なくとも住所の一部をね。それから一度電話を切って、もう一度他の人が出るまでかけて、今きいた住所を使ってまたきいて、残りをきき出すんだ。いつもこの方法でうまくいくよ」シーラはわたしの後ろを見た。「入ってもいい？」

彼女は返事を待たずに、なかに入りこんだ。そして、笑みを浮かべながら、わたしの部屋をしげしげと眺め回した。「うわぁ、素敵じゃない。気に入ったわ」シーラはどすんと椅子にすわった。「ゆっくりしゃべれるかなと思って来たんだ」

シーラに招かれざる客だと思わせたくはなかったが、彼女が訪ねてくるなんて予想もしていなかったので、わたしは一瞬まごついてしまった。

「トリイっていつもあたしをフェントン・ブールヴァードまで送ってくれる車のなかでいろいろ話そうとするじゃない。あたし、あれいやなんだよね」とシーラはいった。「だって短すぎるんだもん。もうすぐ着くってわかっているのに、自分の考えが全然まとまらないんだもの。今夜は何の予定もなかったから、ここに来てゆっくりしゃべろうかなと思ったんだ」

わたしを試しにやってきたのだろうか？　シーラは自分がしゃべりたいといえば、わたしがそのときやっていることをやめるだろうと思ってこんなことをしているのだろうか？

ちょうどそのとき、奥からアランが姿を見せた。「トリイ？　おや……」シーラを見てアランがいった。

「あっ」今度はシーラがいった。

「今夜は予定があったのよ」わたしはやさしい声でいった。

「ああ、そういうこと」その後ずっと黙ったままシーラはアランをみつめていた。「この人がトリイの今のファックの相手なの？」まるでごくふつうの会話のように、シーラは気軽にいった。

「シーラ、帰ってもらわないといけないようね。わざわざ来てくれたのに悪いけど。前もって知らせてくれればよかったのに」

シーラの表情がこわばった。この顔なら知ってる。何年もの時間を越えて、六歳のシーラの顔がそこにあった。強情で、腹を立て、復讐心に燃えているあのシーラの顔が。シーラはずいぶん変わってしまったが、この表情をするとすぐに昔の彼女の面影が蘇った。

「ねえ、この人チャドほどハンサムじゃないね」シーラはまだごくふつうの会話をしているような楽しそうな声でわたしにいった。それからアランのほうをちらりと見た。「チャドってトリイの前のファックの相手なの。彼が最後ってことはたぶんないだろうけど。チャドとあんたのあいだに何人いたかは知らないけどさ」

「シーラ！」わたしは彼女の肩に手をかけて、ドアのほうに連れていった。「じゃあ月曜にね」そういってドアの向こうに押し出すとドアを閉めてしまった。

「まあね、わかんないけど」シーラは小声でつぶやいていた。

ドアから向き直ると、アランはショックで真っ青になっていた。「ごめんなさい」

「いったい何者なんだ？」

「とても簡単には説明できないわ」

シーラは何ごともなかったような顔をして月曜日に姿を現わした。子どもたちの手助けをし、休み時間にはミリアムと楽しそうにおしゃべりをした。わたしは、シーラが何かしでかすのではないかと警戒していた。もっとも何を警戒しているのか自分でもよくわからなかったが。だが、結局そういうことは何も起こらなかった。シーラはふつうのティーンエイジャーのヘルパーと変わらない行動をしていた。

フェントン・ブールヴァードへと送る車中でも、わたしは黙っていた。シーラがこの時間にしゃべることを快く思っていないのなら、それに従うしかないだろう。また別に話す時間はあるのだから。

胸のところで腕組みしたまま、シーラは一キロか二キロは黙ってすわっていた。目の端のほうで見ていると、ときどきわたしのほうをちらちら見ている。わたしは前屈みになってラジオをつけた。

シーラは大きな溜め息をついた。「ったくもう、ふくれちゃってさ」ぶつぶつといっている。

「ふくれてなんかいないわよ。このあいだの夜、車に乗ってるあいだは話したくないってあなたがいったんじゃないの。時間が短すぎるって」とわたしはいった。

「全然しゃべらないってつもりでいったんじゃないよ。トリイったら車に乗ってから一言も口をきいてないよ」

わたしは高速を走っている目の前の車を注意して見ていた。

シーラはわたしを見ている。わたしがこたえないので、彼女は肩を落として溜め息をついた。「トール？」

「なあに？」

「あたし、どうなるの？」

「どういう意味？」

「えー、だから、このサマー・スクールが終わったらって意味だよ。あたし、どうなるの？　つまり、今のあたしって何なの？　あたしってトリイの生徒じゃないでしょ？　患者でもない。少なくともあたしは患者だとは思ってない。でも友達扱いもしてもらってないし」

この言葉にわたしはひっかかって、彼女のほうを見た。「どういう意味なの、それ？」

「わかってるくせに、トリイ。あたしたち友達じゃないじゃない。トリイがどう思ってるかは知らないけど、友達じゃあないよ」しばらく間があってから彼女は続けた。「それにサマー・プログラムも終わろうとしている。またあたしを置いていく気？」

「いいえ、わたしはどこにも行かないわ。まだずっとあのクリニックにいるわよ」

シーラはいらいらして小さく舌を鳴らした。「トリイって、すっごく鈍いときがあるね」シーラはぶつぶついった。「トリイがどこで働いてるかなんか、どうでもいいんだよ。ききたいのは、あたしはもうあそこには行かなくていいんでしょ、ってことだよ。あたしはどうなるの？」

「あなたはどうしたいわけ？」

胸の前で腕組みをしたまま、シーラはわたしから顔をそらして窓の外をじっと見た。何かを考えているかのような沈黙がしばらく流れた。「もう時間がないよ。バス停まであと三キロもない。ちぇっ」

大きなディスカウント・ストアの駐車場に車を乗り入れて、はるか端のほうに車をとめるとエンジンを切った。「バスはいっぱいあるわ。もしいつものバスに間に合わなければ、あとのバスに乗ればいいわよ」

思ってもいなかったわたしの行動に、シーラは目を大きく見開いた。

「もしあなたがわたしたちの関係のことをきいているのなら、それはあなた次第よ。わたしはあなたにそばにいてもらいたいわ。この夏は楽しかった。サマー・スクールが終わってからも、お互い会えればいいなと思っているわ」

夏の日に照らされて車内がすぐに暑くなってきたので、わたしは窓を開け、そこにもたれかかった。

「それだけ？」とシーラはきいた。「ときどき会うかもしれないっていうだけ？」

「何かいいたそうね。ほんとうは何がいいたいの？」わたしはこたえた。

シーラは黙っていた。暑さのなかでシーラのこめかみのところで汗が玉になり、顔のわきをすべり落ちた。そのまま何分間かが過ぎた。わたしの心は漂いはじめた。そしてシーラといるときによくそうなるように、わたしたちがあの教室で一緒だった時代にまでさかのぼっていった。

突然わたしはあのころにもどりたくてたまらなくなった。あのころのほうがずっと簡単だった。あのころ、わたしは大人でシーラは子どもで、自分の世界が正しくシーラの世界がまちがっていて、問題はただシーラをこちらの世界の住人にさせることだけだとわたしは確信していた。わたしは自分がやっていることの基本的な価値を疑ってみたことなど一度もなかった。

「あの男の人とファックするの？」シーラがきいた。小さな声だった。

自分の考えから急に引きもどされて、わたしはびっくりして彼女のほうを見た。

「だれと？」

「トリイのアパートメントにいたあの男の人だよ。あの人とファックするの？」その質問には、金曜日の夜にその種のことを口にしたときのあの生意気な感じはまったくなく、ただ純粋に問いかけているという声だった。

「ずいぶんと立ち入った質問ね」とわたしはこたえた。

急に恥ずかしくなったのか、シーラはうつむいてしまい頬を真っ赤にした。それから大きく息を吸った。そのとき、思いがけず、シーラは泣き出すのではないかという思いがわたしの頭をよぎった。

「ごめんなさい。そうきかれたことを怒っているわけではないのよ。ただ、そんなことをきかれるなんて思ってもいなかったから」

シーラは泣き出しそうだった。震えるのをとめようとして彼女が唇を噛んでいるのがわかった。「トリイ、前にいったでしょ」彼女がいった。声は震えていたが、涙は流れていない。「あたしが小さかったとき。あたしがトリイとチャドもファックするのときいたら、トリイはそうだといった」

当時シーラが実際にどういったかははっきり覚えていなかったので、彼女がなんといったかを思い出そうとしてわたしは黙っていた。

「いったじゃない」わたしの沈黙の意味を読み取ったかのように、シーラは重ねていった。「あの後のことだよ。お父さんの弟のジェリー叔父さんがあたしに……あんなことをしたあとの。わかるでしょ。あたしにはいったい何なのかわけがわからなかった。叔父さんがなんであんなことをあたしにしたのか、わからなかった。だってあたしは叔父さんが大好きだったんだもの。そうしたらトリイがすべてをあたしに説明してくれたじゃない。叔父さんは、トリイとチャドもこうして愛し合っているんだ、だからその愛し方を教えてやる、そうしたらトリイたちもあたしのことを愛してくれるからっていった。だからあたしはトリイにきいたんだよ。そしたらトリイはすぐにこたえてくれた。そうだよ。だってあたし覚えているもの」

「それは違うわ、キドー。わたしは説明したのよ。ふつうの会話とはちがうわ」とわたしはいった。

「なんでそんな呼び方をするの？」シーラはわたしのほうを振り向いて、唐突にきいた。

「呼び方って？」

「キドーって。あたしが小さいときは、あたしのことをかわいい子《ラヴィー》って呼んでくれた。

それからタイガーとか。スウィートハートとか。あのころのあたしと今のあたしとどこがちがうの？」

クリニックにもどって、わたしたちの会話について思いをめぐらしているうちに、シーラは六歳のときの出来事について、わたしたちが何をしゃべったかをはっきりと覚えているということに思い当たった。彼女はあのころの会話のことを正確に口に出したではないか。ちゃんとした名前や細かいことまで口にしたということは、あの出来事をはっきりと覚えているということになる。このことは、彼女が最初のころ当時のことはほとんど覚えていないといったことや、チャドのことなんか覚えていないといったこととあきらかに相反する。記憶が蘇ってきたのだろうか？　もしそうだったとしたら、その記憶をぼんやりとさせてしまった何が起こったのか？　それとも、彼女は最初からすべてを覚えているのに、わたしにはそうだといわなかったということはありうるだろうか？　もしそうだとしたら、なぜそんなことを？

わたしは彼女がほんとうは何がいいたいのかも気になりだしていた。シーラと何度も会話を重ねるうちに、わたしたちが同時に二つのレベルで話しているとわたしは感じていた。彼女は今話していることの他に別のことをもいおうとしていた。シーラはこの

〝別のこと〟が何かを知っており、そしてそれが、シーラが夏のあいだにみせた派手な怒りをあおっていたのだとわたしははっきりと感じていた。

だが、考えてみればその〝別のこと〟はそれほど隠れてもいないのかもしれない。シーラはわたしたちがメアリーズヴィルを訪れたときに、あの学年が終わってわたしが行ってしまったときに彼女が感じた痛みと怒りのことをはっきりと話したではないか。おそらくその話題をもう一度出さなかったわたしが悪かったのだろう。あの夜モーテルの部屋でのシーラの気持ちのあまりの激しさにわたしはびっくりしてしまい、その後はとにかく彼女が逃げ出してしまったことに対処することで精一杯で、その問題を手際よく扱うことができなかった。あれが、もしクリニックや教室のようなもっとおちついた場所でなら、うまく対処できたかもしれないのだが。そう、彼女のいうとおりだった。サマー・スクールが終わってからの帰りの車のなかは、そういうことを話し合うのに適切な場所ではなかった。

わたしはカレンダーを見た。翌日の午後はアレホの両親と話し合うことになっていたので、シーラと会うことはできなかった。実際、サマー・スクールの最後の週だったので、その週はとても忙しかった。ジェフもわたしも、通常のクリニックの仕事の他に、いくつも評価を定めるためのミーティングの予定があった。予定表を繰りながら、わたしは金曜の欄にシーラと書き入れた。彼女はわたしの家に来たくてたまらないようだったので、金曜の夜にでも二人で何か特別のことをしようと思ったのだ。

翌朝、厄介事が次々と起こった。まず、何人かの子どもたちを学校まで連れてきてくれるミニバスの運転手がやってきて、ヴァイオレットがバスのなかで気持ちが悪くなり、一緒に乗っていた子ども全員をふくめてそこいらじゅうを汚してしまったといった。この掃除にはわたしたち四人全員があたらなければならなかった。それからわたしはヴァイオレットの母親に電話をしたが、母親は夫が車を使っているので迎えにはいけないといった。ミリアムが送っていくと申し出てくれたが、ヴァイオレットはかなり遠いところに住んでいたため、その日の前半はミリアムなしで過ごさなくてはならなくなった。

タマラは、最近では自傷行為をしなくなり安心していられたのだが、ミニバスに乗っていた子どもたちばかりが注目を集めていることが我慢ならないと思ったようだ。わたしたちみんなが気をそらしているあいだに、タマラは大きなハサミを探しだしてきて、腕の内側にほとんど手首から肘にいたるほどの長い傷をつけた。深い傷ではなかったが、血だらけになった。その時点では、大人はジェフとシーラとわたししかいなかった。他の子どもたちはこの騒ぎですっかりおちつきをなくしてしまい、正直いって、わたしたちの手では収拾がつかなくなってしまった。

医者であるジェフが、タマラの傷に包帯をする役を買って出ているあいだに、シーラとわたしは子どもたちの恐怖を鎮め、おちつかせようとした。サマー・スクールは期間が短いので、それまでの教室でわたしがいつも培《つちか》ってきたグループ内の仲間意識が育つところまではいっていなかった。この集団のなかにはまだほんとうの絆ができていなかったので、ひとたび何か災難が起こるとみんな簡単にばらばらになってしまうのだった。みんなを元気づけるために、歌を歌おうとしてみたが、自閉症の二人、ジョシュアとジェシーは悲鳴をあげるばかりだったし、他の二人はただうろうろと歩き回るばかりだった。

この混乱のなかで、デイヴィッド、アレホ、マイキーの三人の姿が見えないことにわたしが気づいたとき、唯一ユーモラスなことが起こった。騒ぎのせいで、その朝はいつものようにデイヴィッドがマッチを持っていないかを確かめなかったことに気づいたわたしは、パニックになって彼らを探しに飛び出した。五分か十分たって彼らをみつけることができた。三人は外にいたのだ。開いた窓ごしに彼らの声がきこえてきたとき、わたしはまだ室内にいた。彼らが何をしていたのかを見たかったので、わたしはそおっと近づいていった。あんのじょう、デイヴィッドは校舎の物陰に草や小枝を集めて小さな火をつけているところだった。

「ほら、見てみな。できるっていっただろ」デイヴィッドがマイキーにいっている。わたしが姿を現わそうとしたちょうどそのとき、デイヴィッドがこういっているのがきこえてきてわたしはうれしい驚きを感じた。「でも、もう消さなくっちゃ」

「どうやって？」アレホがきいた。

デイヴィッドは何か使えるものがないかとあたりを見回していたが、やがて彼の小さな顔が輝いた。「わかった。こうすればいいんだよ」そういって彼はジーンズの前のボタンをはずした。「いいかい、みんないっしょにだぞ。三つ数えたら、みんなでおしっこをするんだ」

そのあと、ジェフとわたしはアレホの両親と会わなければならなかったので、シーラをフェントン・ブールヴァードまで送っていくことはできなかった。代わりにシーラは学校の近くのバス停まで歩いていき、ジェフとわたしはクリニックに向かった。

グループのなかで、アレホだけがジェフの患者でもわたしの患者でもなかった。だから二人ともアレホの父親のバンクス－スミス氏と母親のドクター・バンクス－スミスを知らなかった。実際、わたしはプログラムの初日にアレホを連れてきた父親に一度会ったきりで、アレホの母親には一度も会ったことがなかった。ジェフは二、三週間前にアレホの細かい検査をしていたので、わたしよりは多少親との接触はあった。それでも、わたしたちは二人とも彼の家族についての情報はアレホ担当の精神科医であるドクター・フリーマンに頼っていた。

アレホの母親は家庭医を開業している医者で、父親は保険会社に勤めていた。二人とも背が高く魅力的で、北欧風の顔立ちをしており、広告に出てくるエグゼクティヴのカップルという感じだった。二人は感じのいい挨拶をし、ジェフとわたしの二人に握手をしてからドクター・フリーマンと挨拶を交わし、席についた。彼らを見ているうちに、わたしは、たいへんなまちがいが起こってしまったという印象を強く受けた。この人たちはアレホにふさわしい両親ではなかった。

二番目にわたしが強く感じたのは、バンクス－スミス夫妻はアレホと心の絆ができていないということだった。わたしたちがさまざまなテストの結果や、書類やデータの集積などを見せているあいだ、夫妻はそれぞれ交替に資料を検討し、的を射た知的な質問をした。だがそういう二人の態度は、ジェフやドクター・フリーマンやわたしと同じ、思慮深くはあるが距離を置いたものだった。彼らは両親としてではなく、仲間うちの専門家として話していた。

「ということは、アレホは同年齢の子どもたちにくらべてレベルが低いとおっしゃるわけですね」バンクス-スミス氏がジェフにいった。「IQでいうとどれくらいになりますか？」

「これをベル型曲線と見ていただいて、平均的なIQが――つまり、ほとんどの人がこのいちばん太い真ん中のところにあたるわけですが――」

「いや、ただあの子の点数だけをいってください。あの子のIQはいくつなんです？」バンクス-スミス氏は尋ねた。

「特定の数値にとらわれるのは気がすすまないんですよ。IQはあくまで相対的な手段ですし、テストが必ずしも本当のことを反映しているとはいえませんのでね」とジェフがこたえた。

「いいから、数値をいってください」とバンクス-スミス氏。

「そうですか。あの子にはウェクスラー児童用知能検査をやってもらったんですがね。言葉に関する得点は六五、知覚に関する得点は七九、総合的にはIQ七四ということになります」

「ということは知的障害の範疇ですね？」とバンクス-スミス氏。

「一般的には七〇が境界線ということになっていますが、わたしたちとしては一度の結果をあまり重要視したくないんですよ。特にアレホのような場合にはね。文化的な問題がテストの結果に影響しているかもしれませんのでね」

「それから、あなた」とドクター・バンクス－スミスがわたしのほうを向いていった。

「あなたはあの子には脳障害のはっきりした徴候があるとおっしゃっていますわね」

「かもしれないといったのです。はっきりした、とはいっていません。そういうことを断定することはとてもむずかしいことですから」とわたしはこたえた。

「原因は何なんでしょう？」アレホの父親がきいた。「何の影響でしょうか？　幼児期に適切な保護を受けられなかった結果ですか？」

「なんともいえません。あの子にはふつうに言葉を使ったり理解したりできないという失語症の徴候がみられます。わたしが今まで見てきたなかでは、この障害をもつ子どもたちの大多数は生まれつきのものでした」

「ということは、あの子も生まれつきこの障害を持っていたと、そうおっしゃるわけですな」と父親はきいた。

わたしはそういいたくはなかったが、残念ながらたぶんそれがほんとうのところだったのだろう。

「アレホの問題はどうすることもできないんですね？」ドクター・バンクス－スミスがいった。

「そんなことはないですよ」とジェフがあわてていった。「アレホはこのサマー・プログラムのあいだにも人間関係の持ち方ではめざましい進歩を見せました。集団のなかでずっとうまくやっていけるようになっているし、他の男の子たちと友達にもなりました。あの子、いいほうに変わったよね、トリイ？」

わたしはうなずいた。

「あの子にクリニックに通いつづけてもらえれば――」ドクター・フリーマンが話しはじめたが、それをドクター・バンクス-スミスが手を振って止めた。

「いえ、わたしがおききしているのは、基本的にあの子はどうすることもできないのかどうかということなんです。これ以上知能を伸ばすことはできないんでしょう。脳の障害を治すことはできないんですね」

「いや、それは……」とドクター・フリーマンがいった。

長いトンネルにすべり落ちていくような、力がすっと抜けていくような気がした。わたしたちは負けたのだ。おそらく始まる前から負けていたのだ。バンクス-スミス夫妻はすでにアレホを南米に送り返すことを決めており、この会議に来る前にすでにその手続きを進めていたのではないだろうか。いずれにせよ、この瞬間には、希望がないことがわたしにはわかっていた。アレホの運命は決まったのだ。

22

「明日の夜わたしのうちに来ない？」翌日フェントン・ブールヴァードまで車で送っているときに、わたしはシーラにいった。「金曜日だから、次の朝の仕事のことを気にしなくてもすむわ。バーベキューか何かするつもりなんだけど」

「バーベキュー？　あの屋根裏みたいなアパートメントのどこでバーベキューするの？」

「わたしの部屋からガレージの屋上に出られるドアがあるの。まあ明日まで待って。見せてあげるから」

シーラはうれしそうに微笑んだ。「うん、そうする」

少し沈黙が流れてから、シーラがふたたびこちらを見た。「夕べのアレホの両親とのミーティング、どうだった？」

わたしは肩をすくめた。

「どんな人たち、あの子の親って？」

「ちゃんとした人たちよ。素敵な人よ、ある意味ではね。もしパーティーか何かで出会ったのなら、好きになると思うわ」とわたしはこたえた。

シーラは髪を一房ひっぱって調べだした。「で、あの子はどうなるわけ？　親はあの子を送り返そうとしているの？」

「はっきりしたことはわからないわ。その件はドクター・フリーマンがご両親と相談することになるんでしょ。彼がアレホのセラピストなんだから。でもわたしたちは立ち入れなかったわ」

「うん、でもトリイたちも何かはするつもりなんでしょ？　トリイとジェフとで。あの人たちをとめようとするんでしょ？」そういうシーラの声には緊迫感があった。「あの人たちにそんなことさせないよね」

わたしは唇を噛んで、息をのみこんだ。「わたしだってそんなことさせたくはないわ。でももしあの人たちがそうしたいというのなら、それを止めさせるためにわたしにできることはあまりないわ」

「だけど、そんなことさせないでしょ？」

「だから、さっきもいったように……」

すわったまま前かがみになり、シーラは頭痛がするかのように両手で頭をかかえこんだ。「ああ、そんなことって。あの子はここに連れてこられて、いろんなものをあたえられたんだよ。素晴らしいものをいっぱい」

シーラは涙声になっていた。思いがけず、わたしも涙がこみあげてきた。涙は警告もなく突然盛り上がり、前方の道路がにじんで見えた。アレホの、そして彼と同じようなすべての不運な犠牲者たちの身の上に起こっていることの非道さにわたしは突然圧倒された。「わたしも泣きたくなってくるわ」とわたしはいった。

シーラはびっくりしたようにわたしのほうを見た。

わたしは手をあげて涙を拭いた。「こういうことが起こると、自分の無力さをつくづく感じるわ。事態を変えたくてたまらないのに、どうすることもできないなんて」

シーラは額にしわを寄せて、驚いてわたしのほうを見ている。わたしとはちがって、彼女の目は乾いたままだ。

「これが助けになってくれることもあるのよ」わたしは涙のことをいい、最後の涙を拭きとった。「こういう状況のときには、わたしには泣くことくらいしか残されていないの」わたしは彼女に微笑みかけた。

「あたしもときには泣きたくなることはあるけど、たいていは泣かない」とシーラはこたえた。「泣きたい気持ちがこみあげてきて、もうすぐ泣くなと思ったら、その気持ちは消えてしまうんだ」

わたしはうなずいた。

「ほんとうに、その気持ちを消してしまうことができるの。必ずしもそうするつもりじゃなくてもね。突然こう思うんだ。これ、いったい何、って。これはほんとうのことじゃない。これはいったい何なの？　化学物質が脳のなかを走り回っているだけじゃないか。分子が動き回っているだけじゃないか。どんな種類の？　炭素？　水素？　それがいったい何だというの？　何でもないじゃない。これはほんとうは何でもないんだってね」

「ほんとにそう思っているの？」

「うん」

「ほんとに？」

シーラは肩をすくめた。「そう思いたいとか思いたくないとかじゃなく、ただそうなってしまうんだよ」

わたしたちは最後の金曜日を特別の活動をしてみんなで祝った。絵の具の代わりにチヨコレート・プディングを使ってフィンガー・ペインティングをしたのだ。ミリアムもわたしも以前にこの活動をしたことがあったので、汚れ対策は万全だった。ミリアムは服が汚れないように古いシャツを一揃えもってきた。わたしたちはテーブルを後ろに下げ、床に新聞紙を敷いてから、絵を描く大きな紙を置いた。それから大きなボウルでインスタント・プディングを混ぜた。

シーラもジェフもわたしたちが用意しているのを喜んで見ていた。フロイト派の訓練を積んだジェフは、このどろどろした茶色の混合物にいろいろと意味を見出していたはずだが、その彼がいちばんにボウルに深々と手をつっこんで、すくいとったプディングをヴァイオレットの紙のうえに置いてやった。生き生きと、ジェフは威勢よくしぶきを飛ばしながら全員の分を配ってやった。

もちろん子どもたちはこれが大好きだ。紙の上よりは口に入るほうが多かったし、あっという間にほとんどの子どもたちの口のまわりじゅうにチョコレート・プディングがべっとりついてしまったが、それがこれの楽しいところだった。何年も教室でさまざまな活動をしてきたが、これはわたしの大好きなもののひとつになっていた。このようにめちゃくちゃに汚すこと自体ストレス発散になったが、こういうふうに食べ物に囲まれているというところに特別な自由が感じられた。プディングのぐちゃぐちゃした冷たい感触と、ものすごい量、それを指でなすりつけても、紙からじかにぺろぺろ舐めてもいいというところに、なんともいえない喜びがあった。部屋にいる子ども全員が生き生きと、開放的になった。

シーラもすっかりその気になっていた。実際、彼女は午前中ずっといつになく社交的で、子どもたち何人かと同時におしゃべりをしたり、マイキーを自分の頭の上まで放り上げたりしていた。アレホは最初チョコレート・プディングに触れるのに気がすすまないようだった。そこでシーラがアレホの隣の床にすわりこみ、彼の絵を描きはじめてアレホに仲間に加わるように励ました。紙の上からプディングを指ですくい取り、彼女は食べてみるようにアレホに差し出した。アレホがいやがると、シーラは自分でそれを食べ、ふざけて唇じゅうに塗りたくった。これを見てアレホは笑った。明るく、男の子らしいおおらかな笑い声だったので、それをきいてわたしたち全員がびっくりしてそっちを向いた。プディングのついた指を、アレホは自分の口につっこみ、それからくすくすとしきりに笑った。

わたしはこの計画が成功してうれしかった。みんなが笑い、おしゃべりをし、それを見ていると深い充足感を感じた。

シーラがわたしのそばにやってきていった。「ちょっとアレホをトイレに連れていってくるわ。トイレに行きたいっていうんだけど、そこらじゅうプディングだらけだから、洗ってあげなくっちゃ」そこらじゅうチョコレートだらけにしたアレホがわたしのほうをみてにやにや笑っていた。

「ええ、みんなもう片づける時間だわね」とわたしはこたえた。

あと五分で終わりだと子どもたちに警告してから、わたしはジェフとミリアムのところに行き、子どもたちの汚れをざっととったら彼らを休憩させに外に連れ出してほしい、そのあいだにわたし一人で部屋を片づけておくから、といった。それでいいということになり、間もなくわたしは一人でプディング工場の爆発の跡のようになっているところに残った。

すごい汚れようだったので、わたしは一度も外に出られなかった。開いている窓ごしに、鬼ごっこの監督をしているジェフの声がきこえてきた。それをきいていると、自分が子どものころのはるか昔の記憶が蘇ってきた。乾燥した夏の熱気、床の上に窓の外のハコヤナギの木の模様を織り成す日の光、子どもたちの声などがすべて一緒になって一瞬わたしがやっているありふれた仕事を忘れさせた。

たっぷり三十分たってから、子どもたちがなかにもどってきて、わたしたちはまたふつうの活動を再開した。みんながおちついてから、わたしは教室を見渡した。「シーラとアレホはどこ？」

「ぼくも今ちょうど同じことをきこうと思ってたんだよ」とジェフがこたえた。

わたしはきょとんとしてジェフを見た。「どういうこと？」

「いや、ぼくは休み時間のあいだあの子たちはきみの手伝いをしてここにいたんだと思っていたから。きみがあの子たちを校務員のところに何か道具を取りにやらしたのかと思っていたんだよ」

「なんですって？　あの子たちあなたと一緒に外にいたんじゃなかったの？」

ジェフは首を振った。

「ミリアム？」わたしは叫んだ。「アレホとシーラを見なかった？　あなたと一緒に外にいたんじゃないの？」

ミリアムの顔に驚きの表情が浮かんだ。「あなたと一緒だと思っていたわ」

ぞくっと冷たいものが全身を駆け抜けて、わたしはそのとき血が凍るとはこういうことかと実感した。

「あの子を最後に見たのはいつだい？」ジェフがわたしにきいた。

「ずっと前よ。アレホをトイレに連れていったの。わたしはずっとここにいたけど、てっきり外にいると……」

廊下に出たり、トイレを見にいったりしながら、わたしはこみあげてくるパニックをなんとか抑えようとしていた。女子用トイレに駆けこむと、個室のドアをひとつひとつ開け、ごみ箱が置いてあるコーナーまで見回した。それから隣の男子用トイレに行き、同じことをした。だれの姿もなかった。

教室にもどって、ジェフとわたしが後ろの流しのところで顔を寄せ合ってこれからどうしようかと話し合っているあいだ、ミリアムが子どもたちの様子をみていてくれた。

「何が起こったんだ？　行くとしたらどこに行くかな？」ジェフがきいた。

「わからないわ。何が起きたのかわけがわからない。シーラは今朝来たとき、上機嫌だったのに」

「あいつ、逃走癖があるのか？」ジェフがきいた。

「いいえ、そんなことないと思うわ。でも、わからないわね。六歳のときにはそんなことはなかったけど」

「大昔のことじゃないか」ジェフが辛辣にいった。

「だけど、なんであの子が逃げ出さなくてはならないの？　別にとりたてて不満があるわけじゃないし。わたしが見たかぎりではね。今朝はすごくうれしそうで、とっても機嫌がよかったのよ」

「ああ、自殺者が自殺を決意したあともそうだよ」ジェフが暗澹《あんたん》たる声でいった。

それから黙ったまま、わたしたちは顔を見合わせていた。

「だけどどうしてあの子はアレホを連れていったんだ？。これは危険な問題をはらんでいるんじゃないか」

ジェフが声に出してこういった瞬間に、わたしには答えがわかっていた。「あの子はアレホのことを心配していたのよ。アレホの両親が彼を南米へ送り返す可能性のことをね」

「なんてこった。ということは、あの子はアレホを連れてずらかったってことかい？」

とジェフがきいた。

しばらく間があった。

「なんでこういうことが起こるかもしれないとぼくにいってくれなかったんだ、ヘイデン？　シーラがこういうことをするかもしれないと注意していられたのに」

「こんなことが起こるかもしれないなんて思ってもいなかったのよ。あなたが子どもたちのだれかを連れてどこかへ行ってしまうなんて考えられないようにね」わたしはぷりぷりして小声でいい返した。

「だけど、今にして思えばじゅうぶんな理由があるようじゃないか。すぐに理由を思いついたし。ということは、彼女がその考えに基づいて行動する可能性を知っていたということじゃないか」

「そんなこと思わなかったのよ。わたしがそういう行動をする？　あなたがそういう行動をする？　わたしたち二人ともこのあいだの晩のバンクス－スミス夫妻の反応にびっくりしたじゃないの。どうしてわたしたちじゃなくて、シーラがそういう行動をするって疑わなきゃいけないのよ？」わたしは叫んだ。

ジェフは暗い顔をしてわたしを見た。

これまでずっとジェフは逆境にあってもユーモアを忘れない人だったが、今度ばかりはそうはいかなかった。まるでわたしがシーラの精神的な安定のことで彼に重大な秘密を黙っていたかのように、彼は本気でわたしのことを怒っていた。わたしはそんなことはしていないし、今度のことにはわたし自身もびっくりしていたので、わたしのほうでも傷つき、腹を立てていた。だが、怒ったところで事態はいっこうによくならなかった。このために事件が発覚してからの最初の十五分間、わたしたちは二人ともまともに考えることもできなかったのだから。

シーラがアレホを連れて逃げたとわたしが確信しているという点ではジェフのいうとおりだった。シーラがこんなことをしでかすなんて、事前に考えたこともなかったが、一度起こってみると、すべてがきっちりとおさまるところにおさまった。シーラはやけになっていて、やけっぱちな手段をとりかねない状況だった。論理的に考えれば、まず学校内を徹底的に探さなければならなかった。そこで、お互い相手を責めるという第一段階が終わると、ミリアムが他の子どもたちの面倒をみる手助けをしてから、二人で校舎を二つに分けて探すことにした。

わたしは教室という教室をすべて、わたしたちが使っていたところもそうでないところも、戸棚から倉庫にいたるまで丹念に探した。わたしの希望的観測としては、仮にシーラが本気でアレホを連れて逃げるつもりでいるとしても、わたしたち全員が帰ってしまうまで校内に隠れていようと思っているのではないかと思ったので、すべての場所をチェックしようとしたのだった。それでも何もみつからず、わたしはふたたびジェフと一緒になって校庭と道路を越えたところにある公園をくまなく探した。ぴりぴりしながらわたしは何度も腕時計を見た。子どもたちを迎えにミニバスやタクシーが来る時間を恐れていたのだ。そうなれば、アレホを迎えにきた運転手にアレホがいないということを認めなければならなくなる。ジェフは落ちついてきてはいたが、それでもまだぷりぷりしていた。それで、わたしもあまり自分の感情を表に出さないようにしていた。

あいにくどこを探しても、彼らがいた形跡はなかった。十二時半になり、ミリアムは子どもたちを外に連れていった。アレホを迎えにきたタクシーが止まった。わたしたちは敗北を認めないわけにはいかなかった。わたしは運転手には何も説明せず、ただアレホはあなたと一緒には帰らないことになったとだけいった。運転手は自分の日課が最後のところで変更になったことに不快な顔をして了承した。その間ジェフは校内にもどって、ドクター・ローゼンタールとアレホの両親に電話をかけるというありがたくない仕事をしにいった。

ミリアムは昼食後別の用があったので、ジェフとわたしを残して帰っていった。わたしたちはお互い顔を見合わせるばかりだった。

「まったく、なんでこんな終わり方にならなきゃならないんだ？　あんなにうまくいっていたのに。このサマー・プログラムはすばらしい経験だったのに。なんで最後にこんなことにならなきゃならないんだ？」ジェフがぶつぶついった。

ドクター・ローゼンタールが次に姿を現わした。所長の巨体が教室に入ってきたとき、わたしにはことの重要さがひしひしと身にしみた。それまで所長がわたしたちの現場に姿を見せたことは一度もなかった。ジェフとわたしは毎週レポートを義務づけられていたので、所長はこのプログラムのことについてはくわしく知っていた。また、保護者との個人面談のときにも何度か同席していた。だが、それ以外はこのプログラムはわたしたちのものだった。所長の姿をここで目にして、わたしは突然、子どもがどんないたずらをしたのか見極めるために厳しい親が出てきたような感覚に襲われた。ジェフとわたしはクリニックの他のだれよりもずっと若く、経験も不足していたので、他の精神科医たちがネクタイにスーツというきちんとした格好をしているなかで、いつも自分たちが子どものような気がしていた。他の場合には、そういう状態にスリルを感じて多少楽しんでもいたのだが、今、優雅なダークスーツを着て、ロマンス・グレーの髪をしたこの上背《うわぜい》のある所長の姿を目にすると、自分がなんてちっぽけでばかな存在なのだろうとしか考えられなかった。

所長は教室を横切って、ジェフとわたしがテーブルについているところまでやってくると、自分も身をかがめて小さな椅子に腰をおろした。「きみはこの女の子がこういうことをやる危険があると知っていたのかね？」所長はわたしにきいた。

ふつうわたしはプレッシャーをかけられても冷静でいられるのだが、このときはそうはいかなかった。昼食時間も過ぎ、わたしはお腹が空いていた。心配と、これはすべてわたしのせいなのかもしれないという後ろめたい疑念のせいで弱り切っていた。ドクター・ローゼンタールはただ率直にきいただけなのだが、その質問もこの一時間半ジェフがいいつづけていた質問に重なってひどくきついものにきこえた。わたしは泣き出してしまった。

これを見てジェフは動揺し、居心地悪そうに身体をうごかすとわたしから顔をそむけた。だが、驚くほどのやさしさで、ドクター・ローゼンタールは立ち上がり、テーブルのわたしのそばに近寄ってきた。そしてわたしの肩に手をかけた。「だいじょうぶだよ。困ったことにはならないから」と所長はいってくれた。

所長がそう思ってくれてわたしはうれしかった。

アレホの父親が一時半にやってきた。「どういうことなんだ？　何があったんだ？　その女の子はいったいどこのだれだ？」と父親はきいた。ジェフと同じように、父親も心配のあまり怒っていて、威嚇するようにわたしたちに拳を振り上げた。「どうしてちゃんと見てなかったんだ？」

ドクター・ローゼンタールはジェフとわたしを説明する義務から解放してくれた。「あなたがたはアレホをコロンビアに返すことを考えていらっしゃるとわたしは理解しているのですが」と所長はバンクス‐スミス氏にいった。

この言葉にバンクス‐スミス氏は完全に虚をつかれた。彼はぽかんとした顔でドクター・ローゼンタールを見た。

「そうですね?」とドクター・ローゼンタール。

「いえ、あの……」バンクス‐スミス氏は一瞬わけがわからないといった様子で、わたしたち三人の顔をちらちら見ていた。「そのこととこれが何の関係があるんですか?」

「アレホと一緒に姿を消してしまった女の子のことなんですがね、その子はアレホのことをすごくかわいがっていましてね。アレホが児童養護施設に返されてしまうんじゃないかって、心配していたんですよ」

バンクス‐スミス氏は目を床に落とした。

「アレホが危険な目にあっているとは思えません」とドクター・ローゼンタールはいった。「その子のことを知ってる職員の話からすると、その女の子は分別もあり、このへんの町の事情もよくわかっている子のようです。ですから、わたしたちがすべきことは、この事態に冷静に、理性的に対処することだと思うんですが。こんなことが起こってしまってじつに残念ですが、きっとだいじょうぶですよ」

ドクター・ローゼンタールがこんなにわたしを支える立場をとってくれたとは。わたしは感謝の念でいっぱいになり、博士にキスしてもいいと思ったほどだった。事件発生以来初めて、わたしはひょっとしたら事態はそれほど悪いものではないのかもしれないと思いはじめた。

最後にもう一度校内とその周辺の捜索が徹底的に行なわれた。ドクター・ローゼンタールが、学校の管理人に連絡をとり、わたしたちが立ち入りを許されていなかった部分の鍵をも手に入れてくれたので、それこそ校内をすみずみまでくまなく探すことができた。だが残念なことに、彼らの失踪についての手がかりになるようなものは何ひとつみつからなかった。

四時に、わたしたちはクリニックに移動した。そこに母親のドクター・バンクス－スミスも姿を見せた。ドクター・ローゼンタールがバンクス－スミス氏の怒りをうまく追い払ってくれたので、バンクス－スミス氏は校内捜索隊の有力なメンバーになってくれていた。そして今度は彼の妻が会議室での話し合いに加わり、こういう状況下でアレホがどういう行動をとるかについて役に立つ意見をきかせてくれた。仕事中のシーラの父親にも連絡をして、わたしたちは全員で彼の到着を待っていた。

わたしたちがレンズタッド氏を待ちながら、コーヒーカップ片手にクリニックの廊下でかたまっていると、ドクター・ローゼンタールがわたしのところにやってきた。「ちょっとわたしのオフィスに来てもらえないかな」と彼はいった。

会議室周辺のまぶしいほどの明るさとぴりぴりした騒々しさとはうって変わって、ドクター・ローゼンタールの明かりを消したオフィスは薄暗く静かだった。所長として、ドクター・ローゼンタールはいちばん大きいオフィスを所有していた。その部屋はマホガニーの暖炉とコーニスつきの天井という優雅な後期ヴィクトリア様式の造りになっていた。床には厚い絨毯が敷かれ、お決まりのセラピー用の寝椅子の他に、すわる者を心地よく包みこんでしまう性質からジェフが〝子宮椅子〟と呼んでいたぐにゃぐにゃした革張りのすばらしい椅子が何脚かあった。

「その女の子のことをもっと話してもらえんかね」ドクター・ローゼンタールはきいた。

「その子の背景は？」

「昔のわたしの生徒だったんです」とわたしはいった。すでに会議室でもシーラとわたしとの関係の概略は簡単に話していたが、ここでは詳しいことを話した。わたしは所長に彼女の不幸な背景と、虐待され遺棄されていたことなどを話した。

うなずきながらドクター・ローゼンタールは机の前を横切り、窓枠のところに置いてあるカセット・レコーダーのスウィッチをいれた。モーツァルトのピアノ・コンチェルト二十番が流れだした。所長は首を傾《かし》げ、音楽に聴き入った。アレグロの出だしの厳粛なメロディーがわたしには恐ろしいように感じられた。

「とてもよくわかる話じゃないか？」ついにドクター・ローゼンタールが口を開いた。「ここに、自分自身母親に捨てられた女の子がいる。その子は、コロンビアで捨てられていたこの男の子と自分を同一視しているんだよ。男の子は助けられたが、またふたたび捨てられようとしている」

わたしはうなずいた。

所長はわたしのほうを見た。「このことは彼女にとってはたいへんなことなんだよ。ほんとうに。彼女はほんとうのところはいい子なんだよ」

「あの……最近のわたしとシーラとの経験をわたしが正しく理解しているとしたらですが……さらに深いところで同一視があるのかもしれません。つまり、シーラとわたしは……あの、捨てられたというところに、わたしもからんでいるんです。彼女はわたしのことをアレホの両親と同じように見ているように思うんです。つまり、わたしは彼女をわたしの教室に連れてきたことによって彼女を昔の生活から救い出し、もっと安定した環境や、もっと信頼のおける大人との関係を提供した。だけど、学年が終わると……」

長い沈黙が続いた。部屋じゅうに流れている音楽がその静けさをさらに際立たせていた。

「そんなつもりじゃなかったんです。わたしがいい経験だと思っていたものを、彼女は捨てられたと受け取っていたという事実を受け入れるのは容易なことではありませんでした……彼女は自分が母親に捨てられたことははっきり覚えてさえいないのに、わたしが捨てたということは覚えているのです。そのあげくの果てがこれです」

「ああ」とドクター・ローゼンタールはいい、それ以上は何もいわなかった。自分の椅子に背をもたせかけ、所長は天井の模様を見上げていた。わたしたちの上を音楽が流れていった。

わたしがドクター・ローゼンタールのオフィスから会議室にもどってくると、シーラの父親が来ていた。父親は仕事中に呼び出されたので、汚れたジーンズに汗のしみのついたシャツという姿だった。爪先に金属を入れた安全靴が椅子の脚や会議用テーブルの脚にカチカチと当たっていた。彼の姿を見たとたんに、ここに彼を呼んだのはまちがいだったとわかった。父親のむさくるしい格好も反感を買うものだったが、それより悪いのは彼の口だった。シーラが五歳か六歳のころにやったことをもちだして、十四歳の彼女のことをあれこれいってもしかたないだろうと思っていたので、わたしは彼女の子ども時代の忌まわしい側面をなるたけ控え目にいおうと努力してきた。幼いころのことを詳しく話したわけではなかったが、レンズタッド氏はシーラが過去に警察沙汰を起こしたことをやすやすと認めた。わたしが異議を唱えると、彼女はわたしのクラスに来ていらいほぼ十年間というもの警察とは無縁だということを認めた。だが、その後最後にいた里親のところで深刻な問題を引き起こし、何度も逃走をくりかえすので最後には警備の厳しい児童養護施設に入れられたとつけ加えた。父親がしゃべりおえたときには、バンクス－スミス夫妻は険しい顔つきになっていて、警察に知らせるといい張った。

六時四十五分、二人の警官がやってきた。一人はデューランテという名の大柄でぶっきらぼうな警官で、もう一人はブロンドの髪をショートカットにし、鋼のようにきらりと光る冷たい目をしたメザーソンという婦人警官だった。まだクリニックの会議用テーブルのまわりにすわっていたのは、ドクター・ローゼンタール、シーラの父親、バンクス－スミス夫妻、ジェフ、そしてわたしだった。ここでジェフとわたしはもう一度何が起こったのかを話した。あまりに長く緊張していたせいで、そのころにはわたしはもう何も感じなくなっていた。それでわたしはただ何が起こったのかだけを、どこにも特別の意味を持たせないようにしながら話した。そのあとデューランテ巡査は他のみんなと会議室に残り、メザーソン巡査はジェフとわたしと一緒にわたしたちのオフィスに行って、アレホのファイルを見、サマー・プログラムについてさらに詳しい話し合いをした。

わたしたちが会議室にもどると、だれかが十九番ストリートの惣菜屋からサンドウィッチを取り寄せていた。ジェフもわたしも昼食を食べていなかったので、二人ともむさぼるようにサンドウィッチに飛びついた。

じりじりと時間が流れていった。警官たちが来て、帰っていった。だが、わたしたちは全員他にどうすることもできず、その場に残っていた。午後や夕方のあわただしい動きとは対照的に、ただ待つ以外何もすることはなかった。そして食べる以外に。もう一度惣菜屋に注文が出され、だれかが通りを渡ってドーナッツ屋に行き、ドーナッツをたくさん買ってきた。ドクター・ローゼンタールはコーヒーを入れ、ジェフは自動販売機から飲み物をたくさん運んできた。日中ずっと何も食べていなかったので、他に何もすることがないままその場にすわっているあいだに、わたしはついつい食べ過ぎてしまった。その結果ますます、無気力で、陰気な落ち込んだ気分になっていった。

九時ごろにトイレからもどる途中で、わたしはクリニックの玄関のあたりをうろうろしているレンズタッド氏と出会った。彼は家に帰りたかったのだ。ここに着いた当初から、彼は帰りたかったのだと思う。だが、今は何かせっぱつまったようなおちつきのなさが感じられた。

「これからどうするつもりなのかね」彼はうんざりした口調でいった。「ここにいたってどうにもなりゃしない。あいつはここにはもどってこないよ」

わたしはうなずいた。

「とにかくあいつがもどってくるのをじっと待っているしかないんだ。シーラが相手じゃそうするしかない」

「今までにも何度かこういうことがあったんですか？」わたしはきいた。

彼は肩をすくめた。

「彼女はどこに行くんです？」「しょっちゅうね」

彼はふたたび肩をすくめた。「あいつはおれにはいわないし、おれのほうでもきかないからね。あいつは母親似なんだ。自分のやりたいことを、やりたいときに、やりたいようにやるところなんてそっくりだ。おれはただ厄介なことにならなきゃいいがと祈りながら、家で待つしかないんだよ」

「シーラは最近警察と問題を起こしたことなんてありませんでしょ？」わたしはそうきいたが、答えをきくのが恐ろしかった。

彼は首を振った。「ああ」

わたしたちのあいだに短い沈黙が流れた。わたしは両開きのドアごしに、夏の黄昏をちらりと見た。「シーラが里親の世話になっていたころのことを、少し話してもらえませんか？　彼女はそのころのことをあまりわたしに話してくれないので。何ヵ所くらいの里親の世話になったんですか？」

レンズタッド氏は頰をふくらませてから一気に息を吐き出した。「ずいぶんな数だよ。よくわからんが。十くらいかな」

「十も？」わたしはびっくりしていった。三ヵ所か四ヵ所だと思っていたのだ。「どういう理由でですか？　あなたが、その……家にいなかったときに？」

「ああ」彼はうなずいた。「おれがメアリーズヴィルにいたときだ。州立病院に入っていたときだ。二回入院したんだ。身体をすっかりきれいにするためにな。わかるだろうが」そういって彼は決まり悪そうな笑みを浮かべた。

「でも、十回もですか？　この六、七年のあいだに？」

「あいつがひと所にいつかないんだよ。最初のときはだいじょうぶだった。八歳ぐらいだったかな、最初の里親のところに行ったのは。すごくいい里親のようだったんだよ。よくあいつを連れておれのところにも会いにきてくれたよ。あれはおれがメアリーズヴィルにいたときのことだ。あの人たちはしばらくのあいだは毎月あいつをおれに会わせに連れてきてくれた。だが、それが突然来なくなった。あとでわかったんだが、そこのおやじはあの子を犯していたんだ。おれには善人面を見せておきながら、夜にはおれの子どもを犯していやがったんだよ」

わたしは彼の顔をさぐるように見た。

「あいつはそのことについては何もいわなかったが、そこから逃げ出してしまった。実際、あいつは一言もいわなかったんだが、その男は次に預かった子どもをやっぱり同じように犯したんだ。それで、おれの子どもにもそうしていたんだと思ったわけさ」

ああ、こういうことはどうしても終わらないのだろうか。

「そいつのせいで、あの子は逃げる癖がついてしまった。それ以前には全然逃げ出したりしなかったのが、怒られるとすぐに家出するようになってしまった。まるでウサギみたいにな。あいつは次々と別の里親に預けられたが、あいつを止めることはできなかった。あいつは母親の血を引いたんだと、おれはみんなにいってやったよ。自分が行きたいと思ったら、あいつは出ていくんだ。あそこにいる連中になんか」といって彼は会議室のほうを身振りで示した。「とてもあいつをみつけることはできないさ」

23

待っていても何にもならなかった。そこでついにわたしたちはあきらめて、この事件は警察にまかせることにして家に帰った。家に帰っても、わたしは眠れなかった。シーラとのさまざまなことが次々頭に浮かんでは消えていった。わたしが六歳のシーラにたいして行なったことはあれでじゅうぶんだった、わたしはシーラの人生を変えたのだと考えることはあまりに安易すぎていた。だが、夜の闇のなかで眠れないままに過ごしていると、わたしは結局何も変えなかったのだと考えるのもまた安易すぎるように思えてきた。

翌日は土曜日だった。クリニックにいてもできることは何もないので、わたしはクリニックには行かず、自宅で電話のそばで待機していた。アランがやってきた。だが、彼は午後から一緒に田舎に出かけて、トウモロコシ畑の広がるのんびりした田園地帯にぽつぽつとある小さな骨董品屋や古道具屋をのぞいて回るつもりできたのだった。わたしが何が起こったのかを説明すると、アランはびっくりして、こんなことにここまで深入りする人間は見たことがないというようなことを何度か口にした。同情を示しながらも、彼は多少とまどっていた。わたしのほうも彼がこんな天気のいい夏の土曜の午後を街で過ごしたくはないだろうと思った。それで、アランはすぐに帰っていき、わたしはその日の残りをずっと一人で過ごした。

何度も電話が鳴った。ドクター・ローゼンタールは事態に進展があったかどうかをきくために、三度電話をしてきた。メザーソン巡査から一度、クリニックでアレホの担当をしているドクター・フリーマンからも一度電話があった。ジェフからは二回。そしてわたしのほうからレンズスタッド氏に夕方になってから何かわかったかをきくために電話をかけた。わたしが電話をしたとき、レンズスタッド氏の家に警察がきていたので、ここでもメザーソン巡査と話す機会があった。だがまだ何のニュースもなかった。

夕食を作って、テレビの前に運んだ。だがテレビもおもしろくなかったので、何度も新聞を読んだりクロスワード・パズルをしたりした。おちつかないままに、スポーツ・クラブに泳ぎに行くことも考えていた。少し身体を動かしたほうがいいかもしれない。しっかり運動をしてからジェットバスにつかることを考えると、心が動かされた。だが結局行かないことにした。汚れた皿を集め、台所へ運んで洗いはじめた。

　そのときドアをノックする音がした。

　シーラだろうか？　その思いが矢のようにわたしの頭をかすめ、気持ちが浮き立った。

「ちょっと待って」そう叫びながら、わたしは洗剤だらけの水から手を引き上げて拭いた。ふたたびノックの音がきこえた。さっきよりも強く、執拗に叩いている。わたしは急いで開けにいった。

　ジェフだった。

「こんなところで何してるの？」わたしはきいた。

「ずいぶんなご挨拶じゃないか」そういいながら、ジェフはなかに入ってきた。部屋をちらちらと見回している。「なるほど、これがヘイデン宅というわけだ。あのパネルいいね」

「何をしにきたの？」

「ただ来てみようかなと思っただけだよ。きみは電話のそばで待機しているし、ぼくも電話のそばで待機している。それだったら一緒に電話のそばにいてもいいんじゃないかなと思ってね。きみ、チェスはやる？　チェス盤を持ってきたんだ。トリヴィアル・パースート（雑学クイズを取り入れたすごろくに似たゲーム）をやってもいいけど、あれは二人じゃあまりおもしろくないからね。だけどぼく、トリヴィアル・パースートは強いよ」ジェフはそういってにやっと笑った。

「そりゃあそうでしょうよ」

ジェフはわたしの本棚を見ていた。「きみが書いたっていう本はどこにあるの？」

「まだ出版されていないのよ。来年の四月に出るの。でも原稿ならそこにあるわよ」と

わたしは指で示した。

ジェフはその場に行って、原稿を引き出した。わたしは台所にもどって流しの水を抜き、洗い物を終えることにした。数分後、ジェフが原稿を手に持ったまま台所に入ってきた。

「これは何だい、ヘイデン？」

「何が？」

「ここだよ。一章の一ページ目。〝新聞の六面の漫画の下にほんの数行書かれただけの小さな記事は、近所の子どもを誘拐した六歳の女の子の話を伝えていた〟」ジェフは顔を上げた。「これがシーラなのか？」

わたしはぞっとした。

ジェフは読みつづけた。「〝……女の子は三歳の男の子を連れ出し、その子を近所の植林地の木にしばりつけて火をつけたというのだ。男の子は現在地元の病院に入院中で

重体だという"」ジェフは読むのを止めて、わたしを見た。「このことを一度もぼくたちに話さなかったね」

「思いつかなかったのよ」

「思いつかなかっただって、ヘイデン？　あの子はこういうことを前にやっているんだよ。それを思いつかなかっただって？」

ほんとうはそうではなかった。そのことは考えてはいた。じつはずっと考えていたのだ。特にあのまんじりともできなかった夜のあいだずっと。だが、あのことと今回のことをどのように結びつけて考えていいのかわからなかったのだ。あの事件はじつにおそろしく思える。いや、実際におそろしい事件だった。だが、あの事件がシーラが今やっていることと何か関係があるだろうか？　わたしにはそうは思えなかった。裁判で採用されない証拠のように、このことを今の段階で口にすることは、人々に有益なものを何も提供しないままにただ偏見だけを植えつけることになるのではないだろうか。わたしはそうジェフにいった。

彼は片方の眉を上げた。「気をつけたほうがいいぞ。きみは自分を裁判官にしたてあげ、この事件を裁こうとしている」

「じゃあ、あなたはこのことをいわなければならないと思うの？」

「ああ、少なくともドクター・ローゼンタールにはね。つまり、これはちょっとした出来事とはとてもいえないようなことだからね。きみは今まであの子のことをいろいろ話してくれたけど、彼女が子どものころこういうことをするような子だったという印象をあたえるようなことをきみは全然いわなかったじゃないか。この事件であの子はもう少しでその子を殺すところだったんだよ」

「あのときだけのことよ。彼女自身を助けてほしいという叫びだったのよ。あれ以来そういうことは一度もやっていないわ」とわたしはこたえた。わたしがそう感じていたことはほんとうだった。もっともシーラとわたしのあいだでそのことを実際口にしたことはなかったが。シーラがわたしの教室にいたとき、わたしたちは、置き去りにされたこと、虐待を受けたこと、わたしたちの期待にうまく適応できないことなど彼女の人生で起こったすべてのことを話し合った。だが、例の誘拐の件だけは一度も触れたことはなかった。彼女がわたしの教室にいたあの五ヵ月のあいだに、わたしは何度もそのことを思ったが、こちらからその件を話すように圧力をかけたことは一度もなかった。当時のわたしは心理学者としての訓練を受けていなかったし、もしシーラのほうにそのことを話す気がないのなら、わたしの立場としてはその件に圧力をかけるべきではないと思ったからだ。そして実際シーラにその気はなかった。

ジェフはこの新しい事実を知っておちつきを失った。「あの子、何をしでかすかわからないぞ」彼はそういいつづけた。状況次第でわたしたちのだれもが〝何をしでかすかわからない〞のに。それから裁判沙汰になるかもしれないという話になった。「もし何かが起こって、ぼくたちがこの事実を話していなかったら、彼らはぼくたちを訴えることができる」

「彼らがその気になれば、いずれにしても訴えを起こすことができるわよ。わたしたちがシーラにサマー・プログラムを手伝わせたということだけでね。危険性はずっとあったわけだから」とわたしはいい返した。「だけど、彼女があんなことをしたのは小さな子どものときの話なのよ。わたしだって六歳のときには、食料品店でよくハーシーのチョコバーを盗んでいたわ。だからってわたしに今ものを盗む危険性があるということになる? もちろんそんなことはないわ。分別がつく年齢になると、みんなわたしのことをもうそんなことはしないと思ってくれたし、わたしのことをそんなことはしない人間だとして扱ってくれたわ」

「これと、ハーシーのチョコバーとはわけがちがうよ、ヘイデン」

「いいえ、わたしがいいたいのは彼女がうんと小さいときにやったことで、今の彼女を犯罪者のように扱ってはいけないということなのよ」

ジェフは首を振った。「いや、ヘイデン、大事なことはあの子がすでに男の子を誘拐して傷つけたという前歴を持っているということなんだよ。それなのにぼくたちがこのことを知っているとだれかにいわなかったら、たいへんなことになる」

結局ジェフが議論に勝って、わたしたちはドクター・ローゼンタールに電話をした。ドクター・ローゼンタールは厳粛に話をきいてくれた。いいえ、お願いですから警察にはいわないでください。わたしはそう頼んだが、ドクター・ローゼンタールはやさしくジェフがいったことと同じことを指摘した。その結果、三十分後にはデューランテ巡査がジェフとわたしと一緒に我が家のキッチン・テーブルのところにすわっていた。

みんなが帰ったころには、わたしはすっかり落ち込んでしまっていた。いったいシーラはどうしてしまったのだろう？　あんなに才能にも恵まれ、将来の希望もあるのに、曲がり角を曲がるたびに事態は悪いほうに進んでいく。熱い風呂につかりながら、わたしは問題をお湯に浸してしまおうとした。

またドアをノックする音がきこえた。ベッドサイドの時計を見ると、十一時半近かった。デューランテ巡査は、メアリーズヴィルで起こった例の誘拐事件の記録を調べてみて、もし質問があればまた来るといっていた。うんざりしてベッドから抜け出ると、ガウンを羽織り、玄関に向かった。まったくこの人はあきらめるということを知らないのだろうか？

シーラだった。シーラとアレホがアパートメントの薄暗い廊下に立っていた。「入ってもいい？」シーラがきいた。

「ああ、ええ」わたしはびっくりしていった。「ええ、入って」わたしは脇に立って彼らを通した。

シーラはアレホを自分の脇に置き、ソファに崩れるようにすわりこんだ。アレホはついさっきまで泣いていたように見えた。目が腫れて縁が赤くなっている。シーラはただただ疲れているようだった。

「どこに行ってたのよ？　みんなが探してること知らなかったの？　警察まで乗り出してきているのよ」とわたしはいった。

シーラは顔をしかめた。「何か食べるものない？　すごくお腹が空《す》いてるんだ」

わたしは二人にツナ・サンドを作ってやった。二人はそれをむさぼり食べると、次にピーナッツバターを塗ったトーストにとりかかった。その間ずっと、わたしはこの件をどう扱えばいいか悩んでいた。彼女がここにいることをあまりに早くみんなに伝えようとしたら、シーラは逃げ出すかもしれない。その可能性はじゅうぶんにあった。だが、アレホの両親がどれほど心配しているかを知っているだけに、わたしは彼が無事だということを両親に知らせたくてたまらなかった。

この件にはアレホ自身がこたえてくれた。わたしがピーナッツバターを片づけてもどってくると、アレホはテーブルにつっぷしてぐっすり眠っていた。

「さあ、いらっしゃい」わたしはそういって、アレホを抱え上げるために身体をかがめた。アレホをわたしの寝室に運び、靴を脱がせてから、彼を掛けぶとんの下に入れた。その間ずっと彼は目を覚まさなかった。

台所にもどると、シーラもアレホと同じような姿勢で椅子にすわっていた。片手で頭を支え、指で目を覆ってわたしから見えないようにしている。

「みんなに電話をしてあなたたちがここにいることをいうわよ」わたしはいった。

「わかってるよ」シーラは疲れた声でつぶやいた。

「なんでこんなことをしたの？　みんなすごく心配したのよ、シーラ」

わたしの顔を見上げて、シーラは顔をくしゃくしゃにした。「怒らないで。あたしにもアレホにしたみたいにして。いい？　ただこういってよ。〝さあ、いらっしゃい〟って。そして、あたしがもどってきてうれしいっていって」

アレホの両親が到着したときには、アレホもシーラも眠っていた。アレホは明かりも雑音も気にならないほどぐっすりと寝入っていたので、わたしはアレホをソファに移し、代わりにシーラをわたしの寝室のベッドに寝かせた。アレホの両親は彼を抱き上げて軽く抱きしめ、キスをしたが、アレホは両親が彼を車に運ぶ前にふたたび眠ってしまった。デューランテ巡査は、ちょうど夜勤が明けたところだったので、家に帰る途中にわたしの家に立ち寄った。わたしは彼を寝室に案内した。彼は戸口に立ち止まって、シーラが暗い部屋でぐっすり眠っているのを見ていた。「ばかな子だ」そうつぶやくと、居間にもどってきた。

「これからどうなります?」わたしはきいた。

「両親が告発するといい張るかどうか次第ですな。みんなの出方次第ということです」

「これで終わりということもありうるわけですか?」

彼は愛想よく肩をすくめた。「おそらくね」彼はわたしの目をじっと見た。「あの子はほんとうにそんなにちゃんとした子なんですか?」

「ええ」

「じゃあ、ちゃんとした子らしく振る舞えといってやってください」

24

シーラは翌朝遅く目を覚まし、冬眠から覚めたばかりの年取った雌熊のようによろよろと居間にやってきた。十一時過ぎで、わたしは床にすわって新聞の日曜版を読んでいた。彼女はどすんとアームチェアにすわると、新聞の海に囲まれたわたしを見た。

「うわぁ、いったい何紙とってるの？」そうきいて、眠そうに顔をこすった。

「オレンジ・ジュースでも飲む？」

シーラはあくびをし、また顔をこすった。「身体じゅうカチカチだ。一晩じゅう動きまわったわけでもないのに、なんでだろ」それから突然、彼女の顔に何があったかを思い出したという表情が浮かんだ。わたしのアパートメントをちらちらと見回し、それからわたしのほうに顔をもどした。「どうやってここまで来たのか、ほとんど覚えてないんだ。だけど、どうやって忘れたりできるんだろう？」シーラはつぶやくようにいった。

「そうね。きちんとはっきりさせないとね」

「うん。大問題になってる？」

昨夜私はシーラの父親だけには電話をかけなかった。連絡しなければいけないことは分かっていたのだが、もうかなり遅かったし、彼が娘の不在のために眠れない夜を過ごしているとは思えなかったからだ。だが、こうしてシーラが目を覚まして起きてきたのだから、わたしは彼女に父親に電話するようにといい張った。

「すぐに家に帰らないとだめ？」父親に居所を知らせるまでは何もしてはいけないとわたしがいうと、彼女はこうきいた。

「帰りたくないの？」

「もうちょっとここにいたらだめ？　お願い」

「そうね、とにかくまず、準備を整えないと。いい？　シャワーを浴びてきれいにしてきなさい。朝ごはんを作ってあげるから。それからこの問題がどうなるか様子をみて、それからあとであなたを送っていってあげるわ。でも、まずはお父さんに電話をしなさい。今すぐ」

シーラはしぶしぶ同意した。

その朝のシーラには珍しく無防備なところがあった。おそらくひどく疲れ、空腹なまま ずっとアレホと一緒にいたという厳しい経験をしたせいなのだろう。いずれにせよ、シーラは自分が困っていることを隠そうともしなかった。

シーラが身体を洗いにいったとき、胸がしめつけられる思いがするようなことがあった。彼女は清潔な服を持っていなかったので、わたしの古いジョギング・スーツを着せることにし、そのあいだにわたしは彼女の服を洗濯することにした。彼女がシャワーから出た音がしたので、わたしは洗濯するものをとりに浴室に入った。シーラは、濡れた髪から水を滴らせたまま、鏡の前に立っていた。

「こういうあたしの髪、好き?」髪を櫛でとかしながら、シーラがきいた。

礼儀上嘘をいっておこうか、それともやさしくほんとうのことをいおうか、とわたしはためらっていた。

「きらいなんでしょ」わたしの心を読み取ったようにシーラはいった。「ばかみたいだと思ってるんでしょ」

「ううん、そんなことないわ。ただ、あなたはすごくきれいな髪をしていたのに、っていつも思っていただけよ。わたし自身ずっとまっすぐな髪に憧れていたのに、このカールした髪で我慢しなきゃならなかったから。あなたの髪はつやつやしていてすてきだったわ」

髪をひっつめにしてポニーテールにまとめながら、シーラは鏡に映った自分の顔を見ていた。こういう髪形にすると幼いころの面影が蘇ってくる。初めて、あのわたしの知っている幼い女の子の顔がわたしを見返していた。「なんでこんなふうにするのか自分でもわからないんだ。なんでこんなふうに見せようとするのか。こんな髪だれもいいと思わないよ」

「あなたはファッションのセンスがいいと思うわ。わたし、なかなか気に入ってるのよ。人とはちがうけど、人とちがうっていうのは悪いことじゃないわ。すごくいいわよ」

「あたし、すごくトリイにあたしのこと好きになってほしかったんだ」シーラは静かな声でいった。「みんなに好かれたいんだ。でも、そうできると思うところまでくると、自分のほうからやめちゃうんだよ。なんでだか自分でもわからない。これを着ればいいと思うでしょ――たとえばドレスなんかのときに――そうすればみんなかわいいと思ってくれるって。でも、そこまで来ると、わたしのなかの別のわたしがそれをやめさせるんだ。それでその服はやめて、他のを試してみることになるの。みんなが怒り出すとわかっているような服をね。あたしだってどうやったらいいかはわかってるんだよ。そうやりたいんだよ。でも、ぜったいにそうできないんだ」

わたしはやさしく微笑んだ。「それがティーンエイジャーというものよ。その年代はみんなそうよ」

「ううん、ほとんどの場合はそうなのかもしれないけど、あたしの場合はちがう。だって今までずっとそうやってきてるんだもん。小さかったときだって、心のなかでは死ぬほど人に好かれたいと思っているときだって、みんながいいと思っていることが絶対にできなかったんだもの」

午後になって、アレホを連れ出した件に決着をつけることに立ち向かわなければならないときがきた。午前中ずっと電話が鳴りどおしで、ついにシーラをふくめた全員がクリニックで会うということになった。みんなの気分はまだ高ぶっており、警察が介入してくる可能性はまだまだ濃厚だとわたしは感じていた。だが、事態を警察の手に委ねる前にとにかく全員で会って話すということは、いい徴候だとわたしは受けとっていた。

わたしと家にいても、シーラが心配しているのは一目瞭然だった。もし〝まとわりつく〟という表現が十四歳の子の動作にも使えるとしたら、彼女はまさしくそうだった。わたしのあとをアパートメントじゅう部屋から部屋へついてまわった。自分の髪や服装のことを心配し、爪を噛み、手をもみしだいた。もっとも彼女はこうした表面的なレベルのこと以外は決して口にしなかったけれど。

「あまり先のことを心配してもしかたがないわ」車に乗りこむときにわたしはいった。

「あたしは自分が正しいと思ったことをやろうとしただけなんだよ」シーラはつぶやくようにいった。「だってあんまりひどいんだもの。正しいことをやりたかったんだよ」

「わかってるわ。ラヴィー」キーをイグニッションにさしてから、わたしは隣のシートの彼女のほうに身を屈めた。「いらっしゃい」わたしは彼女を引き寄せぎゅっと抱きしめた。そうしたとたんに、何年もの年月が溶け去ってしまった。突然シーラはまた小さな女の子にもどり、どうしてもこの子を守らなければという思いが猛然とこみあげてきた。

　抱きしめたことはシーラにも同じ効果をもたらしたようだ。車を出し私道から動きだしたとき、彼女がわたしを見た。「あたしが何を思い出したかわかる？　あたしがあの先生の教室に入りこんで、めちゃくちゃにしたときのこと覚えてる？」

「ええ」

「そのあとのこと覚えてる？　トリイはあたしを小さな部屋に連れて行ってくれた。あたし、トリイの膝の上に乗せてもらったことを覚えてるよ。あのとき、すごく怖かったんだ。何があったんだっけ？　校長先生があたしを板で叩いたんだっけ？　ちゃんとは覚えていないんだけど、でもそのあとにトリイがあたしをあそこに連れて行ってくれて、膝の上に乗せて抱いてくれたことは覚えてるんだ」

わたしはうなずいた。

「ものすごく恐ろしかった。身体のなかが空っぽになったみたいな気持ちで。まるでだれかにあたしの内臓を全部抜かれてしまったみたいな気分だった。でも、そのときトリイがあたしを抱きしめてくれたんだ。あそこは暗かった。そのことはよく覚えてる。トリイにもたれて、トリイの腕があたしを抱いていてくれているのを感じていると、トリイがゆっくりゆっくりまたあたしの中身を満たしてくれているような気がしたことを覚えてる」

彼女のほうを見ながら、わたしは微笑んだ。「ええ、わたしもあのことはよく覚えているわ」

そのあと沈黙が流れた。よく晴れた天気のいい日で、湖に出かけたり、教会主催のピクニックでもすれば似合うような夏の日だった。車内の緊張した雰囲気とはひどく対照的だった。わたしは車の流れを見ながら、ぼんやりとピクニックのことや、どれくらい暑くなるのだろうなどと考えていた。だがそのいっぽうで、さっきシーラがいったことがいつまでも頭について離れなかった。

「あのことはよく覚えているのね」あることに気づきはじめて、わたしは突然いった。

「つまり、あなたほとんど覚えてないといっていたから」

「うん」シーラも同意した。「思い出したんだ。ずっと連続しての記憶じゃないけど、断片的にね。なぜだかはわからないけど。ただ頭に浮かんできたんだよ」

話し合いの席には、バンクス-スミス夫妻をはじめとして、ドクター・ローゼンタール、ジェフ、ドクター・フリーマン、それにシーラの父親が参加した。バンクス-スミス夫妻の名誉のためにいっておくが、夫妻はシーラに冷静な理解に満ちた態度で挨拶した。ドクター・ローゼンタールは会議用テーブルを囲んでいる小さなグループをまとめ、その穏やかな語り口と、ていねいな言葉づかいが、全員の平静を保つ上で大いに貢献していた。だが、バンクス-スミス夫妻の態度にわたしは深い感銘をうけた。

夫妻からわたしたちはアレホは疲れてはいるが無事で上機嫌で家にいるときいた。夜もきちんと過ごし、今朝もよく食べ、今はおばあさんの家で漫画を読んで楽しんでいる、と。ドクター・フリーマンは昼食後ちょっと立ち寄ってアレホとおしゃべりしてきたが、アレホに今回のことで特別悪い影響が出たとは思えなかった。それどころかアレホは愛想がよくて、おしゃべりで、ドクター・フリーマンに新しいおもちゃを見せたがったといった。

「わたしたちが知りたいのは、どうしてこういうことになったのかということなんだよ、シーラ」とドクター・ローゼンタールがいった。

シーラはわたしの横でうつむき、黙っていた。

「あれはいけないことだった。きみにもうそのことはわかっているね。アレホを連れ出したために、アレホのご両親はものすごく心配されたし、わたしたちだってアレホだけではなくきみが無事かどうかとても心配した」

「みんなに迷惑かけたことはわかってます」シーラは口ごもりながらいった。頭はまだ垂れたままだ。「すみません。こんなことするつもりじゃ……」

「なんでこうなったんだね？」ドクター・ローゼンタールがきいた。

「それは……」シーラは顔を上げ、会議用テーブルごしにまっすぐにバンクス－スミス夫妻を見た。「それは、あの人たちがアレホを送り返すと思ったからです」

「それで彼を連れていくほうがいいと思ったのかね？」

シーラはうなずいた。

「今でもそう思っているのかな？」とドクター・ローゼンタール。

長いあいだシーラは黙っていた。膝に両手を乗せ、その手を組み合わせてこぶしが白くなっていくのを見ていた。それからついにドクター・ローゼンタールのほうを見返した。「ええ、今でもそう思っています」

「あの子をどうするつもりだったんだね？」ドクター・ローゼンタールはシーラに尋ねた。

シーラは肩をすくめた。「はっきりとはわかりません。でも、あの子を傷つけるつもりはありませんでした。そういうことをきかれているのなら」

「いや、わたしもきみがあの子を傷つけるなんて思っていなかったよ」ドクター・ローゼンタールはこたえた。

深く息を吸いこんでから、シーラは目を上げた。「もうどっちみち困ったことになってしまったんだから、ここでわたしの思っていることをいいます」彼女はバンクス-スミス夫妻のほうに向き直った。「アレホを送り返さないでください。あの子があんな状態なのはあの子にはどうすることもできないことなんです。あの子はまだ小さいんです。かしこくないと受け入れてもらえないということを、たまたま障害があるために、自分は他の子たちのようにはなれないんだということを、あの子は知らないんです」

今度はバンクス-スミス夫妻が頭を垂れる番だった。ドクター・バンクス-スミスが涙ぐんでいるのが見えた。

「こんな大騒ぎを起こすつもりはなかったんです。こんなことにはならないと思ったんです。だって、どっちにしてもあなたたちはあの子をもういらないんだから、って」シーラがいった。

「それはちがうわ」とドクター・バンクス‐スミスが涙声でいった。「わたしたちはほんとうにあの子を愛しているの。あの子をどこにもやらないわ」

バンクス‐スミス氏もうなずいた。「きみにわたしたちがあの子を愛していないと思わせてしまって、すまなかったよ、シーラ。もし今回のことで何かいいことがあったとしたら、それはわたしたちがどれほどあの子を愛しているかをわからせてくれたということだよ」

結局バンクス‐スミス夫妻はシーラにたいしてどんな訴えも起こさないことに決めた。夫妻は話し合いのあいだじゅうほんとうにシーラに寛大に対応してくれた。ドクター・ローゼンタールが個人的に彼らとシーラの今までの状況を話し合ってくれたのかもしれないと思ったほどだった。何はともあれ、今回のことは苦しみと恐れが実りをもたらしたまれな例のひとつだった。わたしたちはみんなこの経験を通してよりよい人間になったようだ。

話し合いが終わってからシーラの父親と話しているときに、わたしは今日一日シーラと一緒に過ごさせてほしいと申し出、夜になったらブロードヴューまで車で送って行くからといった。父親は話し合いのあいだじゅうずっと一言もしゃべらなかったが、このときもまだ無口なままだった。おそらく権威あるものと問題を起こしたことに緊張しきっていて、事態がいい方向で決着したこともよくわかっていないのではないだろうか。いずれにしても、父親は今度のことで混乱しているようで、シーラがいつ、どこで姿を現わしたかなど大して気にかけていないようだった。そのときふと、この父親はクスリで気分が高揚しているか、その高揚の余韻が残っているのかもしれないということがわたしの頭をよぎった。

シーラもこの事件は裁判沙汰にしないという決定にびっくりしているようだった。わたしは彼女が大喜びして、お祝いをしたいといいだすと思っていたのだが、彼女はただじっと静かにしていた。そして、わたしに触れたがっていた。会議室に立って彼女の父親と話しているときに、シーラは腕をわたしの腕にからませて、わたしにもたれかかってきた。微笑みながら、わたしが腕をまわしてシーラの肩を抱くと、彼女はわたしにぎゅっと抱きついた。

わたしも彼女を抱き返したが、すぐに身体を離そうとした。だがシーラはわたしを離さなかった。「こうしていると気持ちがいいんだもの」シーラは小声でいった。「離さないで。もう一度トリィを失いたくない」

昔からの好物だったので、わたしはシーラにピザをごちそうし、それからボウリングに連れていった。まだこの出来事のせいで疲れていたのか、ボウリングのできはさんざんだったが、シーラはそれでも楽しいときを過ごしたようだった。ボウリング場を出てから、わたしは通りを隔てたところにあるショッピング・モールの複合映画館の広告にウォルト・ディズニーの《ジャングル・ブック》があることに気づいた。衝動的にわたしはこれを観ようかとシーラにきき、見にいくことになった。

映画館から出てきたときにはもう暗くなっていた。そろそろシーラを家まで送らなくてはならなかった。ブロードヴューまでは車でかなりかかるのだから。

車に乗ってから、映画のことなどを話題に楽しいおしゃべりをしながら最初の十分ほどが過ぎた。だが、そのあと沈黙が訪れた。シーラが疲れていることがわかっていたので、ただ車の揺れに身をまかせていればいい、むりに話す必要はないとわたしは感じていた。そのまま何キロかが過ぎ、市の周辺部にさしかかった。高速道路の照明がなくなり、車は田舎の暗闇のなかに入っていった。

闇のなかを走りながら、わたしはあれこれ考えていた。そのとき、ふと、ここ数日いろいろ大変だったけれど、いや大変だったからこそ、わたしとシーラとの関係が再会以来もっともいい状態になっていることに気づいた。今日はいろいろな意味でつらい日だったが、気持ちの上ではそれが報われた日でもあった。

「もうあんなことしないでしょ？」シーラが小声できいた。「もうあれは昔のことだもの、ね？」

わたしは彼女のほうを向いた。

シーラは肩にかかるシートベルトに頭をもたせかけてすわっていた。前方の暗闇をじっとみつめている。「あの晩のことを思い出したんだ」

彼女が何のことをいっているのか思い出そうと一生懸命考えたが、どうしてもわからなかった。「あなたが何のことをいっているのかよくわからないんだけど」わたしはいった。

「知ってるくせに。あたしを置き去りにしたあの夜のことだよ。トリイが行ってしまったときの」

「わたしが行ってしまったとき？　どこへ？」

シーラは姿勢を正してすわりなおし、わたしのほうを見た。「覚えてるでしょ。覚えているはずだよ。あたしが車のなかでふざけていたら、トリイは車を止めて、あたしを外に出したじゃない」

「いつ？」

「あたしが小さいときのことだよ。あたしがトリイのクラスにいて、授業が終わってから。あの晩のことだよ」シーラの声に気持ちの動揺が現われていた。「トリイはあたしを車に乗せたじゃない。みんなを車に乗せたじゃない。あのとき何をするつもりだったんだろう？」彼女はこの最後の質問を、わたしにというより自分自身にたいしてきいているようにいった。「あたしたちをどこかに連れていこうとしていたのかな？　遊びにいったのかな？　今夜みたいに。今夜トリイがしているみたいに」

わたしは彼女がいったい何のことをいっているのか思い出そうとして、しばらく考えこんだ。だが、わたしがシーラを夜、車に乗せて連れ出したのは、あの審問のあとにチャドと一緒にピザを食べにいったあのときだけだった。「それ、わたしじゃないと思うんだけど」とわたしは思い切っていってみた。

「ううん、そうだよ。覚えているもの。で、あたしたち道路を走ってたんだよ。街灯が次々現われては消えていったのを覚えているもの。それから暗くなったんだ。今みたいに。トリイは道端に車を止めて、さあ車のドアを開けて降りなさい、ってあたしにいったんだ」

「それはわたしじゃないわ、シーラ」

「そうだよ。だってあたしトリイの車をちゃんと覚えているもの。あの小さくて赤い車を。トリイはあの車のことをビンゴって呼んでた。トリイはよくあたしたちみんなをあの車に乗せてくれたじゃない。それであたしたち、あの車のために《ビンゴ》って歌を歌ったじゃない」

わたしは微笑んだ。「ええ、あの車のことは覚えているわ。わたしが初めて持った車だったから。でもわたしがあなたたち子どもをあの車に乗せたことは二回か三回しかなかったし、夜には一度も乗せたことないわ」

「夜だったよ」シーラはなおもいい張った。「あたしたちみんなで後ろの座席にすわってた。あたしはドアのすぐそばにすわっていて、もういっぽうには、あたしはだれの隣にすわっていたっけ……ジェイミー？　ううん、ジェイミーじゃなかった。ビリー？　ちがう。えーと、その子の名前は思い出せないけど、とにかく男の子が隣にすわっていて、あたしたちへんな音を出してふざけてたんだ。おならの音だったと思う。そしたらトリイが、黙りなさいっていったんだよ。黙らないと車から降りてもらうって。あたしたちはただふざけてただけなのに、トリイったらものすごく怒って、あたし怖かった。

それで黙ったんだ。あたし今までずっとわけがわからなかったんだけど、トリイ、あたしはあのとき黙ったんだよ。でもジェイミーは黙らなかった。あの子はまた大きなおならの音をまねしてみせたんだ。そしたらトリイは車を急に道路の端に寄せて止めた。あたしそのときのことをはっきりと覚えてる。だって急に止まったから、みんなびっくりして悲鳴をあげたから。それでトリイはこういった。〝降りなさい〟って。あたし、そのときにはもう泣いてた。音を出したのはあたしじゃないと自分ではわかってたけど、トリイはものすごく怒ってた。それであたし怖くって、あたしじゃないっていえなくて、自分が降りなきゃいけないと思ってしまったんだ。そのあとトリイはただ車を発進させていってしまった」シーラは深く息を吸いこんだ。「つまり、こういうことがあったから、トリイがもどってきてからもあたしずっとおちつけなかったんだよ。トリイは〝こういうの覚えてる？　ああいうことがあったの覚えてる？〟っていつもいろいろきくでしょ。それであたしがそういうことを思い出そうとすると、いつもトリイがあたしを置き去りにしていったことばかり思い出してしまうんだよ。トリイはあたしのことを特別の子だと思わせたくせに、そのあとあたしを外に押し出したってことをね」

ぞっとしてわたしは彼女の顔を見た。「シーラ、それはわたしじゃないわよ！

「トリイだよ。だってトリイの車をよく覚えているもの」

「わたしじゃないわ。あなたのお母さんよ。それにあなたの隣にすわっていたのはジェイミーじゃなくて、ジミーよ。あなたの弟の。あなたはわたしとお母さんを混同しているのよ」

シーラは困惑しきった表情を浮かべていた。「トリイだよ。トリイがあたしを置き去りにしたんだよ。だってあたし、お母さんのことは覚えてもいないんだもの」

道路の脇に一時駐車スペースをみつけたので、そこに車を止めた。頭上から明るい照明が差しこみ、それが車内の暗さとコントラストを見せ、すべてのものをくっきりと浮き彫りのように際立たせた。そのなかでシーラの顔が恐怖にひきつっているのがはっきり見えた。混乱した記憶のなかの世界のはざまに立たされていたシーラは、わたしからここで降りるようにいわれるのを半ば予想しているのかもしれない、とわたしは思った。それでわたしは急いでエンジンを切った。だが実をいえば、わたしたちが今まで交わした話があまりにショッキングな内容だったので、これ以上話を続けながら安全に運転をしつづけることができなくなったからだった。この話を進めるには全神経を集中しなければならなかった。

「シーラ、わたしは夜にあなたをわたしの車に乗せたことは一度もなかったわ。あの審問のあとにチャドの車にわたしと一緒に乗ったのと、あとわたしのあの赤い車にはクラスで出かけたときにたぶん二、三回乗ったことはあったと思うけど、それ以外にはわたしの車に乗せたことはないわ」

シーラはまるで麻痺してしまったようにすわっていた。焦点が定まらないまままっすぐ前をみつめて、彼女はしばらくのあいだその場に釘づけになったように動かなかった。やがてゆっくりと、わけがわからないというように微かに頭を振った。「だって覚えているんだもの」困惑した声で小さくいった。「降りなさいっていわれたことを。手を後ろに伸ばしてドアを開けたじゃない。あたし、すごく怖かった。泣いてしまって、すごく怖かったから自分からドアを開けたはずがない。車が何台も通りすぎる音がきこえて、あたしはただ泣きに泣いていたんだけど、だれも助けにきてくれなかった」

「それはわたしじゃないわ」わたしはそっといった。

「ううん、トリイだってはっきり覚えてる」そうこたえたシーラの声は泣き声に変わりかけていた。涙が頬を流れ落ちた。両手で顔を覆うと、シーラは前かがみになった。

「うそ、うそだよそんなの」シーラは愕然として泣き出してしまった。

隣のシートに身をのりだして、わたしは彼女を両腕でぎゅっと抱きしめた。「わたしもあなたを置き去りにしてしまったから、こんなことになったのよ。そうよね。悪かったわ、ラヴィー。あのことがこれほどあなたを傷つけることになるなんて気がつかなかったのよ」

25

結局、アレホ誘拐さわぎは、ドクター・ローゼンタールとアレホの両親の気持ちから、シーラはサマー・プログラムの仕事にはもどってこないほうがいいだろうということで一件落着となった。その気持ちはじゅうぶん理解できたので、わたしたちもこの決定に同意した。いずれにしてももう最後の週だったので、大したちがいはなかった。

シーラがプログラムにもどってこないので、次の水曜の夜までシーラに会う機会がなかった。その水曜日の午後、シーラはクリニックまで電話をかけてきて、わたしのアパートメントまで行っていいかときいてきた。声は明るかったがなんだかさびしそうだったので、夕食に彼女お得意のツナとマッシュルーム・スープで作る料理を作ってもらうことにした。家に帰ると、シーラが食料品をいっぱい入れた茶色の紙袋を膝に載せてアパートメントの建物の玄関前の階段のところにすわっていた。

「あなたがお金を使うことなかったのに。たぶんわたしの家にたいていの材料は揃っていたはずよ」とわたしはいった。

「いいんだ。土曜日の夜のお返しをしたかったから。それと日曜のぶんも」階段から立ち上がると、シーラはわたしのあとから建物に入り、なかの階段をのぼってわたしのアパートメントまで来た。

その夜のシーラは堰《せき》を切ったようによくしゃべった。五月に初めて再会したときのあの無口で陰気な少女と、今こうして一生懸命におしゃべりをしている少女はまるで別人のようだった。彼女と一緒にいるとくつろいだ気分になれた。本心から、彼女と一緒にいたいと思うほどだった。それでも、シーラの明るさの下には何か強く心に訴えかけてくるものが見え隠れし、わたしにはそんなシーラがたまらなく傷つきやすく思えた。

わたしたちにはどうしても話し合わなければならないことがあった。日曜の夜に、シーラがわたしと彼女の母親を、そしてわたしが別の土地へ行ってしまったことと彼女が最初に捨てられたことを混同していたことがわかって、わたしはひどくショックを受けていた。おそらくシーラも同じだったと思う。わたしたちは二人とも感情にのみこまれてしまって、あのときはとてもそれ以上話し合うことなどできなかった。けれども、わたしはぜひともそのことを彼女と話し合いたいと思っていた。あの事実がわかったことにより、わたしはすべてのことを新しい目で見るようになっていた。

問題は、その夜その話題がどうしても自然には出てこないということだった。ひょっとしたら、二人ともまだこの発見に動揺していて、話し合う心の準備ができていないのかもしれなかった。わたしにはわからなかった。いずれにせよ、わたしたちの会話は核心には触れずに、周辺をうろうろしていた。

シーラは脇道にそれてばかりいた。非常におしゃべりで、初めてのことだと思うが、彼女の頭脳パワーをいかんなく発揮して、彼女が頭に描いているすばらしい計画のことなどを説明してくれた。たとえば、シーラはコンピュータに精通していて、学校のコンピュータのプログラムのことについてひとしきり話してくれた。また、古代ローマ史やシーザーのことにまだ興味を持っていて、わたしたちが実際そのなかを歩いている様子が実感できるローマ時代の建物の三次元モデルをコンピュータで構築するようなプログラムを開発することを考えていた。学校のコンピュータがそれほど複雑なものではないと知っているので、わたしにはシーラがどんなプログラムを作ろうと考えているのかわからなかった。だが、彼女の話に耳を傾けるのは楽しかった。

そうこうしているうちに夜は楽しく過ぎていった。教師対生徒とかセラピスト対患者というよりは、友達同士という感じだったが、おそらくそれこそあるべき姿だったのだろう。二人で過ごした夜も終わりに近づき、もう遅くなってきたので、そろそろ彼女を送っていかなくては明日の仕事の準備ができなくなるとわたしが考えはじめたころになって、シーラは例の問題をちらりと口にした。この訪問の終わりが近づくにつれて、シーラは憂鬱な気分になってきていた。心の底で、彼女は泊まっていけばといってもらいたがっていたのに、そうはならず帰らなければならないので悲しんでいたのだろう。

「ねえ」わたしが立ち上がって居間に散らかったこまごましたものを片づけようとしたとき、シーラがいった。「あたし、お母さんのことを覚えてもいないんだよ。頭のなかが真っ白っていうか。お母さんの写真さえ見たことがないんだ。お父さんは写真を一枚も持ってないの。だからだれを見てもお母さんかなと思ってしまうんだ」

沈黙が流れ、わたしが持ち上げたマグ・カップが触れ合うカチャカチャという音が静かに響いた。

「人込みに出ると見てしまうんだ。いろんな顔を見て、思ってしまうの。あたしのお母さんじゃない？　って。自分ではわからないんだもの。向こうだってあたしのことがわからない。それで、そんなのすっごくへんだと思っちゃうんだ。つまり、考えてもみてよ、トリイ。その女の人はあたしをお腹のなかで育てたわけでしょ。あたしを作ったんだよ。その人があたしを作り上げて、今のあたしの半分はその人から受け継いだものなんだよ。それなのに、その人に道で会ったってわからないなんてさ」

シーラはアームチェアにすわったままだった。テーブルランプが彼女の上に黄金色のタングステンの光を投げかけていた。わたしは食器を流しまで運んでもどってきた。ずっとシーラはわたしをみつめていた。「なんでお母さんはあたしを置いていったと思う？」シーラはきいた。

ランプの光に照らされて、彼女の目に涙が光っているのが見えた。流れ落ちてはこなかったが、涙が盛り上がり、彼女が頭を動かすときらきら光った。

わたしは何とこたえるのがいちばんいいだろうと考えながらしばらく黙っていた。わたしが何かをいいだす前に、シーラがふたたび口を開いた。「トール？　いつかうまくいくと思う？」

「いつかお母さんをみつけることができる、という意味？」

シーラは肩をすくめた。「ううん、必ずしもそういうことじゃなくて。ただいつかだいじょうぶになる？　そう思う？　あたしにもごくふつうの子になれるチャンスがある？」

ゆっくりとわたしはうなずいた。「ええ、そう思うわ。物事をありのままに受け入れるようになるという意味でね。お母さんがあなたを置いていったときに、ひどいことがあなたの身の上に起こったということを受け入れられるようになれば……ひどいことが二度もあったわね。わたしもあなたを置いていってしまったわけだから。そんなつもりじゃなかったのよ。少なくともわたしがしたことがそんなふうにとられるとは思ってもいなかったの。でも今にして思えばそうだったんだってわかるわ。そしてそのひどいこと二つともが、起こるべくして起こったということ、状況からしかたがなかったんだということ、でもそのどちらともあなたのせいではないことを受け入れられるようになればね。あの二つのことはたまたまあなたの身の上に起きたけれども、どちらもあなたが原因ではないの。そして最後にはあなたはそれを許し、手放してやらなければならないの」

「あたしにそれができると思う？」

わたしはうなずいた。「ええ。たいへん勇気のいることだけど、でもあなたは今までだってずっと勇敢な子《タイガー》だったもの」

その週いっぱいわたしはシーラに会わなかった。サマー・プログラムも最後にさしかかっていたし、親との面談やクリニックでの査定表作りなどがあり忙しかった。その後週末になり、アランとわたしは以前から予定していたバレエを観に飛行機で街を離れた。シーラとずいぶん連絡をとっていないことにわたしが気がついたのは、翌週の水曜になってからのことだった。わたしは電話をかけた。だれも出なかった。

わたしはあまりまめに連絡をとるタイプではない。電話があまり好きでないので、ただその理由だけでばつの悪い思いがするほど長いあいだ人と連絡をとるのを先伸ばしにすることがある。この悪い癖を知っている友人たちはたいてい向こうのほうから連絡をとってくれる。だからシーラの場合も今まではそうだった。ほとんどいつも彼女のほうから電話をかけてくれていた。わたしのほうがかけなければならなくなると、もう一度かけなくてはと思うまでにあっというまに三、四日は過ぎてしまっていた。またたれも出なかった。わたしたちが五月に再会してから、二週間以上彼女から連絡がなかったことなど一度もなかったので、この時点でわたしはどうしたのだろうと思いはじめた。

だれも出ない。だれも出ない。だれも出ない。そんなことが続き、シーラがわたしに夕食を作ってくれたあの夜から三週間目の木曜に、わたしはふたたび彼女に電話をかけた。今度は「この回線は現在使われておりません」という録音テープのメッセージが返ってきた。

最初頭に浮かんだのは、レンズタッド氏が電話代を滞納したのだということだった。彼のことを知っていれば、じゅうぶん考えられることだった。それでもわたしは不安をぬぐいさることができなかった。それで仕事が終わってから、自分で調べるためにブロードヴューまで車でいくことにした。

距離もあるし道も混んでいたので、シーラの家に着いたときには八時を回っていた。わたしが車をベージュの二軒長屋の前に止めたときには、通りはすでに黄昏時の影に沈んでいた。別の家族が住んでいる左半分には、明かりがともりテレビの音がきこえていた。だがレンズタッド家のほうは真っ暗だった。

ノックをしてみた。こたえがない。ふたたびノックをする。やはり何の応答もない。勝手口があるかどうかを見に家の横に回りこみ、勝手口もノックした。明らかに二人とも家にはいないようだ。反対側に回り、わたしは爪先立ちになって窓からなかをのぞこうとした。

「ちょっと、そこで何をやっているんだ？」大きな声がした。

ぎょっとして、わたしは引き下がり、二軒長屋のもういっぽうの家のドアから首をつきだしている男性のほうを見た。「あら、どうも。ここの人たちどこにいるかわかります？　家にはだれもいないようなんですが」とわたしはいった。

「ここにはいないよ」と男性はこたえた。「三週間ほど前に引っ越していったよ」

「引っ越した？」わたしはびっくりしていった。

「そうだ」

「どこへ行ったんです？　ご存じですか？」

「いいや。わからんね。悪いが」それから男性はドアを閉め、なかにひっこんだ。

あまりのことに呆然として、わたしは家のそばの歩道に立ちつくしたまま家をみつめていた。引っ越した？　シーラは引っ越しのことなど一言もいっていなかった。レンズタッド氏もあの週末に会ったときにそんなことはまったく口にしなかった。彼にはきまった仕事もあったし、野球のチームがあったのに。なぜ引っ越してしまったのだろう？いったいどこに？

シーラと父親は姿を消してしまった。信じられなかった。続く何週間かのあいだ、わたしはショック、怒り、幻滅、後悔、悲しみ、とありとあらゆる感情を味わった。なかでも悲しみがいちばん大きかった。シーラとの関係を修復するのにたっぷり三カ月かかったというのに、それがすべて泡となって消えてしまったのだ。

とにかく信じられなかった。わたしは何度も何度もこの件全体をジェフと話し合い、彼らがどこにいってしまったのか、彼らがいってしまうことを示すどんな徴候をわたしが見逃してしまったのかを解き明かそうとした。わたしたちは一緒になって、彼らがどこに姿を消してしまったのかをみつけようと努力した。だが、これはわたしが思っていたよりもずっとむずかしいことだった。わたしたちにはシーラや父親をみつけだすどんな法的な理由もなかったので、じかに問い合わせてこたえてもらえる先はごく限られていた。嘘をついたりこちらの意図を曲げるのもいやだったので、演繹《えんえき》的に推理するか、しつこくがんばるか、運を天にまかせるしか方法はなかった。最初の二つには多少自信があったが、三つ目に関しては待つ以外どうすることもできなかった。

考えるのもいやなことだったが、最初にわたしの頭に浮かんだのはレンズタッド氏がまた何か違法行為を犯して刑務所にもどされたのではないかということだった。プライヴァシーを保護する法律があるので、このことを進んで確認してくれる人はだれもいなかった。壁に突き当たったとき唯一頼りになるのはチャドだったので、わたしは彼に電話をしてみつけだしてもらえるかどうか尋ねた。顧客の守秘義務についてうるさいチャドは、そういうことをするのに難色を示したが、レンズタッド氏が彼の事務所の顧客リストに載っていないことだけは確認してくれた。このことからレンズタッド氏がふたたび刑務所に収監された可能性は少なくなったと思われた。

彼らはただ請求書や、あるいは厳しい借金取り立て屋などから逃げただけなのではないかとジェフはいった。もし運がよければ、彼らはまだこの市内にいて、待っていればそのうちシーラから連絡してくるのではないか、と。わたしもとどのつまりはそれしかない――つまりシーラからの連絡を待つしかないと思った。彼女はわたしの居所を知っているのだし、以前に音信不通になったときとはちがって、今の彼女はわたしを探し出す手続きを踏めるだけの年齢になっているのだから。

結局、最後はこういうことになってしまった。シーラはふたたびいなくなってしまったのだった。

第三部

26

シーラから連絡はなかった。夏が終わって秋がきて、新しい子どもたちがやってきた。新しい関係ができあがり、わたしの仕事は続いていた。

やがて十月になり、わたしは幸運に見舞われた。何度も失敗したあげくに、レンズタッド氏がメアリーズヴィルの州立病院のアルコール・薬物依存症患者治療センターにもどっていることをみつけだしたのだ。わたしは彼と電話で話すつもりだったが、うまくいかなかった。そこでコロンブス記念日の連休に向こうまで車で出かけることにした。

わたしがその病棟に着いたのは、暖かく明るい秋の午後だった。ポプラとシラカバの葉がすばらしい黄色と黄金色に変わり、長い秋の日差しを受けて輝いていた。

レンズタッド氏はわたしを見てもさして驚いたふうでもなければ、うれしそうでもなかったが、自ら進んでわたしと面会室まで来てくれた。

「なんでおれたちをほっといてくれないんだ？」わたしがシーラのことをきくと、彼はそういった。「あんたはあの子のためにろくなことをしないんだから」

「どういう意味ですか？」わたしは尋ねた。

「ものごとをひっかきまわすってことだよ。あんたが来るまでは、あの子はちゃんとやっていたんだ。あの子はおちついていて、何の問題もなかったんだよ」

わたしはまじまじと彼を見た。

「何もかもあんたのせいだ。あんたがシーラの気持ちを乱したんだ。だからもうこれ以上あんたにうろうろしてもらいたくない。あんたがひっかきまわすまでは、シーラはちゃんとおちついていたんだ」

「わたし、べつにシーラの心を乱すつもりじゃありませんでした。わたしがそんなことしたなんて気がつきませんでした」とわたしはいった。

「あんたはあの子が思ってもいなかったことをあの子の頭に吹きこんだんだ。あんたが来るまではあの子は幸せだったんだよ」

「でもわたしたちが話し合ったことは、シーラが話し合いたがっていたことなんです。彼女は自分に起こったことをだれかに話す必要があったんだと思います」

「彼女に起こったことだって？　あの子に何が起こったというんだね？　あの子は自分では何もやってない。あんたがそうしむけたんじゃないか。あの子にあの男の子をさらって逃げるようにしむけたんじゃないか。もしあんたがそのようにしむけなかったら、あんなことにはならなかったんだ。あんたが来るまで、あの子はだいじょうぶだったんだよ」

「すみません、でも――」

「だから、もうおれたちをほっといてくれよ、いいかね？　あんたは自分のことだけやってればいいんだ。シーラにはあんたの助けなんかいらないし、これ以上シーラに会ってほしくない。おれにはそういう権利があるんだ。あんたを止めることができるんだ」

そういいおわると、レンズタッド氏は立ち上がり、病棟のほうに歩いていってしまった。叱りとばされて、わたしは車にもどった。運転席にすわって初めて、怒りがこみあげてきた。わたしのせいですって？　わたしが悪いですって？　なんて馬鹿な男だろう。

そうはいっても、この面会の結果、彼がわたしにシーラの居所を教えるつもりがないことは否定のしようがなかった。彼はわたしにはシーラをみつけられないと思っているし、もしわたしがみつけようとしたら、それを妨害するだろうということは確かだった。がっかりして、わたしは家へ帰った。

冬が来て、新しい年になった。前のことを思い出させるようなことがいくつかあった。一月のある午後、アレホの両親が立ち寄り、アレホを正式に養子にしたことを告げた。アレホは今軽度の精神障害のある子どもたちのための特別支援学級に通っていて、なかなかいい成果を見せているという。また、わたしの母が料理のレシピを送ってきたが、そのなかにはあのツナとマッシュルーム・スープの料理も入っていた。そして二月の凍えそうなある午後、チャドが娘のシーラを連れてわたしのオフィスを訪ねてきた。この街へは出張できたのだが、六歳になったシーラは初めての父親と二人だけの旅行を楽しんでいた。一分のすきもない服装で、利発で愛想がよくものすごくお行儀のいいシーラは、わたしに手でもてる小さなコンピューター・ゲームを見せてくれた。お父さんに買ってもらったのだそうだ。自分にちなんで名づけられたこの少女とシーラ自身の子ども時代は、これ以上ないというほどの隔たりを見せていた。

わたしはまだ希望を失わず、毎晩帰ってくるたびに郵便物のなかにシーラの筆跡を探し求めた。だが、シーラからの連絡はなかった。冬が春になり、ついに春が夏になった。

わたしたちはまたサマー・プログラムをすることになった。前年にくらべるとずっと本格的なものになった。三クラスに分けた二十四人の子どもたちに、専門の教師が三人、助手が四人、それに現場で子どもたちを診る精神科医が交代で来ることになった。ジェフは一週間に一度来るだけで、わたしも一応毎日行くことは行ったが監督として部屋から部屋へと見てまわるだけだった。プログラムはすばらしかったが、前年のようながむしゃらな熱心さに欠けているようにわたしには感じられた。

七月の初旬に、わたしはシーラの誕生日が来たことに気づいた。十五歳になったはずだ。やがて彼女が姿を消した日が巡ってきた。今あの子はどこにいて、何をしているのだろうと思わずにはいられなかった。

サマー・スクールが終わって、わたしは一ヵ月の休暇をとりウェールズへ行った。イギリスの片隅の北にあるあの霧のかかった不毛の丘陵地が、わたしにとって第二の故郷になっていた。いったいあそこの何がそんなにもわたしを引きつけるのか、自分でもよくわからなかったが、あそこがわたしがもどっていく場所であることは疑いなかった。ヒースやスレート造りの石の壁に囲まれてそこに身を置いていると、本質的にここそ自分のいるべき場所だと感じた。この感じは生まれつきのもの、何かわたしの内からこみあげてくるもののようで、わたしはそこに行けばいつも得られる心の平和を求めてそこにもどっていくのだった。

その夏までに現地に仲のいい友達も大勢できていた。みんな山が大好きだった。雨の多い荒れ地を歩き回ったり、群れ集うウェールズの羊たちと親しくしたりしているうちに日々が過ぎていった。夜は地元のパブの石炭ストーブのまわりで過ごし、そこで好物の生ギネスとウェールズのアクセントを心ゆくまで味わった。街の生活も、クリニックのことも、わたしのそれまでの生活のすべてが、海から上がってくる霧が山を隠してしまうように消えていった。

すてきな休暇がいつもそうであるように、この休暇も終わりにはくたくたに疲れ切り、帰ってきたときにはほとんどまっすぐにものが見えないほどだった。よろよろと飛行機から降り、タクシーをつかまえて街に向かうと、よろけながら自分のアパートメントの建物の階段を上った。リュックサックを下に下ろし、家の鍵をさぐり出すと、ドアを開けた。というか、開けようとした。郵便受け用の隙間から入れられた郵便物が床に落ちて楔《くさび》のようにドアの下にはさまり、ドアがなかなか開かなかったのだ。何分もかかってようやくかなりの量の郵便物を抜き取り、わたしはアパートメントのなかに入ることができた。

なかに入って、かがみこんで残りの郵便物を拾い上げていたとき、わたしの目がふとある手紙の上で止まった。シーラの字だとすぐにわかった。わたしは封筒を破り開けた。

親愛なるトリイ、

どう書きはじめていいのかわからないけど、わたし、自殺しようと思っています。薬も手にいれました。今ここにあります。後わたしに残されたことといえば、この手紙を書くことだけです。すごくさびしいの、トリイ。わたしって何をしてもうまくいかないみたいで、もう心底疲れました。こうすることが唯一意味のあることだと思うのです。

でも、まずトリイに手紙を書きたかったのです。トリイがわたしにしてくれたことすべてに、ありがとうといいたかったのです。わたしはトリイがわたしのために何度も全力をつくしてがんばってくれたことを知っています。そしてこれからもそうしてくれるだろうと、考えられることを誇りに思っています。わたしがいつもトリイに感謝していたことをわかってほしいのです。ただ、いろんなことがうまくいかなかったことが残念です。

愛をこめて、　シーラより

そして、便箋の下にはOとXがずらりと並んでいた。小さな子どもの手紙によくある抱擁とキスを表わす記号だ。

すぐにわたしは日付を探したが、書いてなかった。封筒をひっくり返して消印を見る。ああ、なんということだろう。手紙はわたしがウェールズに旅立った二日後――まるまる一ヵ月も前に投函されていた。悲しみのあまり麻痺したようになって、わたしはただその手紙を凝視した。

手紙には住所が書いてあって、シーラがこの街から車で東に一時間ほどいったところにある町の近くの養護施設にいることがわかった。だが、今さらどうすることができるだろうか？　一ヵ月がたってしまっているのだ。どうしたらいいだろうか？　施設に電話をしてシーラはまだ生きているかときけというのか？　シーラの性格をよく知っているだけに、彼女がジェスチャーだけでこんなことを書いてくるとは思えなかった。自殺をするといったら、そのとおりするだろうということをわたしはほとんど信じて疑わなかった。もし電話でそのとおりだといわれたら、どうしていいかわからなかった。

あいにく、帰ってきたばかりのわたしを迎えてくれた騒動はこれだけではなかった。そしてわたしがたずさわっていたある少年が、施設の職員に暴行を加えて脱走したのだ。そしてわたしが帰ってきたこの夜をわざわざ選んで、わたしが以前に彼から取り上げた手製のナイフを探しにジェフとわたしのオフィスをひっかきまわしにきたのだった。この少年を管理している当局からのプレッシャーもあって、この問題を緊急になんとかしなければならなかったことと、海外から二十四時間かけて帰ってきたばかりで疲れきっていたこととが重なって、わたしはシーラの手紙にたいして今から思えばばつが悪くてたまらないような対応をしてしまった。今まで受けとったなかでも最悪の手紙を手にしたまま、恥ずかしいことに、わたしは何もしなかったのだ。

手紙のことを忘れたわけでは決してなかった。手紙のことは日夜わたしを苦しめつづけた。ちょっとした静かなひととき、特に眠れない夜などに、あの手紙のことが気になってしかたがなかった。問題は、それにどう対処していいのかわからないということだった。シーラはやるといったことはやる子だと信じきっていた。だがこのことをどのように、だれに確認すればいいのかがわからなかった。さらにいえば、彼女は絶望の極みにあったときわたしに手紙を書いてきてくれたのに、わたしがその手紙に応えられない状況だったということを彼女が知ることはないのだと思うと悲しくてたまらず、また恥ずかしかった。シーラは他のみんなと同じように、わたしもまた彼女を見捨てたのだと思ったことだろう。

このことから、わたしは思いがけず、またあまりやりたくもなかったのだが、徹底した自己分析をすることになった。わたしはシーラを見捨てたのだ。これが核心だった。

さらに、自分がシーラをはめたのだと感じないわけにはいかなかった。わたしは彼女が六歳のときに彼女には想像もできないような世界の蓋を開けて見せ、いみじくも彼女が指摘したように、その世界を彼女のものだと思いこませたのだ。若く理想に燃えていた当時のわたしは、そういう世界が彼女のものになると信じきっていたのだ。シーラはその気になれば、聡明で、自分の考えをはっきり持ち、魅力的で勇敢だった。わたしは彼女によりよい人生へのパスポートをあげたと思っていた。年を重ね、悲しいことに世知にもたけた今になって気づいてみれば、何ごともそれほど単純ではなかった。

続く何ヵ月かのあいだに、わたしの生活の別々の場所で困難なことや壊滅的なことがたてつづけに起こった。わたしの受け持ち患者のリストは満員で、その子どもたちはみんないつもより手がかかった。わたしは二度別々の機会に身体的な暴行を加えられ、三度目にはレイプ寸前までいった。さらに悪いことに、わたしの患者の大多数が、取り組んでいても見返りがほとんどなく、長時間の努力が要求されるわりに手応えはほとんど得られなかった。

わたしのサービスにたいしてお金を払う余裕のある子どもしか治療できず、ほんとうに治療を必要としている子どもたちを診ることができないことに居心地の悪さを感じ、わたしはここのクリニックの資本主義的な考え方にいらいらを募らせはじめていた。そのため、わたしは貴重な時間を割いて、わたしがほんとうに継続した治療を必要としていると思う子どもたちのための特別基金を設立しようとした。それと同時に学校や家庭でじゅうぶん対処できるのに、裕福な親がどうしても治療してほしいと主張する軽度の問題しか持たない子どもたちにたいして腹立ちを感じはじめていた。

だが、最大の衝撃は冬のさなかにやってきた。不幸な状況に陥ってジェフがクリニックから去っていったのだ。仕事に関係することや、わたしと当人との関係に支障をきたさないかぎり、わたしは同僚の性的嗜好にはあまり関心がなかった。心の奥底では、おそらくジェフがゲイだということに気がついていたのだと思う。だが、そのことがわたしたちが一緒に行なっていたことに何か重要な意味をあたえたことは一度もなかったし、したがってわたしのほうでもそのことに注意を払ったこともまったくなかった。だが、悲しいことに社会はそうはいかなかった。クリニックの理事会はジェフの性的嗜好がわかると、ジェフが一対一で小さな子ども相手に仕事をするのはふさわしくないと感じたのだった。ジェフは強力な紹介状をもらって穏やかに職を辞す機会をあたえられた。それ以外どうすることもできないと感じたジェフは、その勧めに従った。彼はカリフォルニアでアルコール依存症の人々相手に働くポストに異動していった。

わたしは打ちのめされた思いだった。わたしたちは共同でいくつかのケースを担当していて、共同で行なう治療方法を作り上げていた。ジェフは理事会と契約期間ぎりぎりまでここに残る線で交渉をしたが、唐突に去っていった。理事会が考えを変えることを拒否したので、ジェフは怒り狂って出ていったのだ。当然、わたしにはジェフが出ていった後の準備がまったくできていず、一人残されて彼が行ってしまった損失を整理しなければならなかった。損失は大きく、わたしは忙殺された。

その冬の唯一明るいことといえば、ヒューという新しいボーイフレンドができたことだ。アランとはずっと前に疎遠になっていて、わたしは何カ月ものあいだしかたなくいろんな相手と気の進まないデートを続けていた。そこに抜群のユーモアのセンスと、一面に虫の死骸の絵を描いた十年もののフォルクスワーゲンを持った、ものすごくハンサムな男性が飛びこんできたのだ。ヒューとわたしはこれほど似ていないカップルもないというくらい、〝反対のものに引かれ合う〟典型だった。アランやチャドとは正反対で、ヒューは大学を中退した、独立精神旺盛なタイプだった。二十一歳のときに学費に使うはずのお金を投資して害虫駆除の仕事を始めた。彼には抜け目ない商売のセンスと、他人の家の天井裏や屋根裏部屋を這い回って害虫を殺すのが心底好きというところがあり、十年後にはこの街でも最も成功した害虫駆除会社を経営するまでになっていた。

わたしがいちばん引きつけられたのは、彼のたぐいまれなユーモアのセンスだった。ものすごく深刻な仕事についているわたしにとっては、ユーモアは、とにかく沈まずにいるためにわたしがしがみつく救命具だった。だから、ちっともおかしくない状況のなかにあってもいつでも人生のおかしな面を評価できる人をすぐに好きになってしまうのだった。

その年、春はなかなかやってこなかった。乾燥した寒い冬が三月になっても居すわり、四月についに吹雪になり、わたしたちを閉じこめ、都市の機能を麻痺させ、わずかにあった春の兆しを壊してしまった。

クリニックでサマー・プログラムをどうするかで同僚といい合いになった。ドクター・フリーマンがジェフがサマー・プログラムに関わっていたところの大部分を引き継いでいたが、彼はわたしに相談もなしに、勝手にサマー・プログラムを二カ所に広げて行なう申請を出して許可を得ていた。わたしたちは四十八人の子どもたちを扱うことになり、そのなかにはクリニックの患者ではない、重度の自閉症児のグループもふくまれていた。この計画の背後に儲け主義の企みが感じられ、わたしは自分たちがこのプログラムのあとも継続して発達の様子をフォローしていけるような子どもたちに限定したいと思っていただけに、ひじょうに不安な気持ちになった。だが、いずれにしてもわたしにはあまり関係なかった。というのもこのプログラムでのわたしの立場は、ほとんど部外者といってもいいようなものになっていたからだ。結局わたしは議論を続けることをあきらめた。おそらくこれでもかなりいいプログラムなのだろうが、二年前の夏にジェフとわたしが考えていたものとは何光年もの隔たりがあった。そこでわたしはすべてをドクター・フリーマンにまかせることにした。

五月に入り、ジュールズという新しいオフィス・パートナーがやってきた。外見から振る舞いまでどの点から見ても、彼はジェフとは大ちがいだった。泌尿器科の医師を何年もやってから児童精神科医に転向したジュールズは、もうすぐ五十歳という年齢で、背が低くずんぐりした身体つきで、かつて髪があったはずのところには白い髪がわずかに残っているだけだった。辛口のウィットに富み、自信満々だったジェフとはちがい、ジュールズは語り口が柔らかく、ウサギのようにやさしかった。わたしは彼が好きになった。実際、彼を知れば知るほど、わたしは彼と一緒にいることを楽しむようになった。ジュールズはとても話しやすく、聡明なうえに柔軟な考え方をする人だった。だから彼と話していると話はあちこちの方向に脱線しがちだった。だが、彼はジェフではなかった。まだまだジェフのことがなつかしくてたまらず、隣のデスクの新しい顔に慣れるまでには長い時間がかかった。

六月のある夕方のこと。家に帰ったわたしは床に他の郵便物と一緒に分厚い封筒をみつけた。すぐにシーラの字だとわかった。びっくりしてわたしは封筒を破って開けた。なかにはノートからちぎりとった十三枚もの用紙が入っていた。最初の一枚はわたし宛てのとても短い手紙だった。

親愛なるトリイ、
ずっとトリイに手紙を書きたかったのですが、前にあんな手紙を出してしまってなんて書きはじめていいかわからなかったのです。ごめんなさい。とにかくわたしはまだここにいます。
以下の手紙をトリイに送ることにしました。ほんとうはこれらの手紙はわたしのほんとうのお母さんに送りたかったんだけど、お母さんの居所がわからないので、トリイに送ることにしました。気にしないでくれればいいのですが。
愛をこめて、　シーラより

その手紙を繰《く》って、その下にある用紙を見た。それぞれの用紙にシーラの母親に宛てた短い手紙が書いてあった。

親愛なるお母さん、

あなたが見えればいいのですが。あなたがどんな顔をしているかわかっていればいいのですが。あなたの写真を手に入れようといろいろやってみましたが、お父さんは一枚も持っていないし、他のだれも持っていないようです。あなたのことを知りたいのです。わたしみたいに髪はブロンドですか？　まっすぐの髪ですか？　目は青ですか？　外出するたびに、いつもすれちがう女の人たちを見てしまいます。あなたのことを知っている人がいるんじゃないかと探してしまいます。あなたはどんな姿をしているのですか？　あなたを探しだせれば、もっと気持ちが楽になると思います。

親愛なるお母さん、

どうして行ってしまったのですか？　そのことがいつもわたしの頭からはなれません。わたしがいいたいのは、どうしてわたしを連れていってくれなかったのかということです。わたしはそんなに悪い子だったのですか？　わたし、いつもいつもおしゃべりでうるさかったのでしょうか？　ジミーとけんかをしたからですか？

それともあなたは二人も子どもがいることにうんざりしてしまっただけなのでしょうか？

親愛なるお母さん、

あなたはお父さんがいやで行ってしまったのですか？　わたしも今になってお父さんがどんなだか、よくわかります。どうしてもお酒やクスリをやめられないし。わたしも腹が立ちます。わたしも逃げ出したくなります。お母さんもそうだったのですか？　ただ我慢できなかったということですか？

手紙をたたんで封筒にもどしてから、わたしは封筒の表に書かれた自分の名前を見つめた。上の片隅に先にシーラから手紙が来たところと同じ施設の名前が書かれていた。

台所に行くと、わたしは電話を取り番号案内に電話をかけた。

27

レンズタッド氏が唐突に引っ越してしまったのは、ジェフがいったように、やはり借金がらみだった。当時わたしたちは知らなかったが、レンズタッド氏は口でいっていたこととは異なり、ドラッグを常用しており、そのために闇の世界の連中相手に借金を重ねてしまっていたのだ。レンズタッド氏とシーラはその厄介事から逃れるために夜逃げをしたのだった。彼らはどうやら以前にも何回もこういうことをしていたらしい。

しかし、数カ月後に今度は法律のほうの厄介事でレンズタッド氏はつかまってしまった。薬物に関する軽犯罪法違反でつかまり、州立病院のアルコール・薬物依存症患者治療センターにまた送りこまれたのだ。ここでわたしは彼の消息をつかんだのだった。そのあいだシーラは父親が逮捕された地域の児童養護施設に入れられていた。

この新しい環境になじめず、シーラは逃げ出した。そのために彼女は通常より早く里子に出されたが、そこからも逃げ出したので、街から東へ車で一時間ほどいったところにある田舎の児童養護施設に移された。この種の施設は俗に〝子どもの農場〟と呼ばれているが、施錠施設の婉曲表現にほかならない。前年の夏にシーラから自殺を予告する手紙が来たのはこの施設からで、わたしがごく最近手紙を受けとったのもここからだった。

ついにシーラの居所をつきとめて、わたしはすぐに電話をかけてその農場の園長であるジェイン・ティモンズという女性と話した。

「サンドリー・クリニックからとおっしゃいました？」彼女はびっくりしてきいた。「シーラ・レンズタッドはサンドリーで治療を受けていたのですか？　だれが料金を支払っていたのでしょう？」

見ず知らずのわたし相手にこんなぶしつけな質問をしてくることにとまどいながら、わたしはシーラとわたしはずっと以前からの知り合いだと説明したが、わたしたちの関係が仕事上のものではなく個人的なものだということについては詳しくは語らなかった。電話で三十秒話しただけで、この相手がお金と地位に大きく左右される女性だとわかったからだ。有名で料金も高いクリニックであるサンドリーにいる人間だということが、おそらくわたしの職業上の資格をすべて集めたよりも多くの便宜を図ってくれるだろう。もしわたしが単なる友達にすぎないといっていたら、シーラの父親といっしょくたにされて、おそらく相手にしてもらえなかったはずだ。

ジェイン・ティモンズは、シーラはこの農場に来て一年とちょっとになるが、そのあいだほとんど気難しく協調性がなく、仲間ともなじまず、友達はいたとしてもごく少数だとわたしにいった。今まで三度逃亡未遂があり、一度など川のところまで逃げ、そのため警察を呼ばなければならなかったという。

ここの農場の基本理念を質問したところ、彼女の返事はわたしが予想していたとおりのものだった。つまりここでのプログラムは行動修正に大きく依拠しており、子どもたちは得点を稼ぐことによって特権を手に入れるというやり方だった。わたしはシーラがこの農場から出られる見込みはあるのかとも尋ねた。レンズタッド氏はクリスマス近くに仮釈放になる予定なので、もしソーシャル・サービスが適切だと判断すれば、シーラはそのときに父親のもとに帰ることになる、とジェインは説明した。

ジェイン・ティモンズはわたしがシーラに職業上のことで面会に来るつもりだと思っていたので、わたしたちが会うためにシーラがそれに値する得点を稼いでいなくてもよかった。おかげで助かった。シーラのように情緒的にも知的にも複雑な子には、行動修正というシステムはうまくいかないのだ。

わたしはシーラの十六歳の誕生日の次の土曜に農場に行った。日照りの日が長く続いていて、その日も天気のいい暑い日だった。低層の現代的な建物が並び建つ農場は、乾いた川床の土手ぞいに広がっていた。敷地内には一本の木もなく、芝生はすべて暑気に当たって黄褐色に焼けていた。ただ有刺鉄線だけが太陽の下で光っていた。

週末だったのでジェイン・ティモンズはいなかった。わたしは係りの若い男性から感じのいい挨拶を受け、シーラがいるグループの担当をしているカウンセラーの一人、ホリーに引き合わされた。ホリーが、シーラが自室で待っているという女子棟までわたしを案内してくれた。

そこは明らかに逃亡防止用の建物だった。重々しい錠のついたドアとなかに金網を入れた分厚いガラスが目立つ窓がずらりと並んでいて、どう見ても正常という感じをあたえなかった。シーラの部屋は左側の奥から三番目だった。小さな四角い窓と箱錠がついた、淡い色に塗られたオーク材のドアが開け放されていた。シーラはベッドの上にあぐらをかいてすわっていた。

「ハーイ」わたしはいった。

「ハーイ」長いためらいの時間があり、それから突然シーラはわたしの両腕のなかに身を投げ出して、わたしにしっかりとしがみついた。わたしは両腕で彼女を包みこみ、しっかりと抱いた。

戸口ではホリーがわたしたちを見ていた。シーラの頭ごしに、わたしは彼女を見た。

「しばらくわたしたちだけにしてもらえますか？」

彼女はしばらく黙っていたが、それからうなずいた。「ええ、わかったわ」

シーラはこの二年のあいだにすごく変わってしまっていた。背は高くなったのに、体重は減っていた。減りすぎていた。なんだかひ弱に見えた。奇抜な服装は、なんの変哲もないジーンズとブルーのTシャツに変わっていた。派手だった髪もそうでなくなり、パーマもほとんどとれていた。前髪も伸ばしっぱなしだ。今の状態はとてもヘアスタイルといえるようなものではなかった。根元は濃い目のブロンドで、毛先は縮れ、染めた色が残っていて、それがだらしなく入りまじり、ところどころ枝毛がはね出し、長いあいだ手入れもせずに伸び放題になっていた。

わたしが彼女をしげしげと見ているあいだに、シーラのほうでもわたしを観察していた。「ふけたね。自分でわかってる？　しわがあるよ」シーラはいった。

「まあ、ありがとう」

「トリイにしわなんて考えたこともなかったもんだから」

「どんな素敵な人にもしわはできるのよ」わたしはそういって、彼女のルームメイトのベッドに腰をおろした。

部屋は小さくて殺風景だった。二・五メートル×三メートルほどの箱のような部屋だった。つき当たりに小さな窓がひとつ、どぎついピンクのカバーがかかった鉄製のベッドが二つ、それからシーラのベッドの足元に机がひとつあるだけだ。エンジェルという名のシーラのルームメイトは、自分のベッドの上の壁にロック・スターのポスターを何枚も貼り、枕のところにぬいぐるみの動物を並べていた。だがシーラは何も持っていなかった。

わたしはあたりを見回し、それからシーラに目をもどした。またベッドの上であぐらをかいている。彼女はこんなに痩せていて身なりをかまわなくても、すごく魅力的だったが、以前には感じられなかった憂鬱な雰囲気が漂っていた。

「で、もう結婚したの？」彼女がきいた。

「結婚？　わたしが？」わたしはびっくりしてこたえた。「いいえ。どうして？　わたしが結婚すると思っていたの？」

「うん。ジェフと」

「ジェフとわたしが？　ジェフとは……そういう関係じゃなかったのよ。そんなこと思ったこともないわ。ただの友達よ。というか、同僚ね。それ以上の何もないわ」

シーラは首を傾げ、疑わしそうな表情を浮かべた。

「あなたはどうなの？　ボーイフレンドはいるの？」

シーラはこたえなかった。一拍ほど間をおいてから、彼女はわたしの顔を見返した。

「じゃあ、ジェフはどこにいるの？　彼もあたしに会いにきてくれる？」

「いいえ」わたしがいうと、シーラはうつむいた。

「ああ、彼が来てくれるといいなと思ったのに」シーラは悲しそうにいった。わたしはシーラはジェフには反感以外の何も感じていないと思っていたので、この言葉に虚をつかれた。

「彼は今カリフォルニアにいるのよ」そういってから、わたしはジェフに起こったことをすべてシーラに話そうかどうしようかと一瞬迷った。だが、ジェフが行ってしまったのはやむをえなかったということをはっきりさせるために、話したほうがいいと心に決めた。

シーラは眉間にしわを寄せながら、熱心に話をきいていた。わたしが話しおえると、彼女はかすかに頭を振った。「行っちゃったの？　ずっと行ったきりなの？」

「そうだと思うわ」

「ああ、ジェフ」シーラは小声でつぶやくと、頭を振った。「あれほどの大人物が倒れたというのに、それにしては地響きがしなさすぎるな。この丸い大地が大揺れに揺れて、獅子が平和な都に抛出《ほうしゅつ》され、都の住民共が逆に獅子の洞穴に投げこまれる程の騒ぎになってもよさそうだが」(『アントニーとクレオパトラ』福田恆存訳より)

この言葉をききながら、これが何かの引用だということは気がついたが、その出典が何なのかはわからなかった。

「わからないの?」シーラがきいた。ベッドの縁にかがみこみながら、シーラは平らなベッド下収納箱を取りだし、蓋を開けた。そのなかに手をつっこみ、シェイクスピアの『アントニーとクレオパトラ』を出した。ジェフが彼女の十四歳の誕生日にあげたものだ。表紙はぼろぼろになり、テープで補強してあった。何カ所か抜けているページがあるのが見てとれた。

どこからともなく突然重苦しい沈黙が押し寄せてきた。シーラはその本を膝の上にかかえ、すり切れた表紙を見ている。わたしは何といっていいかわからないままに、ただすわっていた。

ようやくシーラが小声で話しはじめた。「彼がなんでこれをあたしにくれたんだろうと思ったんだ。なんてばかばかしいプレゼントだろうって。だれがシェイクスピアなんて読みたいと思う？　楽しみにこんなものを読む人がいる？　ごっつい黒い靴に、サポートタイプのパンストをはいているような野暮ったいおばさんならどうかしらないけど、あたしが読むはずないじゃん、って。

あるとき、警察で一晩待ってなきゃいけないことになったんだ。時間をつぶすものが何もなくて、それでこれを読み出したんだ。なかに入りこむのはたいへんだった。言葉に慣れるのがむつかしかったんだ——今思うとへんだけどね。今読むと、すごく簡単だもの——でもあの最初の夜は、たいへんだったんだ。それで、いったいなんで彼はあたしにこんなものくれたんだろう、って思ったんだよ。

それからあたしはここに移ってきた。ここにいると、砂漠にいるみたいだった。得点を稼がないと、つまりここのやり方でゲームに参加しないと、ただすわっているしかすることがないんだ。あんなことで人を管理しようなんてまったくくだらないよ」シーラはなんだか得体の知れない笑みを浮かべた。「で、この本をもう一度読みはじめたんだ。今度は全部読み通した。読みおえると、もう一度読んだんだ。さらにもう一度。賭けてもいいけど二日間で十回は読んだと思うよ。それで思ったんだ。なんて美しい話だろうって。この女の人はすごくすばらしいの。とにかくすごいんだよ。それで、この男の人はすべてを彼女のために捧げるの。彼は世界をあきらめるんだよ。文字通りね。それなのに……彼らは会えば半分はけんかしてるの。頭では愛し合っているんだけど、現実ではいつも意見が合わなかったり、いい合いをしたり、からかったり。

ああ……あたし、これを読むと、こういう気分になるんだ……なんていえばいいのかな。心が広がる？　ちがう、ちがう、そうじゃないな」シーラは言葉を切って考えこんだ。「こういう感じなんだ。あたしは小さな屋根裏部屋にいて――これがあたしのふつうの生活だよね――あたしの上にある明かり採りの天窓は見えるけど、そこにはぜったいに手がとどかない。ところが、この本を読んでいると、あたしのなかで何かがどんどん大きくなってくるんだ。あたしを押し上げて、一瞬あたしは天窓を押し上げて外を見ることができるの。外の世界を垣間見ることができるんだよ。あたしのいってることがわかる？　ほんとうに外の世界をちらりと見ることができるんだ。一瞬だけど、そこにはあたし自身よりももっと大きな何かがあるんだよ」

シーラの話をきいていて、わたしは深く心を揺り動かされた。

彼女はしゃべりつづけた。まるでわたしが止めることを恐れてでもいるかのように、今まで以上に早口で言葉がほとばしり出た。彼女の考えを、閉塞状況のなかで光を求めてもがく気持ちを、話してきかせた。彼女の知的欲求のやるせなさがひしひしと感じられた。

「この話は全部ほんとうのことなんだよ」シーラは話しつづけた。「あたし、事実を調べたんだ。西洋の歩んで来た道はすべてこのカップルが行なったことの影響を受けているんだよ。そのこと知ってた？　クレオパトラはほんとうに信じられないような女性だよ。すっごく強いの。すごく強力な女王なの。それでいてとても人間的なんだ。すごく愚かだし。すごくおかしいし。ああ、トリイ、この本にはところどころあたしが今までに読んだなかで最高におもしろいところがあるんだよ」

わたしたちはこの少女をこんな逃亡防止用の部屋に閉じこめていったい何をしているのだ？　わたしはそのことしか考えられなかった。なぜ彼女はこんなところにいて、大学のサマー・スクールの文学の講座をとるか、古代史の勉強をしていないのだ？　夢中になるのが目に見えているのに。この子をいるべき場所に導いてくれるはずの恩師はいったいどこにいるのか？　わたしの才能ではたちうちできなかった。シェイクスピアについてのわたしの知識は、ジュリアス・シーザーの著作についての知識と同様、ごくありきたりのものだ。十六歳の子が『アントニーとクレオパトラ』の詩心に夢中になっていると考えただけでも心が躍るというような英文学の教師はいったいどこにいるのだ？

シーラの表情はだんだんと悲しみに満ちたものになっていき、じっと手にした本をみつめていた。一本の指で、彼女はぼろぼろになった端を補強しているスコッチテープをそっと撫でた。「ジェフのことはほんとうに悲しい。彼に会いたかったんだ。あたしがこの本を気に入ってるってことを知ってもらいたかったのに」

「手紙を書きたいのなら、住所を教えるわよ」とわたしはいった。

「あたし、彼のこと好きだった。あのころは彼にそういえなかったけど。幸い、あのころはまだこの本を読んでいなかった。読んでいても彼にはきっとこの本が好きだとはいえなかっただろうから。彼にはあたしが彼のことすごくきらってると思ってほしかったんだ」シーラは目を上げた。「へんでしょ？　彼を大きらいだと思ったことなんかなかった。全然そんなことなかったんだ。でも、あたしのほうから先に彼をきらわないと、彼にきらわれるのが怖かったんだよ」しばらく間をあけてから、シーラは続けた。「ほんとうのことをいっておけばよかったな」


その土曜日の午後、わたしたちは二時間以上も話しつづけた。シーラのルームメイトもふくめてほとんどの他の子どもたちは、街に出かけてもいいだけの点数を稼いでいた。だから、彼女たちが準備をするあわただしい物音が静まると、わたしたちは心やすらぐ静けさのなかに取り残された。この状況は二人にとって好都合だった。

シーラは珍しく心を開いてよくしゃべった。あまりにも長い時間をたった一人で過ごした結果こうなったのだろう。ひとりぼっちでさびしかったから、見慣れたわたしの顔によけいに反応したのだ。鬱病もその一因だった。わたしが全体として受けたその午後のシーラの印象としては、彼女はかなり深刻な鬱状態にあった。きらきら輝くものがすべて消えてしまっていて、『アントニーとクレオパトラ』を例外として、彼女はほとんど何にも興味を示さなかった。あまりに意気消沈しているために、かつてのように自分の考えていることをうまく隠すこともできなかったのだろう。

これではあいかわらず自殺を図る恐れがあると心配になって、わたしは彼女が去年の秋に送ってくれた手紙のことをもちださずにはいられなくなった。「去年の秋は、あなたの手紙に返事も出さずに悪かったわ」わたしはいった。

「ああ、うん」シーラはそういって目をそらせた。「あの手紙ね」顔をしかめた。「トリイを心配させたのなら、ごめん。あんなこと書いて今はばかだったと思ってる」

「そんな、ばかだなんて思うことないわ。あのときはほんとうにそう感じていたんだから。わたしが悪かったのよ。あのとき、わたし、いなかったの。ウェールズに行っていて、何週間もあとにもどってくるまで知りもしなかったのよ。あなたがせっかく書いてくれたのに、返事ができなかったと思うとたまらなかったのよ、シーラ」

「もうその話はやめようよ、ね？」

わたしは彼女を見つめた。彼女はうつむいて、爪についている何かを調べるふりをしている。シーラにはずっとトラと小羊が混ざり合ったようなところがあり、勇猛果敢ではつらつとしているかと思うと、そのいっぽうでものごとに怯え、傷つきやすいところがあった。彼女がトラのような狂暴さを見せるとわたしはよくひどく腹を立てたものだが、それでも彼女のそういう部分に大いに魅力も感じていた。肩を丸め、ぼさぼさの頭をしたシーラをしげしげと見つめながら、あのトラはどこに隠れているのだろうかと思った。

「このごろよくお母さんのことを考えるんだ」シーラは小声でいった。言葉がとぎれた。「それもトリイのせいなんだよ。あたしたちが最後にしゃべったこと覚えてる？　車のなかで？　あたしがずっとトリイとお母さんのことを混同してたっていう」

わたしはうなずいた。

「あたし、ずっと考えていたんだ……あんたたち二人を分けて考えようとして。いつからトリイとあの事件を結びつけて考えるようになったのかわからないんだ。トリイはあたしを見捨てたりしなかった。トリイはあたしの先生だっただけだもの。先生がやることをやっただけ。単にあたしがばかだったんだと思う。なんとか生き残ろうとしてたんだね」

「どういうこと？」わたしはきいた。

シーラは肩をすくめた。「わかんない。あのころのことを考えないようにして。全部忘れることにして、かな。だってあたしはそうやってきたんだもの。あたしは全部忘れたんだ。つまり、あたしは忘れようとしたことを覚えてる。意識的にそうやったんだよ。どこか新しいところへ移ると――新しい里親の家とか、またお父さんとの生活にもどるとかね――そうすると自分でこう考えるようにしてたんだ。〝今から全部やりなおすんだ〟って。そして、新しい学校とかに行くと、みんながあたしのそれまでの生活のことをきくの。で、あたしはただこういうんだ。〝覚えてない〟って。すぐに、ほんとうにそうなった。まるでそのたびに生まれ変わったみたいで、それまでにあったことは全部前世で起こったことみたいに感じられた。ほとんどそれはあたしではなかったみたいにね」

「それでお母さんのことを考えずにすんだってわけ？」わたしはきいた。

「うん。それからトリイのことも。それからマグワイア先生のことも。だってマグワイア先生のクラスにいたときも、あたしすごく幸せだったんだもの。すごく幸せだったときのことって覚えていたくないんだよ。あのころのことを考えたくないんだ。だって泣いちゃうんだもの。いやなことを覚えているのは全然平気なの。〝ふん、なにさ〟と思うだけだから。それでおしまい。でも幸せだったときのことを思い出すと、ぼろぼろになってしまうんだ。だから、そういうことを思い出すたびに、自分にこういってきかせてたんだ。〝だめだめ、そんなこと思い出しちゃだめ〟って。そうするとすぐに消えてなくなっちゃったんだ」

わたしは彼女の顔を見た。シーラは顔を上げ、ちらりとわたしを見たが、また自分の手に目を落とした。「そこにトリイがやってきて、あれこれ掘り起こしたんだよ。あんたってほんとうにそっとそのままにしておいてくれない人なんだね。自分でわかってる？」とシーラはいった。その口調は愛情に満ちていて、かすかに笑みすら浮かべていたが、その言葉がほんとうだということはわたしにもわかっていた。

「じゃあ、わたしにあのままほうっておいてほしかったの？」わたしはきいた。

シーラは親指の爪を熱心にいじりながら、長いあいだ考えこんでいた。それからついにゆっくりと肩をすくめた。「わかんない。でもトリイがほうっておいてくれたら、あたしの人生はもっとずっと簡単だっただろうとは思うよ。この何年か、トリイはいろいろとあたしに悲しみの種をくれたからね。でも……」そこまでいってシーラはわたしのほうを見た。「ほんとうのことをいえば、あたしが今まで出会った人みんなが――お母さんも、お父さんも、ここの人も、里親も、ソーシャル・サービスもみんなそれぞれ余計なことをしないでいてくれたら、あたしの人生はずっと簡単なものになっていたと思う。だから、トリイだけがどうこうっていうわけじゃないんだ」

わたしは微笑んだ。シーラも微笑み返した。「トリイのことこんなふうにいって、気を悪くした？」彼女が尋ねた。

「いいえ。たぶんほんとうにそうだと思うわ」

そのあと沈黙が流れた。シーラはベッドに寝そべり、手を組んで頭の後ろに当てた。上を睨みつけながら、しばらくのあいだ天井を見つめていた。わたしは向きを変えてエンジェルのロック・スターのポスターを見つめた。そのほとんどはわたしがきいたこともないアーティストだった。

「このごろお母さんのことをほんとうによく考えるんだ」シーラが小声でいった。「今どこにいるんだろう、とかね。何をしているんだろうとか。あたしはお母さんの顔も知らないんだよ、トリイ」

「そのことを紙に書き留めたっていうのは、いいことだと思うわ」

「あたし、あのハイウェイであたしを置いていったときに、なんでお母さんはあんなことをしたのかをはっきりさせたいんだ。あんなことするつもりじゃなかったのかもしれない。あれは一種の事故だったのかもしれない。ドアの取っ手が勝手に開いてしまったとか。それであたしが車から落ちてしまったのかもしれない」依然天井を見つめてはいたが、シーラはどんどん内なる世界にこもっていった。「もしお母さんがあたしが無事にいて、お母さんに会いたがってるってわかったら、たぶん……」

どう反応していいのかわからなくて、わたしは黙っていた。シーラはついにわたしのほうを見た。「トリイにあの手紙を送ったからといって、トリイのことをお母さんだと思っているわけじゃないんだ」

「ええ、わかっているわ」

「そういうふうに考えるのはもうやめたの。あの手紙を送ったのは……そう、あれが手紙だから。手紙って送って初めて意味があるわけでしょ」

「よくわかるわ。それに送ってくれてとてもうれしい」

「あの手紙、あたしのためにとっておいてくれる？　いつか、お母さんをみつけだしたら、あの手紙を渡すんだ。お母さんにあたしのこと知ってもらいたいし、あたしがずっとどういう気持ちで過ごしてきたかを知ってもらいたいから。そう決めたんだ。ここを出たら、お母さんを探しにいくって」

28

親愛なるお母さん、

あなたはわたしがずっとどれほど不幸だったか知ってますか？　わたしがどんな人生を歩んできたか知ってますか？　どうしてわたしにあんなことをしたのですか？　夜寝ながら、そのことを考え、どうしてわたしはあなたにとっていい子じゃなかったのかを考えています。でも、置き去りにされるってことがどんなものなのか、あなたは知っていますか？

シーラのことが気になってしかたがなかった。彼女が孤立していて落ち込んでいるのを知って、この状況を打開するためにまた自殺を考えることはじゅうぶんありうると、わたしは心配だった。それに、彼女の欲求がここの施設の職員たちによく理解されているとも思えなかった。このような施設の例にもれず、ここも人手不足でじゅうぶん機能していなかった。特に、職員の出入りの激しさはあきれるほどだった。ケア・ワーカーの大半はろくに訓練も受けていない、最低賃金で働くパートタイマーで、ほとんど週単位で入ってきてはやめていっていた。こんな状況で子どもたちと深い関係が築けるわけもなかった。住みこみのスタッフのなかでは、情緒障害の子ども相手に仕事をする特別の訓練を受けていたのは、ジェイン・ティモンズと二人いる補佐役だけだったし、そのなかでこの農場で二年以上働いているのは一人しかいなかった。ジェイン自身、シーラより少し前にここにきたばかりだった。

このことだけでもシーラの場合心配の原因になった。彼女と意味のある関係を築けるほど長いあいだそばにいた大人がだれもいないのだから。さらに、子どもたちを管理し、行動を変えさせるために使われているスキナー派の方法も、シーラには特に不適切だと思えた。まず、この方法は職員と子どもたちとの距離をおいた、冷淡な関係をますます助長した。さらに、シーラは強制されるのを受け入れにくい性格で、そういう彼女がこの得点システムをどう解釈するかは明らかであり、彼女はすぐに自分の殻に閉じこもってしまったのだった。そのことだけでも、ますます彼女は孤立していった。

あいにく、わたしはシーラと職業上の資格でつきあっているわけではなかったので、あれこれいえる立場にはなかった。もっともジェイン・ティモンズはそうとは知らず、こちらからわざわざ知らせることもないと黙ってはいたが、それにしても、あまり出すぎたまねはしないほうがいいこともわかっていた。それで、わたしが会いたいときにシーラに会えるよう、わたしはジェインにわたしが訪問することを頼むのではなくただ通知するにとどめた。ジェインとはときには〝会議〟のようになることもあった。わたしがプロの立場から、農場でのシーラの様子をききたがっているとジェインが思っていることはわかっていた。実際その通りだったので、わたしはこの機会を利用してそれをききもした。

可能なかぎり、わたしは毎週土曜の午後にシーラに会いにいった。街から車でかなりかかったが、楽しいドライブで、よくヒューも一緒にやってきた。ヒューは釣り道具を持ってきて、わたしがシーラとしゃべっているあいだ、一、二時間川のほうに姿を消した。このようにして夏の残りは過ぎていった。

ジェイン・ティモンズはシーラの社会的行動に関してかなり暗いイメージを描いていた。わたしも以前からシーラは社交的な子ではないとは思っていた。シーラがジェフやわたしと一緒に仕事をしたあの夏に、はっきりとそう思ったのだ。というのもあのとき、彼女の口から男の子も女の子もふくめて、ただの一度も友達のことをきいたことがなかったからだ。わたしのほうからシーラにこのことをあえてきいてみたことは一度もなかった。ひとつにはわたしはその点に関して何も建設的なことができる立場になかったし、またひとつには、彼女のIQが通常の仲間としての関係を築く妨げになっている部分もあるのではと感じていたからでもあった。このことは、特にシーラのような身の上では、なかなか難しい問題で、わたしも結局は時間が経って彼女が成熟してくれるのを待つことが一番の解決方法だろうと感じていた。

「何ですって？」ジェインがきいた。「何のことなの？　IQがずばぬけてるって？」

「そうよ。わかっているくせに」

「いいえ、知らないわ。IQがどうしたの？」

ショックだった。シーラが六歳だったあの年、彼女がずばぬけた才能の持ち主だというこことを確認するために同僚とわたしがあれほど努力したというのに、それが彼女の記録には載っていなかったのか？「シーラはIQ一八〇以上なのよ」わたしはいった。

「何ですって？」ジェインは目を丸くした。「一八〇？　冗談でしょ」

「記録に書いてないの？」

「一八〇？　シーラ・レンズスタッドが？　うちのシーラ・レンズスタッドが？　冗談でしょ？　だれにそんなことをきいたの？」

「わたしもその場にいたの。彼女にテストをしたとき、わたしも一緒にいたのよ」

ジェインは椅子にもたれかかった。「なんてことかしら。今までだれもそんなことわたしにいってくれなかったわ」

人の人生をあきれるほどのずさんさで扱う制度への憤りでいっぱいになりながら、わたしはホリーと一緒に廊下を歩いていった。ホリーが次々とドアの鍵を開けてくれた。いつものように、シーラは一人部屋にいた。

「あなたをここから出さなければ」わたしはいった。

「今さら何いってるのよ」

「いいえ、本気でいってるのよ、シーラ。ここはあなたがいるようなところじゃないわ。なんでそもそもあなたがここにいなきゃならないのよ？　あなたは何も悪いことをしていないのに。なんで鍵のあるところに閉じこめられているの？　刑務所に入らなければならないのはお父さんのほうでしょ」

ベッドの上であぐらをかいて、シーラはわたしを見上げた。「うん、まあね。あたしの住む世界はこういうところなんだよ」

わたしは机から椅子を引き出して、腰かけた。沈黙が訪れ、突然ほとばしり出た怒りが萎えていくようだった。

「しばらくしたら慣れるけど、世の中こういうもんなんだよ、トリイ。闘ってもしかたないんだよ」
「そんなことても受け入れられないわ」
「あたしはできる。だってそうしなければならなかったんだもの」

親愛なるお母さん、
今ジミーは何をやっていますか？　もうたぶんわたしより背が高いんでしょうね。数えてみたんだけど、少なくとも十四歳にはなっているでしょう。ジミーがわたしより二歳若いのか、それとももっと年齢差が少なかったのか、はっきりとは思い出せません。一歳半しか違わなかったかな？　思い出そうとして、そのことばかり考えています。自分の弟のことを忘れてしまったなんて、へんですね。

ジェイン・ティモンズはシーラの非社交的な行動のことを彼女と話し合ってほしがっていた。この問題を掘り下げていかなければならないことは疑う余地のないことだったが、その午後はそのことには触れないことにした。少なくともこの数時間は、シーラに自分が主導権を握っていると思ってほしかったのだ。シーラが導くままに時間を過ごすつもりでいた。

その午後、今までにもよくあったように、シーラのまわりには憂鬱な影がたれこめていた。彼女はベッドに寝転がって天井を見つめていた。散歩に行こうかといってみたが、シーラはいやだという。彼女は敷地の外に出ることは許されていず、有刺鉄線で囲ったなかをぐるぐる歩いたところでしようがないというのだ。

「何がしたいの？」沈黙の重苦しさに押しつぶされそうになって、ついにわたしはきいた。

「べつに」

また静かな間があった。彼女はまだベッドに寝転がっていたが、片手を額に当てた。

「そうだな……」また言葉を切った。指で髪のはえぎわをなぞっている。「あたしがトリイのクラスにいたときのこと、覚えてる？」

「ええ」

「トリイがいつもあたしの髪をきれいにしてくれたの、覚えてる？　あたし、あれが大好きだった。トリイがブラシをかけてくれて、いろんなスタイルにまとめてくれるのが」シーラはちらりとこちらを見た。「ねえ……もし、あたしが……ってゆうか、ばかみたいにきこえると思うけど、あたしの髪をやってくれない？」

「そうね、いいわよ」

シーラはベッドから起き上がると、ドレッサーのところにいってヘアブラシをとりだした。小さな鏡の前で立ち止まると、ヘアブラシで二、三度髪をぐいととかし、鏡に映った自分に顔をしかめた。「ハサミを借りてきたら髪を切ってくれる？」

「えー、それはどうかしら。わたし、髪を切ったりするのあまり上手じゃないわよ」わたしはいった。

シーラはブラシをわたしに渡した。「この毛先を切りたいんだ。お願いだよ、トリイ。もうこんなあたしにはうんざりしてるの」

そっと、わたしは彼女の髪にブラシをかけ、それから櫛でとかした。何年も脱色したり染めたりしていたせいで、かなりひどい状態だった。ジェインの机からハサミを借りてきて、わたしはシーラの希望にそうようにがんばった。パーマの残っている部分を切り落とし、染めてある部分も切りとって形を整えようとした。その結果、彼女の髪は素人っぽく切られ、肩のあたりまでの長さになった。そのあとわたしはブラシをかけた。

シーラがわたしにこうしてもらうのを大いに楽しんでいるのは明らかだった。彼女がこの農場で孤立していることから考えて、だれかが彼女に触れたのはずいぶん久しぶりのことではないのか、という思いが作業をしているわたしの頭をふとよぎった。まさか、とわたしは驚いたが、考えれば考えるほど、じゅうぶんありうることだという気になってきた。実際、シーラはこの若い時代の大半を身体的な接触をほとんどもたずに過ごしてきたのではないかという思いがわたしの頭に浮かんできた。

「シーラ、ボーイフレンドはいるの？」わたしはきいた。

「あたしに？　ここで？　やめてよ」

「今まで一度もボーイフレンドがいたことはなかったの？」

シーラはすぐにはこたえなかった。わたしはまだ彼女の髪にブラシをかけていたので、彼女はわたしに背を向けていた。そのため表情は見えなかったが、ためらっているのは感じとれた。「うん」ついにシーラはいった。

「ボーイフレンドほしい？　男の子は好き？」わたしはきいた。

「あたしがレズかっていいたいわけ？」シーラはわたしを振り払い、こちらを向いていった。シーラは顔をしかめた。「あたしにボーイフレンドがいないからって、そんなふうに考えることないでしょ」シーラはぐいと身体を動かした。「だからあたしがトリイに髪にブラシをかけてほしがってると思ってるんじゃないの。ふん。返してよ。あたしにブラシを返してよ」

「やめなさいよ。そんなこといってないでしょ。それに、もしそうだとしても、それがなんだっていうのよ？　べつにいいじゃないの。ジェフがどんな趣味をもっていようがわたしはべつに気にしなかったんだから、あなたがどんな趣味をもっていようが気にしないわ。そんなことは個人の問題なのよ、シーラ。わたしはただきいただけじゃないの」

「うん。でもなぜ？　あたしにボーイフレンドがいようがいまいが、それがトリイに何の関係があるの？　あたしはトリイのことをとやかくきいたりしてないでしょ？」シーラはぷりぷりしてこたえた。

「わかった、わかったわよ。悪かったわ」

「ふん」シーラは鼻を鳴らし、またベッドの上にもどった。「ジェインが何かいったんでしょ。ジェインってほんとうにうるさいんだから」

「わかったわよ。ごめんなさい」

沈黙が流れた。シーラは手のなかにあるブラシをじっとみつめていた。それからブラシを持ち上げると、わたしが切った毛先を手で触りながら、一方向にブラシでとかした。沈黙が続き、長びくほどに悲しい気分になってきた。一瞬彼女は泣き出すのではないかと思ったほどだ。

「うん、ボーイフレンドはいない」シーラは小声でいった。「今までにも一人もいなかった。男の子は好きだよ。あたし、ジェフが好きだった。あの人、ほんとうに素敵な人だった。でも……」しばらく間があった。「でも結局のところ最後はファックということになるでしょ、トリイ。あたし、今までにもう男のあれはいやというほど見てきているんだよ」

「それだけのことじゃないわ、シーラ」

「あたし、子どもが産めないんだよ。知ってた？　叔父さんにあんなことされたおかげでね。覚えてる？　あたしがトリイのクラスにいたときのことだった。あたし、子どもが産めないんだよ。それなのに、ほかにそんなことする理由がどこにある？」シーラはきいた。

どういっていいのかわからないまま、わたしはすわっていた。

「あたしがほしいのはただあたしを抱きしめていてくれる人。あたしのいってる意味、わかる？　あたしを両腕に抱きしめて、それ以上何の見返りも要求しない、そんな人。でも、そんな人はいないと思うんだ。だから、だったらどんなボーイフレンドも持たないって決めたんだ」

親愛なるお母さん、

今週、新聞で二十五年も前に殺された人の遺体が発見されたという記事を読みました。今までだれ一人としてその女性がいなくなっていたことに気づかなかったというのです。みんな彼女はどこかへ行ってしまったというだけで、その後彼女を探そうと思った人などいなかったのです。彼女はもどってきたくなかったのだろうと思っていたのです。お母さんの身の上にもこういうことが起こっているのではないかと、すごく心配になってきました。お母さんを見つけだしたいです。あなたと話して、あなたが無事だということを知りたいのです。あなたが一度ももどってこなかったのが、そのせいではないということを確かめたいのです。

次の土曜に訪ねていったときに、わたしはシーラにドラッグストアで買ったヘアケア用品を持っていった。といっても大したものではない。コンディショナーの瓶とスタイリングムースと、それから伸びかけている彼女の前髪が目に入らないようにするブルーのヘアバンドだけだ。シーラはこのプレゼントに大喜びした。

「うわぁ！　すごいじゃない！」シーラは袋を開けるというよりは引き破り、ヘアバンドを手にとって、頭につけた。「ずっとこういうの、ほしかったんだ。でもあたし前髪を切ってて、こういうのをする意味がなかったから今までもってなかったんだけど。でも、これ、すごくいいね。なんでこんなの買ってくれたの?」

わたしは肩をすくめた。「あなたが気に入ってくれるんじゃないかなと思ったからよ」

「うん、気に入ったよ。ありがとう」

シーラはゆっくり時間をかけて品物を念入りに調べていた。コンディショナーの蓋を開けて、指で触ってみて、それから蓋を閉めて説明を読んだ。「たぶん、これ、ここでは使わせてもらえないと思う。なんでも没収されてしまうんだ。あの人たち、あたしたちがこういうものを吸ったりなにかすると思ってるんじゃないかな。なんだか知らないけど」

わたしはエンジェルのベッドに腰かけた。彼女は少なくとも十個以上の小さなぬいぐるみを枕のところに並べていたが、わたしの重みのせいでいくつかが落ちた。わたしは前かがみになって落ちたぬいぐるみを並べなおそうとした。

「いつお父さんが仮釈放になるかわかったよ。十月二十八日だって」シーラがいった。

「あなた、どうするつもり?」

シーラは肩をすくめた。ムースの容器を逆さまにして、少し手のひらにスプレーしてとりだすと、容器をもとにもどし、匂いをかいだ。それから泡を両の手のひらのあいだでつぶした。

「お父さんはどこに住むの？　仕事はあるのかしら？」

「ブロードヴューへもどるつもりだと思うよ。ブロードヴューには友達がいるから。お父さんはあそこで育ったんだよ。おばあちゃんも生きてたときは、あそこに住んでたし」シーラは髪にムースをすりこんだ。

シーラから他の家族のことをきいたのはこれが初めてだった。シーラが六歳のときに彼女にひどい暴行をはたらいたジェリー叔父のこともふくめて、他にも親戚がいることは知ってはいた。だがシーラは直接一緒に暮らしている家族以外の人のことをめったに口にしなかった。

「そう、とにかくいいニュースじゃない。あなたもここから出られるってことなんだから」とわたしはいった。

シーラはむっとしたように唇をゆがめた。「どうかな。あたし、自分がお父さんのところにもどりたいのかどうかよくわからない。お父さんは今まで百万回も、もう酒もクスリもやらないっていってきたんだよ。それで、またすぐにやるんだ。今回もあやしいもんだよ。もうこんなばからしいことを我慢するの、うんざりだよ」

わたしは黙っていた。

シーラはちらりとわたしのほうを見た。「あたしが何をしようと思ってるかわかる？　お母さんを探しにいくんだ。お母さんと一緒に暮らせるかどうか様子をみに」

「どうやってやるつもりなの？」

「えー？　だれにもいわないでよ」シーラは立ち聞きされるのを心配するかのように、こっそりあたりをうかがった。「あたし、お父さんがときどき送ってくれるお金を、ずっと貯めてたんだ。それで、この前町に行ったときに、図書館に行ってカリフォルニアの新聞社の住所を調べてきたんだ。そこにお金を送って広告を出したんだよ。あたしがだれかってことと、母親を探しているっていう広告をね」

「カリフォルニアはとても大きなところよ。ひとつの新聞だけではカバーしきれないわ」

「えー、うん、わかってる。でもまたお金が貯まったら、もっと広告を出すから。きっとお母さんはどれかを見てくれるよ」

わたしはシーラをじっと見つめた。「それで、それからどうするの？」

「えー、そうすればお母さんと話せるじゃない？　で、たぶんお母さんと一緒に住めるようになるんじゃないかな」

「シーラ、わたしにはそうは……」

彼女はわたしに顔をしかめてみせた。「トリイはそんなことやめておけというつもりなんでしょ？　そうだと思ってたよ」

「いいえ、そうじゃないわ。わたしはただこういうことはあせらないでゆっくりとしたほうがいいっていおうとしただけよ」

「自分のやってることぐらいわかってるよ」シーラはいい返した。「お母さん、あたしが探そうとしていたことを、すごく喜んでくれるんじゃないかな。養子に出された子どもたちが、なんとかして実の親をみつけだして連絡をとったら、実の親はものすごく喜んだって話、しょっちゅうきくじゃない」

「そういうケースも、よくあるわね」

「お母さんはどこかにおちついて暮らしていて、弟もそこにいて……」

「あまり高望みしすぎないほうがいいわよ、シーラ……」

シーラはぷりぷりして肩をがくっと落とした。「いわなきゃよかった。いわないほうがいいとわかってたんだ。トリイはやっぱりやめなさいっていうんでしょ」

「そうじゃないわよ、シーラ、わたしはただ――」

「わかってるって、トリイ。でもトリイが思ってるようにはならないから。ふん、お父さんとなんか一緒にいたくないよ。それからこんなところにもぜったいいたくない。あたしはお母さんと一緒にいたいの。あたしが苦労して探して会いにいったら、お母さんはきっと喜んでくれるよ。あれはずっと昔のことだもの。ひょっとしたら事故だったかもしれないじゃない。あたしは、ただ車から落ちただけのことかもしれない。たぶんお母さんはあたしが落ちたことをずっとあとになるまで気がつかなかったのかもしれないじゃない。あたしが無事だったと知って、きっと喜ぶよ」

29

親愛なるお母さん、
わたしはお母さんと一緒に暮らしたい。お父さんと暮らすのはもううんざりです。何か特別悪いことが起きたというわけではないのです。長いあいだ特に悪いことも何も起こっていないのですが、もうお父さんの生き方にうんざりしたというだけなのです。お父さんのことを心配し、お酒のことを心配し、クスリのことを心配し、お金のことを心配し、お父さんがまた厄介事を起こすのではないかと心配し、もしまたそうなったら、わたしはどうなるんだろうと心配し、もういやになりました。わたしはお母さんとジミーと一緒に暮らしたい。お願いですから、しばらくのあいだだけでもそんなふうに暮らすことはできませんか？

「あたしをここから出してくれない？」わたしがいつもどおり土曜日に訪ねていくと、

シーラがいった。「ここにいたら気が変になりそう」

「別の養護施設を探してくれっていうこと？」わたしはきいた。

「ちがう。ちがうよ。ただここから出してほしいの。外に連れ出してよ。もう三カ月もここの敷地より外へ出てないんだよ。トリイの家へ行きたいな。連れていってくれる？」

「ジェインが許してくれるかしら。あなた、ここでの成績《トラック・レコード》があまりよくないものね」

「えー」シーラはたのしそうにいった。「あたしの陸上競技の記録《トラック・レコード》はすごくいいよ。だれよりも早く走れるもの」シーラは駄洒落にくすくす笑った。

「そうね。でも、今いったとおりよ。ジェインが今さら特別に許可をあたえてくれるとも思えないけど」

シーラは怒って低い唸り声を出した。「トリイから逃げ出したりはしないよ。わかってるでしょ」

正直なところ、わたしにはわからなかった。だからといって、シーラが嘘をついていると思ったわけではない。わたしの知っているかぎりのシーラがやりそうなたくらみを考えても、シーラは今までずっとわたしにはほんとうのことをいってきていた。今になって彼女の潔白を疑う理由などなかった。だが、彼女は生まれついての楽観主義者だった。チャンスが目の前に現われたときに、逃げるという誘惑に彼女が抗することができるかどうか、わたしにはなんともいえなかった。

「ねえ。お願いだから。いうだけいってみてよ」シーラは懇願した。「もうここにいるのはうんざりなんだよ」ちょっと押し黙ったあと、彼女は急に明るい表情になった。「トリイにお料理を作ってあげるよ。覚えてる？　この前にやったときのこと？　気に入ってくれたでしょ？　お願いだから」

「わたしがほんとうに頼んだら、それがどういうことになるか、あなたわかってるの？」わたしはいった。

「何のこと？」

「ポイント・システムよ。あなたは点数を稼がなきゃいけなくなるわよ」

おおげさに目の前で腕を振って、シーラは後ろむきにベッドに倒れこんだ。「もう、かんべんしてよ。トリイまで、そんな」

「あなたも協力しないと、シーラ。あなたがするべきことをきちんとしていたら、たぶん何カ月も前にここから出られたはずよ」

「やめてよ。あのばかみたいなゲームをやれっていうの？　くだらないあの小さなものを集めろって？　何あれ？　くだらないゴルフのティーかなにか？　あたしがあんなゴルフのティーでだれかにあたしの生活を取り締まらせると思ってるの？」

わたしは彼女をじっと見つめた。「あなたがわたしの家に来たいのなら、そうしなきゃ」

「ふんだ。トリイまでこんなふうだとは思わなかったよ」怒って顔にしわを寄せて、シーラはまたベッドにひっくり返った。

彼女のなかのトラが頭をもたげてきていた。唐突に、わたしはシーラに闘志がもどってきたことに気づいた。うれしくなって、わたしは彼女をたきつけた。「ジェインを呼んできましょうよ。何ポイント集めればいいかを決めて、それが達成できればすぐに、わたしのところで週末を過ごすようにすればいいわ。これでどう？」

「くだらない」

「わかったわ。じゃああなたの好きなようにすれば」

シーラは起き上がってすわった。「べつにそういう意味でいったんじゃないよ。もう。今日は機嫌が悪いんだね。どうしたの？　生理なの？」

わたしは穏やかににっこりした。

シーラは腹を立てて歯をむき出してから、ベッドの端まで這っていき、紙をすばやくつかんだ。「わかったよ。じゃあジェインを呼んできて。このくだらないことを片づけちゃおうよ」

その計画をやる気になると、シーラはさっさと点数を稼いでいった。ジェインは仰天していたが、それこそシーラが見たいと思っていた反応だったのではないだろうか。実際、鬱状態から立ち直り、シーラが急速にホーム内で力を発揮しだすにつれて、ジェインは呼び覚まされたシーラの能力にびっくりして多少不安を感じているようだった。

二週間後の土曜日には、わたしはシーラと一緒に街へ向かって走る車に乗っていた。

「うわぁ、最高」シーラはそういいつづけた。「木だ。ねえ、あの木々を見て。こういうのを外で見てみたかったんだ。あそこは砂漠みたいだもの」

わたしのアパートメントにもどると、シーラはひとつひとつ、部屋を見てまわった。「うわぁ、ここにもどってきたなんて、へんな感じ。この前いつあたしがここに来たか知ってる？　あの男の子、アレホと一緒の夜。うわぁ、既視感《デジャヴュ》みたい。ううん、あのときが最後じゃなかった。トリイに料理を作りに来たよね。あれはあのあとだった。ああ、トリイ、まるで大昔のことみたいな気がする」シーラは言葉を切って、わたしのほうを振り返った。「この前、あたしが自分の人生の部分部分を締め出すことができるっていったの覚えてる？　そういうことは他のだれかの身に起こったことだというふうにしちゃうってこと」

わたしはうなずいた。

「ここでのこともそうなんだ。そうするつもりはなかったんだけど。このことは忘れようと努力したわけではないんだけど、今ここにもどってきてみると、そんなふうに感じるの。ほんとうの既視感《デジャヴュ》というか。まるでなにか前世の自分を訪ねているみたいな感じだよ。だって……あたしが行ってしまったあとも、他のみんなはそのままずっとここでいままでどおりの生活をしていたとはとても思えないんだ」

台所に入ってくると、シーラは冷蔵庫にマグネットでとめつけてある一群の写真に目をやった。写真の前で立ち止まると、丹念に見はじめた。「キャンプに行ったときの写真よ。見て、わたしがいちばん大きなマスを釣ったの」わたしがいった。

「一緒にいる男の人はだれ？」

「ヒューよ。あとで会うことになるわ。今夜私たちを夕食に連れていってくれることになっているから」

「ということは、この人と今ファックしてるってことだね？」

「そういういい方はしたくないけどね」

「だけどファックしてるんでしょ」彼女はまだ写真をじっと見ていた。

「そういう質問は〝個人的なこと〟に属するものよ、シーラ」

シーラは振り向いた。「あたしたち、友達でしょ？」

「ええ、そうだけど……」

「じゃあ、いってくれてもいいじゃない。彼とファックするんでしょ？」

「ファックっていうのはちがうわ。愛し合うというならそうだけど。この二つは違うのよ」

シーラは肩をすくめた。「あたしにとっては全部ファックってことだよ」

わたしはシーラを午後ショッピング・モールに連れていこうと計画していた。何カ月も隔離されていて、彼女は人が込み合う場所を目や耳で楽しみたいと思っているにちがいなかった。土曜の午後のモールほどそれにふさわしい場所はない。急いで昼食を食べてから、わたしは出かける前に歯を磨こうと、バスルームにいった。

まだ歯を磨きながら、わたしがバスルームから出てくると、何かを軽く叩くような音がきこえてきた。角を回って居間に入ると、シーラが電話を手にしているのが見えた。

「だれに電話をしてるの？」わたしはびっくりしてきいた。

「べつに」

この返事がほんとうとはとても思えなかった。きっと顔にもその気持ちが表われていたにちがいない。

シーラは複雑な顔をしていた。「ごめん。遊んでたんだ。ただめちゃくちゃボタンを押してただけ。ごめんね。でも、知ってる？　プッシュホンで曲が弾けるんだよ。それでちょっと試してみたかっただけなんだ……」

わたしはまだ疑わしそうな目で彼女を見ていた。

「ほんとだよ。トリイに《きらきら星》を弾いてあげるから」

この電話の一件でわたしは少し不安になった。おそらく彼女は単にプッシュホンで遊んでいただけなのに、わたしが必要以上に心配しているだけなのだろう。だが、本能的にどうしてもそうではないという気がしてしかたがなかった。午後じゅうずっと、わたしは次々と頭をもたげてくる疑問に悩まされた。だれに電話をしていたのだろう？　なぜ？　どうして彼女はそれをわたしに知られたくないのだろうか？

その午後はわたしにとってはかなり緊張したものになった。シーラに逃亡の前科があることを考えれば、モールは彼女を連れて行くところとしてはかなりあぶない場所だった。わたしはシーラに、わたしたちが一緒に過ごしたなつかしい昔をしのぶ、楽しい気楽な時間を過ごしてほしかった。と同時に、シーラにわたしが彼女を信頼していることををわからせることが大切だとも感じていた。

信頼しきれていなかった。わたしはこういう子どもたち相手の仕事をずっと長くやってきたために、容易に信じることができなくなっていた。そこに加えて例の秘密の電話の件がますますわたしの心配を大きくさせていた。

だが結局のところ、心配するようなことは何もなかった。シーラはショッピング・モールに行って大喜びした。すべての店に入り、手に取れるものはほとんど手にしてみて、次から次へと洋服や帽子やアクセサリーを試着し、ドーナッツ、キャラメル・コーン、クッキー、ピザ、アイスクリームとぞっとするほどの量の食べ物を大量のオレンジ・ジュリアス（同名のファースト・フード・チェーンで販売しているオレンジジュース）で流しこんだ。シーラはだれかが着古したジーンズから作ったような変わった服が一目で気に入ってしまった。上半身はわざと破ってあり、ずらりと安全ピンがついていた。スカート部分はお尻がぎりぎり隠れるかどうかの長さしかない。シーラはすでにすごく下品な言葉を書いたTシャツを自分のお金で買っていたので、この服はわたしが買ってあげようと申し出た。彼女のあの風変わりなファッション・センスをもう一度見られるなら、それくらいの出費はいいと思ったのだ。

わたしたちが家にもどってくると、ヒューがすでに来ていた。シーラはびっくりした。

わたしからアパートメントの鍵を受け取ってドアを開けたシーラは、まさかその向こう側にだれかがいるなど思ってもいなかった。彼女は驚きの悲鳴をあげ、わたしのいる廊下まで走ってもどってきた。

ふざけるのが大好きなヒューは、シーラとわたしが入ってくるまで待っていた。それからシーラの顔を一目見るなり、両手を上げてシーラと同じような悲鳴をあげながら寝室に駆けこんだ。

シーラは口をぽかんと開けた。「なに、あの人？」

「おれは泥棒だ。あっちへ行け」寝室から小さな声がきこえてきた。

「ほんもの？」シーラがきいた。

「ヒューよ」わたしはもうけっこうと彼にわからせるためにうんざりした声でいった。

ヒューはわたしがその前の週に結婚式に出席したときにかぶった小さな花のついた帽子をちょこんとかぶり、でも顔はお葬式のような表情をして部屋の隅に姿を現わした。

「そう」ヒューは声をコントラバスのような低音にしていった。「ぼくがトリイの友達のヒューです」

シーラは飛び出るかと思うほど目を大きく見開いた。「ジェフもいいかげんひどいと思っていたけど。ねえ、トリイ。どこからこういう人たちをみつけてくるの？」シーラはつぶやくようにいった。

その夜は楽しかった。シーラはバスルームに長時間閉じこもって準備をした。例の下品な言葉を書いたTシャツなどの新しい服に身を包み、それから思うぞんぶんわたしの化粧品を使って化粧をした。その後ヒューがわたしたちを日本料理の店へ連れていってくれた。そこのシェフはナイフを芸術的な正確さで振り回しながら、テーブルの目の前で料理を作ってくれる。箸を使ったことのないシーラは、箸でつかみそこなっては笑い、またつかみそこない、何度も料理を膝の上に落とした。ふつう、シーラはあまりユーモア好きなほうではなかった。彼女の威厳や自己像はまだもろすぎて、とても心から大笑いするところまでいっていなかった。だが、この夜だけはシーラも自分の不器用な努力のおかしな面を見ることができ、さらに進んで、ヒューのばかげた言葉を我慢し、それどころか楽しむことさえできた。実際、ヒューがいちいちいう言葉があまりにばかばかしいので、わたしたち三人は全員身悶《みもだ》えして笑い、ついに箸を使えないのはシーラだけではないというところまでいってしまった。

そのあとわたしたちはSF映画を見にいった。ヒューはばかでかい容器に入ったポップコーンを買ってきて、みんなで食べられるようにわたしとシーラのあいだにすわった。

映画が始まるのを待つあいだに、二人はポップコーンを投げ上げては口で受けて楽しんでいた。わたしは二人のはしゃぎすぎに、多少居心地の悪さを感じはじめていた。わたしたちが他の人々の神経にさわりはじめているのが感じられ、そのうちだれかから苦情がくるのではないかと心配になってきた。うん、おとなしくしたほうがいい、とヒューも認めた。愛情をめったに外に表わさないシーラにしては珍しく、彼女はヒューの腕にしがみつき半ば抱きつくように彼にぴったりくっついていた。

その夜ヒューが帰ってから、シーラとわたしはアパートメントで寝支度を整えていた。シーラは居間のカウチを使うことになったので、わたしは広くするためにカウチからクッションをとりはずした。

「あの人、クスリかなにかでハイになっているの？」用意をしている最中にシーラがきいた。

「だれが？　ヒュー？　いいえ、彼はいつでもああいう調子なの」

「うわぁ」そういってシーラは黙ったまま、カウチの上でシーツを伸ばした。「あれがクスリのせいじゃないって確か？　彼が何かをやってるのに、トリイが知らないっていうんじゃない？」

「いいえ、ヒューってああいう人なの」わたしはこたえた。「わたしが彼にすごく引かれている理由のひとつはそこだと思うわ。わたし、大笑いするのが大好きだから」

シーラはうなずいた。「クスリもやらないのに、人間ってあんなふうになれるなんて全然知らなかったよ。お酒を飲んだり、何もしないで。自分であんなに上機嫌になれるなんて知らなかった」


シーラがカウチにおちついたので、わたしは自分の寝る準備にとりかかった。顔を洗い、おやすみをいい、それから自分の寝室にひきあげた。もうかなり夜が更けていて、疲れていた。それで間もなく明かりを消して、眠りについた。

わたしはぎょっとして目を覚ました。部屋は真っ暗だ。ベッドサイドの時計を見て、寝てからまだ一時間半しかたっていないことがわかった。この部屋に自分以外にだれかがいる気配がして、髪の毛が逆立つ思いだった。ベッドの上で寝返りをうち、わたしは身を起こした。「シーラなの？」わたしは暗闇のなかにささやきかけた。

しばらくのあいだ何の返事もなかったが、やがて彼女がドアのそばの影のなかから出てきた。「ごめん。起こすつもりじゃなかったんだ」

「あなた、何やってるの？」

彼女がすぐにはこたえないので、わたしはスウィッチをつけようと手を伸ばした。

「やめて！」シーラが頼むので、明かりはつけないことにした。ベッドから身体をかがめて見てみると、床にカウチから運んできた毛布が敷いてあった。彼女がやってきて枕をその毛布の頭のほうに置いた。

「何をしてるの？」わたしはふたたびきいた。

「眠れないんだ」彼女の声は小さく子どもっぽかった。「あっちだと変な感じなんだよ。一人っきりで寝るのにあまり慣れてないから。エンジェルっていびきをかくんだけど、そのやかましい音に慣れちゃって。ここで寝たらいや？」

「わたしはいびきはかかないと思うけど」

シーラはくすくす笑った。「それでもいいの」

シーラは床の上に寝て、毛布を身体にかけた。そのあと沈黙が訪れた。眠くなってきて、わたしはうとうとした。

「今夜は楽しかった」闇のなかでシーラが小声でいった。「ヒューって好きだな。トリイはラッキーだね」

「ええ」

「ほんとうに楽しかった。あんなに笑ったのって、ほんとうにすごい久しぶり」

「ふーむ……」

「あたしにもいつかヒューみたいなボーイフレンドができるといいな」

うとうとしていて、わたしはその言葉にこたえたかどうか覚えていない。

「トール？」

わたしははっと目を覚ました。「え？」

「トリイ、ほんとうに彼とファックしてるの？」

「その質問は前にもきいたと思うけど」わたしはぶつぶついった。「あなたは異常にわたしの愛情生活に興味を持っているようね」

「だってトリイがそんなことしているとこ、どうしても想像できないんだもの」

わたしは闇のなかで微笑んだ。

「じっさい、あたし、自分がそんなことしたいかどうかわからないんだ。すごく怖いような気がする。冗談じゃなくって、ほんとうに自分の意志でなら、ぜったいあんなことやらない」

「あなたにふさわしい男の子が現われたら、全然違うふうに感じるかもしれないわよ」

「ううん、そうとは思えないな」

沈黙が続いた。深い、考えこむような沈黙が闇のせいで一層重苦しく感じられた。それからついにシーラの声がした。「トール？」

「うん?」

「あたしにもいつかボーイフレンドができると思う? つまり、もしあたしがその人とセックスをしなくても、それでもその人はあたしと一緒にいたいと思うかな?」

「ほんとうのボーイフレンドというものは、セックスのためなんかじゃなく、もっと多くのもののためにあなたを愛してくれるものよ。それに、先のことなんてわからないじゃない。あなたのほうだってちがうふうに感じるかもしれないじゃない。相手に触れたい、触れてもらいたい――そう思うのは男の人を愛する気持ちのごく自然な部分よ」

シーラは黙っていた。

「あなたはひどい経験をしたものね、シーラ。子どもにぜったいにあってはいけないような恐ろしい経験だったわね。ほんとうに文字通りめちゃくちゃにされてしまって。あれはほんとうに悲惨だったわ。でもね、今いってるのは、ファックじゃないの。自然に出てくる気持ちはそうじゃないのよ。それは愛なの。愛の一部なのよ。あなたにもわかるわ。だって、実際そうなると、とても幸せな気持ちになるものなのよ」

話の余韻が闇のなかに漂っていた。またシーラが何か考えこんでいるような沈黙が流れ、やがてただの沈黙に変わった。毛布にくるまって、わたしは目を閉じた。

「ヒューみたいな人だといいな。彼みたいにおかしな人だったら」シーラがいった。

「ええ、そうだといいわね。ヒューはいい人よ」言葉を切ってから、わたしは続けた。「ねえ、水をさすようで悪いけど、もうすごく遅いわ。もう寝ないと二人とも明日の朝ふらふらになってしまうわ」

床のほうからくすくす笑う声がきこえ、それから静かになった。

それから闇のなかからまた彼女の小さな声がきこえてきた。「今日のことで何を思い出したかわかる？　今夜のことだけど」

「なあに？」

「トリイの別のボーイフレンドと一緒に過ごしたときのこと、覚えてる？　何て名前だっけ？　チャド？　彼がトリイとあたしにピザをごちそうしてくれたときのこと、覚えてる？　今夜はあのときみたいだった。楽しかった。あのときみたいに」

「あのときのこと、覚えているの？」シーラが十四歳のときに、あのときのことを覚えてないといったのを反射的に思い出して、わたしはきいた。

「うん。だいたいね。えーと、細かいことはよく覚えてないけど、でも気持ちはよく覚えてる。すごく楽しかったっていう気持ちはね。トリイと彼と一緒にいて、すごく楽しかったっていうことを。もしほんとうのお母さんとお父さんがいたら、きっとこういう気持ちになるんだろうなって思ったことを覚えてるよ」

わたしは闇に向かって微笑みかけた。「ええ、わたしもあのときすごく楽しかったのを覚えているわ」

「今夜も、いってみれば、あのときみたいだったよ。家族みたいな気分でさあ。なんていうか……お互いがひとまとまりになっているというか」

「ええ」

「そういう気分を味わえるっていいよね。自分と一緒にいる人たちが、ドアを開けてあたしを追い出す機会を狙っているんじゃないって思えるって、いいよ」

30

親愛なるお母さん、

あのころ、わたしはほんとうに困った子でした。だからお母さんもあんなことをせざるを得なかったのでしょう。わたしにもわかる気がします。だって、お母さんとしては、ああするしか他に方法がなかったんでしょうから。でも、わたし、今はずっといい子になりました。以下にわたしのいい点を並べてみました。

1　料理ができる。

2　家事がじょうずにできる。

3　ここを出たら仕事について、お金を稼ぐ。

4　学校の成績はほとんどAで、優等生名簿にも載っている（前の学校では優等生名簿に載っていました。ここには優等生名簿っていうのがないんだけど、別の学校に移ったらきっと載ると思います）。

5 今なら、いろんなことがわかるくらい大きくなったから、お母さんがしてほしいようにできる。

十月になった。彼女を訪ねていくのは私一人だということがわかっていたので、わたしはほとんど毎週シーラに会いにいった。秋の前半を通じて、シーラの進歩はめざましかった。土曜の午後を農場の外で過ごしたい一心で、今ではシーラは熱心に点数を稼いでいた。ジェインも、平日のあいだの協調性も大いに改善されたと報告していた。シーラは今でも他の若い子たちと一緒にいるのを避けるところがあったが、わたしはこの点はあまり気にしていなかった。

父親が月末に仮釈放されるというので、シーラがここを出る準備も進められていた。ジェインはシーラをこの農場に十一月の半ばまでとどめておき、そのあいだにレンズタッド氏におちついてもらおうと考えていた。この前不愉快な別れ方をしてから、わたしはレンズタッド氏とは話していなかったので、わたしがふたたびシーラとつきあいはじめたことを彼が知っているかどうかわからなかった。したがって、すべての情報はジェインから来ていた。父親がシーラを引き取ってやっていけるだけのおちついた生活態度を身につけていることはソーシャル・サービスが証明済みだ、とわたしはすでにジェインから知らされていた。十月になって、刑務所のリハビリテーション・プログラムを通して父親のブロードヴューでの就職先が決まったので、あとは住む場所をみつけるだけだ、とジェインはいった。

シーラはこれらの知らせを比較的冷静に受け取っていた。彼女は以前にも少なくとも三回こういうことを経験しているので、〝実際にこの目で見てから信じる〟という一種懐疑的な見方をとっていた。それに、彼女にはもっと大事な関心事があった。

「トリイ！　トリイ！　こっちへ来て」コロンブス記念日の前の土曜日にわたしが訪ねていくと、シーラは興奮して手招きした。わたしが彼女の部屋に入ると、急いでわたしの後ろでドアを閉め、シーラはベッドの上に勢いよく飛び乗った。「すわって。見せたいものがあるんだ」

わたしは腰をおろした。

ベッドの上でかがみこんで、シーラは大事なものをすべて収めているベッド下収納箱を引き出した。そして段ボールの蓋を開けて、手紙を取り出した。その手紙を胸に押しつけ、彼女はわたしににやっと笑いかけた。「何だと思う？　これ、何だと思う？」わたしが考える間もなく、シーラはその手紙をわたしの手に押しつけた。「お母さんから手紙がきたんだ！」

わたしは手紙を受け取った。

「あたしが広告を出したこと、覚えてる？　知ってるでしょ、新聞に出したの。それが効いたんだよ！　それを見て、お母さん、こんな長い手紙を書いてきてくれたんだよ」

ほんとうに長い手紙だった。十ページか十二ページもありそうで、便箋の裏表に小さな、ぞんざいな文字でびっしり書かれていた。わたしは手紙を開き、膝の上で折り目を伸ばしてから読みはじめた。

最初の数行を読んだだけで、わたしの心は重く沈んだ。この書き手の文章には、異様な、せっぱつまった雰囲気が漂っていた。彼女は娘をあきらめて養子に出したといっており、そのあとは数ページにわたって情緒的な問題や結婚生活で虐待を受けたことなど非常に複雑な話が延々綴られていた。

「シーラ、こういうことといいたくないけど……でも、これ、あなたのお母さんからじゃないかもしれないわよ」

「お母さんだよ。娘は四歳だったっていってるじゃない。あたし、四歳だったもの」シーラはいい返した。「あたしがいいたいのは、あんな目にあわされた四歳の女の子が何人もいるかってこと」

「そうね、あなたとまったく同じ状況だった子はそう多くはないでしょうね。でもこの人はそのときの詳しい状況を書いてないわ。そのうえ、〝あきらめて養子に出した〟っていってるじゃない。あなたのお母さんがしたことは、〝あきらめて養子に出した〟っていうのとはちがうわ」

「わかってる。でも、お母さんあのとき動転してたんだよ」シーラはいい返した。「見てごらんよ。あのときどんなに動転してたかって、何度もいってるじゃない。ああ、そのためにお母さんの人生はめちゃくちゃになってしまったんだ。どんなものか、あたしにはわかってた。お母さんがあんなことになったことを後悔しているだろうって、わかってた。それで、あたしの居所さえわかれば、あたしを取りもどしたいと思っていたこともわかってたんだ」

わたしは顔をあげて、シーラをまじまじと見た。彼女のこういう目は何度も見たことがあった。まるで六歳のときにもどったように、痛々しいほど傷つきやすい表情を浮かべていた。すがりつくような思いで、これがほんとうであれば、と彼女は願っているのだ。わたしは片手を伸ばして彼女の肩に触れたが、彼女は肩を引いて避けた。

「娘の名前はシーラだっていってるじゃない」彼女はなおもいった。

「シーラ……」

「だって、そういってるじゃない」

「あなたが名前を教えたからよ。あなたの名前が広告に出ていたでしょ」

「でも、いってるじゃない。なんで名前のことなんかで嘘をつかなきゃならないのよ？　あたしがこの人の娘じゃなかったら、なんでわざわざあたしに連絡してくるのよ？」

「それは、何が現実で何がそうじゃないかがわからなくなっている、そういう困った問題をかかえている人がときどきいるからなのよ」わたしはこたえた。

シーラの目が突然怒りに燃えた。「あたしのことをいってるの？　あたしのこと、そんなふうに思ってたの？　頭がおかしいって。さあ、いってよ、トリイ。あんた、そういうことをいいたいんでしょ？」

「そうじゃないわよ。わたしは彼女のことをいってるの。この手紙を書いてきた女の人のことよ。あなたのことじゃないわ。彼女はあなたを自分の娘にしたいんだと思うわ。彼女のほうではそう信じこんでいるのかもしれない。でも、あなたはそうじゃないでしょ」

「あたしもそう思ってる！　これ、お母さんだよ。わかるもの。手紙、全部読んでよ。二、三ページしか読んでないくせに。ジミーのことだって書いてあるんだ。ジミーのことも、それからあたしにはその他にまだ四人も弟がいるってこともいってる。再婚したから、弟がいるんだ」

わたしはがっくりと肩を落とした。「だってあなたはジミーの名前も広告に出したじゃないの、シーラ。この人には手紙を書く前から、あなたの弟の名前がジミーだってことわかっていたのよ。だって、あなたが教えたんだから」

シーラの目に涙が盛り上がってきた。「トリイはわざと意地悪なこといってるんだ。トリイはあたしにお母さんを探し出させたくないんだ」

ふたたびわたしは両腕を彼女のほうに差しだした。「シーラ、どうしたのよ」

平静を保とうと必死になりながら、彼女はわたしから顔をそむけた。

「シーラ、わたしだってあなたにお母さんをみつけだしてもらいたいわよ。それ以上にうれしいことはないくらいよ。だって、それであなたがどれほど幸せになれるか、よく知っているもの。でもね、わたしはあなたに今まで以上に傷ついてほしくないの。これを信じるとそうなると思うからいっているのよ」

「あっちいってよ」

「シーラ……」

「出ていってよ。さあ。この週末は会いたくない。帰ってよ」

その週、例の〝親愛なるお母さん〟ではじまる手紙は、送られてこなかった。そして、次の週末にわたしが訪問したときには、シーラはもうあの手紙のことは口にしなかった。シーラがいつもの親しさを見せないところからも、わたしが彼女に同意しないことでひどく彼女を傷つけてしまったことがわかった。シーラはずっとよそよそしい態度を続けた。わたしのほうからこの問題に触れるのは賢明ではないと感じたので、ただ暖かく、彼女を支える姿勢をとり、シーラのほうが次に動きだすのを待とうと思った。わたしたちは一応楽しくおしゃべりをした。そのほとんどは、彼女がこの農場を出る準備についてのことだった。シーラはこの農場内にある小さな学校から、ブロードヴューの大きなハイスクールに転校することになっていた。それで、新しい学校がどんなカリキュラムなのか興味津々だった。わたしたちは学校でとることのできるさまざまなコースのメリットについて話し合い、わたしは彼女が大学に進学しやすいカリキュラムを選んだほうが有利だと話した。

シーラが卒業後どうするかが話題にのぼったのはこのときが初めてだった。彼女は今ハイスクールの最上級生だったので、進路をどうするかという問題が大きく立ちはだかっていて当然だった。だが、わたしはそれまで彼女の学問上の将来のことに関する話題には立ち入ったことはなかった。その理由としては、ひとつには学校がシーラ一人でもじゅうぶんにうまくやっていける分野だったこともあるし、もうひとつにはシーラの現在があまりにも混乱しているために、将来のことまで考えている余裕がなかったということもあった。シーラは何があっても卒業後大学に行く気はないと宣言して、わたしにショックをあたえた。

「冗談でしょ」

「ううん。大学には行きたくない」とシーラはこたえた。

「何いってるの。行くにきまってるじゃない」とわたし。

「行かない。もう学校にはうんざりだよ。とにかく独立したいんだ。自分がボスになれる場所で暮らしたいんだ。学校へは出た瞬間からもうもどらない」

これをきいてわたしはびっくりした。シーラほどのＩＱがあり、古代史に興味があり、ラテン語を勉強したり古典を読む能力がある子が、高等教育を受けたくないなんて、わたしには想像できなかった。わたしは大学生活というものがハイスクールとはどれほどちがうものなのか、シーラもすぐにその生活スタイルが気に入るというようなことを説明しようとした。彼女の環境が決して教育的に恵まれているものではなかったので、シーラはずっと前から独力で勉強するという姿勢を身につけていた。このことが大学に入ってどれほど有利に働くか、こういう姿勢を身につけているシーラならもう成功したも同然だとわたしは指摘した。

だが、何をいってみてもだめだった。先週とはちがって、シーラは怒りはしなかった。怒るほどにこの話に身を入れていなかったのだろう。このことは彼女にとってはそれほど重要な分野ではなく、だから本気になって反論する気にもなれなかったのだろう。だが、頑固な態度は一貫していた。学校を卒業したら、仕事と自分だけのアパートメントを探して独立する。大学はいつでもいける、と。

翌週の水曜日、オフィスでパートナーのジュールズとコーヒー片手におしゃべりしていると、電話が鳴った。電話はわたしたち二人のあいだの椅子においてあったので、二人ともが受話器に手を伸ばした。が、ジュールズのほうが少し早かった。彼は受話器を取り上げ、それから顔をしかめた。「知ってた？　ぼくがとると、いつも君への電話だ」そういって、わたしに受話器を渡した。

ジェイン・ティモンズからだった。「問題が起きたの。シーラがいなくなったのよ」と彼女はいった。

「どこで？　いつのことなの？」

「彼女、今朝監督つきで町へ服を買いに出かけたのよ。アニーがマグレガー・デパートに連れていったの。つまり、正直いって、わたしたち、もう彼女にはそんなに逃げ出したりする危険はないと考えていたのよ、トリイ。いずれにしても、ここを出るまであと三週間もないんだから。シーラがトイレに行って、アニーは外でずっと待っていたんだけど、シーラは出てこなかったっていうわけ」

「どうしたの？ 窓かなにかがあったの？」わたしはきいた。

「ええ。でも二階だったのよ。どういうふうに抜け出したのか、そこからどこに行ったのか、さっぱりわからないのよ。屋根は平らな屋根だけど、でも……」

この短い会話のあいだに、シーラはまたわたしの知っている愉快で生き生きした少女から、わたしにはほとんど理解不能な世界に住む、わけのわからない少女へと変身してしまった。

「今さらきくまでもないと思うけど、彼女、そちらへは行ってないみたいね？」とジェインは続けた。

「ええ」

「じゃあ……」

「何かわたしにできること、ある？」

「あまりなさそうね。警察には連絡したわ。父親のいるメアリーズヴィルの刑務所にも連絡したわ。もっともあんな遠くまではいかないとは思うけど」ジェインはここで言葉を切った。「あの子がどこに行きそうか、何か思い当たるところはない？　友達とかなにか、心当たりはない？」

もちろん、最初に頭に浮かんだのは、彼女の母親のことだった。

「あの、手紙がきたんだけど……」わたしはそう切り出して、シーラが母親をみつけだそうとしていたことを簡単に説明した。

「ああ、そのことなら全部知ってるわ」ジェインはいった。

「え？」とわたしは驚いた。シーラはこのことを職員にいったとはきいていなかったからだ。

「日常の予防措置としてね。子どもたちの持ち物はすべてチェックすることになっているの。彼女がカリフォルニアの新聞に広告を出したことも知ってたけど、そのことでとやかくはいわなかったわ。べつに害はなさそうだったし、それに彼女を引き取ってくれるという身内が現われないとも限らないものね。もしそうなればおめでたいことじゃないの。あの父親にしたって黄金でできてるわけでもあるまいし」

「でも、あの手紙のことも知ってたの？　あの北カリフォルニアの女性からの」

「ええ、あの手紙なら見たわ。ホリーが先週私のところに持ってきたの」ジェインはこたえた。「悲しい話よね」

シーラの持ち物を検査するやり方にしても、彼女の行動についてのことにしても、じつにいいかげんなやり方だった。わたしは非常に不愉快になり、シーラの失踪とこのことが関係しているとどれほどわたしが感じているかその詳細を話す気にはなれなかった。今までもずっとジェインのことを決して好きだったわけではなかったが、今は軽蔑を感じていた。

この件に関しては、この電話がたった一回かかってきたきりだった。ジェインからふたたび電話はなかった。わたしのほうから木曜と金曜の二回、農場に電話をしたが、ジェインは電話に出られず、副園長の口からまだシーラの居所はわかっていないときかされた。

シーラの失踪から数日間は、彼女から電話がかかってくるのではないか、あるいはアレホのときのようにわたしの玄関口に姿を現わすかもしれないと思っていた。彼女が無事でいるかどうか心配だったのでおちつかなかったが、それでも事態はそのうちすぐに解決すると確信していた。なんといっても、そんなに長いあいだ姿を消したままでいられるわけがないのだから。

だが、それが結局かなり長いあいだになってしまった。日々が過ぎて一週間になり、一週間が二週間になった。レンズタッド氏は刑務所から釈放されて、ブロードヴューへもどったが、シーラは依然行方不明のままだった。

信じられなかった。わたしは少女が何の痕跡もなしにただ姿を消してしまうということが信じられなかった。ここにきて初めて、わたしは警察や他の社会福祉の役所が家出した子どもたちをどの程度にしか扱わないかという悪夢のような現実を思い知らされたのだった。そして、これは今度が初めてではなかったが、シーラの世界がどれほどわたしの住む世界とはちがうかということに直面させられたのだった。

彼女のことを心配するなといわれてもそれは無理だった。彼女があのカリフォルニアにいる頭の変な女性か、あるいはほんとうの母親を実際にみつけだしたということもふくめて、わたしにはあらゆることが想像できた。最高のシナリオとして、わたしはシーラが母親とジミーと再会し、彼女がずっとしたいと思っていたような生活をしているところを思い描いてみた。そしてこれが実際に起こったことなのだ、だから彼女は連絡してこないのだ、と自分にいいきかせようとした。だが、残念なことに、いくつかのパターンの最悪のシナリオがわたしの頭に侵入しつづけていた。

十一月になり、わたしはシーラがまたしてもわたしの生活から唐突に抜け落ちてしまったという事実を受け入れざるをえなくなった。このような経験がいつもそうであるように、時間がついにはわたしの焦燥感を、そして心を嚙むような心配をも癒やしはじめた。ある夜、わたしはファイル用の引き出しのいちばん上にしまっていた例の〝親愛なるお母さん〟の手紙の束をたまたま目にした。わたしはそれをそこに置いたままにせず、昔の教え子たちの思い出の品と一緒に屋根裏部屋の箱にしまった。翌朝、わたしはずっと机の上に置いていた『シーラという子』の本を、何気なく見てしまうことのないような場所に移し変えた。

わたしがボビーという口をきかない四歳の男の子相手に遊び療法をやっている最中のことだった。彼は難しいケースで、なぜ彼がしゃべらないのかだれにもわからなかったので、他の精神科医から評価してくれと頼まれていた。わたしがこのセッションの様子をずっとビデオに撮影していることはみんなが知っているので、邪魔が入るとは思っていなかった。ところが、わたしがシャボン玉を吹いて見せ、なんとかボビーに喜びの声をあげさせているとき、わたしのポケットベルが鳴った。無視しようとしたが、わたしがこたえないでいると、もう一度鳴った。

いらいらしながら立ち上がり、わたしはセラピー室の壁にとりつけてある電話のところまで行き、片手でフロント・オフィスの番号を回しながら、もう片方の手でビデオ・カメラを消そうとした。わたしのおかしな動作に困惑したのか、ボビーがいつも持っている毛布をカメラに向かって投げたので、ビデオは画面全体が毛布に覆われて終わりとなった。

「あの、ポケットベルを呼び出したのはわたしなの」とフロント・オフィスで働いているロザリーがいった。「あなた宛てにファックスが入ってきたので、ここに来て見たほうがいいと思ったものだから」

「今すぐに？　今、セラピー中なのよ」とわたしはいった。

「ええ、トリイ。今すぐ来たほうがいいと思うわ」

ボビーを連れて、わたしは建物の正面にあるオフィスまで下りていき、私宛ての郵便棚に入っているファックスを取り出した。そして読んだ。

おいで人間《ひと》の子、手をつなぎ
妖精《フェアリ》とともに水の上
また逃げてこい、遠い荒野へ

おもいの外《ほか》に、この世には、悲しみごとが多いから
（W・B・イェイツ著『さらわれた子』尾島庄太郎訳より）

この世の中に自分の居場所がない人もいるのです、トリイ。星の王子さまはこのことを発見しました。クレオパトラも。そして、わたしもそうみたいです。ここにはわたしのためのものは何もありません。わたしはどこか他の世界から来たみたい。ここはわたしの場所ではありません。この世には思いのほかに悲しみごとがいっぱいです。

いろいろやってくれてありがとう。わたしにファックスで返事をしようとしないで。どこかのお店から送っているだけだから。それに返事はほしくありません。

愛をこめて、シーラより

「ああ、なんてことなの」読みおえて、わたしはいった。
「ええ」とロザリーがこたえた。「それを見て、すぐにあなたに見てもらったほうがいいと思ったの」
「彼女をつかまえなくては」ファックス用紙に目を走らせて、用紙のいちばん上に小さ

な文字で送信者の番号が印字されているのに気がついた。ロザリーの机の電話をつかみとると、わたしは番号案内に電話をかけた。このファックス・ナンバーは北カリフォルニアからのものだとわかり、間もなくシーラがファックスを送ってきた店の電話番号がわかった。わたしはすぐにそこに電話をかけた。

「もしもし、つい先ほどそちらから送信されたファックスを受け取った者ですが。若い女の子が送ったはずなんです。十六歳の。その子、まだそこにいますか？　非常に大切な件なので、彼女と話さなければならないんですが」

電話に出た相手の人は、電話を保留にした。百年とも思えるほどの長いあいだ、わたしは待った。それからかちっという音がして、人間の声がきこえてきた。

「もしもし？」シーラの声だった。

31

「シーラ？　シーラなのね。わたしよ、トリイよ」

答えはなかった。彼女はまだそこにいた。わたしたちを隔てている空間を越えて、彼女のやわらかい息づかいがきこえてきた。

「シーラ？　だいじょうぶなの？」

「どうやってあたしがここにいるってわかったの？」

「いい？　よくきいて。あなた、だいじょうぶ？」わたしはもう一度きいた。「どこにいるの？　わたしが今電話しているのはどんな場所なの？」

「コピー屋」シーラはこたえた。麻痺したような声だった。わたしがこんなにもすぐにファックスの送信元をつきとめたことに、彼女は心底びっくりしていて、どう反応していいのかわからなかったのだろう。

「だいじょうぶなの？」

「トリイとは話したくない」

「だめよ、シーラ。電話を切ったらだめよ。お願い。お願いだから」

「あたしのこと、ほっといてくれない？」声が涙ぐんでいた。息づかいがかすかに乱れるところからも、彼女が泣きだしそうになっているのがわかったが、シーラはなんとかそれを抑えこもうとしていた。

「だめよ、シーラ。わたしに話すの。さあ。まだ電話を切らないで。今までどうしていたのかを話してちょうだい」

沈黙が流れた。

「何があったの？」

しゃくりあげるような声がきこえた。

「シーラ、電話を切っちゃだめよ」

「切らないけど」向こうからすごく小さな声がきこえてきた。

「あまりうまくいかなかったのね？」

「うん」

「何があったの？　わたしに話してくれる？」

「ここでは話せないよ。みんなにきこえるもの」

「そう。でもわたしはあなたと話がしたいの。ぜひともね。他に電話はあるの？　いえ……待って、切らないで。待って。ちょっと考えさせて」

「お母さんがみつからないんだよ、トリイ」シーラがいった。「ずっとお母さんを探してきたんだけど、みつからないんだよ」

「まあ、シーラ」

「畜生、あたし、泣きそうになってきた。いや、こんなところで泣きたくない。ああ、いやだよ」

「シーラ、わたし、あなたを迎えに行くわ」

「え？」

「何もしたらだめよ、わかった？　だいじょうぶ？　わたしがあなたを迎えにいくから。あなたを家まで連れて帰るわ。今どこだかいえる？　どこに泊まっているの？」

　また涙声になってシーラはいった。「どこにも泊まってないよ。たった一人でいるの」

「わかったわ。いい、あなたが今いるところにずっといるのよ。そっちのファックス・ナンバーはわかっているから。手配を整えてから、そっちへファックスを送るわ。だからそこにとどまって、わたしからの連絡を待つのよ。何もしたらだめよ。わかった？

約束できる?」

シーラは泣いていた。怒りからか、安心したからか、わたしにはわからなかったが、泣きながらシーラはわたしがファックスで返事をするまでそのコピー屋にじっとしていると約束した。

それからがたいへんだった。シーラは北カリフォルニアの比較的小さな町にいたので、民間の空港はなかった。わたしの住む街から一日に一便以上飛行機が飛んでいる最寄りの場所であるサンフランシスコから、車でゆうに二時間はかかる場所だった。ここからサンフランシスコまでの飛行時間は二時間。最短で見積もっても出発してから四時間はかかる。そこにさらに災難がふりかかってきた。もうすぐ感謝祭の週末だった。それでわたしが飛行機の予約をしようと空港に電話をかけたところ、エコノミーの座席は、すぐ次の便だけではなく、その次の便もすべて売り切れだということがわかった。ということは、わたしが出発できるのは早くても翌日の昼間ということになる。とんでもないことだった。なんとしてもわたしが迎えにいかなければならなかった。あんな不安定な状態のシーラをここまで一人で帰ってこさせることなどとてもできなかったし、特に今まで一度も飛行機に乗ったことがなく、空の旅行にともなうさまざまな手続きに不慣れなシーラにそんなことをさせるわけにはいかなかった。また、もしわたしが彼女のいるカリフォルニアの所轄の警察やソーシャル・サービスなどの外部の機関に助けを求めて電話をしたりしたら、彼女がどんな反応を示すか自信が持てなかった。

そのとき、わたしがパニックに陥っている最中に、またポケットベルが鳴った。

「まったく、もう」わたしはジュールズにぶつぶつ文句をいった。そしてポケットベルを乱暴に取り外すと、机の上に放り投げた。

ジュールズはまだピーピー鳴っているそれを見ていたが、それから目をわたしのほうに向けた。「こたえるべきだとは思わないかね？」

うんざりして、わたしがロザリーに電話をすると、彼女が先方を回してくれた。

「助けて！　助けて！　死にそうなんだ。ぼくを助けてください、先生！　早く！　カベルネ・ソーヴィニヨンの点滴とTボーン・ステーキで！」電話の相手は弱々しい声で叫んだ。「今夜六時にどうでしょうか？」

「ヒュー！　いいかげんにしてよ。こんなことしちゃいけないことぐらい知ってるでしょ」

彼はいつもどおり、まったく悪びれていなかったが、彼の声をきくとうれしくなって、どうしても怒ることができなくなった。わたしはシーラに関するひどい話の一部始終を彼に話し、それからできるだけ早くわたしが迎えにいくことがどうしても必要だと感じていること、だがそれが不可能だということがわかったことを話した。ヒューは考えこむように話に耳を傾けていた。「ファースト・クラスの席を予約しろよ。それなら空いてるだろ」彼はこたえた。

わたしはふんと鼻を鳴らした。「エコノミーでさえやっとなのに、ファースト・クラスなんて買えるわけないでしょ、ヒュー。そんなふうにして彼女を迎えにいくなんてできないのよ。仮に席があったとしても、無理だわ。帰りの便はよけいにひどい状況なのよ。ちょうど感謝祭にぶつかるの。もう席なんかないわ」

「飛行機代はぼくが払うから。きみにチケットをプレゼントするよ。それからレンタカーを借りればいい。いずれにしてもレンタカーは借りなきゃならないだろ。彼女を迎えにいくのに。だったらそこからここまで車で帰ってくればいいじゃないか。心配するなって。ぼくがなんとかするから。いいかい？」

彼の親切な申し出にびっくりして、なんといっていいかわからなかった。

「彼女はいい子なんだろ」ヒューはわたしの沈黙にこたえるようにいった。「つまるところ、人生でちょっとお金を使うことがなんだっていうんだい？」

わたしはシーラに地元のマクドナルドで待っているようにといった。夜遅くまで開いていて、なかで待っていても比較的安全で、わたしが知らない町でも簡単にみつけられるところといえば、そこくらいしか思いつかなかったからだ。ヒューがわたしのためにサンフランシスコまでのファースト・クラスのチケットを買ってくれた。サンフランシスコでレンタカーを借りる手続きをし、海岸線を北上してシーラを拾い、ここまで車で帰ってくるという一二〇〇キロ以上の大旅行だった。

シーラのためにこんなことをするべきではない、などということはちらりとも思わなかった。いつも多少衝動的で、ヒューがいうところの〝お見事な行動〟に走りがちなところはあったが、そうしていなかったらおちついていられなかったはずだ。わたしはいつもあたえられた状況のなかで自分がどうすべきかを本能的に感じとってきた。そのせいで考えるよりも先に行動してしまいがちなところはあったが、あとで後悔するようなことはめったになかった。今この瞬間、シーラを迎えに行くことは正しいと感じた。実際それ以外ないと感じていたので、その他の方法などまったく考えもしなかった。

わたしがマクドナルドのアーチの明るい黄色の光の下に車を止めたのは十時十五分だった。窓ごしにシーラの姿が見えた。細長い人影がテーブルにかがみこんでいる。エンジンを切り、わたしは外に出た。

わたしがドアから入っていっても、シーラは立ち上がりはせず、ただ顔を上げてわたしを見ていた。彼女の顔にかすかな笑みが浮かんだ。おそらくほっと安心したのだろう。テーブルに近づき、わたしは身体をかがめて彼女を抱き寄せた。シーラも自分から近づいてきて、わたしのウールのジャケットのひだにしがみついた。

向かい側のベンチに腰をおろして、わたしはシーラをしげしげとみつめた。彼女はきたなかった。彼女が初めてわたしのクラスにやってきたときそうだったように、文字通りの意味できたなかった。櫛を入れていない髪が脂ぎった筋になって長く垂れ下がっている。爪には垢が入りこみ、肌にも汚れのしわができていた。服はしわくちゃでしみがついていた。そしてあの昔の日々と同じように、ひどい臭いがした。

「お腹空いてる?」わたしはきいた。

「うーん、フライド・ポテトはちょっと食べたけど。何か食べないと追い出されると思ったんだ」

わたし自身は空腹ではなかった。飛行機のなかでふだんの習慣に反してずいぶん食べたので、とてもビッグマックという気分ではなかったが、わたしはカウンターに行ってビッグマックをひとつずつとフライド・ポテトのLサイズを買った。わたしは目前に迫っている長いドライブに備えてコーヒー用の魔法瓶を持ってきていたので、カウンターの向こうにいる少女にわたし用にそこにコーヒーを詰めてもらい、シーラにはミルク・

シェイクを注文した。

シーラはむさぼるようにハンバーガーを食べ、わたしがお腹が空いていないからいらないというと、わたしのぶんもがつがつ食べはじめた。またもやわたしは何年も前、お腹をぺこぺこに空かせていた六歳のシーラが、両手を使って学校の給食を口に押しこんでいるのを見ていたときに引きもどされたような気がした。今夜のシーラは優雅さからはほど遠かった。おそらくここ何日もろくに食べていなかったのだろう。

「それで、今までどこで暮らしていたの?」わたしはきいた。

シーラは肩をすくめた。「暮らせるところならどこでも」

「お金はどれくらい持っているの?」

「今? 八十五セント。バスの切符を買ったあと、最初は二十三ドル五十セントあったんだ。できるだけ使わないように気をつけていたんだけど……」シーラはあやまるような顔をして微笑んだ。

彼女が食べているあいだ、わたしたちはまるで何も起こらなかったかのように、おしゃべりをした。彼女の話から、この前彼女がわたしのところにきた土曜日にわたしの電話を使ってバスの時刻と値段を調べたことがわかった。シーラは農場で子どもたちに支給されるお小遣いのなかから、どれほど切り詰めて必要なお金を捻出したかを話した。

この一部始終をきくのはじつにおもしろかった。それほど入念に計算された計画だった。それなのにわたしはこんなことをまったく思ってもいなかったのだ。だが、なぜ彼女がこんなことをやったのか、そしてその結果どうだったのかについては、わたしたちは話さなかった。話をしているあいだ、少し引いた場所から客観的に観察しながら、わたしは自殺衝動をともなう鬱症状の徴候はみられないかとさぐった。その徴候はまだあるように思われた。

シーラが話しおえたので、わたしは腕時計に目をやった。「さあ、そろそろ出発したほうがよさそうね」

シーラはすわったままだった。

わたしは彼女をじっとみつめた。

「あの農場へはもどりたくない。もしトリィがあたしをあそこへ連れもどそうとして、はるばるやってきたのなら、無駄だったね。あそこには帰らないから。あそこは死んだような所だよ。あそこへはぜったいもどらない」

「あそこへは連れていかないわ。今後のことは相談しましょう。お父さんはブロードヴューに住むところをみつけたわ。お父さんがおちついたら……」

シーラはまだすわっていた。

「さあ、シーラ、行きましょう」

彼女は大きな長い溜め息をつき、肩をがっくりと落とした。それからうんざりした様子で席から立ち上がり、わたしについてきた。

マクドナルドから車を出すと、わたしは大通りを飛ばし、幹線道路に乗った。わたしはドライブが大好きだ。どこのだれともわからない身軽な存在になれるので、とりわけ長距離ドライブが好きだった。ほんとうにドライブに身をまかせてしまうと、自分が無限に自由な存在になったような気分になって、ほとんど現実を超越した感じになる。一緒に家まで連れて帰るためにシーラを車に乗せるという、わたしの任務のいちばん重要な部分を成し遂げて、わたしは最高の気分だった。

わたしの横ではシーラが座席に寝そべるようにすわっていた。何キロものあいだ、彼女はずっと黙っていた。彼女がすごく疲れているのは見ていてもよくわかったので、最初わたしは彼女が寝るつもりなのだろうと思った。が、そうではなかった。シーラはドアに肘をかけ、頬杖をつきながら、前方の道路をじっとみつめてただすわっていた。

道路はガラガラに空いていた。家までの最短距離の経路を選んだので、高速道路は通らずに東へと向かう道路を走っていた。この時間にこの道を走っている車は他には一台もいなかった。実際、見渡す限り、農家の建物からもどこからも明かりは見えなかった。

車という狭いスペースにいると、マクドナルドのプラスチックに囲まれた陽気な雰囲気のなかにいたときよりもずっとはっきりとシーラの痛みが伝わってきた。その痛みはほとんど肉体的な痛みといってもいいようなものだった。もし手を伸ばせばその傷口に触れられるのではと思うほどだった。何キロものあいだずっと、わたしはどうすればいちばんいいかわからないでいた。黙ってすわっていたほうがいいのか？　何か話すように彼女を元気づけるか？　それともこうして家から一二〇〇キロも離れた所で夜のなかを突っ走っているのが、まるでごくふつうのことのように、ただ淡々と走りながら、自然にまかせるのがいいのか？

シーラは頬杖をついていた手をおろし、胸の前で腕を組んだ。顔にかかっていた髪をかきあげると、顔をこちらに向けてわたしを見た。「なんでこんなことしたの？　はるばるこんなところまでわたしを迎えにくるなんて」

「あなたが大好きだからよ。ただ、それだけのこと」

シーラはわたしから顔をそらせ、窓から深い闇をみつめじっと動かなかった。ついに彼女がこちらを見たとき、彼女の頬には涙が流れていた。ダッシュボードの薄青いライトに照らされて、涙がきらりと光っていた。

「話したい気分になった？」わたしはきいた。

シーラは首を横に振った。手を上げて涙をぬぐったが、涙はまた流れてきた。次から次へと。シーラは傍目《はため》にもわかるほど動揺して、涙がどうしても止まらないとわかると、痛ましい怒りが噴出した。

「ハンドバッグにティッシュがあるわ」わたしはそういって後部座席を指差した。

「こんなのいやだ。泣きたくないんだよ」

「いいのよ、シーラ。気にしなくていいのよ」

「あたしがいやなの」シーラはいい返した。「泣きたくないんだよ。一度泣きはじめたら、やめられなくなるんだもの」

「ずっとそれを恐れていたのね？」

シーラはうなずいた。涙がますますあふれてきたが、彼女はまだそれを止めようとしていた。「ものすっごく腹が立っているんだ！　降参なんかしたくない。泣きたくなんかない。泣いたら自分が弱くなるだけだもの」

「いいえ、弱くなるわけではないわ」

「こんなのずるいよ！　おかしいよ。なんでトリイがここにいるの。こういうことをいってくれるのは、あたしのお母さんのはずじゃない。先生なんかじゃなくってさあ」顔を上げてシーラはわたしの方を見た。「こんなことといって、ごめん、トリイ。でもトリイはずっと先生だったもの。あたしを愛してくれなきゃいけない人はどこにいるのよ?」

　わたしはシーラの様子に注意を払った。

「いったいぜんたいあの人たちはどこにいるのよ? お母さんはどこ? そういうことをちゃんとやってくれるお父さんはどこにいるの? あたしのためにそういうことをしてくれる人は、どうしていつもトリイのような人なの? なんであたしの親は一度もあたしの面倒を見てくれないの? あたしってそんなに悪い子なの?」涙が堰を切ったようにあふれてきた。激しく音をたててしゃくりあげ、シーラはシートベルトの肩ストラップにもたれて泣いた。

　わたしは何もいわなかった。言葉に出すことがいいと思えるようなときもあるが、実際には言葉などほとんど何の役にも立たないのだ。

　前にもこんなことがあったことを思い出した。何年も前に引きもどされて、わたしは夜の闇の車のなかではなく、わたしの腕のなかで泣いているシーラと一緒に、昼間の学校の小さな書庫の薄暗がりのなかにいた。もう学年が終わろうとしているときだったが、シーラはそれまでずっと長いあいだ小さなトラの子のように勇猛果敢だったので、彼女が涙を流したのを見たのはそれが初めてだった。シーラは涙の下に口をあけて待っている深い淵をずっと恐れていたのだった。

シーラはすごく長いあいだ泣いていた。両脚を引き上げ、両腕でかかえこみ、その上に顔を埋めて、ぼろぼろになってしまっている上着の生地を濡らしながら泣いていた。わたしは何もいわず、何もせず、ただ闇のなかで車を走らせていた。そのころには山道を走っており、道路の両側まで木々が迫っていた。雪が降りはじめていて、車のヘッドライトに照らされたなかを、大きな雪片が夢のように舞い降りていた。時間が遅いこと、暗闇、木々、雪――それらがすべて一緒になって、どこか不気味な、この世のものとも思えないような雰囲気をかもしだしていた。わたしにはものごとがもはや現実のものとは感じられなかった。

ついに、泣きやむときがきた。シーラはすすりあげ、しゃくりあげ、息を吸いこもうと苦闘していたが、泣くのは終わっていた。続いて沈黙が訪れた。長い、深い、沈黙。触ればそうとわかるかと思うほどのさまざまな思いがこめられているような沈黙だった。

「あの男の子のこと、覚えてるよ」シーラがいった。ごく、ごく小さな声で、まだ涙の余韻がかすかに残っていた。「あたしが森に連れていった、あの男の子」

ワイパーごしに雪をじっと見つめながら、わたしはみじろぎもしなかった。彼女がわたしのクラスに送られてくる原因になったあの誘拐のことを、シーラは今まで一度も話したことはなかった。その事件のせいで、もう少しで子ども時代をずっと精神科病院で過ごすようにと宣告されるところだった。ここ何年ものあいだに、シーラはほとんどすべてのことを話してくれたが、あの事件のことだけは、ほのめかすことさえなかった。

「あたし、あの子が庭にいるのをよく見てたんだ。ブランコを持ってて、あの子のお母さんがブランコに乗せて押してあげてた。あたし見てたんだ。ゾウの形をしたほんとうに乗れるプラスチックの車も持ってた。あの子はよくその車に乗って、あの子のお父さんがそれを押してやってた。あたし見てたんだ。それから……あの子がある日たった一人で庭にいた。それで、あたし、いったんだ。〝一緒にくる？〟とかなんとか。もうはっきりとは覚えてないけど。で、あたし、あの子の家の庭の門の止め金をはずして、あの子を外に出したんだ。そして森に連れていった。

ひどいことするつもりはなかったんだ。ロープの切れ端を持ってはいたけど、それはたまたま線路のそばで拾ったからで、それでどうしようなんて思って持っていったわけじゃない。たまたま持ってただけなんだ。あの子を傷つけたいと思ったなんてこと覚えてない。少なくとも最初のうちはね。覚えてるのは、歩いてあの子を森へ連れていって……あの子のズボンを下ろさせたんだ。あの子のペニスが見たかったんだよ。そのことは覚えてる。ジミーみたいだ、と思ったことを覚えてるもの。あの子はちょうどジミーみたいだった。それで憎らしくなったんだ。トリイ、そのときあたしの頭にあることが浮かんだ……今でも昨日のことのようにはっきり覚えてるよ。あの小さな男の子を見てどんな気持ちになったか、はっきりと覚えてる。たまらなく憎らしくなってきて、こう思ったんだ……それを口に出していったら、トリイ、あたしのこときらいになると思う。でも、……あたしはこう思ったんだ。この子を殺したいって」

言葉がとぎれた。シーラはうつむいて、膝の上の両手をみつめていた。「あたしはいやな性格の悪い子だったんだ。おとうちゃんがいってたみたいにね」

わたしは黙っていた。

シーラはわたしのほうを向いた。「あたしのことがきらいになった？」

「いいえ」

「なんで？　あたしだったらいやになるよ。運が悪かったら、あたしあの子を殺してたところだったんだよ」

わたしは道路のほうを向いていたが、目の端で彼女をとらえていた。シーラはずっとわたしのほうを見ていたが、ついに目をそらせた。「あたし、人殺しなんだよ」

「あの子は死ななかったわ、シーラ」

「でも死んでいたかもしれないんだよ。あの子が死ななかったのは、ただ運がよかったからなんだよ」シーラは大きく息を吸った。「あたし、どうしてもこのことを忘れることができないの。今までだれにもいったことはないけど。思い切ってだれかに話したことはなかったけど、いつも頭にはこのことがあった。たまたま何かいいことがあっても、いつも頭のなかにどっかりとすわっているこのことに、いいことは食いつぶされてしまうんだ。あたし、こう思うの。あたしはほんとうに悪い人間なんだ。だからあたしの身の上に次々いろんなことが起こるのは不思議でもなんでもない。あたしはそういう報いを受けて当然なんだ。あたしは自分の母親でさえ我慢できなかったほどの悪い子なんだからって」

「あなたのお母さんはあのこととはなんの関係もないわ。だってお母さんはあなたがあの男の子を連れ出したのよりずっと前に家を出て行ったじゃない。事実、わたしがあえて説明するとしたら、まったく逆だわ。あなたがあんなことをしたから、お母さんが出て行ったのではない。お母さんがあなたを置いて出て行ったから、あなたはあんなことをやってしまったのよ」

「じゃあなんでお母さんはあたしを置いていったの？」

「いちばん考えられるのは、お母さん自身にいろいろ問題があったからでしょうね。お母さんも、当時すごく若かったのだから。お母さんはたった十四歳であなたを産んだのよ。そのこと、知ってた？　十四歳よ」

返事はなかった。

「だから、お母さんが出て行ったあの夜も、まだ十八歳だったのよ。今のあなたより一年半年上なだけよ。それなのに彼女には心配しなければならない子どもが二人もいて、夫は刑務所だったのよ」

シーラは下唇を噛んだ。

「お母さんも初めからあなたを見捨てるつもりじゃあなかったんだと思うわ。あなたがあの男の子を傷つけるつもりじゃなかったようにね。ただ感情に押し流されてしまっただけなんじゃないかしら。限界ぎりぎりのところまで追い詰められていて、あと何かひとつ起これば切れてしまうというところまできていたのよ。後ろの座席で小さな女の子が騒ぐというようなことでさえね。それで、もうこれ以上戦えないというときにわたしたちがたいていするように、お母さんは逃げ出してしまったのよ」

シーラは小さく嘲笑うような声をたてた。「ふん、じゃあたしかにあたしはお母さんの血を引いてるんだ。いつでも問題から逃げ出しているもの」

「まあ、それはちがうわ」とわたしはいった。「あなたはお母さんとはちがうわ。ずっと強いもの。ずっと立派よ」

「なんでそんなことがいえるのよ？」

「たしかにあなたもものごとが難しくなると逃げ出すかもしれない。でも違うところは、あなたはもどってくるじゃない」

シーラは考えこんでいたが、それからゆっくりとうなずいた。「うん、そうだね」

32

今度の事件で興奮しているあいだは、休みなしにずっと車を運転して帰るつもりでいたのだが、夜中の一時ごろになると、これがいかに愚かな考えだったかということが自《おの》ずとわかってきた。山から抜け出て、わたしたちは広大なネヴァダ平原を横断しはじめていたが、こんな深夜でもフロントに人の気配のするモーテルをわたしは目で探しつづけていた。そしてついに小さな町はずれにひとつみつけだした。

あまりに疲れ果てていたので、部屋に入るとすぐにざっと顔だけ洗い、わたしはベッドにもぐりこんだ。だが、何週間もお湯と縁のなかったらしいシーラは、シャンプーとコンディショナーの入ったわたしの旅行用ポーチを持って長時間バスルームにこもっていた。そのうちわたしは目を開けていられなくなった。

バスルームから出てきて、シーラが自分の荷物をひっかきまわす物音でわたしはふたたび目を覚ました。わたしは彼女が寝支度をするのを横になって見ていた。「何かきれいな着替えがあればいいんだけどな。ぜんぶすごくきたないの」そうぶつぶついってから、シーラはベッドにもぐりこみ、明かりを消した。

わたしのベッドの横にある古めかしいラジエーターが闇のなかでシューシューと音をたてていた。十一月の夜から身を守るためにわたしは毛布をぐいと引き上げた。

シーラがベッドのなかで寝返りを打った。「眠くないな」とつぶやいた。「あたしたちが今夜話したことをずっと考えていたんだけど」

ラジエーターが激しく吹き出すような音をたてて、また静かになった。

「それでね、あることで、あたし自分の両親にすごく腹が立ってきたんだ。あたしはほんの小さな子どもだったんだよ。すごくだまされたような気分だよ。親だったらあたしがあんな目にあわないように守ってくれなきゃいけなかったんじゃないの」

「ええ、あなたのいうとおりだと思うわ」

「ふと今思ったんだけど……あの……たぶんあたしがあんなでもしかたなかったんじゃないのかなあ。そりゃああたしはひどい子どもだった。自分でもわかってる。でも……両親にあんな目にあわされても当たり前というほど、あたし、悪い子じゃないという気がするんだけど」

そう、それでいいのよ。わたしはそう考えていた。

シーラは丸一日でもそのまま幸せそうにぐっすり眠っていただろうと思う。また、その必要があることも明らかだった。おそらくほんとうのベッドで寝たのはずいぶん久しぶりのことだっただろうから。だが、天候が悪化してきており、早く出発したかったので、わたしは無理やり彼女を九時半に起こした。

シーラには疲労が色濃く残っていた。気分は前夜よりは軽くなっていたようだが、口数は少なかった。二言、三言、言葉を交わしたかと思うと、そのあと次の言葉が出るまで十分も十五分も沈黙が続くという状態だった。気をまぎらせるため、わたしはよく聞こえるようにカーラジオを調節していた。

「あたし、あの広告に返事を書いてきた女の人に会いにいったんだ。トリイにはわかっていたと思うけど、あの人、あたしのお母さんじゃなかった。ったくもう」シーラは一瞬少し微笑んだ。「ただの頭のおかしな人だったよ。トリイがいったようにね」

わたしはシーラを見てにやっと笑った。彼女は肩をすくめた。

「その他に何をやったの？」

「べつに。ずっと長いあいだ、考えていたんだ。えーと……つまり、それでもお母さんをみつけることができるかもしれないって、希望を持ちつづけていたの。あたしはカリフォルニアにいるんだし、お母さんもカリフォルニアにいるわけだから。どこかにね。だからずっと希望を持ちつづけていたんだ……」シーラは顔をそらせて窓の外を見た。「たいへんだったよ。どこにも行くところはないし。お金もほとんどないし。たいていはひどいところで寝なくちゃいけなかった。建物の軒下とかそんなところでね。変なやつが寄ってこないようにもしなくちゃならなかったし。それにものすごく寒かった。お腹も空いたし……」

「なんでわたしに電話をくれなかったの?」わたしはきいた。

シーラは肩をすくめた。「わかんない。最初はトリイにはいわないでおこうと思ってたんだ。トリイが正しかったときのトリィって、あたしきらいなんだ。トリイはべつにそれみたことかというふうにはいわないけど、でもなんていうか……そういう雰囲気を発散させてるんだもの。それに、あそこにもどりたくはなかったし。今でももどりたくないよ。ほんとうのところ」

しばらく間があった。

「あたし、今からどうしたらいいと思う?」シーラがきいた。「お父さんのところにもどるの?」

「ええ、たぶんね。あなたがほんとうにどうすべきか、わたしの考えを知りたいのならいうけど、学校の勉強に本腰を入れることね。そうしたら奨学金がもらえるわ。まだ時間はあるし、あなたほどの才能があるなら、喜んであなたを受け入れてくれる大学はいくらでもあるわよ。あなたが前にハイスクールを卒業してもすぐには大学に行かないといっていたことは覚えてるわ。でもね、シーラ、わたしを信じて。大学に行くのがあなたにとって理想的な進路よ。きっとすごく気に入るわ。必要な自由はすべてあるし、その上社会から守られた環境だし。あなたがほんとうに勉強したいことが勉強できるのよ。ほんとうに頭を思いっきり使うことができるのよ。あなたにはすごく向いていると思うわ」

シーラは溜め息をついた。「うん、まあね」

そのあとシーラは眠った。あと二四〇キロというところまで来ていた。わたしはシーラをどこに連れて行くかあれこれ思いをめぐらせた。父親はシーラが来ることなど予想もしていないし、かといってジェインやその他のソーシャル・サービス関係の人の手に今の時点でシーラを委ねたくないことははっきりしていた。彼女をわたしのアパートメントに連れて帰って、そこから父親に連絡するというのが最善の方法だと思われた。翌日は感謝祭だった。それでレンズタッド氏を招待してみんなのために感謝祭のごちそうを作ろうかなどと考えたりもした。なぜかそうするのがふさわしい気がした。

街中に入り、信号の多い道路を走っていると、シーラが目を覚ました。彼女はすわり直し、背中を伸ばして顔をこすった。「ああ、もどってきちゃった」そういって、窓の外を見た。その声の調子からは、喜んでいるのかそうでないのかはわからなかった。わたしは彼女にわたしの計画を説明した。

「いやだ」

「いやなの？」

「うん。お父さんのところに連れてって」シーラはわたしのほうをちらりと見た。「ここ一時間ほど、目を閉じっぱなしだったけど、ずっと眠っていたわけじゃないんだ。考えていたの。あたしたちが話したことについて、何度も何度も考えていたんだ。それで、家に帰りたいんだって決めたの」

びっくりしてわたしはうなずいた。「わかったわ」

「あたしがトリイやジェフと一緒にサマー・スクールで働いていたあの夏のこと、覚えてる？」

「ええ」

「えーと、あるときあたしがトリイに、いつかあたしにとって事態がましになることがあると思うか、あたしの生活がまともなものになることがあると思うかってきいたこと、覚えてる？　それからトリイが何ていったか、覚えてる？」

わたしは思い出そうとしてためらっていた。

「あたしは覚えてる。だってそのことがすごく心に残ったから。トリイは、物事をあるがままに受け入れなければならない、っていったんだよ。お母さんがあたしを置いていってしまったっていうことを受け入れなければならないって。たまたまそういうことになってしまったけど、それはあたしが悪かったからじゃない、ただそうなってしまっただけなんだってことを受け入れなければならないって。それから、そのことを許して、それを手放してやらなければならないってトリイはいった」

わたしはうなずいた。

「あの、あたし、その第一ポイントまで来たと思うんだ。ここにずっとすわって、考えているうちに、もうあれはあたしのせいじゃないって気になってきたんだよ。そりゃあ今でものすごく心が痛むよ。今でもあんなこと起こってほしくなかったって思う。でも、起きてしまったことなんだから。たぶんお母さんは自分の問題を抱えていただけなんだろうって、今ならわかる。そこにあたしがふくまれていたのは、単にあたしが運が悪かったんだって」

シーラはしばらく考えこんでいた。「たぶんお父さんについても同じことがいえると思うんだ。何についても。とにかく、あたしは問題を飛び越えていくことはできないし、その下を潜っていくこともできない。そのまわりを回っていくこともできない。それは全部やってみたんだもの。だから、それを通り抜けていったほうがいいんじゃないかって、思ったんだよ」

短い沈黙が流れた。

「物事が前とはちがって見えてきたように思うんだ。あたし、それを受け入れることができると思う」シーラはいった。

「よかった」

わたしの家へ向かう道路への合流点が近づいてきた。わたしは長いあいだ交差点の付近をゆっくり走っていたが、シーラがそれ以上何もいわないので、アクセルを踏んでそのまままっすぐ走り、ブロードヴューへ向かう高速に乗り入れた。

「あのね、あたしがいちばん考えていたのは、トリイがそれを手放してやるっていったことについてなんだ。受け入れて、許して、それからそれを手放してやる。あたし、受け入れるのはできると思う。許すこともできると思う。でも、手放してやるってなんだろうってずっと、ずっと考えていたんだ。〝手放してやる〟ってどういうことだろうってずっと考えてたんだけど、それって自分の人生を前向きに生きるってことじゃないのかなってことしか思いつかないんだけど。過去のことより未来のことを考えはじめるってこと」

「そうよ、それってすごくうまくいい当ててると思うわ」

また考えこむような短い沈黙が流れた。「ねえ、あたしって今まで一度も前向きに生きたことないような気がする。いろんなことを覚えていなかったときでも、あたしはいつも昔にもどりたがっていた」

わたしはうなずいた。

「もしあたしが生まれたとき、お母さんが十四歳だったのなら、もしお父さんがあのころもわたしの知ってるのと同じあんなどうしようもない人だったのなら、とてもバラ色の日々というわけにはいかないよね。今ごろこんなことに気づくなんて変な感じだけど、あたしが望んでたのは〝昔にもどる〟ってことじゃなかったんだ」

シーラは父親のもとにもどった。わたしはその翌日アメリカの伝統的な感謝祭のごちそうを作らなかった。そうしていればいかにも物語の最後を飾るにふさわしかったのだろうが。実のところ、シーラを父親のところで降ろしてから、三週間彼女には会わなかった。

ところで、雪の舞い散る暗闇を抜けてカリフォルニアからもどってきた旅は、単に物理的な旅以上のものであったことがわかった。シーラはやっと別の暗闇からも抜け出ることができたのだった。わたしたちが次に会ったのはちょうどクリスマスの前日だったが、彼女はみちがえるようになっていた。肩の力が抜けて、すっかり陽気になったシーラは、わたしにダウンタウンで昼食をごちそうしてくれ、ずっと学校でのエピソードを話してきかせてくれた。

新しい学校も、新しくとったコースの勉強も特別どうこうというほどのことはなかったが、シーラはよくやっていた――いや、ここ何年ものあいだ何度も教育を中断させられた少女のわりには目を見張るほどよくやっていた。彼女がラテン語クラブに入ったときいて、わたしはとりわけうれしかった。さらにすごいことに、シーラはそのクラブが気に入っていることをほぼ認めさえした。

わたしたちはあの旅の夜のことも、彼女の母親のことも、過去のことは何も話さなかった。代わりに、クロワッサンを食べ、一緒にクリスマスの買い物に行き、公園のリンクでスケートをしている人々を見た。わたしは彼女にアガメムノンの家族を描いたアイスキュロスのオレステイア三部作をクリスマス・プレゼントとして買った。母殺しと許しの古代の物語が彼女の心に深く語りかけてくれるだろうと思ったからだ。シーラはわたしに『アントニーとクレオパトラ』のアーデン版を買ってくれ、それからからかうようにクリフスノート社の参考書を添えてくれた。

そのころ、わたし自身の人生も思いがけない転機にさしかかっていた。その二週間ほど前の日曜に、新聞の日曜版を見ていたわたしは、学年の途中だったが特別支援学級で情緒障害の子どもたちを教える教師を求むという求人広告を目にした。隣の州の小さな町の学校だった。わたしはそのときべつに新しい仕事を探していたわけではなかった。自分はサンドリー・クリニックでじゅうぶん満足していると思っていた。それなのに、その広告を見たとたんに、もう一度教室にもどりたいと強く切望する気持ちが急に湧いてきたのだ。

わたしはシーラにこの職につきたいと申し出たことを話した。もっともこの時点ではまだ実際職につけるかどうかはわかっていなかったが。シーラはこのニュースを、わたしが彼女の学校の話やラテン語クラブの話をきいたのと同じ平静さで受け止めた。ただ、教室にもどるために私立のクリニックの高給を捨てるというわたしの選択にはびっくりしていた。シーラにはお金が重要なものになってきており、わたしの行動の裏にある論理的根拠を理解するのはなかなかたいへんなようだった。だが、彼女はわたしがふたたび教師になることを喜んでくれているようだった。

わたしはその職に就くことになり、一月の初旬には今まで住んでいた街から三〇〇キロほど離れたペキンという名前の小さな町にきていた。シーラからはときどき連絡があった。彼女は決して筆まめなほうではなかったから、そうたびたび手紙が来るわけではなかったし、またその手紙もあいかわらず従来の感覚からいえば手紙とは呼べないようなものではあったが。したがって、何がどうなっているのかわたしがいつもわかっているというわけではなかった。わたしにわかった範囲内では、シーラは学校とも父親とも引き続きなんとかやっているようだった。父親のほうも厄介なことにならないように、自分でも努力していた。シーラからの手紙によく断酒会のことが書いてあった。シーラはアラティーン（アルコール依存症の親をもつ十代の子どもを守る会）に参加し、そこでクレアと出会った。クレアは十八歳で、シーラと同じ学校のやはり最上級生だったが、シーラのように貧困家庭の子どもではなかった。実際のところ、彼女はテニスのレッスンを受けたりサマー・キャンプに参加したりというかなり裕福な家庭の子どもだった。だが、この一見恵まれた環境の裏側には、親が酒に酔って子どもを虐待するという世界が隠されていたのだ。クレアとシーラはお互い他の同世代の仲間たちにはわからないところを理解し合え、友情を育んでいった。

三月に学校が二日間休みになったので、わたしはなつかしい街まで車でやってきた。シーラの家に立ち寄った際に、わたしもクレアに会うことができた。彼女はまじめそうな少女で、黒い髪を長く伸ばし、フクロウに似た印象をあたえる眼鏡をかけていた。クレアは思春期特有のものすごい生真面目な雰囲気を持っており、今にもサルトルとかエコロジーについて議論をはじめそうだった。彼女がわたしに向かって暗い、深遠な意見を述べると、シーラは相槌《あいづち》を打ちつづけていた。わたしは初めて、あるがままのシーラを見た。自分自身のアイデンティティを作っていこうとしている知的で、自分の意見をはっきりというティーンエイジャーのシーラを。

次に彼女に会ったのは五月だった。わたしたちは街のピザ・レストランで昼食をともにすることになっていた。彼女を見たとき、すぐにはシーラだとわからないぐらいだった。ずっと長いあいだ伸ばしていた前髪が、やっと横の髪と同じ長さにそろい、顔からかきあげて肩のところまで流れるようにきれいに切りそろえられていた。彼女はその髪を一部わずかに脱色し、自然なブロンドが際立つようにしていた。艶《つや》のよさが人目を引いた。パンク趣味の服装は卒業していたが、彼女本来の服装の趣味は残っていた。Tシャツ二枚にコットンのワンピース、その上にデニムのジャケットを重ね着して、ボリュームのあるクレイ・アクセサリーをつけている。彼女は舞台を歩くファッションモデルのような洗練された様子で登場した。

「まあ、かっこいいじゃないの」とわたしはいった。

「うん、ありがと」シーラはわたしの向かい側の椅子を引くと、腰をおろした。「自由が身体からも出ているからだと思うよ。学校もあと六日で終わりだもの」

わたしはじっと彼女をみつめた。シーラは卒業後の計画については口をつぐんできていた。わたしは手紙で何度もたずねたのだが、彼女はそれにはまったくこたえず、どの奨学金を志願しているのかさえ教えてくれなかった。わたしはますます興味を引かれ、きっとわたしをびっくりさせるつもりなのだろうと思っていた。彼女が特別優秀な大学から入学を許可されていて、今日の昼食の席でそのことをいってくれるのではないか、とひそかに思っていた。

わたしたちは機嫌よくおしゃべりをし、ピザを注文し、さらにもう少しおしゃべりをした。シーラは、クレアが第一志望だったスタンフォードに入学を許可された、と話してくれた。

「で、あなたは？」これ以上好奇心を抑えきれなくなってわたしはきいた。「あなたの計画はどうなってるの？」

シーラはわたしと話しているあいだ、前屈みになり、テーブルの上で腕を組んでいたが、今は頭を垂れてうつむいている。顔には笑みが浮かんでいたが、彼女はかなり長いあいだそのままの姿勢でいた。「どういうふうにいったらいいのかな、トリイ？」

わたしは待っていた。

ついに、シーラは顔を上げた。「あたし、大学には行かないことにしたの。三週間前にマクドナルドで働くっていう仕事に就いたんだ。学校を卒業したら、フルタイムで働くことにした」

「マクドナルドですって？」わたしはびっくりしていった。「ちょっと、シーラ、マクドナルドだなんて？」

「しーっ！」シーラはテーブルごしに手を伸ばして、わたしの唇に触った。「みんなにきこえるじゃない」

「冗談でしょ。そうよね？　わたしをからかっているんでしょ？」

シーラは首を振った。「ちがうよ、トリイ。冗談じゃない」

「あなたほどの頭をもっている子が、生活のために人にハンバーガーを売るっていうの？　ああ、シーラ、冗談だっていってよ」

「あたし、ハンバーガー好きだもの」

「もう、シーラったら……」わたしはなおもいった。

彼女はまだかすかな笑みを浮かべていた。「ねえ、お母さん、あたし、自分なりのやり方でやらなきゃいけないんだよ」

「わたしはあなたのお母さんじゃないわ。わたしの子だったらこんなことするはずがないもの」

「トリイはあたしのお母さんよ。もしだれかがお母さんだとしたら、それはトリイしかいない。だって、あたしトリイのことをお母さんみたいに愛しているもの。それに、トリイもあたしのこと愛してくれているってわかってるもの」シーラはにっこりと微笑んだ。「さあ、お母さん、もうそろそろわたしを大人にさせてよ。大学はあとでも行けるよ。たぶんね。先のことなんかわからない。でも今はハンバーガーなの」

「まあ、シーラ。ちょっと。本気じゃないでしょう？」

「文句いわないで。いい？」シーラはいった。「昔みたいにいってよ。〝シーラ、あなたがやりたいと思うこと、何をやってもいいのよ。わたしが必要になったらわたしはここにいるわ。あなたのすぐ後ろにいるから〟って。あたしにそういってよ」

わたしは彼女をじっと見つめた。ピザ・レストランの薄暗い明かりのなかで、ブルーグレーのシーラの瞳をわたしはずっと見つめていた。それから溜め息をつき、にやっと笑った。「わかったわ。あなたが正しいと思うことをやりなさい。あなたを信頼しているから」

「ありがとう、お母さん」

エピローグ

あのピザ・レストランで過ごした午後から、ほぼ十年がたった。シーラは今、彼女をわたしのクラスに迎えたときのわたしより年上になっている。彼女は今もファストフード業界で働いているが、もうハンバーガーの売り子ではない。思いがけず目先のきくビジネスの才能があったようで、シーラは今、支店の店長をしており、まもなく彼女の受け持つ地域の最年少のフランチャイズ所有者になることになっている。

シーラはこのように成功したわけだが、それでも今のこの姿はわたしが彼女のために選んだものとはちがっているのでは、と思わざるをえない。今でも、あれだけの才能がハンバーガーに向けられていることを受け入れるのは、わたしにはまだ少しつらいものがある。シーラは、ひどい駄洒落をきかせたくなると、あたしは自分の仕事を味わってるの、という。きっとわたしがうろたえていることもとっくりと味わっているのだろう。

おそらくそうできるということが、彼女がいい状態にいることの何よりの証拠なのだろう。彼女は今、今の自分でいることに居心地のよさを感じ、だれのものでもない自分自身でいる。彼女が何を決断し、何を計画し、自分にどのような価値があると考えるにしても、それは彼女一人が決めることで、わたしの、またはだれの賛同をも必要としていない。

もちろんシーラは今でもときどき困難にぶつかってはいる。彼女の子ども時代はあまりに貧しく、虐待も受けてきたので、これらの経験が何かの折りに再浮上してきてもそれは当然のことだ。このことは彼女の人間関係にもっとも顕著に現われている。職場でのはっきりと線引きできるような関係ではうまくやっている。とりわけプロの仕事人にたいして個人的に干渉することなど問題外の経営管理上の状況ではとてもうまくやっていける。だが、私生活ではあいかわらず苦労することが多く、とくに男性と親しい関係になることがむずかしいようだ。だが、全体としては、目を見張るほどおちついた、有能な若い女性に成長した。

わたしが最近シーラから受けとった最新の〝親愛なるお母さん〟の手紙を紹介するのが、この物語の終わり方としていちばんいいのではないだろうか。彼女は十代の半ばごろずっと日記をつけていて、その日記のなかに彼女がわたしに送ってきた〝親愛なるお母さん〟の手紙の写しを書いていた。二、三年前、シーラは古い日記帳をみつけ、読んだあとで、そのことを手紙に書いてきた。その手紙の裏に次のような手紙が書かれていた。

親愛なるお母さん、

いろいろなことがうまくいくようになってきました。今のわたしには立派な仕事も、わたしだけのアパートメントもあるし、マイクという名の犬もいます。こんなことといってごめんなさい。でも、もうお母さんのことをあまり考えなくなりました。考えようとはするのですが、時間がないのです。お母さんについにわたしのことを知ってもらえなくてすごく残念です。きっと好きになってもらえたと思います。誇りに思ってもらえたと思います。

愛をこめて、シーラより

解説

勇敢であるということ

ノンフィクションライター
石戸　諭

1

トリイ・ヘイデンはプロのノンフィクションの書き手ではない。だが、彼女が世に送り出した本書は優れたノンフィクションが持つべき、最良の精神を備えた一冊である。小手先だけの文章テクニックや、斬新な技法で唸らせるという本ではない。基軸になっているのは、彼女と主人公の少女・シーラの間に起きた出来事の体験的な記録である。文学的な表現方法とはあまりにも無縁な、極めて実直な文章が並んでいる。では、何が優れているのか。

私が考えるノンフィクションにおける「最良の精神」とは、書くべき対象に対峙したときに書き手が備えるべきフェアネスを指す。それはこう言い換えることもできるだろう。備えていなければならないのは、対象と誠実に向き合うことである、と。

ノンフィクションの書き手は取材対象を不当に貶めたり、意味もなく持ち上げたりしてはいけないという制約を課せられる。制約の中にある自由を最大限に使おうと思うのならば、どこかで人間をありのままで受け止めないといけない。本書におけるヘイデンはシーラとさらに深い次元での向き合いを求められたが、それに応えた。小手先の「うまい」文章では表現できないものを、彼女は描きだしている。

本書は『シーラという子』の続篇にあたる。だからといって――もちろん、書き手からすれば読んでもらうことは望ましいのだが……――必ずしも前著を読まなければ何もわからないという内容ではない。これまでの経緯はすべて記されている。六歳にして幼児を木に縛り付け、火傷を負わせるといった犯罪に手を染めてしまい、さらに虐待を受けていたシーラはヘイデンとの出会いによって、立ち直る契機を得たように思えた。実際に六歳のシーラは、可能性と魅力に溢れた少女だった。前著は「希望の物語」として閉じられたが、本書は希望が打ち砕かれるところから始まる。

ヘイデンが出会った一四歳のシーラはパンクなファッションに身を包み、彼女に対しても、時に「自分を見捨てた一人」として、「あたしはもうトリイの持ち物じゃないんだから」とむき出しの憎悪をぶつけたかと思えば、他の子供も巻き込む大きなトラブルを起こす。トラブル自体はシーラの優しさゆえに引き起こしたものではあるのだが、彼女は自分の感情をうまく表現することができない。

その根底にあるのは、シーラ自身がずっと認められることができなかった思いだろう。幼い頃にわかれてしまった母親からの愛情に飢えており、愛情を注いでくれる誰かを、心の奥底で探し求めていたこと……。行き場のない感情をヘイデンにぶつけたあげく、しばらくの間連絡が取れず、どこにいったかわからなくなったという生々しいシーンが幾度となく出てくる。その度に、ヘイデンはシーラを探し歩く。

本書で初めて明かされるのは、幼いシーラが、父親があるルートから薬物を手にいれるために、見知らぬ「男」から性的虐待を受けてきたという事実だ。過酷な体験や事件が次々に起きる。思春期を迎えたシーラの言葉はヘイデンだけでなく読者も傷つけるかもしれない。いみじくもヘイデン自身が描くように「実際の人生は、フィクションやうまく編集されたノンフィクションのように読者を満足させることはめったにない」のだから。

希望で終わっておけばいいものの、わざわざ続篇を書く意味はあったのだろうか。それはある。少なくとも、ヘイデンとシーラ、そして彼女たちに起きたことを知ってしまった私たちには、確実に意義は存在している。補助線になるのは、「タイガー」＝「勇敢な子」という言葉だ。

2

この物語を読みながら、私はかつて取材した一人の青年のことを思い出していた。彼との出会いは、まったくの偶然から始まった。ある記者会見イベントの司会を引き受けた私は、さほど詳しい事情も知らずに登壇者である彼と向き合うことになった。主催者から、彼は実母、義理の父親からの虐待を受けて、児童養護施設に入所していた過去があると簡単な紹介を受けていた。

イベント会場に着くと、髪の毛を薄く茶色に染めた二〇歳の若者がいた。子供のプライバシーを何より大切にする児童養護施設を出た若者が、顔と名前を出してイベントに登壇するのは滅多にないことなので、打ち合わせの段階で私は答えたくない質問が会場から飛んできたら、そのときは答えなくていいこと、そして、困った時は私のほうに視線を向けることだけを伝えた。

彼は驚くほど聡明で、自分の考えを自分だけの言葉で表現できる力を持っていた。イベントはなんのアクシデントもなく終わった。私は「すごく良かったよ」と声をかけながら、彼と控え室に向かって歩いた。そのとき、彼ははにかんだような笑顔を浮かべていた。

そんな彼でも、まだまだ私には窺い知ることができない何かを抱えていると感じたのは、ある日、彼とデパートの上階で食事をしていた時のことだ。取材も兼ねてと、真夏の盛りに食事をしたのだが、彼は季節外れの長袖を着ていた。私が深い意味もなく「暑くない？　大丈夫」と聞くと、「僕は半袖が着られないんですよ」と言った。

宮城県に生まれた彼は、ちょうど二歳頃、両親の離婚を機に福島県沿岸部で漁師をやっていた祖父母のもとに預けられる。祖父は毎日漁に出かけ、祖母も育児の合間を縫って港に向かった。彼はそんな祖父母が好きだった。たまに顔を見せにくる母親は「また一緒に暮らそう」と言ったが、頑なに拒否し、福島で小学校生活を送っていた。

転機になったのは二〇一一年三月一一日の東日本大震災だ。午後二時四六分に大きな揺れを受けて、全員で高台にある中学校に避難した。そこは街が一望できる場所だった。ほどなくして、真っ黒い塊が街を襲う。見慣れた景色はすべて見えなくなり、急激に流れる水に押し流されていたのは、誰かの家の屋根だった。屋根の上には人が立っていた。同じように押し流されてきた家屋や流木にぶつかる。人間は衝撃に耐えることができず、屋根の上から姿を消した。

祖母は足の悪い親族と一緒に家にいたまま、津波に流されてしまい、遺体は見つからなかった。祖父は生存が確認できたが、彼を一人で育てることはできず、やがて彼の意思とは関係なく、転校の手続きが取られた。東京の小学校に通うこと、母親と彼女の再婚相手、そして義理の弟と妹が家と一緒に暮らすことが決まった。待っていたのは、虐待だった。

虐待、といっても最初はまだ軽いものだった。小学六年だったにもかかわらず、なぜか中学一年で使う教材を渡され、勉強しろと父親から強要された。まず勉強をせずに遊びにいくことが禁止された。時間内に勉強のノルマを達成すれば、部屋のクーラーをつけていい。もし達成できなければ、つけないまま寝るように言われる。やがて食事もノルマが達成できなければ出なくなった。そして、暴力が始まる。

勉強をやっていないと、手を上げられるのは彼だけだった。父親の暴力は、腕を壁に打ち付けて、背中に狙いを定め、痣ができるまで殴り、蹴るというところから始まった。エスカレートすると、頭をテーブルの角に打ち付けることもあった。それも側頭部である。腕や背中は服で隠れるから怪我がばれにくい箇所、頭も側頭部なので、「転んでできた傷」と周囲に言えば納得させられる程度に加減していた。母親は、目の前で父の暴力を受けた後だけは、優しく接してくれたが、父が不在になると父と同じように暴力の矛先を彼に向けた。

ある朝、起きたら彼だけを置いて、家族全員がディズニーランドや近くの行楽地に出かけていることがあった。あれと思って、玄関を開けたところ、玄関の上部に、外側から幅一センチほどの細いテープが貼られていた。貼ったのは父親で、帰宅後に「テープが切れている。勝手に家を出ようとした」ことを理由に殴った。痛みで頭がぼーっとなった彼の目に焼き付いているのは、にやにやと笑みを浮かべながら殴る父の姿である。だから……と彼は言った。「着られないんですよね。痣が見えちゃうかもしれないと思って。着ることができるのは、ビッグサイズか七分袖までです」

やがて虐待に気がついた中学校が、児童相談所に通報し、彼は都内の児童養護施設に入所することが決まった。彼を支える多くの人との出会いを通じて、彼はやっと「今が人生で一番楽しい」と思えるまでになった。

3

私はヘイデンほど彼と向き合っているとは言えないが、それでも彼もシーラも「勇敢」だと思う。ここでいう勇敢さとは、シーラの言葉を使えば「人生を前向きに生きる」—「過去のことより未来のことを考えはじめるってこと」だ。自分の人生で起きたことを不幸も含めて引き受けたとき、人間は初めて前を向いて歩くことができる。私たちは往々にして、表面的な言葉にとらわれる。前向きな言葉を言っていれば、安心してしまうが人間の心はそんなに単純なものではない。

勇敢であるための条件は、過去を「引き受ける」ことにある。シーラにしても、彼にしても転機になったのは、人の出会いである。人の助けもありながら、彼らは少しずつ、少しずつ過去を「引き受ける」ことができた。シーラは愛情を注いでくれたはずの母親の不在を引き受け、代わって無条件の愛情をヘイデンが差し伸べた手に見る。シーラは彼女を「お母さん」と呼ぶことで、やっと自分の物語を自分で生きるための条件を得た。希望を打ち砕かれる物語は、ここに希望を再生し、クライマックスを迎える。

一九万三七八〇件（速報値）――。二〇一九年度に日本で起きた児童虐待の件数である。今もこの社会のどこかで「シーラ」は生まれている。あるいは、かつての「彼」が生まれている。立ち直るための出会いになるか否かは究極的には偶然が占める要素が大きいが、偶然が生まれるためには、チャンスそのものが増えないといけない。彼らの人生に誠実な誰かとの出会いが増えるために、そして「勇敢な子」として人生を歩むために何が必要なのか。小さな希望の物語は多くのことを教えてくれる。

二〇二〇一二月――東京にて。

本作品には、人種、身体的特徴、セクシュアリティ、障害に関して、今日《こんにち》では差別的とされる表現が見られます。しかし著者が差別助長を意図していないことを考慮し、原語になるべく忠実な訳語を採用しています。その点をご理解いただけますよう、お願い申し上げます。（編集部）

本書は二〇〇四年六月にトリイ・ヘイデン文庫より刊行された作品を加筆・訂正して、新規に解説を付して再文庫化したものです。

哲学のきほん

——七日間の特別講義

Denken Wie Ein Philosoph

ゲルハルト・エルンスト

岡本朋子訳

ハヤカワ文庫ＮＦ

哲学者との七日間の対話を通して、ソクラテスからヴィトゲンシュタインまで古代より育まれてきた叡智に触れつつ、哲学者のように考える方法を伝授する。道徳と正義、人生の意味など、究極の問いについて自分の頭で考えたい人に、気鋭のドイツ人哲学者が贈る画期的入門書。解説／岡本裕一朗

図書館ねこデューイ

——町を幸せにしたトラねこの物語

Dewey

ヴィッキー・マイロン

羽田詩津子訳

ハヤカワ文庫ＮＦ

アメリカの田舎町の図書館で保護された一匹の子ねこ。デューイと名づけられたその雄ねこはたちまち人気者になり、町の人々の心のよりどころになってゆく。ともに歩んだ女性図書館長が自らの波瀾の半生を重ねつつ、世界中に愛された図書館ねこの一生を綴った感動のエッセイ。

シャーロック・ホームズの思考術

MASTERMIND
マリア・コニコヴァ
日暮雅通訳
ハヤカワ文庫ＮＦ

ホームズはなぜ初対面のワトスンがアフガニスタン帰りと推理できたのか？　バスカヴィル家のブーツからなぜ真相を見出だしたのか？　ホームズ物語を題材に名推理を導きだす思考術を、最新の心理学と神経科学から解き明かす。注意力や観察力、想像力をアップさせる脳の使い方を知り、あなたもホームズになろう！

子育ての大誤解〈新版〉（上・下）
——重要なのは親じゃない

The Nurture Assumption

ジュディス・リッチ・ハリス
石田理恵訳

ハヤカワ文庫ＮＦ

『言ってはいけない』の橘玲氏激賞！
親が愛情をかければ良い子が育つ——この「子育て神話」は、学者たちのずさんで恣意的な学説から生まれたまったくのデタラメだった！　双子を対象にした統計データからニューギニアに生きる部族の記録まで多様な調査を総動員して、子どもの性格を決定づける真の要因に迫る。解説／橘　玲

かぜの科学
――もっとも身近な病の生態

Ah-Choo!

ジェニファー・アッカーマン
鍛原多恵子訳

ハヤカワ文庫ＮＦ

これまでの常識を覆す、
まったく新しい風邪読本

人は一生涯に平均二〇〇回も風邪をひく。しかしいまだにワクチンも特効薬もないのはなぜ？　本当に効く予防法とは、対処策とは？　自ら罹患実験に挑んだサイエンスライターが最新の知見を用いて風邪の正体に迫り、民間療法や市販薬の効果のほどを明らかにする！

明日の幸せを科学する

Stumbling on Happiness
ダニエル・ギルバート
熊谷淳子訳
ハヤカワ文庫NF

どうすれば幸せになれるか、
自分が一番よくわかるはずが……!?

「がんばって就職活動したのに仕事を辞めたくなった」「生涯の伴侶に選んだ人が嫌いになった」——。なぜ人間は未来の自分の幸せを正確に予測できないのか? その背景にある脳の仕組みをハーバード大教授が解き明かす。(『幸せはいつもちょっと先にある』改題)

訳者略歴　国際基督教大学教養学部卒，英米文学翻訳家　訳書にモートン『新版　ダイアナ妃の真実』，イシグロ『わたしたちが孤児だったころ』，ヘイデン『タイガーと呼ばれた子〔新版〕』（以上早川書房刊）他多数

HM=Hayakawa Mystery
SF=Science Fiction
JA=Japanese Author
NV=Novel
NF=Nonfiction
FT=Fantasy

タイガーと呼《よ》ばれた子《こ》〔新版〕
愛に飢えたある少女の物語

〈NF568〉

二〇二一年一月二十日　印刷
二〇二一年一月二十五日　発行
（定価はカバーに表示してあります）

著者　トリイ・ヘイデン
訳者　入《いり》江《え》真《ま》佐《さ》子《こ》
発行者　早川　浩
発行所　株式会社　早川書房
郵便番号　一〇一‐〇〇四六
東京都千代田区神田多町二ノ二
電話　〇三‐三二五二‐三一一一
振替　〇〇一六〇‐三‐四七七九九
https://www.hayakawa-online.co.jp
乱丁・落丁本は小社制作部宛お送り下さい。
送料小社負担にてお取りかえいたします。

印刷・株式会社亨有堂印刷所　製本・株式会社明光社
Printed and bound in Japan
ISBN978-4-15-050568-4 C0198

本書は活字が大きく読みやすい〈トールサイズ〉です。